# QUESTION DE TEMPS

## TOME 1

## MARY CALMES

# QUESTION DE TEMPS

## TOME 1

## MARY CALMES

*Dreamspinner Press*

Publié par

DREAMSPINNER PRESS

5032 Capital Circle SW, Suite 2, PMB# 279, Tallahassee, FL 32305-7886  USA
http://www.dreamspinnerpress.com/

Question de temps tome 1
Copyright de l'édition française © 2015 Dreamspinner Press.
Titre original: A Matter of Time, Volume 1
© 2010 Mary Calmes.
Traduit de l'anglais par Kiéran Logan et Ingrid Lecouvez.

Illustration de la couverture :
© 2010 Anne Cain.
annecain.art@gmail.com
Conception graphique :
© 2010 Mara McKennen.
Les éléments de la couverture ne sont utilisés qu'à des fins d'illustration et toute personne qui y est représentée est un modèle

Édition e-book en français : 978-1-62380-684-2
Édition imprimée en français : 978-1-63476-946-4
Première édition française : octobre 2015
Première édition : août 2010

Édité aux Etats-Unis d'Amérique.

Pour tous mes merveilleux fans
qui ont demandé quand ce livre serait imprimé
et pour Elizabeth qui a rendu cela possible.

# Livre Un

# I

APRÈS MÛRE réflexion, j'en suis venu à la conclusion que les choses m'arrivent pour deux raisons. Premièrement, j'ai la terrible habitude de me déconcentrer en plein milieu d'une conversation. Je vais entendre le début, commencer à penser à ce que je vais faire ensuite, et puis revenir à temps pour entendre la fin. Cela devient particulièrement risqué lorsqu'on me donne des indications, parce qu'il n'est jamais de bon ton de demander à quelqu'un de répéter ce qu'il vient déjà de vous énumérer en détail. C'est pourquoi je me retrouve souvent dans des quartiers louches après la tombée de la nuit. À improviser. Deuxièmement, je ne suis pas la personne la plus perspicace de la planète. Alors quand l'un de mes amis me demande de lui accorder une faveur, je me contente en général d'accepter, sans trop poser de questions. Ce n'est pas comme si j'écoutais toute l'explication de toute façon, puisque comme je l'ai dit, je suis probablement LA figure emblématique du TDAH, le trouble du déficit de l'attention avec hyperactivité. À moins que vous soyez mon patron ou un mec vraiment très sexy.

La nuit où mon amie Anna m'appela, en sanglotant à l'autre bout du fil, je passai immédiatement en mode 'protection' et sortis du club afin de mieux la comprendre. Il n'y avait pas moyen d'entendre quoi que ce soit par-dessus la musique et je dus donc attendre d'être dehors pour qu'elle vide ses tripes. Je fus agréablement surpris d'apprendre qu'elle quittait finalement son mari. Elle était souvent restée chez moi ou chez sa sœur après qu'il l'ait battue pour la millionième fois. C'est difficile de regarder une amie venir en classe avec des lunettes de soleil surdimensionnées et un maquillage si épais qu'il avait dû être appliqué à la truelle. Tout le monde savait que son mari la battait, simplement, je n'avais jamais su jusqu'à quel point le fait était constant et dangereux. J'avais perdu sa trace après l'obtention de nos diplômes, quand elle avait déménagé en banlieue, mais lorsqu'elle m'appela, je me retrouvais instantanément projeté à cette époque où j'étais prêt à l'aider de n'importe quelle façon. Je luis dis, bien entendu, que je ferais tout ce qu'elle voudrait.

Dans tous les films sur le canal 'Lifetime' que j'avais regardés à la maison, la dernière fois où j'étais malade – avec une gueule de bois ou autre – la femme devait toujours retourner dans la maison des horreurs où elle vivait pour aller chercher l'animal en peluche favori de ses enfants ; avant de pouvoir enfoncer à fond la pédale d'accélération d'un break d'un modèle récent avec un panneau en faux bois et partir vers le soleil couchant, elle devait revenir pour chercher Boo-Boo le lapin ou Monsieur Snuggles, ou un ours en peluche qui était aimé depuis longtemps et qui ne ressemblait plus qu'à une vague chose informe.

Anna n'avait pas d'enfant, mais elle avait son beagle, George. Elle ne pouvait pas retourner chez elle, mais elle ne pouvait pas non plus partir sans son complice de crime. Ils avaient apparemment commis tout un tas de petits forfaits et délits contre son mari au fil des ans. Cela allait d'uriner dans ses chaussures – la part de George – à cacher divers objets – la part d'Anna. Ils avaient fait de la vie quotidienne de Brian Minor une existence agaçante en échange des abus qu'il avait commis avec ses poings ou ses paroles. Cela lui avait donné un certain degré de satisfaction de savoir qu'un jour, la vengeance lui appartiendrait. Elle savait qu'elle avait été lâche de ne pas simplement le quitter, mais elle soupçonnait que son mari était bien plus dangereux qu'il le laissait paraître. Donc, Anna était enfin prête à en finir avec Brian, mais il se serait douté de quelque chose et l'aurait probablement tuée si elle avait essayé de prendre son chien. Elle avait besoin que j'aille récupérer son bébé pour que la rupture avec son ancien monde soit nette. Et parce que je voulais tellement la sortir de là, et que j'y serais retourné pour mon propre chien s'il était encore vivant, il n'y avait aucun moyen que je dise non.

Après avoir laissé mes amis danser dans un club sur Halsted, je pris un taxi et me dirigeai vers la banlieue. J'essayais de ne jamais quitter la ville et je m'étais aventuré hors du centre-ville de Chicago à seulement deux reprises. Sur la route, j'essayai de me rappeler où, dans la maison, elle m'avait dit que serait son chien, mais puisque je n'avais pas entendu cette partie de la conversation, il était inutile d'essayer de déterrer l'information de mon cerveau. J'imaginais que lorsque j'arriverais à la maison, où je n'étais allé qu'une seule fois, ce ne serait pas trop difficile de trouver un beagle.

Le problème s'avéra de retrouver la maison elle-même. J'avais oublié l'adresse et je ne voulais pas rappeler Anna pour qu'elle pense que je ne l'avais pas écoutée. Même si c'était vrai. Et si je l'appelais maintenant, assez de temps s'était écoulé pour qu'elle se demande pourquoi je ne l'avais pas fait plus tôt, donc… le taxi et moi fîmes le tour de La Grange jusqu'à ce que je me rappelle la rue grâce à une boisson énergisante que j'avais achetée – et bue

– quand je lui avais demandé de s'arrêter dans une station essence. Cela ne nous avait pris que deux heures pour arriver jusqu'à l'énorme maison de deux étages. Je demandai au chauffeur de m'attendre et il me répondit qu'il préférait boire du Clorox[1]. Je comprenais. Je pouvais être épuisant parfois. Je le regardai s'éloigner avant de me diriger vers la maison.

La porte d'entrée n'avait apparemment pas été bien fermée : elle s'entrouvrit au moment où je m'apprêtais à sonner. J'appelai Brian et ne reçus aucune réponse. Lorsque j'appelai George, j'entendis un aboiement étouffé venant d'une pièce sur la gauche. C'était le bureau et dès que j'entrai, je réalisai que le bruit provenait de derrière le rideau. En allant vérifier, je découvris une autre porte derrière. Si vous ne la cherchiez pas, vous ne l'auriez jamais vue, mais on ne pouvait pas se méprendre sur les pleurs aigus du chiot. Quand j'ouvris la porte, George se jeta sur moi en gémissant et en dansant, tout son petit corps remuant avec le balancement de sa queue. Il essayait comme un fou de percer mon jean de ses griffes. Je me penchai pour le caresser et lorsque je le fis, sans en avoir eu l'intention, sans même y penser, je fis un pas dans le bureau. La porte était ouverte, mais je me tenais derrière le rideau, donc même si je n'avais pas eu l'intention de me cacher, c'est exactement l'effet que cela donnait. Ce n'était que pour une seconde et je m'apprêtais à reculer lorsque j'entendis le fracas. George glapit et se cacha derrière ma jambe. Je jetai un œil derrière le drapé et vis un homme allongé sur ce qui restait de la table basse en verre à côté de laquelle j'étais passé quelques secondes plus tôt. Il était couvert de sang et marmonnait doucement.

Il y avait des moments comme celui-ci où une lumière stroboscopique semblait flasher dans votre tête. Vous distinguiez une partie des choses, mais pas l'image entière. Je vis le verre brisé, les chaussures en cuir noir verni des types debout sur le tapis persan d'un bleu royal ; je vis le sol en marbre poli et Brian qui pointait un revolver sur le mec. Le bruit n'a rien à voir à ce que l'on entend dans les films. Lorsque le coup part, il n'y a pas de 'boum', ça ressemble davantage à un gros pétard qui éclate. Je vis le gars sursauter, l'entendis crier 'non' et je regardai Brian décharger l'arme. Ce fut rapide, comme un faux raccord dans un film, et ce fut fini. Tous les types lui crachèrent dessus tour à tour et c'est à ce moment-là que deux choses arrivèrent simultanément. D'abord, mon téléphone sonna et on entendit 'Karma Chameleon', et ensuite, George prit un départ précipité vers le rideau. Je plongeai pour l'attraper et le saisis par son collier, mais pas à temps pour

---

[1] **Clorox** : Marque de produits d'entretien pour les professionnels (hôpitaux, écoles, etc.)

stopper mon élan vers l'avant. Ce fut comme une pièce au théâtre. Je sortis de derrière le rideau. Comme dans *ta-da !*

Mes yeux balayèrent la pièce ; je vis chaque visage avant de me fixer sur celui que je connaissais le mieux, le mec qui tenait l'arme vide.

— Jory ! rugit Brian, et parce que je n'avais pas le moindre réflexe de combat, je pris immédiatement la fuite.

Je tirai sur le collier de George et le poussai dans l'autre pièce. Alors que je plongeai après lui, j'entendis des coups de feu et Brian crier mon nom. Il n'avait jamais été fou de moi, mais nous venions de dépasser un tout autre stade.

Je pris mes jambes à mon cou et m'enfuis. Je criai après George et il se mit à courir à mes côtés aussi vite que ses petites pattes pouvaient le porter. Je vis quelqu'un se dresser devant moi, mais au lieu de ralentir, j'accélérai. Quand il tira son arme, je me laissai tomber à genoux et glissai sur le plancher de bois verni. Cela aurait été amusant si je n'avais pas été en train de courir pour sauver ma peau à ce moment-là. Il tomba sur moi, mais je le repoussai et me précipitai vers la porte d'entrée. Lorsque je l'ouvris à la volée, je me retrouvai face à Darth Vador.

— Baissez-vous, m'ordonna-t-il, et ce qui ressemblait à une balle de baseball le frappa en pleine poitrine.

Je replongeai vers le sol et il me marcha dessus, puis quelqu'un d'autre me frappa et mon bras fut tiré si fort que je crus que mon épaule était déboîtée. À l'extérieur, quelqu'un me remit sur mes pieds avant de me tirer dans la rue où il semblait y avoir une centaine de voitures de police, leurs lumières clignotant à tout-va. Il faisait froid et c'est ce que je remarquai avant toute autre chose. Il y eut plus de coups de feu et je me retrouvai une fois de plus à genoux par terre. Je perdis l'équilibre parce que je fus poussé et heurté, puis quelqu'un me recouvrit d'une veste qui semblait peser une tonne. Je tombai à la renverse et George me piétina, me léchant le visage alors que j'essayais de respirer. J'étais essoufflé et lorsque je parvins enfin à attraper le chien et le serrai dans mes bras pour qu'il s'arrête, je me rendis compte que quatre hommes se tenaient au-dessus de moi. Aucun n'avait l'air content. Un en particulier semblait avoir envie de m'étrangler ici, en plein milieu de la rue.

— Deux ans de travail d'infiltration perdus en quelques secondes, me dit-il d'un ton glacial.

*Quoi dire ?*

— Désolé ?

— Qui diable êtes-vous ? grogna-t-il.

Son froncement de sourcil avait l'air permanent.

Je toussai deux fois. Mes côtes me faisaient mal.

— Jory Keyes.

— Que fais-tu ici, mec ? me demanda l'un des autres d'un ton sec.

J'essayai de prendre une bouffée d'air.

— Je suis venu chercher le chien, leur dis-je, ce qui était réellement la seule explication que j'avais.

Cela avait semblé une tâche facile sur le moment.

— Le chien ?

Leurs expressions étaient inestimables et là, même couché sur le trottoir, je ne pus m'empêcher de sourire.


SI JE ne regardais pas autant la télévision, la vie réelle ne serait pas aussi décevante. Telles qu'étaient les choses, je m'attendais à une salle d'interrogatoire digne de *'New York : police judiciaire'* et la réalité ne ressemblait en rien à cela. Ce n'était pas sombre, c'était vraiment lumineux, et la table en métal était boulonnée au plancher. Les chaises – également en métal – étaient froides et sans rembourrage, en gros, cette pièce n'avait ni caractère ni atmosphère qui valaient la peine d'en parler. C'était tout simplement décevant et je m'ennuyais à mourir. J'avais un sac de glace à l'arrière de mon crâne, un Sprite pour mon estomac un peu nauséeux lorsque l'adrénaline était retombée, ainsi qu'un stylo et du papier pour pouvoir écrire tout ce dont je me souvenais. J'avais raconté ce que j'avais vu à un tas de personnes, de dix manières différentes. Quand Anna était venue chercher George, ils ne m'avaient pas laissés pas la voir. Elle était emmenée en sécurité quelque part à la seconde même. Je ne pouvais pas leur en vouloir. Moi non plus je ne voulais pas qu'on lui fasse de mal. Ma tête reposait sur mes bras croisés quand la porte s'ouvrit. Tant de gens étaient entrés et sortis que je ne levai même pas les yeux.

— Monsieur Keyes.

Je fis rouler ma tête sur le côté et me rendis compte que l'inspecteur Sam Kage était de retour. Il était, avais-je décidé, celui qui me haïssait le plus. J'avais foiré son opération d'infiltration avec mon besoin d'être secouru. Lui et ses collègues inspecteurs des mœurs avaient dû faire voler en éclat leurs couvertures et tourner leurs armes sur Brian Minor pour me sauver. La seule chance qu'ils avaient eue de toute la nuit était que Brian avait effectivement tué un homme de sang-froid et qu'ils avaient un témoin oculaire de la scène… moi. Il allait faire un tour en prison pour un bon moment. Il était aussi, m'avaient-ils dit, dans le racket, la corruption, le chantage et l'extorsion. Le meurtre au premier degré, c'était un niveau tout à fait différent, ce qui leur convenait.

— Redressez-vous et regardez-moi.

Je relevai la tête de mes bras et m'adossai à la chaise, les yeux fixés sur lui. Il avait retiré son gilet pare-balles en Kevlar et portrait maintenant une chemise et une cravate. Il essayait de se faire passer pour un inspecteur de police affable, mais je n'y croyais pas une seconde. J'avais déjà vu sa bête intérieure. Les autres – son capitaine grand et chauve, son partenaire au visage sombre qui avait l'air de venir d'Europe de l'Est et les deux autres, qui avaient le profil typique de mecs appartenant au Corps des Marines – avaient tous l'air plus gentils que l'inspecteur Kage. Je voulais tout le monde sauf lui dans la pièce avec moi.

— Monsieur Keyes, vous…

— Quelle sorte d'arme est-ce là ? demandai-je en pointant son étui.

— Quoi ?

— Quel genre d'arme ?

— Pourquoi ?

Je haussai les épaules.

— Je me demandais.

— C'est un Glock 22.

— D'accord, dis-je en bâillant et en laissant échapper un profond soupir.

Cet échange avait peut-être tué une seconde et demie. Qu'était-il prévu ensuite ?

— Parlez-moi de vous, Monsieur Keyes.

Je le regardai de nouveau.

— Que voulez-vous savoir ?

— D'où venez-vous ?

— Kentucky, dis-je platement parce que je disais en général Los Angeles ou Miami juste pour faire plus glamour, mais j'imaginais qu'il s'attendait à ce que je lui dise la vérité, étant un officier de police et tout et tout.

— Depuis combien de temps vivez-vous à Chicago ?

— J'ai emménagé ici quand j'avais dix-sept ans.

— Vous vous êtes enfui de chez vous ?

— Nan. J'ai eu mon diplôme du secondaire quand j'avais dix-sept ans. Vous voyez, mon anniversaire est en janvier alors j'ai commencé l'école quand j'avais quatre ans au lieu de…

— Pouvons-nous avancer ?

*Grossier, non ?*

— Eh bien ?

— Grossier, non ? dis-je à voix haute au lieu de simplement le penser.

— Désolé, continuez.

— Peu importe, répondis-je sèchement.

Je détestai être pris en train de divaguer par des gens qui se foutaient de ce que je disais. C'était horriblement gênant.

— Continuez de parler, désolé pour l'interruption.

Il n'était pas désolé, mais je compris que si j'attendais une réelle sincérité de sa part, je risquais de rester assis là pendant un bon moment. Il était préférable de simplement laisser courir. Qu'est-ce que cela pouvait bien me faire qu'il s'en soucie ou pas ?

— D'accord, donc je suis arrivé, j'ai trouvé un travail et je suis ici depuis.

— Mm-mm. Alors quoi, votre famille est toujours au Kentucky ?

— Non, soupirai-je. Il n'y avait que ma grand-mère et elle est morte quand j'avais dix ans.

— Où sont vos parents ?

— Je n'en ai aucune idée.

— Vous n'avez aucune idée de l'endroit où se trouve votre père ?

Il disait ça comme s'il n'y croyait pas.

— Non, je ne sais même pas qui il est. Ce n'est même pas noté sur mon acte de naissance et ma mère est partie quand j'avais trois mois ou quelque chose comme ça. Elle s'appelait… s'appelle Mandy, mais c'est tout ce que je peux vous dire. Elle n'est jamais revenue et je ne l'ai jamais rencontrée.

— Je vois. Donc, vous avez été élevé par votre grand-mère et lorsqu'elle est morte, quoi ?

— Je suis allé en famille d'accueil.

Il me regarda droit dans les yeux.

— Des histoires d'horreur ?

— Non, j'ai eu de la chance. J'ai vécu dans un foyer à partir de l'âge de dix ans jusqu'au moment où j'ai obtenu mon diplôme d'études secondaires.

— Vous étiez proche de ces gens ?

— Non. Pourquoi ?

— Pourquoi pas ?

— Je ne sais pas. Vous agissez comme si j'avais un trouble de la personnalité ou quelque chose dans ce goût-là.

— Vraiment ?

— C'était implicite, lui assurai-je.

Il grogna.

— C'était un foyer, Inspecteur. Ce n'était pas une relation mère/père à proprement parler. C'était comme un dortoir. Je n'étais proche de personne. Ils se foutaient de savoir si j'étais là ou non.

— Est-ce que cela vous dérangeait ?

— Je n'ai pas besoin d'une putain d'évaluation psychologique, d'accord ? C'était ce que c'était et ça n'a pas d'importance.

Il hocha la tête.

— Alors, vous avez passé votre diplôme et quoi ?

— J'ai acheté un ticket de bus de Lexington, Kentucky pour Chicago, Illinois.

— Et donc vous êtes arrivé ici et ensuite, que s'est-il passé ?

— Pourquoi est-ce important ?

— J'ai simplement besoin de connaître vos antécédents, Monsieur Keyes, si cela ne vous dérange pas.

*Est-ce que cela me dérangeait ?*

— D'accord, donc je suis arrivé ici et j'ai obtenu le poste que j'occupe actuellement. J'ai travaillé pendant mes années à l'université et quand j'ai eu fini, j'ai décidé de rester au lieu de faire autre chose.

— Et où travaillez-vous ?

— Je travaille chez Harcourt, Brown et Cogan, dis-je fièrement.

— À votre ton, je suppose que je suis censé savoir ce que c'est.

Je me sentis froncer les sourcils.

— Qu'est-ce que c'est que ce regard ? demanda-t-il.

— Est-ce que vous plaisantez ?

— Non, je ne plaisante pas.

— Vous êtes sérieux ?

— J'ai dit que je l'étais.

— Hein ?

— Ce que vous avez dit, qu'est-ce que c'est ?

— Harcourt, Brown et Cogan… C'est l'un des plus gros cabinets d'architectes de la ville.

— Mm-mm.

— Mon patron, Dane Harcourt, est le principal architecte. Miles Brown s'occupe de décoration d'intérieur et Sherman Cogan est un architecte paysagiste.

— Qu'est-ce qu'architecte principal veut dire ?

— Il conçoit des maisons.

Il m'observa une longue minute.

— Vraiment ?

— Oui. Il est très célèbre.

— S'il est si célèbre, pourquoi n'ai-je pas entendu parler de lui ?

Je me moquai de lui.

— Je parie que les gens dont vous n'avez pas entendu parler pourraient remplir un livre, inspecteur.

— Vous êtes un emmerdeur, vous savez ça ?

Je lui souris.

— Une répartie particulièrement agréable, inspecteur.

— Donc c'est tout, aucune famille, juste vous ?

— Juste moi.

— Ce sera donc plus facile.

— Quoi donc ?

— De vous faire disparaître.

— Je vous demande pardon ?

— Détention préventive… Protection des témoins… Vous commencez à comprendre ?

Je secouai la tête.

— Dites-moi simplement quand je peux rentrer chez moi.

Il plissa les yeux, plus qu'ils ne l'étaient déjà.

— Êtes-vous stupide ?

Je me contentai d'attendre, les yeux fixés sur lui.

— Monsieur Keyes, vous ne rentrerez jamais chez vous. Vous allez entrer dans le programme de protection des témoins. La police fédérale sera ici dans la matinée pour vous emmener à…

— Ouais, c'est ça, dis-je en me levant.

J'étais fatigué d'être traité comme si j'avais fait quelque chose de mal.

— Je m'en vais maintenant. Je suis épuisé et je dois aller travailler demain.

— Monsieur Keyes, des gens veulent vous tuer. Vous comprenez ça ? Brian Minor a de très bonnes connexions et…

— Je dois y aller, dis-je en me dirigeant vers la porte.

— Monsieur Keyes, vous allez en détention préventive.

— Hum-hum, dis-je en me moquant de lui, m'arrêtant à la porte juste le temps nécessaire pour l'ouvrir et sortir.

Au bout du couloir, Brian était dirigé quelque part, quel que soit l'endroit où il était emmené par deux policiers en uniforme.

9

— Jory ! me cria-t-il. Tu es un homme mort ! Tu m'as bien compris ? Mort !

Je lui souris et lui fit un doigt d'honneur. Il se libéra et me chargea du bout du couloir. Je ne savais pas ce qu'il pensait pouvoir me faire, menotté comme il l'était, mais il courut quand même. Il avait toujours été costaud et bourrin, genre malabar dans un magasin de porcelaine. Beaucoup d'hommes comme lui étaient souples lorsqu'ils bougeaient, comme si leur taille était parfaite pour eux, mais Brian avait toujours semblé ignorer sa force ou les limites de ses propres épaules et jambes. Charger comme un animal était toujours ce qui lui venait à l'esprit. Alors, lorsqu'il arriva jusqu'à moi, je l'esquivai en m'accroupissant et balayai ma jambe sous lui. Il tomba durement à mes pieds, face la première sur le carrelage. Je restai là pendant une seconde, puis je l'enjambai de façon vraiment théâtrale.

— Sale fils de pute ! hurla-t-il.

— Ferme ta grande gueule ! lui dis-je avec humeur.

— Jory ! cria-t-il alors que je sautais par-dessus ses jambes, juste avant qu'il soit enterré sous cinq policiers. Putain ! Je vais te tuer… sale pédé ! Tu m'entends ! Jory ! Sale suceur de bites !

— Oh, va en enfer, Brian, grognai-je en me tournant pour m'éloigner de lui. Et toute cette merde de pédé, c'est si vieux. Qui utilise encore ce terme de toute façon ?

— Jory ! hurla-t-il.

— Des gens avec des camionnettes et des râteliers à fusils, voilà qui.

Je gloussai, mon propre rire sonnant un peu déséquilibré. J'étais prêt à m'évanouir.

— Jory !

Sa voix avait perdu de son intensité, mais il criait toujours.

Je me dirigeai vers l'escalier.

— Monsieur Keyes !

Je pivotai et vit l'inspecteur Kage avec son charmant capitaine que j'avais rencontré plus tôt, ainsi qu'un autre de ces hommes – mâchoire carrée/cheveux coupés au carré – qui s'était trouvé avec lui dans la rue. Il posa deux doigts sur ma clavicule comme s'il essayait de percer ma peau.

— Où diable pensez-vous…

— Sam, le mit en garde le capitaine en lui retirant la main. Ne soyons pas…

— C'est un idiot, dit-il en me désignant d'un geste de la main. Et il sera mort demain à cette heure.

— Et qui ferait ça ? Brian ?

Je lui souris d'un air narquois.

— Fichez-moi la paix.

Il fit de nouveau un geste vers moi, mais ne dit rien.

— Monsieur Keyes, commença l'autre inspecteur d'une voix douce et apaisante. Même si vous pensez à Monsieur Minor simplement comme au fils de pute de mari d'une de vos petites amies, vous devez nous croire quand nous vous disons que cet homme n'est pas n'importe qui. Il s'agit d'un trafiquant de drogue, d'un assassin et de quelqu'un à qui vous ne voulez pas vous frotter. Il y a beaucoup de gens qui ne veulent pas le voir en mesure de choisir entre la prison ou parler d'eux. Vous seul avez le pouvoir de le mettre derrière les barreaux. Sans vous, il s'en sort. Comprenez-vous cela ?

— Je comprends, dis-je. Vraiment. Je vais témoigner. Je ferai tout ce que vous voudrez pour qu'il ne revoie jamais Anna tant qu'il vivra. Je vous le promets, mais sérieusement... j'ai une vie. Je veux dire, je suis ici depuis cinq heures et j'ai bien compris que vous ne pensez pas qu'être l'assistant de quelqu'un est important. Mais je vous assure que pour mon patron, je compte vraiment. Vous n'avez pas idée de la quantité de trucs que j'ai à faire.

Je poussai un rapide soupir, secouant finalement la tête.

— Appelez-moi et dites-moi quel jour je dois comparaître devant le tribunal, dis-je en descendant l'escalier menant à la sortie.

— Monsieur Keyes.

Je soupirai et me retournai, regardant le capitaine.

— Ils s'en prendront aux gens que vous aimez.

Je haussai les épaules.

— Bonne chance pour en trouver, dis-je avant de m'éloigner.

Dehors, l'air était froid. J'avais oublié que je portais toujours mes vêtements pour aller danser, qui consistaient cette nuit-là en un tee-shirt noir en spandex, un jean marron serré et des bottes de motard. Et comme nous étions en novembre, je me gelais. L'odeur dans l'air me faisait penser qu'il allait pleuvoir et le vent était glacial. Mes dents commencèrent à claquer tandis que je cherchais un taxi.

Une voiture ralentit à côté de moi et j'entendis le bruit d'une fenêtre automatique qui descendait. Lorsque je me retournai, un gars me souriait depuis le côté conducteur.

J'attendis l'inévitable 'rentre-dedans'.

— Hé, mec, je peux te déposer quelque part ?

L'ensemble d'éléments écœurants d'un homme d'âge moyen dans un van, essayant de m'embarquer dans le même véhicule dont il se servait pour emmener ses enfants à l'école, me fit frissonner.

11

— Je te parle, mon mignon.

— Non merci, dis-je rapidement en espérant qu'il passe son chemin. Je n'ai pas besoin qu'on me dépose.

— Allez… insista-t-il. Combien ?

— Je ne fais pas le trottoir, mec, je suis juste en train de marcher, dis-je en me déplaçant plus rapidement.

— Bien sûr que si, dit-il en me lorgnant. Monte !

Et puis je compris : c'était à cause des vêtements que j'avais mis pour aller au club et que je portais maintenant en dehors du club, en centre-ville, marchant seul dans les rues à deux heures du matin. Je n'avais rien à reprocher à sa logique. J'avais littéralement écrit 'garçon à louer' sur moi.

— Je…

Le klaxon nous fit peur à tous les deux. Je sursautai et le type fut tellement surpris qu'il appuya sur la pédale d'accélérateur et partit. J'aurai trouvé ça drôle si mon cœur ne battait pas si fort. Je frissonnai malgré moi et levai les yeux quand j'entendis quelqu'un crier mon nom.

Je vis l'énorme SUV – nommé d'après quelque chose en rapport avec les bateaux, noir et brillant – et, par la vitre baissée, l'inspecteur Kage. Il me faisait signe d'approcher. Je fourrai les mains dans mes poches et me dirigeai vers lui pour voir ce qu'il voulait.

— Montez ! dit-il sèchement dès que j'arrivai à hauteur de la fenêtre.

— Je…

— Monsieur Keyes, dit-il brusquement et son exaspération était évidente. Je suis à un cheveu de vous faire monter de force dans ce véhicule que vous le vouliez ou non.

La façon dont il prononça le mot 'véhicule', si cliniquement, ressemblait tellement au flic qu'il était. *'Éloignez-vous du véhicule, placez vos mains sur le toit du véhicule, montez dans le véhicule'*… c'était drôle.

— Ah ouais ? le défiai-je parce que je pensais pouvoir m'enfuir avant qu'il puisse mettre la main sur moi. Vous croyez ?

— Ouais, m'avertit-il, le regard braqué et sombre. Je le pense.

Et ce ne fut pas tant le ton sinistre ou la façon dont il me regarda que le muscle qui se crispa sur sa mâchoire qui me fit comprendre que j'étais plus proche d'un compromis que je le croyais. Il était plus grand que moi, et les chances qu'il puisse me blesser étaient par conséquent plutôt élevées.

J'ouvris la portière et m'installai sur le siège, claquant la lourde portière plus fort que nécessaire.

Il me grogna dessus.

— Attachez votre foutue ceinture de sécurité.

— Savez-vous où j'habite ? lui demandai-je.

— Oui, grogna-t-il presque.

Il avait une de ces voix basse et rauque, le genre que j'aurais trouvé sexy comme l'enfer dans toute autre circonstance.

— Je n'habite pas en ville.

Je voulais m'assurer qu'il savait où il allait.

— J'habite juste de l'autre côté d'Austin Avenue à Oak Park.

Il ne répondit pas alors je laissai tomber. Il y avait une musique country quelconque à la radio, mais c'était faible, donc je ne me plaignis pas.

— M'avez-vous entendu ? lui demandai-je pour vérifier.

— Je sais où vous habitez, dit-il rapidement, clairement exaspéré. C'était l'une des nombreuses questions à laquelle vous avez répondu, comme vous vous le rappelez peut-être.

Je levai les yeux au ciel alors que mon téléphone se mettait à sonner.

— Allô ? répondis-je.

— Où diable es-tu parti ? me demanda Taylor Grant avec irritation.

— Sortir une amie du pétrin, dis-je en souriant et en m'affalant sur le siège.

— Allais-tu revenir ou appeler ?

Je rigolai.

— Je ne pense pas que c'était notre marché. Toi et moi nous pouvons partir n'importe quand. C'est ta règle, lui rappelai-je joyeusement.

Long silence.

— Pas vrai ? insistai-je.

— Ouais, c'est vrai, dit-il, l'agacement évident dans sa voix. Alors, où es-tu ?

— Je rentre chez moi.

— Ah ouais ?

— Ouais. Pourquoi ?

— Dis-moi où c'est.

— Nan. Je t'appellerai, lui dis-je.

— Jory, dit-il doucement. S'il te plaît, laisse-moi…

— À plus.

Je bâillai et raccrochai. Je n'étais pas d'humeur à avoir de la compagnie. Je voulais seulement rentrer à la maison, me glisser sous la douche pour me laver de cette nuit et m'écrouler dans mon lit.

— Un de vos amis ?

— Pas vraiment, lui répondis-je, juste un mec.

— Vous avez beaucoup de mecs ?

13

Je me tournai lentement vers lui.

— Quoi ? demanda-t-il d'un ton bourru.

— Quel genre de question est-ce là ?

— Légitime, je dirais.

Je détournai la tête pour regarder à nouveau par la fenêtre.

— Quel âge avez-vous ? demanda-t-il.

— Vingt-deux ans.

J'abrégeai ma réponse en essayant de ne pas être cassant.

— Vingt-deux ans, répéta-t-il.

— Ouais.

— Comment pouvez-vous vous permettre de vivre seul ?

C'était une question étrange.

— Je vous l'ai déjà dit, j'ai un bon travail.

— Et quoi d'autre ?

Je me retournai à nouveau vers lui.

— Qu'est-ce que c'est supposé vouloir dire ?

— Je pense que vous le savez.

— Je ne crois pas, inspecteur. Vous allez devoir me l'expliquer.

— Très bien. Est-ce qu'un mec vous aide à payer le loyer et en échange, vous le laissez vous baiser ?

*Voilà qui était parfaitement clair.*

— Non, réussis-je à dire en desserrant à peine la mâchoire.

— Non ?

— Et d'abord comment savez-vous que je suis gay, inspecteur ?

Il me regarda d'un air ironique.

— Habillé comme ça ?

— Vous savez quoi ? Laissez-moi descendre !

— Laissez tomber. Ne soyez pas si dramatique.

Il était contrarié et sa voix le laissait parfaitement entendre.

— Vous tous êtes si foutrement dramatiques.

*Vous tous ?*

— Vous voulez dire les gays ?

— Laissez tomber, d'accord ? Je suis fatigué et je n'ai pas envie d'entrer dans un concours avec vous pour savoir qui pissera le plus loin. Je vous ramène parce que si je ne le fais pas, vous allez mourir de froid. Vous n'avez même pas de veste.

— Je vais tenter ma chance.

— Restez assis là et fermez-la.

14

Et j'obéis bien sagement à sa demande, ne disant plus un seul mot de tout le trajet. Quand il me largua en face de la vieille maison victorienne qui avait été transformée en quatre appartements, je sortis. Je claquai la portière et traversai la pelouse en courant sans un regard en arrière. Je ne vérifiai pas pour voir s'il attendait.

Lorsque j'entrai chez moi, je tombai immédiatement sur mon lit, tout habillé avec mes chaussures. J'étais épuisé. Se faire tirer dessus alors que vous couriez pour sauver votre peau était vraiment éreintant.

# II

AU MOMENT où je partais travailler en ce mercredi matin, il était près de dix heures et j'avais envie de faire demi-tour pour rentrer à la maison. Traverser la ville en métro était généralement assez amusant. J'aimais bien voir les mêmes visages tous les matins et parler à des gens que je connaissais à peine. Le problème était que nous avions eu droit à une pluie glaciale ce matin qui avait trempé tout le monde, mettant les gens de mauvaise humeur et les rendant intolérants face au désagrément quotidien d'être entassés comme des sardines. Une fois que j'arrivai au centre-ville, je dus remonter deux pâtés de maisons jusqu'à Cullen pour aller chercher la voiture de mon patron. Il m'avait appelé à six heures du matin pour me dire que le mécanicien avait oublié de la déposer chez lui et que par conséquent, je devais m'en occuper. Je dus ramener la voiture au bureau. Pour la milliardième fois, je me remémorai de la raison pour laquelle je ne possédais pas de véhicule. Conduire en ville était un véritable enfer. Entre les voitures à esquiver, les coups de klaxon intempestifs à mon attention et les piétons suicidaires, j'étais prêt à hurler. Je dus faire attention à ne pas heurter les voitures garées dans les rues étroites, me souvenir dans quel sens prendre certaines rues et essayer de ne pas rouler sur un nid de poule dans lequel je pourrais y laisser une roue. Je remerciais Dieu que la BMW de Dane soit une automatique ; je serais mort sans ça. Les gens touchaient presque toujours votre pare-chocs arrière lors d'un arrêt, et quand vous étiez au volant d'un véhicule munit d'un levier de vitesse, il est vraiment difficile de ne pas à reculer même un tout petit peu et heurter quelqu'un. Quand un coup de klaxon me fit sursauter, je passai le feu juste à temps. J'eus l'impression d'avoir mis un an pour faire dix pâtés de maisons.

Je me trouvais dans le hall et m'ébrouais comme un chien tout en enlevant mon manteau et en secouant mes pieds. Piper Dowling, notre réceptionniste, m'observa en riant pendant tout ce temps-là.

— Quoi ? demandai-je, en la regardant.

C'était une véritable vision, comme chaque matin, avec ses grandes boucles de la couleur du miel et ses doux yeux bleus. Et parfaite, avec un maquillage impeccable qui accentuait sa beauté.

— Tu as l'air vraiment craquant tout mouillé, mon ange.

Je lui lançai un regard qui la fit éclater de rire. Quand elle se reprit, elle me fit savoir que le café était encore chaud dans la salle de pause.

— Bonjour, me dit Sonja Lawson de son bureau alors que je passais devant elle.

— Hé, la saluai-je en souriant. Comment vas-tu ce matin ?

Elle haussa les épaules et je m'arrêtai avant d'accrocher mon manteau sur le portemanteau vintage.

— Quoi ? demandai-je avant de pouvoir m'arrêter.

Je me moquais de savoir ce qui n'allait pas, je la trouvais tout à fait ennuyeuse. Elle n'avait jamais de rendez-vous galant, ne s'achetait jamais de vêtements ni de chaussures de marque et ne regardait pas les mêmes émissions que moi. Nous n'avions absolument rien en commun.

— Eh bien, nous arrivons à la fin de mes trois mois, J, et je ne sais toujours pas si je vais rester ici de façon permanente ou non.

Je n'en avais aucune idée non plus.

— Je veux dire, la seule raison pour laquelle je suis ici, c'est parce que son bureau est dix fois plus actif que celui de n'importe lequel des autres partenaires. Tout le monde veut qu'il fasse leurs maisons, pas Monsieur Cogan ou Monsieur Brown.

— Sherman Cogan est un architecte paysagiste, Sonja, soupirai-je.

Je le lui avais déjà expliqué environ un million de fois.

— Et Miles Brown est un architecte d'intérieur. Ils ne font pas du tout la même chose.

— Non, je sais, mais le bureau de Dane reçoit plus de visites parce qu'il est le meilleur.

Comme d'habitude, elle ne comprenait pas pourquoi, mais je laissai tomber.

— Jory, je veux rester ici.

— Ouais, je sais.

Elle me le disait tous les jours depuis qu'elle avait commencé. Depuis le jour où Dane était entré dans le bureau et qu'elle avait levé les yeux pour les plonger dans son regard gris ardoise. À partir de ce moment-là, elle avait voulu rester.

Elle poussa un profond soupir.

— J'aime tout le monde ici.

Je savais exactement qui elle aimait et de qui elle espérait être aimée en retour.

— Jory, s'il te plaît.

— La décision n'a rien à voir avec moi, dis-je en secouant autant d'eau de mon manteau que je pouvais avant de me diriger vers mon bureau, mes pieds faisant des bruits de succion au passage.

— Qu'est-ce que tu as fait ? Tu es venu travailler à la nage ? demanda-t-elle en gloussant, momentanément distraite de sa campagne pour rester travailler pour Dane.

Je grognai.

— Ouais, c'est exactement ce que je ressens.

— Tu sais ce que je voudrais vraiment ?

— Je n'en ai aucune idée, dis-je en la regardant par-dessus mon épaule.

— Ton travail, dit-elle avec un large sourire.

— Et qu'est-ce que je ferais ?

— Mon travail.

— Ouais, c'est ça. Est-ce que tu m'imagines gentil et guilleret toute une journée ?

Elle se moqua de moi alors que je haussai un sourcil interrogateur. Je l'admirais beaucoup pour le sourire qu'elle plaquait sur son visage huit heures par jour. Impossible pour moi d'être capable d'un tel charme forcé. Mon travail me laissait une marge de manœuvre plus importante pour être vache.

J'avais la chance d'être en relation avec les clients, d'assister aux réunions préliminaires, d'aller en rendez-vous avec mon patron au domicile de ses clients et de m'assurer que personne ne voit jamais Dane Harcourt en chair et en os sans rendez-vous. Je faisais aussi beaucoup d'allers-retours au pressing et commandais des fleurs pour la personne du moment avec laquelle il sortait. Trouver des cadeaux d'anniversaire et acheter des présents pour Noël semblaient également faire partie de ma description de poste. Cela ne me dérangeait pas vraiment, cependant – c'était amusant. D'ailleurs, j'aimais quand les gens complimentaient Dane sur son goût et qu'il n'avait aucune idée de ce dont ils parlaient parce qu'il avait oublié de me demander ce que j'avais acheté. Depuis que j'avais reçu une carte American Express Platinum avec mon nom écrit dessus et que j'étais celui qui réconciliait ses relevés, neuf fois sur dix, il n'avait aucune idée de ce qu'il avait dépensé ou pour qui. C'était agréable qu'il me fasse implicitement confiance et il se trouvait que j'y étais quelque peu accro. Lorsque l'interphone de Sonja résonna tout à coup et qu'une voix agacée lui demanda si j'étais enfin arrivé, je fus étonné de la rapidité avec laquelle tous mes bons sentiments s'enfuirent.

— Oui, je suis là, répondis-je d'une voix forte en laissant échapper un profond soupir et en passant mes doigts dans mes boucles humides avant de me laisser tomber sur ma chaise.

— Viens ici, maintenant, dit Dane d'un ton sec et l'interphone fut coupé.

Je gémis bruyamment.

— Chuuuut, m'avertit Sonja.

— Pourquoi ?

— Il va t'entendre.

— Et alors ?

— Je pense simplement que tu devrais être plus gentil avec lui.

Je fus instantanément méfiant.

— Pourquoi ?

— Parce qu'il se peut qu'il ait eu une longue matinée.

— Pourquoi ? demandai-je à nouveau, sentant mes sourcils se froncer.

— Eh bien… dit-elle en hésitant, Thérèse Warner a appelé il y a une heure environ et elle m'a dit qu'elle allait venir.

— Ça n'arrivera pas, dis-je en me levant, lissant mon pull et mon pantalon puis m'assurant d'avoir l'air présentable avant de me diriger vers son bureau, vérifiant mes chaussures au passage. Sauf si tu la laisses lui parler.

Silence. Je levai donc les yeux vers elle. Elle avait l'air affreusement coupable.

— Oh, merde ! gémis-je. Tu te moques de moi ?

— Quel est le problème ?

— Sonja, geignis-je. Allez !

— J'ai oublié que tu m'avais dit qu'elle ne devait pas être mise en relation avec lui.

Elle prit une profonde inspiration tremblante.

— Alors, quand elle m'a dit qu'elle venait, je lui ai demandé si elle voulait parler à Monsieur Harcourt.

— Parfait ! grommelai-je.

Décidément, cette journée se déroulait de mieux en mieux.

— As-tu autre chose à me dire avant que j'aille le voir ?

— Je lui ai passé Monsieur Reid aussi.

Je me frottai l'arête du nez et comptai jusqu'à dix. Mon ami Evan disait toujours que tout était question de visualisation. Je devais imaginer un endroit où je me sentais heureux et m'y projeter plutôt que d'être ici. Malheureusement, cela ne semblait pas fonctionner. Ce n'était vraiment pas une grosse affaire qu'il soit irrité : il était irrité avec moi quatre-vingt-dix pour cent du temps. Le problème venait de la leçon qui suivait toujours. Cet homme vivait pour me rappeler mes erreurs.

— Mort. Je suis mort.

— Pourquoi ? C'est de ma faute, pas de la tienne.

— Mais je suis responsable de tout ce qui lui arrive lorsqu'il est au bureau.

Elle émit un petit rire.

— Allez, J. Tu te prends un peu trop au sérieux maintenant.

Je secouai la tête.

— Non, je veux dire que tout ce qui touche l'entreprise, c'est mon bébé. Je suis censé faire en sorte que les choses ici se passent en douceur.

— Je ne pense pas que ce soit réellement un si gros problème.

— Si tu le connaissais mieux, tu saurais exactement de quoi il retourne.

— Et de quoi s'agit-il ?

— De suivre ses directives, lui dis-je au moment même où la porte du bureau de Dane s'ouvrait et que celui-ci se montra.

Je ne pus étouffer mon gémissement à temps.

— Est-ce que le sens du mot *'maintenant'* t'a complètement échappé ?

— Non, monsieur, dis-je en me levant de nouveau pour le suivre dans son bureau.

Je pris soin de fermer doucement la porte derrière moi.

— Je veux que tu t'occupes des arrangements avec l'agence d'intérim pour que Mademoiselle Lawson soit transférée hors de ce bureau dès que possible. Il me semble que notre contact là-bas est Darcy 'quelque chose'. Appelle-la.

— Pardon ?

Ça, je ne l'avais pas vu venir.

— Je veux qu'elle quitte mon bureau. De préférence aujourd'hui.

Il détacha bien ses mots. Il était trop tôt pour ça.

— Mais elle fait un si bon…

— Je me moque de savoir où elle va, dit-il avec humeur en me coupant la parole. Je veux juste qu'elle parte d'ici. Elle ne peut pas suivre de simples instructions.

— Pourquoi ? Il s'agissait d'une simple erreur d'avoir laissé Mademoiselle Warner et Monsieur Reid vous parler ce matin, dis-je pour la défendre en m'asseyant dans le fauteuil en face de son bureau. Cela ne se reproduira pas. Je lui expliquerai que…

— Est-ce que tu vois ça ? demanda-t-il brusquement en me coupant à nouveau la parole.

Il indiqua des fleurs sur son bureau que je n'avais pas remarquées. C'était des roses rouges à longues tiges, arrangées avec art et elles étaient absolument magnifiques. Le vase était très beau lui aussi et manifestement très cher.

— Ouais.

— Oui, me corrigea-t-il.

Il détestait le mot '*ouais*'.

— Oui, répétai-je.

— Et ?

— Et ? répétai-je d'un ton un peu plus coupant que je l'aurai voulu.

Il arqua un sourcil comme s'il attendait que je dise quelque chose. Je le regardai et attendis. Il entrecroisa lentement ses doigts et continua de me fixer. Je plongeai dans ses yeux gris et remarquai pour la millionième foi combien ils étaient beaux avec les touches argentées et combien ils s'obscurcissaient quand il était contrarié. Et puis cela me frappa.

Il put voir que je venais d'avoir une révélation, et il sourit avec suffisance.

— Est-ce que Sonja vous a encore envoyé des fleurs ?

— Oui.

Il sourit, mais son sourire n'atteignit pas ses yeux. Ils ne brillaient pas comme ils le faisaient lorsqu'il était vraiment heureux. Quand il était réellement heureux, ils avaient une lueur chaude qui était irrésistible.

— Elle a un énorme béguin pour vous, vous le savez.

Je souris parce que c'était mignon.

— Oui, je sais.

— Mais, ce n'est pas…

— Je t'ai dit – et je lui ai dit – que je n'appréciais pas ses avances, peu importe qu'elles soient innocentes. J'ai donné des instructions spécifiques : ce comportement devait s'arrêter.

Il parlait très lentement, très poliment, espaçant chacun de ses mots pour que je sois sûr de les comprendre.

— Ce n'est pas le protocole approprié de cette société et cela ne sera plus toléré. Entre les fleurs, les petites notes et les chocolats pour la Saint Valentin, j'en ai assez.

— Et si je lui fais promettre ?

— Non, dit-il sèchement.

— Mais, patron, ce n'est pas simplement...

— Appelle Darcy et dis-lui que je veux qu'elle parte aujourd'hui et qu'une nouvelle réceptionniste arrive ici, demain. Je veux que ce soit fait avant le déjeuner.

— Sérieusement ?

— Oui, m'assura-t-il.

— Et si Darcy n'a personne d'autre à nous envoyer ? Vous êtes en train de dire que vous préféreriez répondre vous-même au téléphone plutôt que de l'avoir ici ?

— Tu réponds à mon téléphone, pas elle.

C'était un excellent point.

— Je veux qu'elle s'en aille, répéta-t-il.

— Mais s'ils n'ont nulle part où l'envoyer ? Peut-être qu'alors elle ne pourra plus payer son loyer ou...

— Je m'en fiche.

— Waouh. C'est un peu dur, vous ne croyez pas ?

— Non, dit-il avec irritation, et je pus voir que sa patience était à bout.

Je sus immédiatement qu'il devait y avoir autre chose qui le tracassait. Il détestait être irrité, détestait se répéter, mais les petits désagréments ne l'atteignaient jamais. C'était un roc.

— Elle s'en va aujourd'hui. J'en ai assez. Je ne serai pas ennuyé chaque jour sans aucune raison.

— Mais...

— Elle part. Je lui ai donné toutes ses chances.

— Pourquoi devrait-elle être punie parce qu'elle vous trouve irrésistible ?

Je pensais que je pouvais peut-être en appeler à sa vanité.

— J'aurais pensé qu'il était agréable d'arriver au bureau chaque matin et de savoir que quelqu'un pense que vous êtes l'incarnation absolue de tout ce qui est parfait dans ce monde. Je sais que ça me plairait. Ce serait très flatteur.

— Contrairement à d'autres…

Il voulait dire moi, bien sûr. Et je le compris avant même qu'il laisse planer le sous-entendu entre nous.

— … je n'ai pas besoin que mon ego soit perpétuellement caressé. Elle doit s'en aller et le faire maintenant. Et en plus, je ne pense pas que tu trouverais ça flatteur, je pense que tu prendrais ça davantage comme du harcèlement. Du moins, j'espère que tu aurais ce minimum d'intégrité.

Une demi-seconde passa avant qu'il demande :

— En as-tu ?

Je baissai les yeux et comptai jusqu'à dix afin de ne pas l'envoyer promener. Il pouvait être tellement arrogant parfois que l'idée de l'envoyer balader rendait presque impossible le fait de ne pas le faire. Quand je le relevai les yeux, il me fixait toujours avec la mine sombre et renfrognée dont il détenait le brevet. Au bout d'une minute, je plissai les yeux, l'imaginant avec une petite tête, pensant combien il serait facile de l'écraser. Quelle satisfaction si ses yeux sortaient de leurs orbites alors que sa tête explosait.

— Tu fais ce truc avec tes yeux.

— Quel truc ?

— Celui que tu fais quand tu imagines que j'ai une petite tête et combien il serait facile de l'écraser.

Je grognai. Il me connaissait trop bien.

— Écoute, dis simplement à Mademoiselle Lawson que je suis sûr qu'elle sera plus heureuse ailleurs. En outre, ajouta-t-il en tirant une enveloppe du tiroir du haut de son bureau, donne ceci à Mademoiselle Warner lorsqu'elle viendra. Je n'ai pas le temps de lui parler.

Je la pris et me levai pour sortir.

— Ne veux-tu pas savoir ce que c'est ? me demanda-t-il lentement. Tu es habituellement plus curieux.

*Il voulait dire 'indiscret'.*

— Jory ?

— Vous voulez dire indiscret, dis-je platement.

— Est-ce ce que j'ai dit ?

Voilà, il recommençait à appuyer ses mots.

— Non.

— Alors, prévois-tu d'être de mauvaise humeur toute la journée ?

— Non.

— Je vois, dit-il en hochant la tête.

Il prit une grande inspiration avant de se lever pour aller à la fenêtre de son bureau.

— Dis à Mademoiselle Warner qu'au lieu de ma présence aux Enchères de Célibataires de la semaine prochaine, je lui ai fait un chèque de dix mille dollars. C'est beaucoup plus que ce qu'elle aurait obtenu si j'y avais participé, alors elle devrait être satisfaite.

C'était au profit de la lutte contre le Sida et, à mon avis, il ne s'estimait pas à sa juste valeur. J'imaginais très facilement Mademoiselle Thérèse Warner et Mademoiselle Lacey Collins mener la bataille des portefeuilles pour celle qui aurait mon patron comme compagnon pour le dîner ce soir-là. J'étais sûr que le montant dépasserait largement la barre des dix mille dollars. Thérèse verrait cela comme sa chance de lui parler et de le convaincre qu'il avait eu tort de rompre avec elle. Lacey serait en mode défense, essayant d'éloigner toutes les autres femmes loin de son homme. Elle était la femme du mois et elle avait les faveurs de Dane Harcourt après tout, pour le moment.

— À quoi penses-tu ?

Je regardai dans sa direction et remarquai qu'il m'observait à nouveau.

— À rien.

— Dis-moi, ordonna-t-il en retournant à son bureau pour me donner les roses. Tu penses que ce n'est pas assez ? Que je ne fais pas tout ce que je peux ? Que je devrais faire plus pour la recherche sur le Sida ?

— Tout le monde devrait, mais ce n'est pas ça.

— Eh bien, quoi alors ?

Il patienta, ses yeux gris posés sur les miens.

— Je pense simplement que vous auriez récolté plus d'argent si vous y étiez allé.

— Pourquoi ?

Je souris malgré moi. Il semblait aller à la pêche aux compliments.

— N'est-ce pas évident ?

— Pas pour moi.

— D'accord, à mon avis tout le monde va commencer à enchérir et cela finira entre Mademoiselle Warner et Mademoiselle Lawson qui se battront pour le privilège de votre compagnie.

— Que tu crois, dit-il avec lassitude.

— Tout à fait, lui répondis-je.

Bon sang, il avait demandé !

— Et peut-être même que Mademoiselle Palmer et Mademoiselle Smythe voudront également faire une offre. Ce sera une véritable frénésie.

— Je vois.

— Ne pensez-vous pas ?

— Eh bien, nous ne le saurons jamais, n'est-ce pas ?

— Je suppose que non, dis-je en haussant les épaules et en déposant ses clés de voiture que j'avais encore dans la main sur son bureau.

— En outre, si Monsieur Reid vient ici, il doit être immédiatement refoulé. Je lui ai déjà clairement fait part de ce que je pensais au sujet des visites non sollicitées en ces lieux. Donc, s'il arrive, il sait à quel accueil s'attendre. Tu devrais alerter la sécurité du bâtiment par la même occasion. Suis-je assez clair ?

— Comme du cristal.

— Très bien.

— Il m'a appelé hier soir, lançai-je, me souvenant d'avoir vu son numéro familier s'afficher sur mon portable après que l'inspecteur Kage m'ait déposé.

Je ne l'avais même pas entendu sonner pendant que je prenais ma longue douche d'une heure. Je devais laver toutes les traces de la nuit avec l'eau la plus chaude possible. Ça m'avait fait un bien fou.

— Qui ?

— Monsieur Reid, dis-je en atteignant la porte.

— Attends ! m'ordonna-t-il avant que je puisse l'ouvrir. Quand a-t-il appelé ? Après le travail ?

— Ouais.

— Oui.

— Oui, répétai-je en levant les yeux au ciel.

— Il a appelé sur ton téléphone portable ?

— Oui, mais je ne lui ai pas parlé en fait. J'étais supposé le rappeler, il a laissé un numéro.

— Et allais-tu le rappeler ?

— Oui, répliquai-je, le rabrouant presque. Je dois lui dire de ne pas me rappeler parce que si vous ne lui parlez pas, alors je ne vais certainement pas le faire non plus. Ce dont il veut parler ne sont pas mes affaires.

— Tu meurs d'envie de savoir de quoi il s'agit, pas vrai ?

Il pouvait être si vaniteux. J'avais cet énorme événement qui se produisait dans ma vie – et dont je n'allais pas lui parler – mais il pensait que je brûlais du besoin de savoir pourquoi Monsieur Caleb Reid l'avait pratiquement harcelé ces trois dernières semaines.

— Jory.

Je le regardai à nouveau.

— Vous avez raison, il fut un temps où je voulais savoir.

— Mais plus maintenant.

— Maintenant, cela n'a plus autant d'importance.

Et, alors même que je réalisais à quel point j'étais irrationnel, j'étais toujours agacé. Logiquement, être en colère contre lui parce qu'il ne se souciait pas de quelque chose que je ne lui avais pas dit, était ridicule. Malheureusement, j'avais eu un D en logique au lycée. J'étais seulement passé en classe supérieure parce j'avais travaillé d'arrache-pied et que ma professeure le savait. Je la voyais encore secouer la tête, me demandant comment il était possible que je n'arrive pas à saisir les bases après avoir passé tant de temps dessus avec elle et l'étudiant diplômé qui l'assistait en classe. La moitié du problème avait été que son soi-disant assistant avait été bien plus intéressé par coucher avec moi qu'à m'aider à apprendre quoi que ce soit. Mais j'étais réellement si sérieusement enclin à utiliser mon cerveau droit que c'était un miracle que je puisse marcher en ligne droite. Le temps n'avait rien fait pour changer ça.

— Jory.

— Humm ?

— Tu es à un million de kilomètres d'ici. Qu'est-ce qui t'arrive ?

C'était mon ouverture pour dire la vérité.

— Rien.

— Pourquoi ne te soucies-tu plus de Monsieur Reid ?

Je haussai les épaules.

Il chercha mes yeux.

— Ta curiosité est limite compulsive et tu es infatigable avec tes questions. Qu'est-ce qui a changé ?

— Ce ne sont pas mes affaires.

— Ce que je t'ai fait remarquer un million de fois. Cela ne t'a jamais arrêté une seule fois.

— Eh bien, c'est le cas à partir de maintenant.

Il m'adressa le plus léger des sourires.

— Alors, tu mûris. C'est ce que tu es en train de me dire ?

Je laissai transparaître mon irritation avec un profond soupir et me tournai vers la porte.

Il traversa le bureau pour se tenir devant moi.

— Est-ce qu'il t'a déjà appelé avant ?

— Non.

— Et comment a-t-il eu ton numéro ?

— Quelqu'un lui a donné.

— Qui ?

— Je n'en ai aucune idée.

Je bâillai involontairement.

— Mademoiselle Lawson ?

— Sais pas.

— Tu le sais, dit-il en refermant la porte alors que je venais de l'ouvrir. Et cela m'importe, c'est pourquoi nous allons nous débarrasser de ce petit problème.

— Vous faites une montagne de pas grand-chose.

— Vraiment ? Mon numéro est-il également distribué ?

— Personne à part moi ne possède votre numéro au travail, lui assurai-je. Et je ne veux pas mourir jeune – trop jeune – alors ne vous inquiétez pas. Vous êtes en sécurité.

— Ce serait bien que tu saches que quelqu'un se soucie de ta vie privée autant que tu sembles te soucier de la mienne.

— Je ne semble pas m'en soucier, patron, dis-je sèchement en insistant sur le mot 'semble' comme il venait de le faire. Je m'en soucie *vraiment*.

— Eh bien, nous verrons, n'est-ce pas ?

Il utilisait son ton sarcastique. Je fermai les yeux une seconde pour ne pas crier. À la place, après avoir pris une grande inspiration, je lui demandai si c'était tout. Il ne répondit pas et j'inclinai la tête en arrière afin de pouvoir voir son visage.

— Est-ce tout ? répétai-je.

— C'est tout, dit-il en retournant à son bureau.

Je quittai son antre et me dirigeai vers le hall d'accueil avec les roses.

— Pour moi, mon chou ? demanda Piper.

Je grognai et m'en retournai.

Plus tard ce matin-là, je cherchais mon surligneur vert lorsque Thérèse Warner entra dans mon bureau qui donnait accès à celui de mon patron. Alors qu'elle se dirigeait vers la porte de Dane, elle remercia Sonja de l'avoir mise en communication avec lui plus tôt dans la matinée.

— Mademoiselle Warner, l'appelai-je avant qu'elle puisse tourner la poignée.

Elle me regarda par-dessus son épaule alors que je contournai mon poste de travail.

— J'ai des affaires à discuter avec Monsieur Harcourt.

Son ton était tranchant.

— Non, je crains que ce ne soit pas possible, répondis-je en lui tendant l'enveloppe. Monsieur Harcourt regrette de ne pas pouvoir assister à la soirée caritative de la semaine prochaine, mais il vous offre un chèque de dix mille dollars pour compenser son absence au gala de charité.

— Vous êtes-vous entraîné à dire ça toute la matinée ? demanda-t-elle d'un air pincé.

C'était drôle, mais quand elle sortait avec mon patron, elle pensait que la façon dont j'éloignais ses anciennes flammes était merveilleuse et nous nous entendions bien. Je l'aimais bien parce qu'elle était si bavarde. La plupart des autres ne prenaient pas la peine de me parler du tout, sauf pour m'ordonner de faire quelque chose pour elles. *Oh, Jory, soyez un amour et faites ça et ça et encore ça pour moi. Dane sera ravi que vous me fassiez cette petite faveur.* Thérèse avait été différente. Elle s'asseyait dans un fauteuil à l'extérieur de son bureau et me tenait compagnie, me demandant si je sortais avec des garçons mignons, me disant qu'elle aurait souhaité avoir des cils aussi longs que les miens, des yeux aussi grands et sombres.

— Je jure, Jory, disait-elle alors en s'appuyant sur le bureau, vos yeux ressemblent à du chocolat fondu, un beau brun avec des paillettes d'or. Je vous déteste tout simplement. Et ces cheveux blonds et épais que vous avez, mon Dieu, c'est un miracle que ne soyez pas harcelé. Vous ressemblez davantage à un mannequin qu'à un assistant.

Et je me mettais à rire parce qu'elle était drôle, mais maintenant, nos jours de bonne entente étaient révolus.

— Non, lui dis-je. Je vous répète simplement ce qu'il a dit.

Elle prit l'enveloppe.

— Pourquoi n'y va-t-il pas ?

— Il ne l'a pas dit.

— Je suis sûre que vous le savez, il vous dit tout.

*Quel mensonge !*

— Pas du tout.

— Il m'a dit qu'il vous disait tout.

C'était bien dommage que Thérèse ne sache pas reconnaître le moment où elle était menée en bateau. Il lui avait probablement dit qu'il me disait tout pour voir quelle serait sa réaction. Je savais comment il fonctionnait. C'était malheureux que cela ne soit pas son cas.

— Il ne le pensait pas.

— Dane pense toujours ce qu'il dit.

— Vous croyez ?

— Je dois lui parler, dit-elle, quittant mon poste de travail pour se diriger à nouveau vers la porte de son bureau. C'est très important.

— Vraiment ?

— Je dois lui parler, marmonna-t-elle encore alors que je marchais à ses côtés. Il ne prend pas mes appels, ni ici ni au club... et il ne répond pas sur son portable...

— Oh.

J'avais besoin de la rassurer.

— Cela n'a rien à voir avec vous. Il a d'autres dossiers en cours.

— Alors, je suis quoi au juste pour lui ? Un autre sujet d'irritation ? me lança-t-elle.

— Ce n'est pas ce que j'ai voulu dire, lui dis-je sérieusement.

Il n'y avait rien qui m'énervait plus que de voir les gens mal interpréter mes paroles ou mes motivations. Je détestais les gens qui supposaient des choses.

— J'ai besoin de le voir, Jory, dit-elle doucement, essayant de faire appel à moi comme si nous étions des amis.

— Prenez le chèque et partez, Mademoiselle Warner, lui dis-je en enlevant doucement sa main de la poignée de la porte. Il ne veut pas vous voir. Ne provoquez pas une scène que vous regretterez tous les deux.

— Je voulais l'épouser.

— Je n'ai aucun doute à ce sujet.

— Un jour, tout est parfait et le lendemain, il dit qu'il pense que ce serait mieux de commencer à voir d'autres personnes.

Je hochai la tête. Je savais déjà tout cela. Il tenait le même discours à toutes, le 'tu es trop bien pour moi' quand il avait besoin d'air et devait s'éloigner. La clé de cet homme, comme pour la plupart d'entre eux, était de lui donner des tonnes d'espace et d'agir comme s'il n'avait pas vraiment d'importance. Être là quand il en avait besoin et se faire discrète quand il voulait rester seul. Mais aucune d'elles n'avait été capable de jouer le jeu. Elles commençaient outrageuses et distantes, puis tombaient brutalement de haut et voulaient l'étouffer et le garder sous clé. Elles l'avaient si vite dans la peau ; le désir de le mettre en cage s'accompagnait d'une obsession paniquée presque du jour au lendemain. Et je le voyais alors reculer, puis se retrancher derrière son emploi du temps plus que surchargé et moi. Il adorait se servir de moi comme d'un bouclier, parfois même physiquement. Il me traînait alors derrière lui, juste pour enfoncer le clou. Chaque fois qu'il voulait mettre un peu de distance entre elles et lui, des dîners romantiques se transformaient en réunion de travail, des week-ends en amoureux se transformaient en week-ends studieux... il se servait de moi comme d'un tampon. Chaque fois qu'il voulait éloigner la personne avec laquelle il était.

— Je suis tellement amoureuse de lui que je n'y vois plus clair.

Je fus brusquement ramené au présent.

— Je suis désolé, Mademoiselle Warner. Que voulez-vous que je dise ?

Elle laissa échapper un petit soupir.

Qu'étais-je censé faire ? Cela devait être un supplice pour elle. Tout ce qu'elle avait à faire était d'ouvrir un journal à la rubrique 'faits de société' pour voir une photo d'une autre femme au bras de son ex-amant. Cela devait être douloureux, surtout parce qu'il lui avait appartenu si peu de temps auparavant.

— Comment peut-il simplement tourner la page et m'oublier aussi rapidement ?

Elle posait la question en l'air, ne s'adressant à personne en particulier. Je doutais même qu'elle se souvienne que j'étais encore là. Je restai simplement à côté d'elle, l'air stupide, parce que je ne savais pas quoi faire d'autre. Si nous avions été des amis, j'aurais pu la consoler, m'asseoir des nuits durant avec elle, la faire sortir et l'amener à des rendez-vous arrangés pour qu'elle sorte et ne reste pas cloîtrée dans sa maison, puis rester avec elle tard dans la nuit pour la laisser pleurer sur mon épaule pendant des heures. Si elle avait été mon amie, je l'aurais divertie sans cesse, jusqu'à ce que Dane Harcourt sorte de son esprit. Le problème était que Thérèse Warner n'était pas mon amie, donc je me sentais maladroit et embarrassé, désespéré de la voir quitter le bureau.

— Bonjour, Madame Bradley, déclara Sonja derrière nous.

Nous nous retournâmes tous les deux et je tendis la main à la dame qui nous avait rejoints devant le bureau de Dane.

Madame Miriam Bradley prit ma main et la serra avec force. Elle avait l'air sincèrement heureux de me voir et j'avais l'impression de la connaître, vu le nombre de fois où nous avions parlé au téléphone.

— Comment allez-vous Jory ?

— Très bien, merci. Êtes-vous prête pour votre première rencontre avec Monsieur Harcourt ?

— J'attends ça depuis des mois. Je suis plus que prête.

— Parfait, dis-je avec enthousiasme.

Je m'écartai pour pouvoir lui ouvrir la porte et m'assurer que Thérèse n'entre pas en même temps. Non pas qu'elle essayât.

Madame Bradley n'entra pas dans la pièce, mais s'immobilisa pour regarder Thérèse.

— Nous sommes-nous déjà rencontrées ? Vous me semblez familière.

Thérèse sourit automatiquement.

— Je pense que nous sommes adhérentes au même club à Highland Park. Je crois me souvenir vous y avoir vue. Mon père est Simon Warner.

— Oui, c'est ça, dit-elle en souriant et en offrant sa main à Thérèse.

Elle était si belle et si gracieuse. Je connaissais des femmes qui n'avaient pas l'air si belles à trente ans et encore moins à soixante. Je ne comprenais pas les hommes dans la cinquantaine ou la soixantaine qui exhibaient des épouses trophée alors qu'il existait des femmes superbes de leur âge. Mais je ne comprenais pas non plus les hommes gays qui se pavanaient avec des gars ayant la moitié de leur âge. Je supposais que la crise de la quarantaine était la même pour tout le monde, peu importait qui vous vouliez dans votre lit avec vous.

— Vous êtes Thérèse Warner. Eh bien, ma chère, je suis ravie d'avoir enfin pu vous rencontrer en personne.

Thérèse la remercia du bout des lèvres, essayant de ne pas pleurer.

— Entrez, Madame Bradley, appela Dane depuis son bureau.

Je refermai la porte derrière elle après qu'elle ait dit à Thérèse qu'elle espérait qu'elles pourraient bientôt disputer un match de tennis ensemble. Je me retournai vers Thérèse et la suppliai de partir.

— Je veux qu'il me voie.

— Il ne veut pas vous voir.

— Pourquoi ? Qu'ai-je fait de mal ?

— Je suis sûr que vous n'avez rien fait de mal.

— A-t-il dit quelque chose ? demanda-t-elle avec espoir.

Seigneur, elle l'espérait tellement fort que j'étais désolé d'avoir ouvert la bouche.

— Non, marmonnai-je. Il n'a pas dit un mot. Mais il va sortir de son bureau dans une minute et je pense que vous devriez partir avant cela et essayer de lui parler une autre fois.

— Comment suis-je censée faire ça ? Je ne peux pas l'appeler ici et je ne peux pas appeler chez lui. Il ne répond pas à son téléphone portable et il refuse de me parler en public... J'ai essayé de... de lui parler et il n'a simplement pas... il n'a pas voulu...

Elle se tut, commençant à pleurer.

Je secouai la tête.

— Il y a quelque chose qui le tracasse vraiment, Mademoiselle Warner. Je lui donnerai juste un peu de temps, si j'étais vous, pour qu'il résolve...

— Alors vous pensez que tout va s'arranger ?

— Je ne sais pas si je suis en position de...

— Mais vous le connaissez si bien, Jory, dit-elle en me coupant la parole. S'il vous plaît, dites-moi ce que vous en pensez.

Elle voulait si désespérément une sorte d'encouragement. Je poussai un profond soupir.

— Mademoiselle Warner, je ne sais pas quoi...

La porte du bureau s'ouvrit brusquement et Dane sortit. Il regarda Thérèse, les sourcils froncés, et elle commença à pleurer. Il prit une profonde inspiration et se frotta le front. Je connaissais très bien ce geste particulier. J'en faisais souvent les frais. Comme lorsqu'il voulait me parler et que je lui posais des questions au lieu de répondre. Je ne pouvais pas m'en empêcher ; j'aimais fouiller dans sa vie. Non pas qu'il me laissât faire, mais cela ne m'empêchait jamais d'essayer.

Il poussa un profond soupir et posa une main sur l'épaule de Thérèse.

— Je tiens à m'excuser pour ce qui s'est passé samedi, je n'étais pas moi-même. J'ai beaucoup de choses en tête ces derniers temps et je suis désolé que cela me soit revenu à l'esprit pendant que je te parlais. Je regrette profondément d'avoir élevé la voix contre toi. S'il te plaît, accepte mes excuses.

— Bien sûr, dit-elle dans un souffle.

Je la vis fondre simplement en le regardant. Elle se pencha vers lui alors même qu'il reculait d'un pas.

— Je devrais être plus prudent.

Il se tourna alors vers moi, sur le point de me dire quelque chose, et s'arrêta. Il se contenta de me fixer et je lui rendis son regard pendant une minute avant d'être mal à l'aise.

— Quoi ? demandai-je, me sentant bizarre tout à coup.

— Qu'as-tu fait à propos de Mademoiselle Lawson ?

— Je n'ai pas encore eu la chance de…

— Fais-le maintenant, grommela-t-il en se retournant vers Thérèse et en lui donnant une petite tape sur le bras avant de laisser retomber sa main. Je suis désolé.

Elle le fixa avec cette expression douloureuse sur le visage.

Il regarda le sol puis ses yeux revinrent sur moi comme s'il cherchait quelque chose à dire, mais était incapable de trouver les mots.

— Quoi ? répétai-je, tout à fait conscient que Thérèse m'observait au lieu de lui.

— J'ai faim.

Je souris tout à coup. Je ne pouvais pas m'en empêcher.

— Que voulez-vous ?

— Qu'est-ce que *tu* veux ?

Je secouai la tête.

— Je vais juste vous apporter quelque chose.

— Quelque chose de bon, murmura-t-il.

— Comme si je ne savais pas quoi prendre, l'appâtai-je en essayant d'obtenir une réaction.

Il passa les doigts dans ses cheveux épais, m'adressa un sourire en coin, puis se retira de nouveau dans son bureau, fermant la porte derrière lui.

— Il panique, dis-je fermement, réalisant que j'avais sans doute raison.

Si Dane paniquait, alors ma santé mentale était sûre d'en prendre un coup. Il était la personne le plus stable que je connaissais.

— Quel est son problème ? me demanda Thérèse en me suivant à mon bureau.

— Il panique, répétai-je avant de soupirer lourdement. Peut-être que vous pourriez l'appeler plus tard, hein ?

Elle hocha la tête et sortit sans un mot.

— Que voulait-il dire lorsqu'il t'a parlé de moi ? demanda Sonja en me regardant pitoyablement.

Je laissai échapper un profond soupir avant de lui parler des roses que j'avais apportées à l'accueil.

— Oh, mon Dieu, dit-elle, ses yeux se remplissant de larmes. Est-il vraiment fâché à ce sujet ?

— Pas vraiment fâché, dis-je doucement. Simplement, je pense que cela répond à la question de savoir si tu vas rester ici de façon permanente ou pas.

— Vraiment ?

— Oh, oui, répondis-je d'une voix traînante.

— Mais je ne veux pas…

— Je suis désolé, Sonja, la coupai-je rapidement. Il n'y a rien que toi ou moi puissions faire maintenant. Il a pris sa décision et quand il le fait, nous savons tous les deux qu'il ne reviendra pas dessus.

— Tout ça à cause des fleurs ?

— Et de toutes les autres choses, soupirai-je. Tu as le béguin pour lui.

— Il le sait ? demanda-t-elle avec incrédulité.

— Tout le monde le sait.

— Sérieusement ?

— Ouais. Tu as été très claire sur le fait que tu voulais avoir plus qu'une relation professionnelle avec lui.

— Qui ne le voudrait pas ?

J'y pensai pendant une minute.

— Eh bien, moi pour commencer, lui dis-je honnêtement.

— Tu es un homme, Jory, et Dane n'est pas gay.

Il y avait de ça.

— Mais je jure devant Dieu que tu es le seul que je connaisse qui ne veut pas de lui. Celia et Jill sont toutes les deux folles de lui, elles aussi.

— Peut-être, mais c'est peut-être aussi ce qui fait de moi la seule personne qui peut travailler pour lui. Tu ne peux manifestement pas.

Je savais très bien que Celia Johnson et Jill Kincaid étaient toutes les deux folles de mon patron, mais elles ne travaillaient pas pour lui, donc il ne savait pas qu'elles voulaient lui sauter dessus. Celia travaillait pour Miles Brown et Jill travaillait pour le troisième partenaire au sein du cabinet, Sherman Cogan.

— Mais…

Sa voix n'était plus qu'un murmure.

— Je pensais qu'il commençait à m'aimer.

*Tu l'énerves plus qu'autre chose*, pensais-je en m'asseyant sur le bord de son bureau.

— Il t'apprécie, Sonja, nous allons simplement nous assurer que tu ne sois plus ici avant qu'il commence à ne plus t'apprécier.

— Tu ne sais pas ce que c'est que d'être près de lui tous les jours et de ne pas être en mesure de le toucher.

*Oh mon Dieu, toutes ces femmes en mal d'amour dans ce bureau.*

34

La porte du bureau de Dane s'ouvrit et Madame Bradley et lui sortirent. Il se dirigea vers moi alors que je me levais, dépassant le bureau de Sonja.

— Je serai absent du bureau jusqu'à midi, donc va nous chercher à manger et sois de retour afin que nous puissions passer en revue le planning de la maison Mamon. Je m'attends à ne trouver que toi ici, dit-il, appuyant ses dires en me regardant droit dans les yeux. Nous avons beaucoup de choses à faire.

— Oui, m'sieur.

— Ne sois pas en retard.

— Non.

— Et n'oublie pas mon déjeuner.

Je me sentis froncer les sourcils d'un coup.

— Bien, grommela-t-il.

— Dois-je également vous prendre une boisson ? demandai-je d'un ton sarcastique.

J'avais apparemment besoin qu'on me précise tout en grosses lettres de néon. Puisque j'étais apparemment un idiot.

Il m'adressa un sourire, puis se retourna et suivit Madame Bradley hors du bureau. Madame Bradley faisait *elle-aussi* partie de ses admiratrices ; elle m'avait demandé au téléphone, sans même avoir posé les yeux sur lui – leurs seules conversations créant une étincelle qui n'avait aucun rapport avec l'intérêt professionnel – si Dane fréquentait ses clientes. Je lui avais répondu que je ne savais pas. Elle m'avait avoué qu'elle le trouvait irrésistible et qu'il lui était impossible de le sortir de son esprit. Ayant entendu tant d'autres aveux, je m'étais contenté de sourire et lui avais donné l'heure de son rendez-vous.

— Oh, Jory, soupira Sonja. Tu ne peux pas lui dire que je suis désolée et que cela ne se reproduira plus ?

Je secouai la tête et allai lui dire quelque chose de réconfortant quand mon téléphone sonna. Je contournai mon bureau et répondis.

— Alors, Thanksgiving est dans deux semaines. Tu sais ça, non ?

— Nick !

Je souriais au bout du fil parce que je n'oubliais jamais une voix. Parfois, c'était une mauvaise chose, car cela donnait aux gens que je connaissais à peine l'impression que je me souciais d'eux plus que je le faisais vraiment, ce qui était le cas ici.

— De quoi parles-tu ?

— Je te rappelle simplement ce que tu as promis.

— Je suis désolé, qu'est-ce que j'ai promis ?

J'entendis le soupir du gars avec lequel j'étais sorti deux fois. Il était très gentil, un interne à l'hôpital du comté.

— Tu vas passer quatre jours avec moi. Mes parents ont un chalet au lac Tahoe, je veux dire à Incline Village, mais c'est la même chose. Nous pourrons skier tous les jours. Tu vas adorer ça.

J'en doutais puisque le ski n'était pas vraiment mon truc.

— Hein ?

— Et je sais que tu n'es pas vraiment enthousiaste à ce sujet, mais je veux vraiment que tu viennes. Tu pourrais simplement traîner et te détendre en buvant tout le week-end avec mes amis et moi.

— Je vois, dis-je en me mettant à rire.

— J'ai déjà acheté ton billet.

— Je peux te rembourser.

Il se racla la gorge.

— Allez, Jory. Je ne veux pas être remboursé. Ce n'est pas comme si je ne pouvais pas utiliser le billet si tu ne le prends pas…

— Ah, tant mieux.

— Non, pas 'tant mieux'.

Il rit.

— Je veux que tu viennes avec moi. J'ai un fantasme récurrent où je nous vois sous une montagne de couettes alors que la neige tombe à l'extérieur.

Je souris au téléphone.

— C'est très romantique.

— Je sais !

Je me moquai de lui.

— Je vais y penser, d'accord ?

— D'accord, c'est honnête. En attendant, est-ce que je peux t'emmener dîner demain soir ?

— En fait, j'ai un…

— Jory, me coupa-t-il, sa voix à peine plus forte qu'un murmure.

Il était apparemment quelque part parmi d'autres personnes et ne voulait pas qu'elles entendent.

— Bébé, tu ne peux pas coucher avec moi une fois et me jeter après.

— Non ? La plupart des gars aiment ça.

— Je ne suis pas la plupart des gars. Je veux te voir, je veux passer du temps avec toi. Il y a cette petite alcôve pour prendre le petit-déjeuner dans ma grande maison où tu aurais fière allure aux premières lueurs du jour.

Ce qui était agréable. Le problème étant qu'il n'y avait aucune étincelle entre nous. Pas même une once d'alchimie. J'avais couché avec lui parce que j'avais senti que si je ne le faisais pas, je serais passé pour un allumeur. J'avais une règle personnelle : si vous arriviez jusqu'à mon appartement, alors on baisait. Il était venu lors de notre deuxième rendez-vous, et même si je n'en avais pas vraiment eu envie à ce moment-là, j'avais quand même couché avec lui. J'avais su que j'avais des problèmes quand, une fois terminé, il avait voulu rester pour la nuit. Je lui avais menti pour le faire sortir de mon lit parce que je ne dormais avec personne. Baiser, oui ; faire des câlins, non. Je n'avais jamais assez aimé ou fait confiance à quelqu'un pour le laisser passer la nuit.

— Écoute, dis-je gentiment. Pourquoi ne t'appellerais-je pas plus tard, quand j'aurai vu avec mon patron s'il aura besoin de moi demain soir ou pas ?

— Oh, tu dois travailler. Je suis désolé, je croyais que tu étais en train de me jeter.

C'était le cas, mais c'était plus sympa de cette manière.

— Non.

— D'accord. Bien. Appelle-moi plus tard.

— Je le ferai, mentis-je.

— Peut-être que je devrais venir te voir et noter le numéro sur ta main pour que tu ne l'oublies pas.

— Non, non, non, dis-je en riant. Ne fais pas ça. Je dois aller chercher le déjeuner de mon patron. Je ne serai même plus là dans cinq minutes.

— Alors, je le laisserai sur la messagerie vocale.

— Tu es persistant, Nicky, je te l'accorde.

— Tu n'as pas idée.

Je raccrochai, puis réfléchis à ce qu'il venait de dire. J'étais sur le point de le rappeler pour être simplement honnête envers lui lorsque Sonja se laissa tomber sur mon bureau.

— Parles-en à Dane une fois de plus, s'il te plaît, J.

C'était amusant qu'elle appelle mon patron par son prénom. Je ne pourrais jamais faire ça. Ce n'était pas assez respectueux.

— Jory, chéri, s'il te plaît.

Je fermai les yeux et m'adossai contre ma chaise. Ne savait-elle pas qu'essayer de faire revenir Dane Harcourt sur sa décision une fois qu'il l'avait prise revenait à essayer de raisonner un grizzli affamé ?

— Si quelqu'un peut le faire changer d'avis, c'est toi, Jory.

Pourquoi tout le monde disait-il toujours ça ? Pourquoi, quand Sherman voulait quelque chose, venait-il me trouver pour que je brise la glace pour lui d'abord ? Sherman Cogan et Miles Brown étaient dans ce cabinet avec Dane Harcourt depuis le premier jour et pourtant ils marchaient toujours sur des œufs avec lui. L'un des hommes était lui-même un grand architecte d'intérieur, avec plusieurs années de projets réussis valant des millions de dollars à son actif, l'autre, un des meilleurs architectes paysagistes du pays. Pourtant, ils vénéraient tous les deux mon patron parce qu'il travaillait exclusivement sur des maisons résidentielles. Apparemment, c'était là que se trouvaient vraiment les gros sous. J'avais toujours pensé que c'était les bâtiments commerciaux qui généraient le plus d'argent, et j'avais raison, mais les gros contrats de société étaient plus difficiles à obtenir que ceux des complexes d'habitations. Et je devais admettre que c'était le nom *Harcourt* qui amenait la plupart des gens à franchir notre porte, après avoir vu son travail dans *Architectural Digest* ou *Sunset* ou d'autres magasines. La reconnaissance du cabinet s'appuyait sur le nom de mon patron.

Quand j'étais venu travailler pour lui, cinq ans plus tôt, je n'avais aucune idée de qui était Dane Harcourt. Tout ce que je savais, c'était que sa société avait passé une annonce pour un assistant et que j'avais besoin d'un emploi. Je venais d'arriver en ville et je devais quitter l'auberge de jeunesse dans laquelle je logeais et commencer à payer un loyer. J'avais trois jours pour trouver quelque chose avant de me retrouver à la rue. J'avais mis des annonces pratiquement partout et la panique commençait à s'installer.

Je m'étais présenté, avec au moins une centaine d'autres, pour postuler à deux offres au sein du cabinet d'architectes Harcourt, Brown et Cogan. Debbie Towney était la responsable et la comptable du cabinet et elle travaillait avec Jill Kincaid, mais la charge de travail était trop lourde pour elles deux, elle en avait assez. On ne pouvait pas attendre de Jill qu'elle réponde aux différents téléphones, fasse toute la dactylographie, le classement, les photocopies, la prise de centaines et de centaines de rendez-vous d'affaires et reste saine d'esprit. Il avait été décidé que chaque partenaire aurait son assistant personnel qui serait uniquement responsable de son travail. J'avais pensé, puisque la vitesse de frappe

38

n'était pas une condition prérequise pour l'emploi, que je pouvais postuler à ce travail sans me ridiculiser. J'avais tort.

Ils nous avaient fait passer des tests de dactylographie. J'avais lamentablement échoué. On m'avait permis de revenir le lendemain parce que j'avais eu un score parfait sur les parties vocabulaire et orthographe du test, et que j'avais tiré mon épingle du jeu dans le domaine du design graphique. Non que j'étais un pro ou quoi que ce soit, mais les programmes Adobe et moi étions des amis intimes. Le problème était que le matin suivant, j'avais trouvé un chiot – un croisé husky sibérien comme me l'avait appris plus tard le vétérinaire – qui se promenait dans la rue alors que j'étais en chemin. J'avais bien essayé de me débarrasser de lui, mais le petit bâtard m'avait suivi sur huit pâtés de maisons. Il était tenace, et quand il avait failli se faire écraser en s'élançant dans la rue Michigan après moi, j'avais craqué et l'avais ramassé. Ses gémissements de joie m'avaient fait fondre en un instant. Ce chien et moi avions un lien. Je lui avais dit qu'il était chanceux d'avoir une épaisse fourrure parce que nous allions vivre dans la rue dans un avenir très proche. Il avait incliné la tête comme seuls les chiens sont capables de le faire lorsqu'ils ne sont pas sûrs de ce qui se passe avec vous.

Comme je pensais ne plus avoir la moindre chance d'obtenir le poste d'assistant de toute façon, j'avais pris mon nouveau chiot avec moi lors du deuxième entretien. Inutile de dire que j'étais le seul à arriver avec un chien qui aboyait dans sa boîte en carton. Jill Kincaid m'avait demandé de partir juste au moment où Dane Harcourt sortait de son bureau. Tout le monde avait souri, j'avais grimacé, et il avait froncé les sourcils.

J'avais été invité à entrer dans son bureau et m'étais assis en face de son énorme table de travail en bois antique. La pièce était sombre, avec un plancher de bois poli qui donnait l'impression qu'un érudit anglais vivait là plutôt qu'un architecte. Des bibliothèques prenaient la quasi-totalité de l'espace disponible et quelques très belles peintures à l'huile étaient accrochées aux murs. Dans un coin, il y avait plusieurs grandes plantes et dans l'autre, à côté de la baie vitrée, deux énormes fauteuils à oreilles et une petite table basse incrustée de mosaïque. J'appris par la suite que chaque carreau était peint à la main et que chaque pièce s'assemblait pour représenter l'image d'un paon. C'était une table qui avait appartenu à sa grand-mère et il se sentait bien de l'avoir dans son bureau, près de lui. Il avait ainsi l'impression d'avoir un petit morceau d'elle avec lui. Au bout que quelques minutes, il avait cessé de parler et m'avait regardé. Comme s'il était surpris de m'avoir expliqué tout ça. Mais tout le monde partageait tout avec moi. C'était un don.

Il avait commencé à me poser des questions sur mes qualifications et mon tout nouveau chiot s'était mis à faire le loup. J'avais répondu du mieux que j'avais pu et il avait semblé sincèrement impressionné de savoir que j'avais l'intention de poursuivre mes études aux Beaux-arts, jusqu'au moment où il avait commencé à me passer au gril en me demandant ce que j'allais faire une fois que j'aurais mon diplôme. Je lui avais dit que je ne savais pas. Je lui avais expliqué que je voulais me spécialiser là-dedans parce que j'aimais ça et que cela suffisait comme raison. Je n'étais pas certain de ce que je voulais vraiment faire de ma vie. Il m'avait répondu qu'il voulait quelqu'un qui était sûr de son choix de carrière, pas d'une personne qui faisait des expérimentations, qui pouvait être là un jour et partir le lendemain. Je lui avais assuré que ce ne serait pas mon cas lorsque mon chiot avait poussé un cri à glacer le sang.

— Qu'est-ce qui ne va pas avec ça ?

— *Lui*, soulignai-je. Il a juste peur. Il ne sait pas où il est et je suis sûr que c'est effrayant.

— Puis-je poser une question stupide ?

— Bien sûr.

— Pourquoi ?

— Pourquoi quoi ?

— Vous savez très bien quoi, dit-il en souriant et j'avais su alors que j'allais apprécier cet homme. Pourquoi avez-vous amené votre chien pour cet entretien ?

— Parce que je viens juste de le trouver ce matin et que je n'avais pas assez de temps pour le ramener à l'auberge de jeunesse, sinon j'aurais été en retard pour vous voir, et je ne peux pas vraiment le laisser seul dans ma chambre non plus, je veux dire… je vais devoir le faire entrer en douce ce soir.

— Vous l'avez trouvé aujourd'hui ?

— Ouais.

— Oui.

— Excusez-moi ?

— Je déteste le mot 'ouais'. Dites 'oui' à la place.

— D'accord, dis-je lentement, parce que, franchement, qui détestait le mot 'ouais' ? Oui.

— Quand ?

— En venant ici.

— Vous l'avez trouvé à l'instant.

J'avais haussé les épaules.

— Au moins, je me suis arrêté pour trouver quelque chose dans quoi le transporter. Je ne voulais pas qu'il se soulage dans votre bureau.

— Très attentionné de votre part.

J'avais poussé un profond soupir. C'était un désastre.

— Vous avez trouvé un chien en venant à cet entretien, avait-il dit comme s'il essayait de tout assimiler.

— Peut-être que c'est un bon présage, avais-je déclaré avec un grand sourire.

Il m'avait fixé intensément.

— Vous croyez aux signes du destin, n'est-ce pas ?

— Oui, monsieur, en effet, avais-je répondu en utilisant cette fois le mot qu'il préférait.

— Pourquoi ne pas l'avoir amené à la fourrière ?

J'avais plissé les yeux.

— Et quelles auraient été ses chances ?

Ses yeux s'étaient verrouillés sur les miens avant qu'il se racle la gorge.

— Vous savez que votre chien est bruyant, bonne chance pour le faire entrer quelque part en douce.

— Il est juste bruyant parce qu'il est coincé dans un carton.

— Vraiment ?

— Bien sûr.

— Testons votre théorie.

— Je vous demande pardon ?

— Montrez-le-moi.

— Vraiment ?

— Absolument, avait déclaré Dane en se levant et en faisant le tour de son bureau pour s'asseoir sur le bord de celui-ci. On dirait qu'il va mourir si vous ne le laissez pas sortir…

Je m'étais penché et avais ouvert la partie supérieure de la boîte en carton et Shiloh avait arrêté de faire le loup et s'était assis. Il avait levé les yeux sur nous et avait commencé à remuer la queue. J'étais sur le point de le prendre dans mes bras lorsque Dane s'était penché et m'avait devancé. Mon petit chiot avait tout de suite commencé à lécher son visage et avait poussé sa truffe humide dans son œil.

— Désolé, avais-je dit en riant à moitié, il est juste heureux de vous rencontrer.

— Il est vraiment mignon.

— Je sais. Je peux déjà dire qu'il sera une véritable épine dans mon pied.

Dane l'avait reposé et Shiloh avait commencé à explorer le bureau.

— Dites-moi, Monsieur...

Il s'était arrêté et avait levé les yeux sur moi.

— Keyes, c'est bien ça ?

— En effet, avais-je répondu, cherchant en vain à attraper mon chien qui s'était faufilé sous mes pieds. Mais vous pouvez m'appeler Jory ou J ou... peu importe. C'est comme vous voulez.

— Dites-moi, Monsieur Keyes, qu'y a-t-il de plus important, à votre avis ? Votre loyauté envers moi ou votre fidélité envers Harcourt, Brown et Cogan ? Êtes-vous un joueur en équipe ou plus enclin à soutenir un individu ?

J'y avais réfléchi une minute, calculant ce que je pensais qu'il voulait entendre, mais j'avais décidé d'y aller simplement avec mes tripes. Que pouvait-il m'arriver ?

— Si je travaille directement pour vous, Monsieur Harcourt, alors c'est à vous qu'ira ma loyauté. Je serais votre assistant personnel, pas celui de quelqu'un d'autre.

Il avait hoché la tête.

— Merci, Monsieur Keyes, je vous contacterai.

Je l'avais remercié et serais parti à ce moment-là, mais il avait fallu nous associer pour attraper Shiloh et le remettre dans son carton. Une fois cette mission avait été remplie, des gémissements et des hurlements avaient rapidement suivi.

— Quel comédien ! avait dit Dane avec un large sourire. Il ne sera vraiment pas un cadeau.

J'avais hoché la tête.

— Je sais, mais imaginez le plaisir.

— Imaginez le plaisir, avait-il repris en écho de sa voix chaude.

J'avais levé les yeux et lui avais souri.

— Vous avez vraiment était sympa avec tout ça.

Il avait hoché la tête.

— Comment allez-vous l'appeler ?

— Shiloh.

— Vous êtes un fan de la Guerre civile ?

— Non, avais-je répondu platement. Neil Diamond.

— Oh !

Il s'était retrouvé à court de mots et j'avais ri. C'était un homme bien.

Le jour suivant, le dernier que j'avais avant de devoir déménager, Jill Kincaid m'avait appelé pour m'offrir le poste d'assistant personnel de Miles Brown. J'avais immédiatement accepté et avais été capable de dire oui à l'homme que j'avais rencontré dans un club la semaine précédente. Lui et quatre autres emménageaient dans un appartement et il m'avait demandé si je voulais m'installer avec eux. J'avais juste assez pour le premier mois de loyer si je ne dépensais pas un sou. Après avoir reçu l'appel, je m'étais dirigé vers l'appartement du propriétaire de mon nouveau toit, un appartement minuscule en centre-ville, à côté de la voie ferrée, qui avait ressemblé au paradis alors que j'avais failli me retrouver à la rue. Ce soir-là, je conclus un accord avec mes nouveaux colocataires, s'ils acceptaient de nous nourrir, mon chien et moi, pendant deux semaines jusqu'à ce que je reçoive mon premier chèque de salaire, je ferais les courses et préparerais à manger pendant un mois. J'avais été choqué lorsqu'ils avaient tous accepté. Il s'était avéré que j'étais unanimement apprécié, qu'ils pensaient que mon chien était sympa et que l'idée d'avoir un repas fait maison cuisiné tous les soirs pendant un mois avait plu à tout le monde. Quand Shiloh et moi avions quitté l'auberge de jeunesse, j'avais eu l'impression que tout allait enfin bien se passer pour moi. Et j'étais vraiment reconnaissant à la société Harcourt, Brown et Cogan.

Lorsque je m'étais présenté au travail, Jill m'avait informé qu'elle s'était trompée et que je serais l'assistant de Monsieur Harcourt et non celui de Monsieur Brown. *Elle* était censée être son assistante, mais apparemment, il avait d'autres plans. Elle avait voulu savoir exactement ce que je lui avais dit lors de l'entretien et j'avais eu envie de la frapper. Cependant, Dane m'en avait épargné la peine lorsqu'il était sorti et avait dit à tout le monde que j'étais la personne la plus honnête qu'il avait interrogée. Et que le chien l'avait aidé. Jill avait levé les yeux au ciel et la nouvelle assistante de Miles, Celia Johnson, avait été déconcertée. Chien ? Avait-il dit chien ?

J'avais bientôt découvert, suite au flux constant de candidats qui étaient venus vérifier si le poste avait été pourvu, la vraie raison pour laquelle il m'avait choisi comme assistant. J'étais, et de loin, le seul à ne pas être complètement entiché de lui. Les femmes s'évanouissaient quand il passait. Jill et Célia désiraient toutes les deux ardemment mon poste et nous ne pouvions pas garder une réceptionniste très longtemps. La rotation dans le bureau était d'environ une tous les deux mois. C'était à peu près le temps qu'il leur fallait pour l'énerver royalement. Les filles tombaient toutes pour son charme décontracté et ce sourire qui illuminait ses yeux. Je les avais vues se pencher au-dessus de son bureau pour lui parler et j'avais observé leurs mains planer au-dessus de son épaule quand il ne regardait pas, voulant le toucher, mais n'osant pas. Elles voulaient toutes être proches de lui – toutes, sauf moi. Je n'aurais pas pu en avoir moins à faire, alors bien sûr, j'étais le seul qu'il laissait s'approcher de lui. Il était lui-même avec moi parce que, gay ou non, j'étais un mec et il n'avait pas besoin d'être prudent dans ses contacts physiques ou avec ce qui sortait de sa bouche. Il était douloureusement, brutalement honnête, franc au point où j'avais grimacé pendant un certain temps à chaque fois qu'il parlait. Mais après plusieurs mois, je m'étais rendu compte que je l'aimais beaucoup, tout simplement, et que mes sentiments venaient d'une toute autre source qu'un engouement passager ou un désir lancinant. J'avais compris que sous cette façade polie et ce style, la chose la plus étonnante chez lui était en fait son cœur. Il cachait bien sa chaleur et sa gentillesse, mais je le connaissais mieux que quiconque. Je savais qu'il avait été ému lorsqu'il m'avait reconduit chez moi après m'avoir emmené chez le vétérinaire pour faire piquer Shiloh. Mon petit chien avait succombé à un cancer à un an et demi et je ne pouvais plus supporter de le voir souffrir. Il m'avait serré l'épaule lorsque j'étais sorti de la voiture. C'était tout ce qu'il m'avait laissé voir, mais c'était tellement plus que ce qu'il donnait à n'importe qui d'autre.

— Jory.

Mon esprit avait dérivé et lorsque je levai les yeux, je vis l'air peiné de Sonja Lawson.

— S'il te plaît, Jory, parle-lui, plaida-t-elle. Je jure que je ne partirai pas avant qu'il revienne. Je veux lui parler. Je pense que je peux arranger les choses avec lui.

— Si tu le penses, lui concédai-je en sachant très bien que tout cela était sans espoir. Reste si tu veux, mais je vais te dire ce que je pense que tu devrais faire.

— Qu'est-ce que c'est ?

— Partir en courant, dis-je en la taquinant.

— Ce n'est pas très mature.

— Je te le dis comme je le pense. Il veut que tu partes et tu fais tout le contraire. Ne t'attends pas à ce qu'il soit heureux lorsqu'il reviendra pour déjeuner.

Elle se retourna pour rejoindre son bureau. Je me sentais désolé pour elle, mais il n'y avait rien que je pouvais faire. Je lui avais déjà demandé de reconsidérer sa décision, sans succès. Je savais qu'elle l'irriterait en restant jusqu'à son retour et que je serais celui qui récolterait les problèmes. Le téléphone me sauva de mes pensées.

— Veux-tu le numéro du cabinet du médecin maintenant ? me demanda-t-il sans un salut.

— Nick, tu es sérieusement atteint, lui dis-je avant de noter le numéro qu'il me donna.

Lorsque j'eus raccroché, je partis chercher de la nourriture méditerranéenne, parce que cela mettait généralement mon patron de bonne humeur.

J'entendis à peine Sonja lorsque je revins au bureau. Elle pleurait et se plaignait, rabâchant à quel point elle ne voulait pas partir. Je l'occultai complètement au bout de quelques minutes pendant que répondais aux e-mails, vérifiais son agenda et commandais des fleurs pour Samantha Palmer – qu'il emmenait apparemment à l'opéra la nuit suivante. Son nom avait surgi sur l'agenda de mon ordinateur pendant le déjeuner. Au temps pour Lacey Collins ; il semblait que la soirée au profit de la recherche contre le Sida serait leur dernier rendez-vous.

— Jory !

Je relevai la tête d'un coup et me rendis compte qu'elle sanglotait.

— Mon Dieu ! Qu'est-ce qui t'arrive ?

— Il est en train de ruiner ma vie !

— Quoi ?

J'étais confus.

— Jory, il…

— Oh, allez, Sonja.

Je ris à moitié parce que cela devenait ridicule.

— Il ne veut pas de toi et tu en es blessée pour une raison quelconque. Tu dois t'en remettre maintenant. Rentre chez toi et demain tu pourras commencer un nouvel emploi, avec un nouveau patron, et tu oublieras Dane Harcourt.

— Mais, je suis vraiment folle de lui.

Alors, je la regardai et compris. C'était une de ces jolies filles qui avaient l'habitude d'avoir tous les hommes à leurs pieds. Ce qu'elle ne comprenait pas, c'est qu'elle ne jouait même pas dans sa catégorie. Même pour un rendez-vous galant.

— Oh, pour l'amour de Dieu, arrête ça.

Je soupirai, fatigué du sujet.

— Tu n'as aucune chance avec lui.

— Jory, je…

— S'il te plaît, me moquai-je. C'est un fantasme. Personne n'attrape un homme comme ça.

Bien sûr, Dane fit son entrée dans notre bureau commun au moment où je disais ça. Nous réalisâmes tous les deux qu'il se tenait près de la porte depuis plusieurs minutes. Qu'il avait tout entendu. Je me recroquevillai sur ma chaise ; Sonja se précipita hors du bureau, marmonnant qu'elle devait aller voir notre chef de bureau, Debbie.

— Excellent, lui dit-il.

Je levai finalement les yeux et constatai qu'il était encore planté devant mon bureau. Je dus me tordre le cou pour voir son visage. Il m'observait attentivement, ses yeux cherchant les miens. Je vis les muscles de sa mâchoire se contracter, mais il ne dit pas un mot, se contentant de m'observer. Il était déconcertant d'avoir son attention pleine et entière, et je n'étais pas du tout sûr d'aimer ça. Je commençai à me tortiller.

— Vous êtes revenu de bonne heure, murmurai-je.

— Qui aurait cru que tu avais une si haute opinion de moi.

— Quoi ? demandai-je, faisant celui qui n'avait pas entendu, espérant qu'il laisserait tomber.

— Tu m'as bien entendu.

*Pas de chance.* Je pris une profonde inspiration.

— Ouais, eh bien, dis-je, ne détournant pas les yeux de son regard scrutateur. Ça va, ça vient.

— Alors, dit-il, ses yeux s'écartant finalement de moi. Vais-je pouvoir manger ?

Je soupirai bruyamment afin qu'il ne manque rien de mon irritation. Je pris son repas de humus et de couscous, de falafels et de tout ce qu'il aimait. Le sourire que j'obtins fut son vrai sourire ; celui que l'on voyait rarement, celui qui rendait ses yeux si chaleureux et faisait tomber les filles en pâmoison.

— Profitez de votre déjeuner, monsieur.

Il me regarda et je ne sus pas quoi faire, alors je plongeai la main dans le tiroir du haut de mon bureau et en sortis mon dernier paquet de Pop-Tarts. Je le lui tendis.

— Sont-ils à la fraise givrée ?

— Ne le sont-ils pas toujours ?

Il me le prit et entra dans son bureau sans un mot. Je restai assis là pendant une minute, repensant à ce que j'avais dit à Sonja et à la façon dont cela pouvait être interprété. Comme peut-être au fait d'être moi-même en train de m'enticher de lui.

— Hé, m'appela Jill depuis l'entrée du bureau.

Quand je levai les yeux vers elle, je vis un grand sourire sur son visage.

— Encore une qui mord la poussière, hein, chéri ?

Je levai les mains et elle éclata de rire. Et alors que je la regardais s'éloigner, je compris que même si Sonja n'avait pas été acceptée, moi je l'étais. Les filles et moi étions faits du même moule.

Jill, Celia et moi étions devenus proches au bout de six mois, Debbie ayant une carapace plus dure à percer. Cela m'avait pris une année entière. En fin de compte, cependant, c'était comme ça. Toutes les trois convoitaient toujours mon travail, mais personne ne voulait que je m'en aille non plus. Lorsque Piper avait commencé et avait semblé immunisée contre les charmes de mon patron, c'était comme si nous avions enfin réussi à construire une équipe forte qui allait former le noyau dur. Alors que je jetais un œil vers le bureau vide de Sonja, je compris que j'allais rencontrer quelqu'un de nouveau dans le courant de la semaine. J'aurais probablement dû suggérer à Debbie qu'elle demande à l'agence d'intérim de nous envoyer un mec.

# III

JE VENAIS juste de sortir de la douche lorsque mon portable sonna. Mon ami Evan était à l'autre bout du fil. Il me rappela que c'était son anniversaire et que je ferais mieux d'être au club pour vingt et une heures. Comme si j'allais être en retard à une fête.

L'Amnesia était une discothèque sur Halsted que j'appréciais vraiment. Elle était vraiment au top avec des gogos-dancers dans des cages, des néons pourpres partout et un bar qui courait tout le long d'un mur. Je repérai Evan avec son groupe d'amis et traversai la piste pour aller le rejoindre.

— Salut, mon pote ! dit-il avec un grand sourire en me serrant dans ses bras. Tu es venu.

— Ai-je déjà manqué ton anniversaire ?

— Non, dit-il en m'étudiant. Tu es la personne la plus fiable que je connaisse.

— Très bien.

Je lui serrai l'épaule.

— Alors, quel est ton plan pour ce soir ?

— D'abord, je dois te dire… Je viens de voir Kevin.

Je hochai lentement la tête.

— Ce n'est pas grave. Je savais qu'il devait revenir ce mois-ci.

— Mais tu n'es pas fâché qu'il soit dans un club ?

Je haussai les épaules.

— Ce n'est plus mon affaire, E.

Il hocha la tête, puis sourit tout à coup.

— Qu'est-ce que tu m'as acheté ?

Je tirai une enveloppe de ma poche arrière et lui remis deux billets pour le ballet.

— Oh, bébé… dit-il avant de me serrer de nouveau dans ses bras. Quand y allons-nous ?

— Non non, dis-je en secouant la tête. Emmène ta mère.

Il me jeta un coup d'œil.

— Tu sais que tu devrais. Tu ne vas jamais la voir alors qu'elle vit à dix minutes de chez toi.

— Elle veut toujours savoir avec qui je sors. Que suis-je supposé lui dire ? Je ne 'sors' avec personne, Jory... J'ai des relations sexuelles dans les arrière-salles des clubs. Je ne cherche pas quelque chose de sérieux.

— Un de ces jours, Ev... l'amour va t'attraper.

— C'est peu probable.

— Peu importe, dis-je en haussant les épaules. Emmène ta maman. J'ai acheté les billets pour elle et toi.

— Elle me rend fou.

— C'est une femme adorable.

Il grogna et glissa un bras autour de mon cou pour me rapprocher de lui.

— Viens dire bonjour aux filles.

Les collègues d'Evan – des hôtesses de l'air et stewards – étaient malicieux et affectueux et buvaient plus que je le croyais possible. Trois des femmes et deux des hommes me firent des avances et lorsque minuit arriva, je m'aperçus que j'étais affamé. Je revenais des toilettes lorsque Kevin Wu se plaça devant moi.

— Salut, dis-je en reculant pour ne pas le toucher.

— Jory.

Il sourit et tendit le bras vers moi.

Je fis un autre pas en arrière.

— Que se passe-t-il ?

Son sourire s'estompa et je vis sa mâchoire se contracter.

— Tu es toujours en colère.

— Je ne suis pas en colère, lui assurai-je, parce que c'était vrai.

Qu'il soit là ou pas n'aurait réellement pas fait de différence. Cela ne me faisait ni chaud ni froid.

— Content de t'avoir revu, dis-je en le dépassant.

L'année dernière, Kevin Wu m'avait dit qu'il m'aimait. Il m'avait emmené à un dîner très romantique et après bien des détours, il avait laissé échapper qu'il ne pensait pas pouvoir supporter que je couche avec quelqu'un d'autre que lui pour le reste de ma vie. À ce point de notre relation, je n'étais pas sur la même longueur d'onde, mais avec le temps j'étais à peu près certain que je l'aurais été. Nous avions une relation solide depuis six mois et c'était pour moi ce qui se rapprochait le plus d'une relation adulte. Son seul reproche avait été qu'il voulait dormir toute la nuit avec moi. Je n'étais pas prêt pour cette étape et au final, j'avais eu raison.

Lorsqu'il m'avait dit qu'il allait faire son coming-out auprès de sa famille, je m'étais empressé de l'accompagner pour lui offrir mon soutien et pour les rencontrer pour la première fois. Cela avait été un désastre. Non seulement il s'était dégonflé, mais il leur avait également dit que je n'étais qu'un ami. Il avait fini par danser toute la nuit avec une fille que ses parents avaient invitée. J'étais resté seul à table, et lorsque je l'avais confronté plus tard cette nuit-là, il m'avait dit que je ne pouvais pas comprendre puisque, en gros, j'étais orphelin. Je n'avais pas d'obligations familiales. Et lorsqu'il avait voulu se mettre au lit avec moi, je lui avais demandé jusqu'à quel point il me croyait stupide. J'avais compris ce qu'il voulait dire. Je n'avais pas l'étoffe d'un partenaire acceptable. Il était d'accord avec moi, mais avait poursuivi en disant qu'une fois qu'il aurait pris sa place dans l'entreprise familiale, il serait capable de m'entretenir : appartement, voiture, argent de poche… il s'occuperait très bien de moi. J'étais tellement content que nous soyons chez lui – pour pouvoir partir – et ravi que nous n'ayons jamais échangé nos clés de maison comme il l'avait souhaité. Nous en avions fini. J'avais à l'évidence flotté sur un petit nuage durant tout le temps de notre relation. Et j'étais très heureux que la drogue, la transe ou le lavage de cerveau extraterrestre se soit enfin dissous afin que je puisse reprendre ma vie et prétendre que Kevin Wu n'avait jamais existé.

— Jory.

Je me retournai et attendis le temps qu'il me rattrape.

— Où vas-tu ?

— Je retourne près d'Evan. C'est son anniversaire.

Il eut l'air confus.

— Jory.

— Quoi ?

— Je veux te voir.

— Je suis là.

— Ce n'est pas ce que je veux dire et tu le sais.

Je haussai les épaules et me retournai pour partir.

Il attrapa mon bras.

— Qu'est-ce qui ne va pas avec toi ?

— Rien.

— Jory, je…

Je retirai ses doigts de mon bras un à un et reculai de quelques mètres avant qu'il me rattrape et me retienne, se positionnant en face de moi, bloquant tout espoir d'évasion.

— Ne joue pas les abrutis simplement parce que tu le peux. S'il te plaît, laisse-moi te voir.

— Non.

Il fronça les sourcils.

— Jory, plaida-t-il. Allez, s'il te plaît, ne…

— Laisse-moi partir, Kevin.

— Écoute, je suis désolé de ne pas avoir rappelé dès que…

— Ça n'a pas d'importance.

Je repoussai sa main.

— Pourquoi ça n'est pas important ?

Il avait fait une erreur de jugement et je vis les prémices d'une lueur d'inquiétude dans ses yeux.

— Parce que ça ne l'est pas, tout simplement.

Il attrapa mon bras d'un mouvement rapide, et le serra pour la deuxième fois.

— Jory, calme-toi, d'accord ?

— Je suis calme, c'est toi qui deviens bizarre.

— Allez, J. Je n'ai fait que penser à toi pendant mon absence.

Il commençait à monter le ton.

— C'est des conneries. La seule chose à laquelle tu as pensé c'est ce que je te faisais au lit.

Il sourit d'un air narquois et se rapprocha de moi.

— Il y a de ça.

N'ayant pas eu beaucoup de partenaires, Kevin avait bien moins d'expérience que moi. Mes amants se comptaient en nombres et non en chiffres, et j'ai appris quelque chose que j'aimais – ou qu'un autre aimerait – de chacun d'eux. Ce que j'avais appris avec Kevin, c'était que je ne voulais plus me tromper. Les orphelins voulaient un foyer et je ne faisais pas exception. Je voulais appartenir à un seul homme, comme toutes les femmes dans tous les films romantiques hollywoodiens qui faisaient sortir les mouchoirs que j'avais vus. Je n'avais plus envie de baiser à droite et à gauche.

La main sur ma joue me fit sursauter et je levai les yeux vers Kevin.

— Où étais-tu ?

Il sourit, se rapprochant de moi, prenant mon visage entre ses deux mains.

— Tu penses manifestement à quelque chose.

Je relevai le menton et reculai.

— Rien. Content de t'avoir revu.

51

— Allez, J, dit-il doucement, plongeant ses yeux dans les miens. Je veux seulement te parler.

Je me retournai pour m'en aller, mais il empoigna le devant de ma chemise et me tira en avant, me faisant perdre l'équilibre et pratiquement tomber contre lui.

— Jory, murmura-t-il. Que dois-je faire pour…

Je reculai avant de le repousser.

— Lâche-moi, mec, l'avertis-je, plus ennuyé que j'aurais dû l'être.

Je me rendis soudain compte que je n'étais d'humeur à rien, sauf à rentrer pour m'installer dans mon canapé. Je n'avais vraiment pas envie d'être ici. J'avais besoin de temps pour assimiler tout ce qui m'était arrivé depuis la veille au soir.

— Écoute, dit Kevin en s'accrochant à mon bras. Je suis désolé, d'accord. Je ne voulais pas… J'ai vraiment pensé à toi sans arrêt depuis…

— Tu es en train de jouer les connards, le coupai-je en me libérant.

Il s'empara à nouveau de moi, cette fois en tirant violemment sur mon bras.

— Arrête de jouer à l'inaccessible. Nous savons tous les deux que tu vas me donner ce que…

— Lâchez-le.

Nous nous figeâmes tous les deux et nous retournâmes pour voir l'inspecteur Kage. Il se tenait là, en train de me regarder avec son visage renfrogné permanent, les sourcils froncés, des lignes profondes se creusant entre eux, ses yeux bleus froids, son regard affichant une lueur de pure irritation. Je fus étonné que Kevin soit toujours accroché à moi.

— Que faites-vous ici ? lui demandai-je carrément, parce ce que ça plus qu'autre chose était tout bonnement incroyable.

Franchement, j'étais ébahi.

— Je pourrais vous poser la même question, grogna-t-il. Est-ce votre idée de faire profil bas ?

— Oh !

J'étais encore plus confus.

— Est-ce que c'est ce que je suis supposé faire ?

— Vous le savez bien.

Je haussai les sourcils.

— Vraiment ?

— Ouais, vraiment.

— Hein.

Il tourna son regard vers Kevin.

52

— Lâchez-le. Je le demande gentiment.

Ce n'était pas tant ses mots que son attitude qui était intimidante. Il se tenait là, ne faisant rien, et pourtant il semblait menaçant. Comme un assassin ou un guerrier samouraï… comme si l'immobilité pouvait être rompue à tout moment par un geste violent. Kevin me relâcha et je pris une profonde inspiration.

L'inspecteur Kage posa une main sur mon épaule.

— Allons-y.

— Attendez, dit Kevin en tendant le bras vers moi.

— S'il vous plaît, l'avertit Kage. Je ne veux pas vous faire mal.

Mais on pouvait entendre à son ton qu'il espérait que Kevin allait essayer.

— Me faire mal ?

L'inspecteur arqua lentement un sourcil.

La mâchoire de Kevin se contracta.

— Vous pensez pouvoir me faire mal ?

Cela ressemblait à un défi.

— Oh par l'enfer, ouais, dit l'inspecteur avec un air suffisant, narquois sur le dernier mot.

Dans ses vêtements de ville, Sam Kage avait l'air encore plus grand que la veille lorsqu'il portait sa chemise et sa cravate. Le jean mettait en valeur ses longues jambes musclées et sa taille fine, tandis que le tee-shirt collait à son torse large et ses épaules, soulignant des biceps et des triceps saillants, les veines de ses bras et de ses mains étant visibles. Il était taillé en 'V', les muscles ondulants, solides et durs, et je réalisai que debout comme ça dans une discothèque gay, il y avait certainement plus que Kevin et moi qui le regardions. Les yeux bleu ardoise, les courts cheveux dorés, les sourcils épais, les lèvres pleines, la mâchoire ciselée… Je n'avais pas remarqué la nuit précédente que cet homme était un véritable fantasme ambulant. Probablement à cause de la façon dont il m'avait regardé. Comme s'il me détestait.

— Qui êtes-vous ? lui demanda Kevin d'un ton sec.

L'inspecteur Kage se contenta de lui décocher un regard avant de me tirer par le bras. C'était différent de la manière dont Kevin m'avait tiré ; mes pieds décolèrent presque du sol. Cet homme n'avait manifestement aucune idée de sa force.

Il voulut me traîner hors du club, mais je m'élançai vers Evan pour lui dire au revoir. Lorsque je posai la main sur l'épaule de mon ami, il se retourna pour me regarder. Je vis ses yeux détailler l'inspecteur Kage. Il ne me vit même pas. Je n'existais plus.

— Seigneur, Jory, qui est-ce ?

Il semblait presque à court de souffle.

Je fis un pas de côté pour pouvoir les présenter.

— Evan Rheems, voici l'inspecteur Sam Kage. Inspecteur Kage, voici mon pote, Evan.

Il hocha la tête, mais ne tendit pas la main.

— D'accord. Pouvons-nous y aller ?

— Oh non, vous ne pouvez pas y aller, dit Evan en posant la main sur mon poignet. C'est mon anniversaire. Jory et moi n'avons même pas eu notre...

— Il vient avec moi, déclara catégoriquement l'inspecteur Kage, et je sentis sa main sur ma nuque. Alors vous allez devoir faire ce que les gens comme vous font une autre fois.

— Les gens comme nous ?

Evan me regarda, les sourcils levés, une question dans son regard.

J'avais l'impression que mon œil droit tressautait.

— Ce n'est pas... Il n'est pas avec moi, Ev. Il est...

— Ça suffit, grommela-t-il et je sentis sa main se resserrer sur ma nuque. Dehors, maintenant.

Je me penchai et embrassai Evan sur la joue, lui promettant de le rappeler le lendemain, avant de demander à l'inspecteur de me relâcher.

— Seulement si vous marchez vers cette putain de porte, aboya-t-il.

Je me dirigeai vers la sortie, mais un mec se plaça devant moi.

— Salut, me dit-il en souriant. Tu te souviens de...

De lourdes mains s'abattirent sur mes épaules et les serrèrent.

— Excusez-nous, dit-il derrière moi.

Le gars détourna les yeux de mon visage et vit l'inspecteur Kage derrière moi. Il s'écarta de notre route et je fus poussé durement vers l'avant.

Dehors, dans la rue, je pivotai pour lui faire face.

— C'était quoi ça ?

— Pourquoi ne vous peignez-vous pas une putain de cible sur la poitrine, espèce d'imbécile !

Je commençai à m'éloigner de lui, mais il saisit mon bras et me fit me retourner face à lui.

— Seigneur ! Pouvez-vous arrêter de me malmener ? lui criai-je, tordant mon bras pour me libérer, agacé.

— Désolé, dit-il automatiquement sans aucune sincérité avant d'enfoncer les mains dans ses poches. Mais vous n'écoutez pas ce que je vous dis. Je ne vous comprends pas.

— Peu importe, soupirai-je. Écoutez, j'ai faim, je dois manger, d'accord. Après je vous promets de rentrer à la maison.

Il hocha la tête.

— Très bien.

Je lui accordai un dernier regard puis me retournai pour m'éloigner.

— Attendez.

— Seigneur ! Quoi encore ?

— Vous voulez bien vous arrêter, s'il vous plaît ?

Je m'immobilisai, mais ne me retournai pas.

— Je dois manger aussi.

Je le regardai par-dessus mon épaule.

— Je vais prendre un petit-déjeuner. Vous en voulez ?

Il hocha la tête.

— Ouais.

— D'accord.

Je souris en me tournant vers lui.

— Où est le tank que vous conduisez ?

J'eus à peine droit à un sourire, une courbure minime de sa lèvre.


JE POUVAIS beaucoup parler quand je m'y mettais, et c'est ce qui se passa au restaurant. Je maintins une conversation constante, passant des *Experts* au fait que je pensais devenir catholique parce que j'aimais tous les différents saints. Je lui fis goûter mes pancakes à la banane et souris en grand lorsqu'il admit que ce n'était pas mauvais.

— Seigneur ! Vous parlez beaucoup, dit-il entre ses dents.

Je devins silencieux et bus mon jus d'orange.

— Hé.

Je levai mon regard dans ses yeux bleu argenté.

— Je ne voulais pas dire par là que vous deviez arrêter. Vous me rappelez juste mes sœurs, c'est tout.

— Ça ne peut pas être bon signe, dis-je en m'écartant de la table.

— Non, dit-il rapidement. En fait, cela ne me dérange pas.

Je hochai la tête et vidai mon verre.

— Alors, voulez-vous quelque chose d'autre ou c'est bon ?

— Je veux quelque chose, dit-il en me regardant vraiment.

Et j'eus l'étrange sensation – ce qui j'en étais sûr n'était qu'un vœu pieux de ma part – que peut-être, il parlait de moi. Parce que même si cet homme me détestait de toute évidence, il était vraiment magnifique. Impossible de ne pas remarquer les rides profondes de rire autour de ses yeux, la cicatrice au-dessus de son sourcil gauche, ou la façon dont ses vêtements collaient à lui comme une seconde peau. Et même si je m'étais plaint plus tôt, l'idée qu'il soit brutal avec moi était très excitante. Avec tous les mecs qui avaient essayé de me jeter contre un mur ou sur un lit, j'avais été en mesure de me dégager. La plupart d'entre eux ne voulaient pas vraiment de ce côté aussi physique de toute façon, ne voulaient pas lutter pour me soumettre, tout n'était que spectacle. Mais l'inspecteur Kage pourrait me faire faire ce qu'il voulait. Ses muscles définis, sa taille, la lueur dans son regard sombre me le disaient clairement.

— Froid ? demanda-t-il en voyant que je frissonnais.

Je secouai la tête et pris une inspiration.

— Non, je vais bien, dis-je en me levant, tirant mon portefeuille.

— Je m'en occupe, dit-il sèchement en se levant pour se tenir à côté de moi.

— Oh, bon sang, non, lui dis-je en déposant vingt-cinq dollars sur la table.

Je devais couvrir le pourboire aussi.

— Je préférerais me faire tirer dessus plutôt que vous devoir quelque chose.

Il me jeta un regard mauvais et je ris avant de lui donner une petite tape sur le bras.

— À plus.

Sa main agrippa fermement mon épaule pour me retenir là où j'étais.

— Je vous ramène chez vous. Restez là.

Donc, j'attendis à côté de lui alors qu'il déposait sa part de l'addition sur la table, puis sortis devant lui.

— Voulez-vous me menotter afin que les gens ne pensent pas que nous sortons ensemble ? lui demandai-je avec désinvolture.

— Aucune personne saine d'esprit ne penserait que nous sommes ensemble.

— Non ?

— Ouais, non.

— Pourquoi pas ?

— Parce que.

Mais il ne donna pas plus d'explication, alors je laissai tomber.

La ruelle était sombre, mais il était juste derrière moi, donc je ne m'inquiétai pas. Je vis sa voiture dès que nous sortîmes de l'autre côté et j'en fus heureux parce que je commençais à geler.

— Puis-je vous poser une question ?

Je grimaçai.

— C'est quoi ça ?

J'essayai de sourire.

— désolé ?

— Ne dites pas que vous êtes désolé quand vous ne l'êtes pas. C'est quoi cette grimace ? Que pensez-vous que je vais vous demander, pour l'amour de Dieu ?

— Quelque chose d'horrible.

Il plissa les yeux.

— Charmant.

— C'est comme traverser un champ de mines, murmurai-je alors que nous atteignions le SUV.

L'alarme de la voiture bipa lorsque la portière s'ouvrit et je montai à l'intérieur. Je me penchai pour lui ouvrir sa portière puis reculai pour boucler ma ceinture avant qu'il m'aboie dessus.

— Pourquoi n'avez-vous pas une putain de veste ? me demanda-t-il sèchement.

Je haussai les épaules.

— J'en ai une, c'est simplement qu'il ne fait pas encore super froid. C'est pénible d'en porter une jusqu'au club, de la déposer au vestiaire puis de se souvenir de la récupérer après.

— Donc, vous préférez attraper une pneumonie ?

— Inspecteur, savez-vous que cette maladie est en fait causée par des germes et non par le froid ?

— Très drôle, dit-il sèchement.

J'inclinai ma tête en arrière et me mis à l'aise. Mon téléphone sonna et c'était Kevin donc je laissai la messagerie vocale prendre le relais. Taylor appela, puis Nick, mais je n'avais pas envie de parler. Il faisait chaud dans la voiture et comme nous étions tous les deux silencieux, je commençai à somnoler. Quand mon téléphone sonna à nouveau, je le mis en mode vibreur.

— Cette chose n'arrête donc jamais de sonner ?

— Mmm, lui répondis-je, à moitié éveillé.

— Vous êtes populaire, hein ?

Je grognai alors qu'il engageait la voiture dans la rue. Il prit son téléphone et je l'écoutais distraitement parler de dates et d'heures. Il était difficile d'imaginer la vie d'un inspecteur de police. Je me demandais ce que c'était que d'avoir un travail qu'on ne quittait jamais complètement.

La voiture était chaude, la conduite sans à coup et le bruissement des pneus sur la route apaisant. Je perdis la notion du temps.

— Jory.

Je sentis le dos de ses doigts glisser sur ma gorge et je me rendis compte que la voiture s'était arrêtée.

— Merde, désolé.

Je pris une grande inspiration et me redressai. Difficile de savoir combien de temps j'avais dormi.

— Je suis une loque en voiture. Je m'endors toujours.

— Moi aussi, sauf si je conduis, dit-il doucement.

— Merci, dis-je d'une voix rauque alors que j'ouvrais la portière pour sortir.

— Hé.

Je le regardai à nouveau.

— Faites attention à vous, d'accord ?

Je hochai la tête.

— Vous êtes idiot de ne pas accepter le programme de protection des témoins.

— Je ne veux pas d'une nouvelle identité, Inspecteur. Je…

Il leva une main.

— Épargnez-moi vos raisons, d'accord ? Essayez juste d'être un peu moins visible.

Je lui promis que j'allais travailler là-dessus.

Il murmura quelque chose que je ne compris pas.

— Quoi ?

— Rien.

— Êtes-vous inquiet pour moi, Inspecteur ? demandai-je avec espoir.

— Non, grogna-t-il. Je ne veux pas vous retrouver la cervelle éclatée, c'est tout.

Ce qui, fondamentalement, referma la porte sur mon vœu pieux.

# IV

LES GENS ne cessent de me surprendre. Je peux comprendre qu'être dragué soit la réponse recherchée lorsque vous êtes dans un club avec les vêtements les plus séduisants et les plus moulants que vous possédez. Mais, fraîchement sorti de la salle de gym, les cheveux encore mouillés de la douche, avec un iPod vissé aux oreilles, ce n'est pas le bon moment pour que quelqu'un essaie de vous faire du rentre-dedans. Alors quand un mec se pencha vers moi devant le rayon des salades le lendemain soir, mon visage était moins qu'amical lorsque je me retournai pour le dévisager. J'avais traversé ma journée au bureau dans une espèce de brouillard et j'étais allé faire du sport dans l'espoir de m'éclaircir la tête. Je n'arrivais pas tout à fait à reprendre le dessus. Être accosté par des étrangers ne faisait rien pour améliorer mon humeur.

— Jory.

J'attendis. Les personnes qui connaissaient mon nom ne me mettaient jamais plus à l'aise avec eux que ceux qui ne le connaissaient pas.

Il sourit rapidement.

— Trey Wyndham. Je t'ai rencontré à la fête de Richard samedi dernier.

Je n'avais aucune idée de qui il était.

Sa voix baissa d'un ton.

— Tu m'as raccompagné chez moi.

Ce genre d'information n'était pas conçu pour me rafraîchir la mémoire. Je raccompagnais beaucoup de gens chez eux.

Il se racla la gorge.

— Tu ne t'en souviens pas ?

C'était impoli de dire la vérité dans ce genre de situation.

— Non, je me souviens. Comment vas-tu ?

Sourire instantané.

— Tu étais parti au mat…

— Comment vas-tu ? répétai-je, lui coupant la parole.

— Oh… bien.

— Eh bien, c'était agréable de te revoir.

59

Je souris, pris ma salade d'épinards et me retournai pour partir. Après avoir fait toutes mes courses, je me rendis compte que je n'en voulais plus. C'était typique chez moi.

— Attends.

Je continuai à marcher, mais avant de pouvoir arriver à la caisse, il se plaça devant moi.

— Ne me rembarre pas comme ça, dit-il d'un ton cassant, irrité. Je veux te parler.

Je retirai mon autre écouteur et lui accordai toute mon attention.

— Tu sais quoi ?

Il s'écarta de mon chemin.

— Oublie ça. Ce regard agacé et exaspéré que tu me lances, c'est des conneries. Je ne mérite pas ça…

Je le contournai et commençai à manipuler mon iPod.

— Jory !

Je continuai à marcher, pas très rapidement, me déplaçant juste à mon allure habituelle.

— Bordel, attends ! cria-t-il, se retrouvant soudain en face de moi, me barrant la route.

Je m'arrêtai.

— Qu'est-ce que tu veux ?

— Je veux que tu n'aies pas l'air ennuyé à mourir.

— Désolé, dis-je automatiquement.

— Non, tu ne l'es pas.

Il lâcha un rire forcé.

— Je n'ai pas souvenir que tu aies été un tel trou du cul.

— D'accord.

Il laissa échapper un long soupir et passa les doigts dans ses cheveux.

— Richard m'a dit que tu venais souvent dans cette supérette, donc j'ai un peu traîné par ici et… il m'a donné ton numéro, mais tu n'as jamais répondu et tu ne retournes pas tes messages et… je veux juste savoir ce qui se passe.

Je plissai les yeux.

— Ce qui se passe, c'est que je ne rappelle jamais les numéros que je ne connais pas, et l'idée que tu me suives est tout à fait perturbante.

— Quoi ? Non… Je n'ai pas besoin de suivre qui que ce soit, je…

— Très bien, alors à plus.

Mais lorsque j'essayai de m'éloigner, il empoigna ma veste de survêtement.

— Jory, je veux te revoir.

*Est-ce qu'il plaisantait ?*

— Est-ce que tu plaisantes ?

Lentement, il me relâcha.

— Cette nuit a été incroyable. Tu… Je voudrais que…

— Je dois y aller.

Mais à nouveau, il se mit devant moi, s'assurant que je ne puisse pas partir.

— Bordel ! Qu'est-ce que tu veux ? grognai-je, affamé, agacé et fatigué.

C'était une mauvaise combinaison.

— Pourquoi es-tu parti ? Pourquoi n'es-tu pas resté ?

Puisque je ne me rappelais pas de lui, je m'en tins à ce qui me semblait logique.

— Nous avions fini.

Ce qui me semblait une parfaite explication en soi.

— Jory, tu…

— Écoute, mec, je dois y aller, alors…

— Attends un peu, dit-il en levant les mains pour m'empêcher de partir.

— Que faites-vous ?

Le son de la voix, le niveau d'irritation étaient sans équivoque. Je ne pus retenir mon sourire quand je me retournai et trouvai l'inspecteur Kage.

— Salut.

Il me jeta un regard noir, ce qui était la norme à chaque fois qu'il me voyait.

— Comment allez-vous ? ajoutai-je.

— Je vous ai posé une question.

— Excusez-moi, j'étais…

— Tire-toi, lança l'inspecteur à Trey avant d'attraper mon biceps pour me traîner après lui.

Je ne me débattis pas, ne cherchai pas à argumenter ou autre. Je le laissai me malmener, parce que, quelle que soit la raison, c'était bon d'être pris en charge. Je me sentais protégé et à ce moment-là, j'aimais ça.

Il s'arrêta brusquement et je dus incliner la tête en arrière pour voir son visage. Il était très grand.

— Je n'arrive pas à décider si vous êtes stupide, ou juste…

— Merci de m'avoir sauvé de ce mec, l'interrompis-je, le regard fixé sur ses yeux gris-bleu. Il agissait comme un con fini.

— Pourquoi ?

Je haussai les épaules.

— Il ne voulait pas accepter non comme réponse.

— On dirait bien que cela vous arrive souvent.

— On dirait bien, acquiesçai-je.

Il hocha lentement la tête.

— Qu'est-ce que c'est comme salade ?

Je gloussai.

— D'après votre rictus de mépris, je vais supposer que vous ne mangez pas beaucoup de salade.

— Et vous auriez raison.

Je jetai un regard dans le panier qu'il portait et ne pus retenir un hoquet de surprise.

— Quoi ?

— Seigneur ! m'exclamai-je.

Je regardai tous les aliments surgelés.

— Vous n'allez pas manger ça, quand même ?

— Si, pourquoi ?

Je pris un des plats surgelés.

— Avez-vous idée du genre de conservateurs qu'il y a là-dedans ?

— Et je devrais m'en soucier, pourquoi ?

Je relevai les yeux sur lui.

— Inspecteur, avez-vous une idée de ce que cette merde fait à vos artères ?

Il grogna.

— Et votre cholestérol et votre…

— Je ne mange pas de salade.

— Vous n'avez pas à manger de la salade, lui assurai-je. Mais vous pourriez manger…

Il leva une main.

— Je suis attendu chez un copain et il m'a dit d'amener des trucs.

— Alors vous avez l'intention de tuer tout le monde ?

Il leva les yeux au ciel.

— Vous savez quoi, pourquoi ne pas vous occuper de vos putains d'affaires, acheter votre nourriture de lapin et je vous déposerai chez vous en route.

Je haussai les épaules et tournai les talons pour me diriger vers la caisse.

— Attendez.

Je le regardai par-dessus mon épaule.

Il fronça les sourcils, m'étudiant pendant plusieurs minutes.

— Merde. Montrez-moi ce qu'il faut acheter.

— Quoi ?

— Ne jouez pas à l'imbécile, contentez-vous de me montrer.

*Mais je ne cherche pas à être un imbécile, je suis juste surpris.*

— Vous me laisseriez vous aider ?

— Ouais.

Je sentis tout à coup un poids tomber de mes épaules. Il y avait quelque chose dans le fait de passer du temps avec cet homme qui m'allégeait.

— Très bien, alors. Que voulez-vous amener là-bas ?

Son air s'assombrit.

— Comme si je le savais. Juste… je vous suis.

Je me rendis directement dans la zone des produits frais et commençai à mettre des choses dans son panier. J'achetais toujours bio, même si cela coûtait plus cher, parce que comme je le lui avais dit plus tôt, il n'y avait pas de conservateurs. Je mis des abricots dans le panier, des carottes, des haricots verts, des courgettes et des tomates-cerises. Il me suivit dans le magasin, écoutant quand je parlais, lui disant quoi faire avec les ingrédients que je prenais. Lorsque j'eus terminé, après avoir placé deux bouteilles de Chardonnay dans le panier, je levai les yeux vers son visage.

— Je n'ai aucune idée de ce dont vous parlez, dit-il d'un ton plat.

— À quel sujet ?

— C'est justement ça le problème ! Putain, qu'est-ce que c'est qu'un fritter machin ?

— Une frittata.

— Qu'est-ce que c'est ?

— C'est un peu comme une quiche.

— Alors, pourquoi ne pas dire quiche ?

— Parce que c'est différent, pas aussi lourd. Plus comme une tarte.

Il gémit.

— Peu importe… vous pouvez venir avec moi et le faire vous-même.

J'étais stupéfait.

— Bon Dieu ! Vos yeux peuvent-ils devenir plus grands ?

— Je suis désolé, qu'avez-vous dit ?

— Vous n'avez qu'à venir avec moi.

Il était exaspéré.

— De cette façon, je peux aller chez mes amis puisque je suis en retard, vous pourrez manger et puis je vous ramènerai chez vous.

— Vos amis voudront-ils de moi là-bas ?

— Ils n'en auront rien à foutre.

L'idée de renter seul à la maison n'était pas du tout attirante. L'idée d'aller dans un club et de coucher avec quelqu'un d'autre ne me tentait pas non plus. La seule chose que je voulais faire, c'était passer du temps avec l'inspecteur Kage. Il était nouveau et intéressant et le simple fait de le regarder me mettait la peau en feu.

— D'accord.

— Très bien.

Il soupira comme s'il était fatigué. Je remarquai alors les cernes sous ses yeux.

— Peut-être que vous devriez rentrer chez vous et aller au lit, non ?

— Contentez-vous de vous mettre dans la file, aboya-t-il en me poussant sur l'épaule pour me faire avancer.

Je passai devant lui à la caisse.

J'aimais bien regarder les gens et voir la femme recompter la monnaie de l'inspecteur était amusant. La façon dont ses mains tremblaient, dont elle retenait son souffle lorsque ses yeux croisèrent les siens, le sourire timide qu'elle lui adressa était très révélateur. Je n'étais pas le seul à être sensible à la présence de l'inspecteur Kage. Je me demandai à quoi ressembleraient ses amis.


C'ÉTAIT BRUYANT. Il y avait du football dans le salon, les hommes buvaient de la bière et criaient devant la télévision, il y avait de la musique dans la cuisine et les femmes qui parlaient dans la salle à manger. L'odeur qui provenait de la cuisine était incroyable et il y faisait chaud puisque plusieurs d'entre elles préparaient des amuse-gueules. Sam m'avait poussé dans la pièce avec les courses, leur avait dit que j'allais faire sa part et m'avait laissé là.

Je les observai.

Elles firent de même.

— Donc, me dit l'une des femmes, croisant les bras tout en me détaillant. Qu'est-ce que vous allez faire ?

Elle haussa un sourcil, me défiant de dire quelque chose… n'importe quoi. Je l'aimais instantanément.

— Une frittata aux légumes.

— Une quoi ?

— C'est comme une quiche.

Elle hocha la tête en me tendant sa main.

— Je suis Megan.

Je pris la main offerte dans la mienne.

— Jory.

Son visage s'adoucit et ses yeux se firent chaleureux.

— Alors, qu'y a-t-il dans une frittata ?

Je lui expliquai pour les œufs, les légumes et le fromage.

— Ça a l'air appétissant. D'habitude, je ne mange pas lorsque je suis ici.

— Moi non plus, dit une des autres femmes. C'est dégoûtant ce que les hommes appellent nourriture.

Apparemment, la soirée avait évolué au fil des ans, passant de la *Soirée Foot du Lundi* entre hommes à une soirée pour couples chez ceux qui recevaient à ce moment-là. Pizzas, ailes de poulet et bières s'étaient transformées en buffet pour tout le monde. D'après ce qu'il semblait, les hommes amenaient toujours de la nourriture 'fête de fraternité'.

— Je vais cuisiner, annonçai-je en souriant et en me dirigeant vers l'évier où je déposai les sacs. Qui veut m'aider à couper le brocoli ?

Tout le monde se porta volontaire.

Une heure plus tard, je m'avançai devant l'inspecteur Kage qui leva lentement la tête jusqu'à ce que ses yeux soient fixés sur mon visage.

— Et voilà, dis-je en lui offrant l'assiette que j'avais dans les mains.

Il la prit, ses yeux toujours rivés sur moi.

— C'est bon, essayez.

— Qu'est-ce que c'est ?

— C'est la frittata de légumes, une galette de pain garni de fromage de chèvre, de tomates et de haricots verts avec des noisettes.

Il hocha la tête.

— Bon sang ! Qu'est-ce que c'est ? demanda le gars assis à la droite de l'inspecteur Kage alors qu'il tendait la main vers l'assiette que je venais de lui donner. Ça sent super bon !

— Va t'en chercher ! lui dit-il en lui envoyant un coup de coude pour le tenir éloigné de sa nourriture.

Je souris à l'inspecteur Kage.

— Nous avons de la salade de fruits en dessert avec un glaçage à la framboise.

— D'accord.

Il poussa un soupir avant d'entamer son repas.

Je me retournai pour rejoindre la cuisine, mais Megan, ma nouvelle amie m'arrêta.

— Je vais ouvrir le vin.

— Parfait.

— Jory chéri, c'est si bon, lança Linda, qui m'avait aidé à cuisiner, depuis la table de la salle à manger.

Je reçus un florilège de félicitations de la part de tout le monde. Je mangeai dans la cuisine avec Megan et deux autres femmes, chacun de nous parlant de nourriture. Elles me regardèrent toutes couper les fruits rouges et ajouter des noix et des amandes à la salade que j'allais servir pour le dessert.

— Je ne savais pas qu'une salade de fruits pouvait ressembler à ça, dit Béthanie, une autre de mes nouvelles amies en me regardant. Je la fais toujours avec des bananes, des pommes et des oranges. C'est juste ennuyeux. Et toi, tu n'as rien mis de tout ça.

Je secouai la tête.

— Je n'aime pas ces fruits.

— Seigneur, Jory, tu vas rendre une fille très heureuse.

Je haussai un sourcil à son attention et elle rit.

— D'accord, un mec très heureux.

— Comment as-tu rencontré Sam ?

Je leur expliquai à toutes que j'étais quelque peu dans les ennuis et qu'il m'aidait. Elles acceptèrent mes paroles sans hésitation, parce qu'il était inspecteur de police et, de toute évidence, hétéro. Pas un instant, elles ne remirent mon histoire en question.

Même si j'avais cuisiné, j'aidai Darla, la maîtresse de maison, à nettoyer la cuisine puisqu'il s'agissait d'une zone sinistrée. Rien que la quantité de bouteilles de bière vides était stupéfiante. Je regardai le jardin d'herbes aromatiques de triste aspect sur le rebord de la fenêtre lorsque je sentis quelqu'un derrière moi.

— C'était bon.

Je regardai l'inspecteur Kage par-dessus mon épaule.

— Merci.

— Vous mangez comme ça tous les soirs ?

— Non, dis-je en secouant la tête. Je n'ai pas une cuisine assez grande ni un budget alimentaire assez conséquent.

Il hocha la tête.

— Eh bien, dites-moi quand vous serez prêt et nous pourrons y aller.

— Bien sûr. Je dois juste jeter un œil à l'album de mariage de Darla. J'ai promis que je le ferais.

Ses yeux étaient verrouillés aux miens, ce qui fit battre mon cœur plus fort dans ma poitrine. Cet homme me coupait le souffle et il n'en avait aucune idée.

— Alors, je vous dirai quand je serai prêt.

— Très bien, dit-il avant de s'éloigner.

En feuilletant l'album photos, plus tard, Darla avait passé ses bras autour de mes épaules, Linda s'appuyait contre moi à droite et Megan avec sa main posée sur ma cuisse se penchait vers moi à gauche. Deux autres étaient allongées en travers de la table pour m'offrir leurs souvenirs du plus beau jour de leur amie.

— Désolé de casser l'ambiance, les filles, dit l'inspecteur Kage derrière moi, mais je dois y aller.

— Alors, vas-y, dit Megan. Laisse Jory, l'une de nous le ramènera chez lui.

Ses mains furent tout à coup sur mes épaules.

— Non, il vient avec moi.

Elles étaient plus tristes de me voir partir que lui.

Alors que je leur souhaitais une bonne nuit, recevant des baisers de la part des femmes et des poignées de mains et des tapes sur l'épaule de la part des hommes, je fus surpris quand l'inspecteur Kage attrapa mon biceps pour me traîner hors de l'appartement. Alors que nous commencions à descendre l'escalier pour rejoindre la porte de l'immeuble, d'autres personnes montèrent. Au lieu de marcher devant moi, il passa derrière et me laissa ouvrir la voie. Dehors, dans la rue, je fus si distrait par la proximité de cet homme que je ne remarquai pas du tout la présence du coursier à vélo jusqu'à ce qu'il soit pratiquement sur moi. Un bras passé en travers de ma poitrine empêcha une rencontre douloureuse.

— Merci, dis-je en posant les mains sur l'avant-bras qui m'enserrait. Je ne l'avais pas vu.

— Parce que vous ne faites pas attention, grogna-t-il à mon oreille, ce qui envoya un frisson le long de la colonne vertébrale.

J'étais sûr que chaque centimètre de ma peau était recouvert de chair de poule. Je hochai la tête.

— Cela vous causera des ennuis un de ces jours.

— Oui, inspecteur.

— Vous devez être vraiment plus attentif et vigilant en ce moment.

— Bien sûr.

— Vous devez être plus prudent.

— Je sais.

— D'accord.

J'essayai de reprendre mon souffle.

— Vous avez froid ?

— Non, réussis-je à sortir d'une voix faible et rauque.

— Le coursier vous a surpris, dit-il en resserrant son bras, m'attirant un peu plus contre lui.

Je fermai les yeux et me laissai aller, m'appuyant contre lui pour voir ce qu'il allait faire. Je n'avais rien à perdre et je devais savoir jusqu'où il me permettrait d'aller.

— Vous tremblez.

Je respirais à peine.

— Venez, dit-il en tapotant doucement ma poitrine. Allons-y.

Sans la chaleur de son corps, j'étais en train de geler dans la rue. Je le regardai faire le tour du SUV et se glisser à l'intérieur. J'étais figé sur place, ne voulant aller nulle part ailleurs avec lui, sachant que j'étais le seul à être attiré. J'étais son témoin, rien de plus.

La fenêtre vrombit lorsqu'il l'abaissa et il se pencha en travers du siège passager.

— Montez dans la voiture, idiot, avant de vous geler le cul.

Charmant.

Je marchai péniblement jusque-là et m'installai sur le siège.

— Qu'est-ce que vous attendiez ?

— Une invitation écrite, de toute évidence, dis-je ironiquement.

— Seigneur ! Vous êtes vraiment un imbécile, grommela-t-il avant d'engager la voiture dans la rue.

Il n'en avait aucune idée.

# V

LA NUIT suivante, je décidai d'accepter l'offre de mon ami Tony d'aller boire et danser. Rien d'autre ne fonctionnait. J'avais toujours l'impression d'être dans un rêve, comme si j'étais hors de mon corps et que je me regardais. Il était logique de penser que si je couchais avec quelqu'un avec qui je voulais m'engager et que je le faisais vraiment, je pourrais peut-être redevenir moi-même. C'était une théorie que j'essayai d'expliquer à Tony. Il n'avait aucune idée de ce dont je parlais, mais il était de bonne volonté quand il s'agissait d'écouter. Et ça, en soi, c'était incroyable, puisque, habituellement, sa capacité d'attention était pratiquement inexistante. Il garda même un contact visuel la plupart du temps.

Il devint immédiatement évident que danser n'était pas une bonne idée. Je ne voulais pas être touché, palpé ou tripoté. Je n'étais pas d'humeur à être plaqué contre le mur des toilettes. Boire, d'un autre côté, offrait de réelles possibilités. Ainsi, alors que mes amis dansaient comme des perdus, je m'assis au bar et je bus. Je les regardais tournoyer et se tordre, se cogner et se frotter les uns contre les autres, et chaque fois qu'ils m'appelaient, je leur faisais un signe de la main et souriais. Je renvoyai chaque verre qu'un mec voulait m'offrir. Chaque fois que quelqu'un se penchait vers moi, je le repoussais, quel qu'il soit. J'envoyai même un coup de coude dans les côtes d'un type qui n'acceptait pas 'non' pour réponse. Mais après quelques heures passées à boire, l'alcool finit par faire son effet et me détendit. Me sentant bien, je me glissai dans la foule pour rejoindre mes amis sur la piste de danse. Je vis que plusieurs personnes que je connaissais les avaient rejoints et que mon ami Ben en particulier était là. Je pouvais toujours compter sur lui pour être drôle et optimiste.

Comme d'habitude, dès que Ben me vit, il traversa la piste très vite pour me rejoindre. Ses mains furent partout sur moi alors qu'il me prenait dans ses bras pour m'étreindre.

— Jory… tu m'as manqué.

Je lui souris quand il recula pour me regarder.

— Allez, enlève-moi ça, dit-il en me débarrassant de mon tee-shirt, en le faisant passer par-dessus ma tête.

Je le lui repris pour en coincer un bout dans ma poche avant de me rapprocher et de presser mon entrejambe contre la sienne. Je ne faisais que jouer, mais c'était amusant, et en quelques minutes, ses mains étaient serrées sur mes hanches et son visage enfoui dans mon cou.

— Tu es un allumeur, Jory, gémit-il en remontant le long de ma gorge avec sa langue alors que ses mains pressaient mes fesses à travers mon jean.

— Je sais, dis-je en riant et en me frottant contre lui sous les huées et les sifflets de nos amis.

— Oh, bordel ! cria-t-il à moitié, saisissant tout à coup mes cheveux et me tirant hors de la piste de danse pour me ramener vers le bar.

Une fois-là, il me retourna de manière à lui faire face.

— Rentre chez toi, Jory, avant que je fasse une grosse erreur et ruine notre…

Je mis une main sur sa nuque, l'attirai vers moi et l'embrassai. Je ne faisais pas de mon mieux, n'y mettant vraiment pas beaucoup d'effort, mais mon objectif fut atteint. Sa bouche s'ouvrit et il poussa sa langue au fond de ma bouche. Une de ses mains se posa sur mon cou et l'autre sur les boutons de mon jean. Ses doigts travaillaient vite pour l'ouvrir suffisamment pour qu'il puisse fourrer sa main à l'intérieur.

— Viens chez moi.

— Allons à l'arrière.

Il recula subitement et me regarda droit dans les yeux.

— Qu'est-ce que tu racontes ?

Je souris lentement.

— Tu n'as jamais baisé dans la salle du fond ?

— Si, j'ai déjà baisé dans la salle du fond, me répondit-il sèchement. Mais je ne veux pas faire ça avec toi. Je veux te ramener à la maison avec moi.

Je secouai la tête et posai une main sur la boucle de sa ceinture.

— Allez, tu sais que tu le veux.

Il me repoussa loin de lui.

— Je le veux en effet et c'est là le problème. Je te veux, Jory, je t'ai toujours voulu, toi tout entier.

Je le fixai, la compréhension traversant finalement mon cerveau imbibé d'alcool.

— Donc, tu veux quoi ?

— Je veux que tu viennes avec moi chez moi.

— Pour quoi faire ?

Il eut l'air confus.

— Tu n'es pas juste un mec comme un autre, Jory, ni un coup d'un soir... Ce n'est pas ce que je veux de toi. Tu le sais.

*Vraiment ? Et depuis quand ?*

— Viens chez moi.

Il sourit, les yeux tendres.

C'était marrant que ce soit ce que je m'étais dit vouloir. J'avais cessé de voir Kevin parce qu'il ne voulait pas être avec moi, et voilà mon ami Ben qui m'avouait tout à coup qu'il me voulait, et le Docteur Nick, qui m'appelait en permanence et qui lui aussi me voulait. Des gens étaient prêts à prendre des engagements avec moi et j'hésitais.

— Mon Dieu, je suis foutu.

— Quoi ?

— Rien.

Je secouai la tête.

— Je dois y aller, mec. Je t'appellerai, d'accord ?

— Non, attends.

Il m'adressa un sourire forcé.

— Je vais t'accompagner dans l'arrière-salle. Qui peut dire non à ces yeux-là ? Laisse-moi juste... t'offrir un dernier verre d'abord.

Mais je me retournai déjà pour m'en aller. Il ne pouvait reprendre ce qu'il avait dit, pas plus que je pouvais prétendre ne pas l'avoir entendu. Je lui avais offert du sexe et il attendait un engagement et c'était tout ce qu'il y avait à dire à ce désastre.

— Jory, dit-il en me rattrapant, sa main sur mon épaule. S'il te plaît, reste... s'il te plaît.

Je me penchai et l'embrassai sur la joue avant de la tapoter doucement. Je le laissai près de la piste de danse.

Dehors, dans la rue, j'étais en train de remettre mon tee-shirt quand il me fut soudainement arraché puis enfoncé sur la tête, rapidement et sans ménagement. Je levai les yeux pour trouver l'inspecteur Kage.

— Oh... salut.

— Salut ? répéta-t-il d'un ton sarcastique comme si c'était la plus nulle des salutations qu'il ait entendue. Je suis impatient d'entendre vos explications.

Je montrai le club.

— J'étais en train de danser et je suis sorti parce que...

— Qu'est-ce que vous n'avez pas compris dans 'faire profil bas' ?

— Je voulais juste m'amuser un peu.

— Et c'est le cas ?

Il n'y avait pas grand-chose de percutant à répondre à cela.

— Avez-vous pris quelque chose ?

— Non, pourquoi ?

— Vos yeux sont vitreux.

— J'ai juste beaucoup bu.

— Beaucoup ? Combien de verres pouvez-vous boire avant d'être complètement saoul ?

— Vous seriez surpris.

Il me regarda de haut en bas.

— Combien pesez-vous ? Une cinquantaine de kilos tout mouillé ?

— Plutôt quatre-vingts.

— Je crois que soixante est plus près de la vérité.

Je haussai les épaules.

— Je suis plus lourd que j'en ai l'air, je suis tout en muscle.

Il rit et le son alla directement se répercuter jusque dans mon aine.

— C'est vrai.

Il se frotta l'arête du nez avant de m'accorder à nouveau toute son attention.

— Allez, je vais vous ramener chez vous avant que vous mouriez de froid ici.

— C'est bon.

Je secouai la tête.

— J'ai un peu faim. Je vais manger et je rentrerai à la maison après.

— Vous devriez me laisser vous ramener chez vous.

Je secouai la tête, fourrant mes mains dans mes poches et le contournant pour me diriger vers le premier fast-food du coin.

— Jory.

Je cessai de marcher, mais ne me retournai pas.

— Ne soyez pas idiot. Je vais vous emmener manger.

Ce qui me fit sourire malgré moi.

— Où est la voiture ?

Sa main se referma sur ma nuque et je fermai les yeux pour me concentrer sur la pression de ses doigts et la sensation de sa peau chaude sur ma propre chair glacée.

— Vous allez geler ici.

Le tremblement n'avait rien à voir avec autre chose que lui.

— Montez dans la voiture.

Il se contentait généralement d'aboyer après moi et faisait le tour de la voiture, n'attendant pas que je sois à l'intérieur. Je fus donc surpris quand il tendit le bras derrière moi et m'ouvrit la portière, la gardant entrouverte le temps que je m'installe sur le siège passager. Je me penchai vers le siège conducteur pour déverrouiller sa porte. Quand il se glissa derrière le volant, il mit immédiatement la voiture en marche et alluma le chauffage pour qu'il souffle à plein régime.

— Alors, que voulez-vous manger ?

— Italien ?

Il me sourit.

— D'accord. Je connais un endroit. Vous allez l'aimer.

Le simple fait qu'il se soucie que l'endroit me plaise fut suffisant pour moi.

— Avez-vous votre téléphone avec vous ?

— Ouais, pourquoi ?

— Je veux que vous ayez mon numéro et celui de mon partenaire, juste au cas où vous auriez besoin de nous appeler.

J'aurais largement préféré qu'il veuille que j'aie seulement son numéro, mais j'enregistrai les numéros quand il les énonça et ne prononçai pas un mot de plus.

Comme je m'asseyais pour manger, je me posai des questions sur mes réactions face à l'inspecteur Kage. En règle générale, les hommes hétéros ne m'intéressaient pas du tout. Je n'étais pas un de ces hommes gays qui pensaient que tout homme hétéro, dans des circonstances appropriées, comme trop d'alcool par exemple, pouvait être persuadé d'essayer de faire un tour du côté sombre. Je croyais sincèrement que vous naissiez soit hétérosexuel, soit homosexuel et qu'il n'y avait aucun moyen de le combattre, quel que soit le côté auquel vous apparteniez. Parfois, vous le réalisiez tard au cours de votre vie, mais tout le monde connaissait la vérité au fond de son cœur. Il était donc étrange que chaque seconde que je passais avec l'inspecteur Kage me donne à ce point envie de le débarrasser de tous ses vêtements. Mais rien de bon ne pouvait sortir de ma toquade, donc il était préférable d'y mettre un terme avant de me rendre ridicule.

— Avez-vous entendu ce que j'ai dit ?

— Non, désolé, répondis-je avec un sourire forcé.

— Je demandais si vous aimiez les lasagnes.

— Ouais.

Je soupirai, puis avalai une grande gorgée de mon eau.

— C'est parfait.

— Qu'est-ce qui ne va pas ? Vous êtes plus bruyant d'habitude.

Je n'étais pas amusant ou intéressant, juste bruyant. C'était de mieux en mieux.

— Pourquoi ne parlez-vous pas ?

Je haussai les épaules.

— Si vous êtes inquiet au sujet de l'affaire, je peux…

— Non, dis-je en lui coupant la parole avant de me lever. Je dois juste aller aux toilettes.

— Alors allez-y, personne ne vous en empêche.

— Où est-ce ?

Il indiqua une direction par-dessus son épaule.

Je décidai, en revenant vers la table, que j'allais le remercier pour le dîner et sortir d'ici. Il n'avait pas besoin de me ramener chez moi ; je pouvais y aller tout seul. Et il sembla que ce serait encore plus facile de me dérober lorsque je remarquai les quatre hommes entassés avec lui à la table que nous occupions. Je n'avais pas envie de les rejoindre alors je me dirigeai vers la sortie. Je l'appelai de la rue.

— Où êtes-vous ? me demanda-t-il.

— Je suis parti.

— Vous êtes parti ?

— J'ai vu vos amis, je ne voulais pas vous gêner, donc je suis parti.

— Attendez, vous…

— Merci pour le dîner. Ce sera à mon tour la prochaine fois.

— Peu importe, dit-il avant de raccrocher.

Et il n'y avait aucune raison que je me sente blessé ou frustré, puisque nous avions une relation professionnelle et rien de plus. Mais je ne pouvais m'en empêcher. Je pensais que le voir était plus qu'une coïncidence, comme s'il se montrait à dessein là où je me trouvais. Ce serait romantique si c'était le cas. Mais la romance et l'inspecteur Kage n'avaient jamais été présentés. J'étais le seul à vivre dans un monde imaginaire.

Mon téléphone sonna et c'était mon ami Wade qui m'appelait pour m'inviter à le rejoindre ainsi que quelques amis dans un club au centre-ville. Il était encore assez tôt, même pas minuit, alors je lui répondis que j'allais le retrouver là-bas et pris un taxi. Cela n'avait guère de sens de quitter un club gay pour aller dans un club hétéro puisque, après tout, j'étais gay, mais je m'en moquais et cela n'avait pas vraiment d'importance. J'avais besoin de mettre un peu d'espace entre Ben et moi, et entre l'inspecteur Kage et moi, et me retrouver de l'autre côté de la ville, loin d'eux, me semblait être la meilleure idée du moment.

Je n'avais pas envie de danser, je n'étais pas vraiment de bonne compagnie, mais je m'assis avec mes amis Eddie et Parker et nous regardâmes tous les trois Wade et Gretchen danser pendant que nous buvions. Et buvions. Mon seul intérêt était de mettre autant d'alcool qu'il était humainement possible dans mon organisme, et mes amis étaient complètement d'accord avec moi.

Une heure plus tard, j'avais dépassé le point où je pouvais marcher, parler, ou faire quoi que ce soit, à part poser la tête dans ma main et regarder passer les gens. Je plissai les yeux avec insistance quand je vis l'inspecteur Kage au milieu de la foule, derrière une ligne de corps. Je fermai un œil, l'ouvris et essayai ensuite avec l'autre, juste pour m'assurer que je n'imaginais pas des choses. Que diable faisait-il dans un club ?

Il me vit et se retourna. Il s'inclina pour parler aux femmes à côté de lui avant de traverser la salle pour venir à ma table. Il aurait dit qu'il criait quand il s'arrêta et me surplomba, mais je ne pouvais rien entendre par-dessus le remix battant d'une chanson que je connaissais, mais ne pouvais nommer. Je lui fis signe et son air renfrogné fut instantané. Qu'il puisse le maintenir à un tel niveau d'intensité était incroyable. Je ne pouvais concevoir l'énergie que cela demandait. Je posai la tête sur mes bras croisés.

— Qu'est-ce que vous faites ici, nom de Dieu ? demanda-t-il, son souffle chaud tout contre mon oreille, son genou cognant le mien, puis sa cuisse alors qu'il se glissait sur la banquette à côté de moi.

Je ne répondis pas.

— Levez la tête et regardez-moi.

Je la fis rouler sur le côté, mais ne la soulevai pas.

— Dites-moi ce que vous faites ici.

— Vous d'abord.

Il grogna, ce qui envoya un éclair de chaleur sur ma peau.

— Mes amis voulaient aller danser.

C'était de loin la plus grande révélation de la nuit.

— Savez-vous comment faire ?

Et moi qui pensais que son regard ne pouvait devenir plus sombre. Je gloussai.

— Désolé, vous feriez mieux d'y aller.

— Je veux que vous rentriez chez vous.

Je haussai les épaules.

— Quelqu'un me ramènera chez moi, inspecteur, ne vous inquiétez pas.

Il me fixa un long moment avant de se lever.

— Jory !

Je levai la tête pour pouvoir voir mon ami Eddie.

— Jory, viens, Wade est en train de se faire botter le cul dans les toilettes.

— Seulement dans un club hétéro, murmurai-je en me levant lentement pour le suivre. Ce genre de merde n'arrive jamais dans un club gay.

Je me traînai derrière Eddie, zigzaguant à travers la foule, gardant mes commentaires sur la façon dont cela se serait passé si nous nous étions trouvés dans un club gay : le mot 'salope' aurait volé et puis tout le monde aurait tourné les talons. Dans les clubs hétéros cependant, les poings volaient au lieu des insultes, à propos de ce que vous portiez.

Eddie passa la porte, mais avant que je puisse le suivre, une lourde main se posa sur mon épaule. Quand je tournai la tête, l'inspecteur Kage était là.

— Laissez-moi y aller, je dois…

— Et vous allez faire quoi ? me dit-il sèchement en me poussant sur le côté, me clouant au mur. Ne bougez pas.

— Attendez, je dois aider mon…

Il pressa sa main fortement contre ma poitrine au point que je sentis le ciment froid à travers le tissu fin de mon tee-shirt.

— Il va sortir dans une minute. Ne bougez pas d'un putain de millimètre !

Je hochai la tête et il ouvrit la porte à la volée avant de disparaître à l'intérieur. Moins d'une minute plus tard, Eddie sortit, suivi de Wade et enfin de l'inspecteur Kage.

— Merci, soupira Wade en appuyant des serviettes en papier contre sa lèvre inférieure alors qu'il regardait l'officier de police. Vraiment.

Il hocha la tête avant que ses yeux dévient sur moi.

— Jory, dit Eddie en se mettant à rire nerveusement. Tu ne m'avais pas dit que tu avais amené la cavalerie.

— Je ne savais pas que j'en avais.

— L'inspecteur Kage a foutu une trouille bleue à ces mecs !

— Ils le méritaient, râla Wade, roulant en boule la serviette ensanglantée dans sa main. Ce connard en a eu après Gretchen toute la nuit et pourtant il a bien vu qu'elle était avec moi. C'est quoi son problème ?

— Ne suivez jamais un gars dans les toilettes, l'avertit l'inspecteur Kage.

— À moins que tu ne sois dans un club gay, le contrai-je. Et que tu sois invité.

— Parce que, continua-t-il d'une voix plus forte, essayant de garder la conversation sérieuse, vous ne savez jamais où sont ses amis. Il y avait quatre autres gars là-bas.

Wade hocha la tête.

— Je vais garder ça en tête, inspecteur.

— Merci encore, déclara rapidement Eddie.

— Ouais, merci, mec, reprit Wade en s'emparant de l'avant de mon tee-shirt et en me tirant après lui. Allons chercher quelque chose à manger et…

Mais je fus tiré en arrière, hors de portée de mon ami. J'eus l'impression d'être une poupée de chiffon, tiré dans deux directions opposées en même temps.

— Jory a déjà mangé. Je vais le ramener chez lui et vous les gars, allez-y.

Ils auraient argumenté avec moi. Ils ne le firent pas avec l'inspecteur Kage. Ils m'embrassèrent tous les deux pour me souhaiter une bonne nuit, je les serrai tous les deux contre moi, puis ils partirent. Je restai immobile alors que l'inspecteur Kage se plantait devant moi.

— Merci d'avoir sauvé Wade.

Il ne dit pas un mot, se contentant de baisser les yeux sur moi et de m'observer.

— Vous n'avez pas à me ramener chez moi.

— Manifestement je dois le faire si je veux être certain que vous y arriviez en un seul morceau.

— De quoi parlez-vous ? Je n'ai pas été blessé.

— Mais vous l'auriez été.

Et peut-être que je l'aurais été, oui, mais je ne l'aurais jamais admis.

— Venez avec moi.

Je le suivis et nous retournâmes dans le club bondé pour rejoindre la table où se trouvait le reste de ses amis. Il y avait trois gars, en le comptant, et cinq femmes. Je ne savais pas du tout qu'elle était la dynamique du groupe, qui était avec qui ou s'ils venaient juste de se rencontrer ; je ne savais pas et je ne voulais certainement pas m'imposer.

— Asseyez-vous, m'ordonna l'inspecteur Kage après s'être lui-même installé sur la longue banquette.

Je pris docilement place à côté de lui. Il ne me présenta pas – cela aurait été impossible de toute façon vu le volume de la musique – et lorsque la tournée de verres arriva, j'eus droit à une eau minérale. C'était hilarant.

Assis là, je pus me remettre à observer les gens, ce que j'avais toujours aimé faire. Deux des femmes à table essayèrent de faire danser l'inspecteur

Kage, mais sans succès. La femme à côté de lui fut plus subtile que les autres ; elle se pencha vers lui pour lui parler et fit glisser sa main sur la manche de sa chemise, le touchant pour souligner le commentaire quelconque qu'elle faisait. Mais quand il bougea pour faire de la place à ceux qui revenaient de la piste de danse, il finit collé à côté de moi de l'épaule au genou.

— Vous avez froid ?

Je secouai la tête. Je devais arrêter de trembler à chaque fois qu'il me touchait.

— Alors quoi ?

Je devais dire quelque chose rapidement.

— Rien, je pensais juste à… la façon dont nous sommes assis, cela ne vous rappelle pas un de ces bals horribles du secondaire ?

Il secoua la tête et s'affala dans le siège.

Nos yeux étaient au même niveau lorsque je me retournai pour le regarder.

— Jamais été de ceux qui faisaient tapisserie ? le taquinai-je en souriant.

— Non.

Je hochai la tête.

— Grand sportif, hein ?

— Comment avez-vous deviné ?

— Football ? Joueur de ligne, peut-être ?

— Arrière gauche.

— Peu importe ce que c'est.

Je rigolai puis croisai les bras.

— Vous étiez populaire alors vous n'avez pas eu besoin de travailler comme le reste d'entre nous.

— Et depuis combien de temps avez-vous quitté le lycée, Jory ?

Je plissai les yeux.

— J'ai vingt-deux ans… Je vous l'ai déjà dit.

Il grogna.

— Quel âge avez-vous ? demandai-je.

— Trente-quatre ans.

— Vous êtes jeune pour être inspecteur, non ?

— Pas vraiment.

— Ouais, mais n'avez-vous…

— Sammy, danse avec moi ! cria une femme en s'asseyant sur ses genoux.

Elle enroula ses bras autour de son cou et s'installa à califourchon sur ses hanches.

C'était astucieux étant donné qu'elle portait une robe.

— D'accodac.

Je me levai, ne voulant pas de ses genoux sur moi ou que le Mojito qu'elle tenait à la main se retrouve sur moi.

— Je pense que je vais y aller.

Il me regarda simplement. Même le peu de distance entre nous rendait impossible d'entendre quoi que ce soit.

Je le contournai pour accéder à l'oreille dans laquelle elle ne soufflait pas et me penchai près de lui.

— Je vais y aller. Je dois travailler demain matin.

Il tendit le bras et referma sa main sur ma nuque, sur l'encolure de mon tee-shirt.

— Je vais vous ramener.

— Mais…

Je montrai la femme sur ses genoux.

— Hellooo…

En fait, j'eus droit à un sourire avant qu'il me tire à côté de lui.

— Assis.

— Vous savez, je dois vraiment…

— Taisez-vous.

Je sentis mes sourcils se froncer alors qu'il relevait la femme de ses genoux pour l'installer sur le canapé à sa gauche. Il l'avait soulevée comme si elle ne pesait rien du tout. J'étais plus petit qu'elle ; il pouvait me porter là où il le voulait.

— Allons-y.

C'était de l'agonie de passer une minute de plus avec lui, mais il n'y avait pas moyen de partir sans faire une scène. Alors je m'autorisai à être escorté, encore une fois, hors d'un autre club jusque dans la rue. Avant même que je puisse frissonner, je fus enveloppé dans un cocon de chaleur.

— Gardez ça jusqu'à ce que nous arrivions à la voiture.

Son manteau m'engloutit, tombant au niveau de mes genoux, me couvrant largement les mains, mais comme il s'était appuyé dessus pendant plus d'une heure dans le club, il avait absorbé toute la chaleur de son corps. Il sentait comme lui aussi. Je soupirai profondément.

— Vous voyez ? grommela-t-il. Vous avez besoin d'avoir un foutu manteau.

*Ou d'un accessoire encore meilleur, un homme qui avait un manteau.*

— M'avez-vous entendu ?

— Oui, inspecteur, je vous ai entendu.

En face de mon appartement, une demi-heure plus tard, je me retrouvai dans la rue, frissonnant, parce que je lui avais rendu son manteau et les mains appuyées contre la porte côté conducteur.

— Merci beaucoup, lui dis-je, mes mains serrant à la fois le métal extérieur et l'intérieur en cuir. Vous avez été génial avec mes amis et j'ai vraiment apprécié le dîner.

Il hocha la tête.

Je lui souris.

— Peut-être que demain vous pourriez prendre une nuit de repos et éviter de venir me voir. Ce serait bien, hein ?

Il poussa un profond soupir, ses yeux verrouillés aux miens.

— Vous êtes épuisant.

— Ouais, je sais. C'est aussi ce que dit mon patron.

— En parlant de ça – il est quelque chose comme trois heures du matin – comment allez-vous bien pouvoir vous lever pour aller travailler ?

— Je le ferai simplement, parce que si je ne le fais pas, Dane Harcourt me tuera.

— Cela m'éviterait beaucoup de travail.

Je m'écartai de la voiture.

— J'en suis sûr, mais quand même… Je vous remercie.

Il bougea tellement vite que pendant une seconde je ne me rendis même pas compte qu'il m'avait attrapé le poignet.

— Vous avez besoin d'une laisse.

— Tout ce que vous voulez, inspecteur, lui assurai-je, le souffle court.

Il me repoussa et partit sans un mot. Je me demandai à quoi il pensait.

# VI

IL Y avait juste assez de caféine pour me permettre de traverser la journée. Le fait que Dane m'envoie faire des courses à la minute où j'arrivai jusqu'à ce qu'il soit l'heure de rentrer chez moi m'aida beaucoup. J'étais en mouvement perpétuel, courant à droite et à gauche, si bien que je ne restais pas assis suffisamment longtemps pour pouvoir m'endormir. Mais dans le train, je dérivai dans le sommeil et finis deux arrêts plus loin que mon arrêt habituel. J'avais laissé mon portefeuille à la maison ce matin-là – j'avais également mis deux chaussettes de couleurs différentes – je n'avais donc pas d'argent pour prendre un taxi. Mais marcher dans l'air frais de l'automne me convenait bien. J'aimais l'odeur de l'automne et le froid me réveilla. Remontant le col de mon trench-coat en cachemire, je m'élançai dans la rue pour rentrer chez moi. J'avais été invité à dîner par Nick, mais j'avais refusé. Kevin avait appelé trois fois, Ben cinq fois et Wade et Eddie voulaient m'inviter à dîner pour me remercier d'avoir sauvé leurs culs. Rien ne me semblait plus attirant que manger des céréales et tomber endormi devant ma télé. Mais ce n'était pas destiné à arriver.

À mi-chemin de la maison, je reçus un appel de mon amie Jenna, me rappelant que j'étais censé être à la fête d'anniversaire de son petit ami Tim dans une heure. Ils le célébraient dans une salle de billard, tout comme il le voulait et je ferais mieux de ne pas penser à lui faire faux bond puisque j'étais chargé d'amener le gâteau. Elle me rappela que je m'étais proposé de le faire un mois plus tôt. Et j'étais certain qu'un mois plus tôt, cela m'avait semblé la bonne chose à faire ; ce n'était pas une grosse affaire. Mais maintenant, c'était tout le contraire, c'était même une énorme affaire, presque terrifiante vu les détails. Les problèmes auxquels je devrais faire face à cette heure tardive semblaient dépasser l'imagination : comme me changer, attraper un taxi afin de transporter quelque chose qui serait fatalement en équilibre. C'était geignard et

81

mesquin de ma part, mais j'étais fatigué. Je jurai sur tout le chemin du retour.

Heureusement, Dane avait des traiteurs partout en ville qui l'appréciaient et auraient fait n'importe quoi pour lui, de jour comme de nuit, chaque fois qu'il le demandait. Utiliser son nom était une tromperie, mais je me dis que ce n'était pas grave puisque c'était pour une bonne cause. Quand j'arrivai au 'Stick House' une heure plus tard, Jenna se mit en colère durant une seconde avant de voir le gâteau. Tout fut pardonné lorsqu'elle vit la façon dont il était finement décoré et les nombreuses couches qu'il recelait. Je reçus beaucoup d'éloges de tout le monde. Je les appréciai, même si je me réfugiai sur un tabouret contre un mur. Je refusai de nombreuses offres de jouer au billard d'un signe de la tête et restai simplement assis à regarder les gens à la place. Je croisai les bras et me détendis avec l'intention de ne fermer les yeux qu'une seconde.

La secousse me réveilla parce qu'elle n'était pas douce. J'ouvris un œil avant d'incliner la tête en arrière et me retrouvai à regarder la mâchoire de l'inspecteur Kage.

— Merde ! gémis-je, me redressant tellement vite que je perdis l'équilibre.

Je serais tombé en avant sur le sol s'il n'avait pas mis son bras devant moi pour me maintenir contre le mur. Il le fit comme l'aurait fait n'importe qui au volant d'une voiture qui aurait freiné brusquement : mettant son bras devant l'autre personne comme si cette action allait sauver sa vie, l'empêchant de voler à travers le pare-brise.

— Êtes-vous bien réveillé ? me demanda-t-il avec irritation.

— Oui, répondis-je d'un ton sec, énervé qu'il soit là.

Je m'étais dit que j'allais arrêter de fantasmer sur lui et donc, j'avais voulu mettre beaucoup de distance entre nous. Le fait qu'il se soit matérialisé juste devant moi était énervant.

— Pourquoi êtes-vous ici ?

— Je suis avec des amis.

— Alors, retournez avec eux.

Il m'ignora complètement.

— Vous étiez en train de glisser le long du mur lorsque je suis arrivé.

Je ne voulais pas lui parler.

— Vous étiez endormi juste à côté de moi.

Je sautai au bas du tabouret, manquant presque de tomber, lorsqu'il me stabilisa en posant sa main sur mon bras.

— Attention.

Je fis un mouvement d'épaule pour qu'il me lâche et m'éloignai.

Je retrouvai Jenna et l'embrassai pour lui dire au revoir, puis surpris Tim en l'embrassant également avant de sortir de la salle de billard. Je me demandai si j'allais prendre un taxi ou le train pour rentrer lorsque j'entendis quelqu'un m'appeler. Je me retournai alors que l'inspecteur Kage courait pour me rejoindre.

— Je devrais vous ramener chez vous.

— Non, vous ne devriez pas, dis-je avec humeur, en colère sans raison valable. Retournez à l'intérieur avec vos amis. Je ne suis pas un putain de cas de charité.

— D'accord, répondit-il comme si c'était le cadet de ses soucis avant de tourner les talons et de me planter là.

J'étais vraiment heureux et triste en même temps. Parce que même si logiquement je savais qu'il devait s'éloigner de moi, je désirais tout de même qu'il soit resté dans les parages.

Je restai devant la salle de billard, me passant nerveusement les doigts dans les cheveux et me contentant de respirer. J'étais agité, fatigué et affamé. Mes émotions étaient sens dessus dessous et la meilleure chose à faire en ce qui me concernait était de rester seul. Mais je ne voulais pas être seul. Je voulais de la compagnie. La compagnie de quelqu'un qui apaiserait ma tension. J'essayai de penser à quelqu'un que je pourrais appeler.

— Que faites-vous ?

Je tournai la tête pour regarder l'inspecteur Kage. Il était de retour.

— Je vous ai posé une question.

Je laissai échapper un long soupir.

— Je réfléchis.

— Seigneur ! Ne commencez pas maintenant.

— Très amusant. Vous devriez faire un one man show.

Il me sourit d'un air suffisant.

— Je pensais que vous rentriez.

— Je n'ai jamais dit que je rentrais à la maison.

— Alors qu'est-ce que vous faites ?

— Je vous l'ai déjà dit… Je réfléchis.

— À quoi ?

— À qui appeler.

— Qui appeler pour quoi ?

— De la compagnie.

Il plissa les yeux.

— Pourquoi appeler quelqu'un ? Je vous offre de vous ramener.

— Mais j'ai faim.

— Je vais vous nourrir.

Je le raillai en lui souriant.

— Pas étonnant que vous vouliez que j'entre dans le programme de protection des témoins. Nourrir tous ces gens doit revenir cher pour le salaire d'un policier.

— Vous êtes le seul témoin que j'aie jamais nourri.

Je l'observai.

— N'allez pas imaginer des choses.

— Je n'oserais jamais, inspecteur.

Ses sourcils se froncèrent alors que le muscle de sa mâchoire se contractait.

— Je vais vous laisser retourner à vos amis, soufflai-je en le dépassant pour traverser le parking avec l'intention de me diriger vers la rue.

Il m'attrapa rapidement, me faisant virevolter pour lui faire face.

— Vous êtes fatigué, donc vous êtres beaucoup trop sensible. Pourquoi n'irions-nous pas manger puis je vous reconduirai chez vous ?

— Non, je n'ai pas besoin de votre…

— Allez.

Il me sourit, m'attirant lentement plus près de lui.

— S'il vous plaît.

— Vous voulez juste vous assurer que personne ne me tire une balle dans la tête.

Il rigola.

— Il y a de ça.

Il attrapa le devant de mon pull en laine et je poussai un soupir profond.

— D'accord.

— Bien, dit-il doucement en me tirant derrière lui.

J'étais à l'aise dans sa voiture monstrueuse, les odeurs étaient familières ainsi que le tableau de bord et la vue depuis le toit du monde.

— Qu'en est-il de vos amis ?

— Le devoir m'appelle, ils comprennent ça.

J'étais donc un devoir ; vraiment très flatteur.

— Essayez de rester éveillé, d'accord ?

Je hochai la tête. J'allais vraiment essayer.

La nourriture chinoise semblait une bonne idée alors nous nous arrêtâmes dans un bon restaurant à Oak Park. Il parla de sa journée et je racontai tous les déplacements que j'avais faits pour Dane sur une période de huit heures. C'était agréable de simplement échanger des informations qui n'étaient pas vitales, juste pour plaisanter. Je commençais à m'habituer à lui, à l'avoir toujours dans les parages, et même si je savais que c'était une erreur de m'attacher, j'avais beaucoup de mal à ne pas le faire.

— À quoi pensez-vous maintenant ?

Je secouai la tête.

— À rien.

— Cela fait beaucoup de soupirs et de larmoiements pour quelqu'un qui ne pense à rien.

— Mes yeux sont embués parce que je bâille et que je suis fatigué. Rien d'autre.

— Vous êtes un sacré morceau, dit-il d'un ton exaspéré.

— Peu importe.

— Levez-vous, on y va.

De retour dans la voiture, j'étais bien éveillé, porté par mon second souffle. Je restai silencieux cependant, ne voulant pas me battre avec lui, craignant de le faire pour la seule raison de le garder près de moi. C'était enfantin, donc je la bouclai dans l'espoir qu'il me dépose très vite et s'en aille. Quand il s'arrêta devant mon appartement, je murmurai un merci et attrapai la poignée de la porte. Mais la main sur mon épaule m'arrêta et je tournai mon regard vers lui.

Il se racla la gorge.

— Vous savez quoi ? Je pense que je devrais vous accompagner et vérifier votre appartement pour m'assurer qu'il est bien sécurisé.

— Bien sûr, dis-je rapidement, mon cerveau s'emballant à nouveau.

Avait-il envie de venir simplement pour vérifier la sécurité ou voulait-il venir pour finir dans mon lit ?

— Vous allez bien ?

C'était juste un stupide vœu pieux… mais pourquoi alors n'était-il pas venu vérifier mon appartement une semaine plus tôt ?

— Ouais, je suis juste un peu fatigué.

Il hocha la tête comme pour approuver et je descendis de la voiture.

— Où allez-vous ? me demanda-t-il alors que nous traversions la pelouse ensemble.

— Quoi ?

— Quelque chose ne va pas avec la porte d'entrée ?

Je lui montrais le côté de la maison. Apparemment, il ne s'était jamais attardé pour me regarder rentrer chez moi. Je m'étais posé la question à ce sujet.

— Je ne peux pas accéder à mon appartement par ici.

Il me lança un drôle de regard.

— Quoi ? demandai-je.

— Vous plaisantez ?

Je contournai la maison, allai derrière et commençai à monter l'escalier en bois.

— Attendez, dit-il comme s'il était épuisé.

Je cessai de bouger.

— Laissez-moi récapituler, dit-il rapidement d'une voix tendue. Vous passez par-derrière, dans l'obscurité, grimpez ces marches jusqu'en haut d'où vous ne pouvez rien voir ?

Je me retournai en haut des marches pour le dévisager.

— Ouais.

— Poussez-vous, m'ordonna-t-il d'un ton bourru, se glissant devant moi afin de pouvoir passer en premier. Pour l'amour du ciel, Jory !

Il avait l'air plus exaspéré qu'en colère. Je ne voyais pas le problème.

— À quel point êtes-vous stupide ?

*Quelle est la réponse correcte à cette question ?*

Il me prit les clés et ouvrit la porte.

— Est-ce que vous vous foutez de moi ? me demanda-t-il quand la porte s'ouvrit pour révéler un mur et un escalier sur la gauche.

— Pourquoi ? Qu'y a-t-il maintenant ?

Il fit un pas de côté pour me regarder.

— On ne voit même pas le bout de cet escalier.

Le studio dans lequel je vivais depuis deux ans était, à l'origine, un grenier transformé en appartement. Pour faire une entrée séparée, le propriétaire avait littéralement fait un trou dans le côté du mur menant à l'étage le plus haut, sous le toit. Il n'y avait cependant pas de place pour qu'une porte puisse s'ouvrir vers l'*intérieur* alors elle s'ouvrait vers l'*extérieur*, comme une armoire géante. La première chose qu'on voyait, parce que c'était tout ce qu'on pouvait y mettre, c'était un portemanteau. Il y avait huit marches vers la gauche le long du mur pour arriver à mon salon minuscule.

86

C'était tout simplement un petit espace où ma télévision et une table basse longeaient un mur et l'évier de la cuisine l'autre. Je pouvais laver la vaisselle sous une petite fenêtre ronde qui donnait sur la cour, la cuisinière n'avait qu'un seul brûleur et il n'y avait pas de plateau à l'intérieur du four. Mon petit micro-ondes occupait le seul espace disponible sur le comptoir et l'unique placard était situé au-dessus. Ma table de cuisine était une table pliante et mon amie Ilise avait peint à l'éponge les deux chaises qui l'accompagnait, en noir rehaussé d'or. Ça avait l'air étrange, mais j'aimais bien. Mon lit, composé d'un matelas queen size et d'un sommier, reposait directement sur le sol plutôt que dans un cadre si bien que j'étais constamment obligé de les réaligner lorsqu'ils bougeaient. Un cadre de lit faisait partie de ma liste prioritaire de choses à acheter. À Noël, je m'étais offert la couette en duvet actuellement sur le matelas et rien qu'à la regarder, cela me donnait envie de me changer et de me glisser dessous.

— D'accord, je comprends, soupira l'inspecteur Kage. Vous vivez tout seul.

— Ouais, dis-je avec désinvolture. Quel a été votre premier indice ?

Et il recommença avec la façon dont je ne saurais jamais si quelqu'un montait l'escalier intérieur et encore moins celui de l'extérieur. Je fis l'erreur de lever les yeux au ciel et il attrapa mon pull et me tira vers lui afin que nous soyons face à face.

— Cet endroit est une blague, Jory. N'importe qui avec un trombone peut entrer ici.

— Je ne suis pas d'accord.

— Vous n'êtes pas d'accord ? répéta-t-il en haussant les sourcils. Parce que vous savez tout sur les entrées par effraction ?

— Calmez-vous, lui dis-je. Prenez un peu de thé.

— Je ne veux pas de votre putain de thé, je veux…

— Pourquoi m'avez-vous suivi tout ce temps ?

— Quoi ? aboya-t-il, mais je commençais déjà à espérer à nouveau.

Il était évident qu'il m'aimait bien, que ma compagnie ne le dérangeait pas, qu'il m'appâtait délibérément pour rester et argumenter.

— Vous m'avez entendu.

— Vous êtes mon putain de témoin, espèce d'idiot.

Je hochai la tête.

— Asseyez-vous et arrêtez de jurer.

— Je ne veux pas m'asseoir ! Je ne veux pas de thé…

Il laissa mourir sa phrase.

Je lui souris parce que je savais que j'avais raison. Il ne savait peut-être pas ce qu'il voulait, mais moi si.

— Asseyez-vous. Je vais faire du thé.

— Je ne veux pas de thé, répéta-t-il pour la troisième fois avant de s'asseoir.

Je remplis la bouilloire avec de l'eau, mais la laissai sur le micro-ondes avant de revenir sur mes pas pour me tenir devant lui. Il releva lentement les yeux et lorsque j'avançais entre ses jambes, il ne dit pas un mot. Je tombai à genoux devant lui et mes mains se posèrent sur la boucle de sa ceinture. Je lui jetai un œil pour m'assurer que j'avais raison et je le vis déglutir péniblement et prendre une inspiration tremblante. Quand je le tirai en avant, il me laissa le déplacer, glissant plus bas sur la chaise, de sorte que ses cuisses musclées soient de chaque côté de moi. Puis je repoussai sa chemise, m'inclinai et embrassai ses abdominaux, mes lèvres effleurant son nombril. Il frissonna fortement et je souris, parce que s'il avait dû protester, ce moment était maintenant révolu.

Je débouclai sa ceinture et lorsque je fis descendre la fermeture zippée de son jean, je vis combien il était dur. Dès que j'eus abaissé son sous-vêtement, j'attrapai un préservatif dans ma poche. Il frissonna lorsqu'il m'entendit déchirer l'emballage en aluminium et je compris qu'il avait attendu cet instant. Il aurait pu faire marche arrière si je n'avais pas eu de protection, sa dernière excuse crédible pour s'esquiver. Ce n'était cependant plus possible alors qu'il était en sécurité sous le couvert du latex. Il regarda mes mains sur lui, douces, mais fermes et sans un soupçon d'hésitation. Quand ses yeux se relevèrent et se verrouillèrent aux miens, je vis qu'ils s'étaient obscurcis, chargés de désir. Je souris avant d'abaisser mes lèvres sur lui et il se glissa à l'intérieur de la chaleur humide de ma bouche. J'adorais ce que je faisais, j'aimais ça avec tout le monde, m'en délectai, le pouvoir que cela me procurait, l'expression qu'ils avaient lorsque je leur faisais ça. Mais c'était différent cette fois, à cause de l'homme devant moi. Ce devait être parfait pour lui, parfait pour l'inspecteur Kage qui – pour une raison quelconque – me faisait confiance avec ça, sa première fois avec un homme. Je me livrai donc entièrement à son plaisir, m'appliquant pendant de longues minutes alors que ses halètements commençaient. Il appréciait ; je le savais parce qu'on m'avait dit assez souvent que ma bouche était incroyable. Tandis que je le léchais et le caressais, j'entendis les sons que je lui arrachais.

La tête rejetée en arrière, les yeux fermés, sa lèvre inférieure tremblant ; je pris une seconde pour m'abreuver de sa vue, abandonné dans ce que je lui faisais. Il était gratifiant de savoir que je pouvais lui faire ressentir ça. Sa respiration se fit plus courte, ses hanches se balançant vers l'avant et après quelques secondes de plus, il gémit, ses doigts s'emmêlant dans mes cheveux. J'étais là, inébranlable, continuant mon rythme immuable jusqu'à ce qu'il jure, crie et cambre le dos pour s'enfoncer davantage dans ma gorge. J'attendis que sa respiration s'apaise avant de m'écarter lentement, faisant attention de ne pas lui faire peur quand je me relevai entre ses jambes.

— Laisse-moi t'aider, d'accord ? dis-je gentiment, attendant un léger signe de tête.

Il regarda chaque mouvement que je faisais alors que j'attrapais une boîte de Kleenex sur la table basse. Il avait l'air drogué avec ses paupières lourdes et sa pause alanguie.

Quand toutes les preuves disparurent, je posai les mains sur mes hanches et attendis.

— Je ne suis pas malade, dit-il d'une voix traînante.

Il y avait plusieurs façons de prendre ça. Je décidai de clarifier.

— Qu'est-ce que ça veut dire ?

— Cela signifie que le préservatif était une perte de temps.

*Oh !*

— J'en utilise toujours un.

— De quoi as-tu besoin pour ne pas en utiliser ? Un courrier ?

*Conversation bizarre.*

— Ouais.

Il hocha la tête, et puis il se rendit brusquement compte qu'il était assis là, nu à partir de la taille jusqu'en bas. Il se leva très vite et remit son sous-vêtement et son jean en place, lutta avec sa ceinture tout en remuant, ce qui fit tinter sa boucle.

Je décidai d'avoir pitié de lui et lui permis une échappatoire facile.

— Je vais faire le thé, annonçai-je dans le silence étouffant. Tu ferais mieux de rentrer chez toi, inspecteur.

Il resta debout à l'endroit où il se trouvait, me regardant.

Je n'avais aucune idée de ce qu'il voulait et il semblait ne pas le savoir non plus. Je me retournai pour aller vers la gazinière.

Il bougea tellement vite, saisissant une poignée de mes cheveux et me tirant en arrière contre lui. Son bras s'enroula autour de mon cou pour que je ne puisse plus bouger.

— D'ac-cord, soufflai-je, parce que je pouvais faire quelque chose à partir de ça.

— Je ne sais pas quoi... si tu étais une... je ne sais pas quoi faire !

Il avait la voix rauque et agressive.

— Tout ce que tu veux, dis-je doucement alors qu'il me tirait la tête en arrière, chaque centimètre de ma peau s'échauffant, prêt à être touché. C'est simplement que... c'est bon, quoi que tu fasses, tu ne me feras pas mal.

Sa main se faufila sous le col de ma chemise, glissant sur ma gorge, ma clavicule, le long de ma poitrine. Je ne pouvais plus respirer.

Je le sentis frissonner avant que son autre main remonte le long de mon abdomen, relevant d'abord mon pull avant de glisser sous ma chemise pour toucher ma peau.

— Que veux-tu ?

Mais je ne pouvais pas parler.

Il fit passer le pull sans ménagement par-dessus ma tête, puis me poussa sur le lit. Le désir de m'avoir nu le plus vite possible lui fit tirer et arracher mes vêtements jusqu'à ce qu'il y parvienne. Je fus poussé face dans le matelas et tiré vers le bord. J'entendis sa boucle s'ouvrir et une seconde plus tard, il était contre moi.

— Dis-moi ce qu'il faut faire, dit-il d'une voix profonde.

J'attrapai son bras et guidai sa main, l'enroulant autour de moi, pour le laisser sentir la longueur de mon sexe glisser entre ses doigts, combien j'étais dur, à quel point ma peau était soyeuse.

— Tu vois l'effet que tu me fais ?

Il se pencha sur moi et je sentis sa bouche sur mon épaule avant qu'il me morde. Cela me fit mal et me fit haleter en même temps.

— Oh, tu aimes ça, dit-il tout contre moi.

— En effet, dis-je en lui montrant comment me caresser. Maintenant, baise-moi.

— Mais je... et si...

— Je suis sain et tu essayais de me dire que tu l'étais aussi, n'est-ce pas ?

— Oui.

— Je ne l'ai jamais fait sans préservatif, inspecteur – crois-moi, tu es en sécurité.

Il n'aurait pas dû me croire pas, mais je disais la vérité. Personne ne s'approchait jamais de moi sans préservatif. Ce que je lui offrais était un cadeau précieux.

— Je... Seigneur ! Je ne...

— Nous sommes sains tous les deux, fais-le !

— Je ne veux pas te faire mal…

— Tu ne le feras pas, lui promis-je en lui indiquant ma table de chevet. Il y a du lubrifiant à l'intérieur. Prends-le.

Il fit ce que je lui dis et quand il eut la petite bouteille entre les mains, il me regarda.

— Viens ici.

J'étais doux, me déplaçant lentement, car il regardait intensément mes mains qui glissaient sur sa peau. Quand ses yeux se connectèrent enfin aux miens, ses paupières étaient à nouveau lourdes. Son sexe s'allongeait à nouveau dans ma main lubrifiée, son souffle tremblait. Je me retournai et me penchai sur le lit, puis je sentis ses mains glisser sur mes fesses, m'ouvrant avant de me pénétrer. Je ramenai sa main lubrifiée sur moi et il me caressa en même temps, aussi longtemps qu'il le put.

— Mon Dieu ! Tu es tellement serré !

— Je me sens bien.

— C'est si bon, gémit-il, ses mains enserrant mes hanches pour me maintenir en place.

Il ne fallut pas longtemps avant qu'il crie mon nom, ses hanches claquant une dernière fois avant qu'il me coince sous lui sur le lit.

— Putain de merde ! dit-il le souffle court, faisant attention lorsqu'il se retira, maintenant qu'il pouvait réfléchir à nouveau.

Je roulai sur le dos et étais prêt à prendre soin de moi lorsqu'il m'arrêta. Je souris lentement.

— Tu dois me laisser faire ça, dis-je en haletant, avec un rire forcé. Je pourrais mourir de…

— Je vais le faire. Je le veux.

Je secouai la tête.

— Non, je…

Mais il insista pour me rendre la pareille, écartant mes mains, se déplaçant entre mes jambes et me prenant dans sa bouche. Il n'avait aucune idée de ce qu'il faisait, mais j'avais l'impression d'être au paradis. Et le fait qu'il le veuille, couplé à ses yeux rivés aux miens pour vérifier et s'assurer que c'était bon pour moi, m'amena au bord de l'orgasme. Je le prévins de s'arrêter et il se déplaça, me regardant finir. Quand mes yeux se rouvrirent, lentement, je fus surpris de le voir étudier mon visage.

— Quoi ?

— Je t'ai fait te sentir bien.

C'était une constatation.

— Oui.

Il hocha lentement la tête.

— Est-ce que tu vas bien ? lui demandai-je doucement en repoussant ses cheveux de son front.

La façon dont il me regardait me retournait l'estomac. Il était si confiant, si paisible.

— Oui, dit-il alors que je sortais du lit.

Je pris plus de temps que nécessaire dans la salle de bain pour lui laisser le temps de s'échapper, lui permettant de s'enfuir. Lorsque j'émergeai, je fus surpris de voir qu'il n'avait pas bougé : il était allongé sur le dos en train de regarder le plafond. J'étais à mi-chemin du canapé quand il me parla et m'arrêta.

— Reviens au lit.

J'allai du côté opposé du lit, près du mur, et me laissai tomber à plat ventre. J'essayai de comprendre ce qu'il fallait faire ensuite quand je sentis ses doigts glisser lentement le long de ma colonne vertébrale.

— Je n'avais jamais fait ça avant.

Et je m'apprêtai à le taquiner, mais le moment était précieux, même s'il ne devait y avoir que celui-là.

— Je sais.

— Comment le savais-tu ? Était-ce si mauvais ?

— Non.

— Je voulais que ça le soit.

— Mais ça ne l'a pas été.

*Je m'en étais assuré.*

— Non.

Long silence.

— Je n'ai pas… Je ne savais pas que ça serait comme ça.

— Comme quoi ?

Il ignora ma question.

— Nous étions bien, non ?

Comme s'il avait besoin d'être rassuré.

— Oui, lui assurai-je.

Il se racla la gorge avant d'appuyer ses mains au creux de mes reins.

— Est-ce que… est-ce que les mecs… peuvent faire ça en étant sur le dos ?

— Oui, dis-je en expirant lentement. J'ai simplement pensé que peut-être tu préférerais le faire comme ça afin de ne pas voir mon visage.

— Non, si on peut, quand tu pourras, je… quand tu seras prêt, je voudrais te voir.

— Lève-toi.

Il fit ce que je lui dis sans poser de question et il avait attrapé la bouteille de lubrifiant avant que je puisse dire un mot. Je le fis se déplacer sur le bord du lit, puis je levai les jambes et les posai sur ses épaules. Il passa ses mains sur mes cuisses jusqu'à mes mollets, puis sur mes chevilles ; doucement d'abord, puis plus fort, crispant ses doigts au point que ses jointures blanchirent. Il allait laisser des bleus sur ma peau.

— Je suis désolé de t'avoir mordu.

— Pas moi, dis-je en le dirigeant, en lui donnant la permission de faire ce qu'il voulait.

Il retint son souffle, les yeux rivés sur moi alors qu'il s'enfonçait à l'intérieur de mon corps.

La douleur fut intense le temps d'une seconde avant de disparaître. Je me sentis si bien que je criai.

— Je t'ai fait mal, murmura-t-il en tentant de s'éloigner.

— Non... et oui, soufflai-je en l'empêchant de bouger et en contractant mes muscles. Mais c'est toujours comme ça.

— Tu devrais voir tes yeux.

Je lui souris, lui disant comment bouger, lentement, puis plus vite, comment me pénétrer profondément pour que je puisse le sentir. Ses mains et sa bouche étaient dures et brutales sur mon corps et lorsque je laissai monter mon gémissement, il me souleva du lit et s'assit. Je plaçai mes genoux de chaque côté de ses cuisses et m'abaissai sur lui.

— Jory.

Mon nom sonnait comme une prière.

Comme le flux et le reflux d'une vague, j'étais fluide dans ses bras. Ses doigts traçaient les contours de ma colonne vertébrale, ses mains se déplaçaient sur mes hanches, mes fesses ; et sa bouche suçait et léchait ma poitrine. Il avait une façon de me regarder : comme si j'étais une révélation, un cadeau. Mais il y avait des limites folles qui, parfois, ne pouvaient pas être franchies. Comme : baiser, mais ne pas embrasser.

— Ouvre les yeux.

Je ne me souvenais pas les avoir fermés. Plongeant dans le bleu argenté de ses yeux, je me rendis compte qu'il ne me pressait pas et n'essayait pas de s'en aller. Il voulait que tout aille lentement.

— Jory... embrasse-moi, souffla-t-il, ses mains remontant sur ma gorge, prenant mon visage en coupe avant de se perdre dans mes cheveux.

Quand ma bouche couvrit la sienne, il entrouvrit les lèvres et je l'embrassai profondément, minutieusement, explorant sa bouche, glissant

93

ma langue sur chaque centimètre de la sienne, le goûtant, le dévorant. Je l'entendis reprendre son souffle alors que je reculais.

— Inspecteur, commençais-je, je…

— Sam, me corrigea-t-il.

— Sam, dis-je lentement, aimant le son de son nom sur mes lèvres.

— Tu es nouveau, me dit-il et je compris ce qu'il voulait dire.

Pour lui, c'était un nouveau monde de découverte, mon corps qui n'attendait que lui.

— Viens ici, reprit-il.

Cet homme savait comment embrasser ; je sentais sa soif et sa chaleur. Il me revendiqua : j'étais meurtri, mes lèvres malmenées et mâchées. J'étais sans aucun doute plus désiré et essentiel que je l'avais jamais été. Je cambrai le dos et laissai retomber ma tête dans ses mains. Il me tenait ; je ne risquais pas de tomber, son bras autour de ma taille m'ancrant à lui.


JE ME réveillai parce que je ne pouvais pas bouger. Quand je soulevai la tête, j'en compris la raison. Sam avait une cuisse lourde comme du granit drapée sur mes jambes et son bras reposait autour de ma taille. J'attendis que la panique arrive. J'attendis. Et attendis. Quand elle n'arriva pas, quelques minutes plus tard, la vérité s'installa finalement en moi. Être coincé sous cet homme semblait juste et naturel et c'était une révélation à la fois terrifiante et écrasante. Qu'y avait-il à propos de l'inspecteur Kage qui amenait tous mes murs à s'écrouler ? Et, bien que je n'en aie pas la moindre idée, je savais pourtant que je devais être seul pour le découvrir. J'avais besoin que cet homme sorte de mon lit. Quand je le poussai, il roula sur le côté, mais le bras qui était sous ma joue s'enroula autour de mon épaule et me ramena au-dessus de lui. Il coinça ma tête sous son menton avant de faire glisser sa main le long de mon dos.

— Es-tu réveillé ?

— Non, grogna-t-il, d'une voix rocailleuse, flattant mes fesses une minute avant de ramener la couette sur nous.

Son bras autour moi m'empêchait de bouger alors qu'il frottait sa cuisse entre mes jambes.

— Sam, tu dois y aller. Je ne dors pas avec…

— Je ne vais nulle part, promit-il d'une voix douce et rauque, à moitié endormi.

— Tu ne peux pas…

Il embrassa mon front, puis mon nez.

— Ferme les yeux.

Et je pensai sincèrement en être incapable, mais son grand corps dur était si chaud, les battements de son cœur si forts et réguliers, et ses doigts glissant dans mes cheveux... c'était trop. Je n'aurais pas pu garder les yeux ouverts même si ma vie en avait dépendu.

— Tu es en sécurité avec moi, dit-il doucement. Je te le promets.

— Sam, je...

— Dors. Je suis là maintenant. Je vais prendre soin de toi.

Et même si je pensais que c'était la dernière chose que je voulais, c'était toujours agréable à entendre.

# VII

Il y avait de la lumière qui provenait des fenêtres de la chambre et je tournai la tête pour regarder le ciel couvert. Chicago allait connaître un autre jour de grisaille. J'adorais les jours ternes qui portaient l'odeur de la pluie dans l'air, et le ciel teinté d'un ocre réconfortant. Le soleil m'agressait toujours. J'aimais le rythme plus lent d'un ciel lavé par l'orage. Me tournant, je reposai la tête sur le torse de Sam et écoutai sa respiration lente, la pulsation régulière de son cœur. Je n'avais jamais été aussi proche de quelqu'un pendant une période de temps si longue. Ses bras s'enroulèrent autour de moi et me firent remonter vers lui, puis il frotta son menton dans mes cheveux. J'avais maintenant le visage enfoui au creux de son cou, ma bouche posée sur la peau chaude de sa gorge. Je ne voulais pas bouger parce que je ne voulais pas que la journée commence.

— Hé.

J'essayai de me redresser, mais la main posée sur ma nuque me retint, me gardant contre lui.

— Jory.

Je levai les yeux pour le regarder alors qu'il bâillait et s'étirait sous moi. Il m'adressa un sourire en coin avant de s'incliner vers moi et m'embrasser.

— Tu devrais voir ton visage.

Il sourit paresseusement, roulant sur moi, me clouant au lit.

— Tu devrais voir comment tu me regardes.

Je ne pouvais que le dévisager. C'était incroyable qu'il soit là. Je ne m'étais pas du tout attendu à qu'il soit là au matin. Je m'étais attendu à ce qu'il s'enfuie en courant.

— Tes yeux sont… quelque chose.

Il n'avait pas l'habitude de parler, de dire ce qu'il pensait.

— Oh merde ! Tu as vu l'heure ? cria-t-il tout à coup, après avoir jeté un œil au réveil sur ma table de chevet.

96

Il s'extirpa du lit, manquant s'étaler la tête la première quand il s'empêtra dans les draps. Il devint un tourbillon, courant dans l'appartement, attrapant sa ceinture sur le canapé, ses chaussures sous le lit, sa chemise quelque part sous la couette. Je m'assis et le regardai s'activer avant qu'il s'engouffre dans l'escalier et que j'entende la porte claquer lorsqu'il sortit. C'était bizarre de passer de tout ce bruit à un silence de mort. Quelques secondes plus tard, la porte s'ouvrit et il traversa l'appartement pour se planter devant moi.

— Tu n'as même pas fermé la porte, idiot. Qu'aurais-tu fait si j'avais essayé de te tuer ?

Je le regardai fixement.

— Ne me regarde pas comme si j'étais fou. Je ne suis pas fou.

Je hochai la tête et plissai les yeux

Il se pencha et m'embrassa fort et vite avant de se relever et de m'observer.

— À quelle heure finis-tu ton travail ce soir ?

— Pourquoi ?

— Je vais venir te chercher.

— Pourquoi ?

— Pourquoi quoi ?

— Pourquoi veux-tu venir me chercher ?

— Je vais te nourrir.

— Quoi ?

— Tu m'as entendu. Le dîner est pour moi.

— Pourquoi ?

— Parce que je veux m'assurer que tu es en sécurité. Est-ce que ça te va ?

— Ouais, ça me va.

— Très bien alors, dit-il en me regardant dans les yeux. Raccompagne-moi jusqu'à la porte et verrouille-la derrière moi.

Je me traînai après lui enroulé dans un drap. À la porte, il tendit la main, la posa sur ma nuque et se pencha pour m'embrasser, écartant mes lèvres avec sa langue. Le baiser était torride et me coupa le souffle.

— Quelle heure ?

— Quoi ?

Je n'avais aucune idée de ce dont il parlait.

Son sourire était malicieux et suffisant en même temps.

— À quelle heure finis-tu de travailler ?

— Dix-huit heures.

— Très bien. Je serai là. Attends-moi.

Je hochai la tête.

— Et verrouille cette foutue porte, grogna-t-il en sortant. Je ne veux personne ici avec toi.

Après son départ, je restai là un bon moment à essayer de comprendre ce que je ressentais avant de me bouger pour aller prendre une douche. Après mûre réflexion, je décidai que la seule chose dont j'étais sûr, c'était que j'avais vraiment hâte de le revoir. Et c'était un miracle en soi, puisque je ne pouvais même pas me rappeler la dernière fois où je m'en étais soucié.


À VINGT heures ce soir-là, alors que j'émergeais de l'ascenseur au rez-de-chaussée, je reçus un appel.

— Jory.

— Ouais.

— Salut, c'est Sam. Je suis vraiment désolé de ne pas m'être montré, mais j'ai été en quelque sorte retenu par quelque chose.

— Pas de problème.

— Tu ne m'as pas attendu, n'est-ce pas ?

— Non. J'étais parti à dix-huit heures quinze.

— Oh ! Donc, tu m'as attendu pendant quinze minutes entières, hein ?

Il semblait irrité.

— Ouais.

— D'accord.

— D'accord.

Je raccrochai et m'arrêtai de marcher une minute. Quand étais-je devenu un de ces mecs pathétiques qui assimilaient le sexe torride à plus qu'un coup d'un soir ? Je n'étais pourtant pas dupe. Quand mon téléphone sonna à nouveau, je répondis en traversant la rue.

— Jory.

— Je quitte mon travail à l'instant, lui avouai-je, parce que cela n'avait pas vraiment d'importance qu'il pense que je sois un raté ou non.

Nous en avions fini de toute façon.

— Je t'ai attendu tout ce temps. Juste pour que tu saches.

— Oh ! dit Sam en se raclant la gorge. Je suis content.

— Tu es content ?

— Ouais.

— D'accord, peu importe, grognai-je. Salut.

Je m'assurai de mettre le mode vibreur avant de m'avancer vers le bord du trottoir pour héler un taxi et rentrer chez moi.

— Excusez-moi.

Lorsque je me retournais vers le gars à côté de moi, je réalisai qu'il me dévisageait.

— Ouais ?

— Êtes-vous Jory Keyes ?

Je bâillai.

— Ouais.

Il sourit soudain en grand.

— Je suis Caleb Reid.

Je gémis et me retournai pour partir.

— Non… non, attendez ! dit-il en riant et en saisissant mon épaule, me retenant pour que je ne puisse pas partir.

— Allez, je vous jure que même si votre patron pense que je suis fou, je ne le suis pas.

Je plissai les yeux.

— Laissez-moi vous inviter à dîner.

Il passa son bras autour de mes épaules et m'attira près de lui.

Je continuai de le fixer.

— Je veux juste vous parler pour que peut-être – seulement peut-être – vous acceptiez de lui parler.

J'acceptai en soupirant. J'étais tout simplement trop curieux de savoir ce que mon patron cachait pour le rembarrer. Et en plus, je n'avais rien d'autre à faire.


CALEB REID ressemblait à un garçon de ferme bien qu'il ait grandi dans la grande ville de Dallas, dans l'état encore plus grand du Texas. Entre la trace chaleureuse d'un accent et de ses grands yeux bleus, j'étais intrigué.

— Vous vous demandez ce que tout cela a à voir avec votre patron.

— Plutôt oui, dis-je en hochant la tête, enfournant le pain grillé dans ma bouche.

— Eh bien, voyez-vous, il s'avère que ses parents sont mes parents.

Je m'arrêtai à mi-bouchée pour le regarder.

— Je vous demande pardon ?

Rapide soupir de sa part.

— Ma mère est sa mère. Mon père est son père.

99

— Comment cela est-il possible ?

— Ma mère est tombée enceinte au lycée et l'a proposé à l'adoption. Elle n'a jamais pensé une seconde qu'elle finirait par retrouver son amour de lycée des années plus tard et qu'elle retomberait amoureuse de lui une nouvelle fois.

— Attendez. Quoi ?

— Ouais.

Il rit.

— Je veux dire, nous avons ces deux gamins qui se sont enfuis à toute jambe de leur ville natale et qui ont fini par se rencontrer à un monde de distance.

— Vous allez trop vite, lui dis-je. Imaginez que je suis ivre.

Il se moqua de moi.

— Vous êtes vraiment drôle.

Je lui adressai un rire qui sonnait faux.

— Revenez juste en arrière.

Alors, il expliqua lentement pour le déficient que j'étais. Suzie Pomeroy et Danny Reid avaient été amoureux durant leurs années lycée. Au milieu de leur dernière année, elle était tombée enceinte. Elle n'avait jamais rien dit à Daniel et avait tout simplement disparu. Sa mère, Lynn Pomeroy, qui n'était pas favorable à l'avortement, envoya Suzie vivre chez sa sœur à Atlanta le temps de la grossesse. Lorsque le bébé était né, il avait été proposé à l'adoption. Suzie avait terminé ses études secondaires là-bas et était allée à l'université. Daniel était également allé à l'université grâce à une bourse de football. Tous les deux voulaient sauver le monde et avaient rejoint le Corps pour la Paix. Ils s'étaient retrouvés en Somalie, creusant des fossés, travaillant dans l'humanitaire. Leur flamme s'était ravivée presque instantanément et ils s'étaient remis ensemble comme s'ils ne s'étaient jamais quittés.

Je hochai la tête après quelques minutes.

— C'est une bonne histoire.

— Je le sais, c'est une histoire digne d'un film original pour *Lifetime*.

Je souris. Il était drôle lui aussi.

— Comment finit-elle ?

— Ils sont revenus dans leur ville natale pour ouvrir une société qui vend des panneaux solaires.

— D'accord.

— Ils ont également mis en place des éoliennes et nous faisons pousser notre propre nourriture et... quoi ?

Je secouai la tête.

— Rien.

— On dirait que vous êtes prêt à vomir.

— Non.

Il me sourit.

— Donc quoi qu'il en soit... ma mère.

Il prit une profonde inspiration.

— Il y a de ça à peu près six mois, tout à coup, elle a demandé une réunion de famille. Elle a apporté tous ces papiers et a lâché la nouvelle à mon père et au reste d'entre nous : elle avait abandonné son enfant à l'adoption.

Je le fixai.

— Et mon père était désolé pour elle jusqu'à ce qu'elle lui dise que le bébé était le sien.

— Oh ! dis-je dans un souffle.

— Ouais. Il l'a vraiment mal pris. Et si vous le connaissiez, vous comprendriez. Je veux dire, sa famille... rien n'est plus important que nous, vous savez ? Il a... ça l'a presque tué de penser qu'il avait un fils quelque part dans ce monde qu'il ne connaissait pas. Il était malade de penser que peut-être Dane avait été blessé et qu'il n'y avait personne là dehors pour le protéger.

Je hochai la tête.

— Eh bien, ils doivent savoir que cela n'a pas été le cas. Ses parents... ils l'adoraient

— Bien sûr.

— Il s'en est très bien sorti. Tout s'est très bien passé pour lui.

— Ouais, mes parents le savent. Il s'avère que ma mère savait tout à propos de Dane. Il s'agissait d'une adoption ouverte, parce que c'était le seul moyen pour qu'elle consente à le faire adopter.

— Alors, elle devrait être heureuse.

— Oui, mais elle ne l'est pas, pas plus que mon père. Ils veulent le voir.

— Alors ils devraient juste venir le rencontrer.

— Je sais qu'ils le devraient, mais Jory, il ne veut même pas me voir et eux encore moins.

— Et vous lui avez dit tout ce que vous venez de me dire ?

— Oui.

— Et qu'a-t-il dit ?

— Il m'a remercié d'être venu et m'a souhaité le meilleur ainsi qu'à ma famille.

*Aïe.*

— Cela lui ressemble bien.

Je m'obligeai à sourire.

— Ce n'est pas vraiment quelqu'un de sentimental.

— Ouais, mais même s'il en veut à ma mère… mon père ne savait rien de lui. Il devrait au moins vouloir voir mon père.

— Encore une fois… vous ne connaissez pas Dane. Il n'est tout simplement pas…

Je cherchai le terme adéquat, y réfléchissant bien.

— Chaleureux. Il est très privé et ne fait confiance qu'à très peu de gens. Pour lui, c'est quelque chose qui appartient au passé et qui est terminé.

— Ce n'est pas normal. La plupart des gens voudraient les rencontrer et leur parler.

— Il n'est pas la plupart des gens.

— Mais cela me pose un problème.

Je hochai la tête.

— Parce que vos parents ont vraiment envie de le voir, hein ?

— Exactement. Je veux dire qu'ils finiront par en avoir assez que je temporise leur venue et ils sauteront probablement dans un avion pour le confronter.

— Ce serait mauvais.

— Je sais. Si sa manière de m'accueillir est une indication sur la réception qu'il pourrait leur réserver… ce serait très mauvais.

Je poussai un profond soupir.

— Alors, quel est votre plan ?

Il se pencha sur la table.

— Vous êtes mon plan.

— Je vous demande pardon ?

— Jory, j'ai passé les deux dernières semaines à observer Dane Harcourt et je peux dire avec certitude qu'au-delà d'un petit cercle d'amis proches, vous êtes la seule autre personne qu'il autorise à s'approcher de lui.

— Sa petite amie est…

— Je l'ai vu sortir avec beaucoup de femmes, mais je n'ai pas vu de petite amie.

Je haussai les épaules.

— Et comme je l'ai dit… il a un cercle de relations très fermé, mais essayer de parler au directeur de la banque, à l'avocat ou au PDG de… je veux dire, oubliez ça. Personne à part vous ne me donnera l'heure qu'il est.

J'observai ses yeux bleu pâle.

— Mais vous… je vois la façon dont il vous regarde, et il se soucie de ce que vous pensez.

— Vous vous méprenez. Il fait exactement ce qu'il veut.

— Je vous ai suivi tous les deux lorsque vous êtes allés au Miracle Mile la semaine dernière.

— Et alors ?

— Il ne faisait que vous suivre partout.

— C'est parce que le shopping c'est mon truc, pas le sien.

Il m'adressa un regard.

— Quoi ?

— Si vous pouviez voir comment il est avec vous… vraiment voir… je pense que vous seriez surpris. Il semble comme se détendre quand il hurle après vous.

Je grognai en signe d'agrément.

— Eh bien, ça je veux bien le croire.

— Il a l'air d'être vraiment lui-même.

Mais je savais de quoi il parlait. Les gens prenait ma capacité à finir les phrases de mon patron comme quelque chose de plus que ce que c'était. Le fait que j'aille chercher ses vêtements au pressing, que j'achète ses vitamines, que je prenne ses rendez-vous pour ses bilans de santé, que je sache exactement quoi lui commander dans tel ou tel restaurant, que je lui achète des cadeaux à distribuer pour lesquels il se contentait de signer les reçus de carte bancaire, n'était pas le signe d'une relation plus profonde. J'étais juste son homme à tout faire. Comme un majordome, mais pas à domicile. Caleb essayait de voir là-dedans plus qu'il n'y avait vraiment.

— Jory, s'il vous plaît…

— Stop ! dis-je en m'adossant à la banquette. Je lui parlerai demain, d'accord ?

Il poussa un profond soupir en me souriant.

— Ce serait super.

— Écoutez, ne vous excitez pas trop. Il ne va pas se soucier de ce que je…

— Il le fera, dit-il en hochant la tête. Vous verrez.

Mais je n'étais pas convaincu.

Après dîner, je m'approchai du bord du trottoir pour appeler un taxi lorsque Caleb m'interpella.

— Alors vous m'appellerez demain ?

Je lui souris.

— Si je n'ai pas été tué, je le ferai, mais ne vous…

— Jory !

Il se mit à courir vers moi et je me retournai pour voir ce qu'il y avait. Je vis un homme et je vis son poing, et lorsqu'il me frappa j'eus l'impression que mon œil droit explosait. Je vis un autre gars derrière lui et je vis l'arme. Je vacillai sur les jambes, mais je tombai en arrière lorsque tout bascula à gauche ; un bras autour de mon cou alors que j'étais tiré en arrière. Caleb était debout, ses mains tendues devant lui, demandant au gars de ne pas me frapper. Je vis des taches et tout devint vraiment sombre quand je compris que j'étais entraîné vers une voiture. Je me souvins instantanément de tout ce que mon amie Tiffany m'avait toujours dit pendant ses cours d'autodéfense. *Ne laisse jamais quelqu'un te forcer à monter dans une voiture. Si tu finis dans une voiture, sors aussi vite que tu peux.* Alors, je me débattis, je mordis et donnai des coups de pieds et les mains sur moi ne purent plus trouver d'emprise.

— Pour l'amour de Dieu, bordel ! Tire-lui donc dessus !

— Dans la voiture ? Tu veux que je lui tire dessus dans la voiture ?

— Combien pèse-t-il ? Quarante kilos ? Casse-lui le cou !

— J'essaie, mais je n'arrive pas à…

— Arrête-toi, dit une autre voix. Je vais descendre le tenir.

— M'arrêter où ? Nous sommes au milieu d'une putain d'autoroute !

— Merde ! Il saigne partout sur moi !

Je me libérerai en me tortillant et frappai sa tête avec mon genou alors que la voiture s'arrêtait. La porte s'ouvrit et je vis l'arme. Je donnais un coup de pied aussi fort que je pouvais et l'homme bougea juste un peu. Et pour la première fois de ma vie, je fus heureux d'être petit. Les épaules de l'inspecteur Kage n'auraient jamais pu franchir l'espace entre cet homme et la porte de la voiture. Je me ruai dans l'ouverture et heurtai sur le gravier. J'entendis le premier coup de feu et pris mes jambes à mon cou. J'avais l'impression de courir comme je le faisais dans mes rêves, comme si je traversais une nappe de caramel. J'avais la sensation qu'il me fallait une éternité pour bouger.

Le second coup de feu retentit et mon bras s'engourdit avant que je me retrouve à nouveau sur le gravier. Quand j'entendis la voiture, je me relevai et courus. Et mon choix était de m'élancer le long de la route, ou de prendre à gauche pour traverser l'autoroute. Mes chances de mourir étaient sensiblement les mêmes, et au moins, si j'étais heurté par une voiture, je ne souffrirais pas. Être tué était une chose… je passerai outre toutes les scènes de torture. Donc, je virai à gauche, dans la circulation, et m'élançai vers la ligne médiane au moment où il se mettait à pleuvoir.

Lorsque mes mains touchèrent le béton froid, je jetai un œil par-dessus mon épaule. Ce n'était pas des voyous de cinéma, ni de stupides laquais et il n'était donc pas étonnant qu'ils ne me suivent pas. Ils ne me tiraient pas dessus non plus ; tous les trois sortirent juste leurs téléphones portables en même temps. Je n'allais pas attendre que la circulation s'amenuise et qu'ils se lancent à mes trousses. Je sautai par-dessus la rambarde centrale de sécurité et commençai à courir vers l'autre côté de la voie. Dès que je vis une pause dans le trafic, je m'empressai de traverser l'autoroute et me retrouvai de l'autre côté. Je n'arrivais pas à reprendre mon souffle, alors je décidai de m'asseoir une minute. En fait, cela ressembla davantage à une chute. Et c'était bizarre parce que le gravier m'avait fait mal avant. Cette fois, le sol me sembla simplement dur, ce qui était bien puisque j'avais l'impression d'être allongé au milieu d'un jeu de roulette de casino. Ce fut ma dernière pensée avant que le tournis ne devienne trop rapide et que tout devienne noir.

# VIII

JE COMMENÇAI à m'agiter et à me réveiller.

— Ouah, ouah, ouah, dit une voix douce, une main sur ma poitrine. Arrêtez de bouger, vous allez bien. Nous vous avons récupéré. Ouvrez les yeux... regardez-moi.

Je pensais que mes yeux étaient ouverts.

— Est-ce que vous pouvez m'entendre, mon gars ?

Je laissai échapper un profond soupir et sa voix me sembla lointaine avant que je n'entende plus rien du tout.


UNE LUMIÈRE vive. Je clignai des yeux pour pouvoir voir quelque chose. Un hôpital. J'étais à l'hôpital et l'intraveineuse, le lit, les machines qui bipaient et les blouses blanches étaient une sacrée indication au cas où j'aurais manqué les infirmières.

— Merde ! gémis-je.

— Jory, est-ce que vous m'entendez ? me demanda quelqu'un.

— Ouais, grognai-je en essayant de m'asseoir. Merde !

— Non, non, non, dit gentiment l'un des médecins en posant une main sur mon épaule et en me regardant. Restez allongé jusqu'à ce que nous ayons fini de vérifier votre état, d'accord ?

Je poussai un profond soupir.

— D'accord.

— Y a-t-il quelqu'un que je devrais appeler, Jory ?

J'avais du mal à me concentrer.

— Il a une carte de visite au nom de Dane Harcourt ici, dit une voix.

— Il y en a une autre d'un inspecteur Kage également.

— Attendez, murmurai-je en haletant. N'appelez personne, s'il vous plaît.

— Jory, pouvez-vous...

Mais je n'entendis pas le reste parce que la chambre s'inclina brutalement vers la gauche et je glissai dans les ténèbres.

J'ÉTAIS GELÉ et lorsque j'ouvris les yeux, un rideau était tendu autour du lit, donc même si je pouvais entendre beaucoup de bruit, personne ne pouvait me voir. J'étais relié à une intraveineuse, mais j'avais vu assez de films pour savoir que l'aiguille ressortirait de la même façon qu'elle était entrée. Cela fit plus mal que je le pensais, mais j'appuyai dessus et cela ne saigna qu'une seconde. Il me fallut plusieurs essais pour m'asseoir sans avoir trop la tête qui tourne, puis pour me lever, mais j'étais tenace, car je voulais sortir. Au début, la nausée fut comme une vague qui aspira tout l'air de mon corps, puis cela se calma et reflua et je fus capable de me tenir debout et de respirer normalement. Puis de marcher. Je détestais les hôpitaux... toutes les odeurs, la température polaire, ainsi que la couleur des murs et les éclairages aux néons... c'était tout simplement horrible. Je devais sortir rapidement.

Il est facile de sortir de la foule d'une salle d'urgence très occupée. Je me glissai parmi tous ceux qui entraient et sortaient. J'avais mon téléphone, mon portefeuille et mes clés, donc j'étais paré. Et, alors que je me mettais en route pour rentrer chez moi, je pensai que la prochaine fois que quelqu'un dirait que mon jean était trop serré, je lui raconterai ma nuit. Le fait majeur étant que si vous deviez lutter pour votre vie à l'arrière d'une Lincoln, il était alors bien pratique d'avoir un jean qui s'adaptait à vous comme une seconde peau. De cette façon, vous vous assuriez de ne rien laisser tomber.

Mon téléphone me fit sursauter lorsqu'il sonna. J'étais encore un peu sur les nerfs.

— Allô ?

— Bordel ! Où es-tu ?

— Qui est-ce ? demandai-je même si je savais exactement de qui il s'agissait.

— Tu sais très bien qui c'est, merde !

— Oh ! soupirai-je. Sam. Qu'est-ce que tu veux ?

— Qu'est-ce que je veux ? Je veux savoir où tu es, nom de Dieu !

— Je rentre à la maison. Je déteste les hôpitaux.

— Les hôpitaux ?

— Ouais.

— Qu'est-ce que ça veut dire ?

— J'étais à l'hôpital.

— Quand ?

— Je ne sais pas, quelque chose comme il y a cinq minutes, dis-je en tournant à gauche devant l'hôpital et en commençant à descendre la rue.

— Quoi ? Combien de temps es-tu resté là-bas ?

— Je n'en ai aucune idée. Je me suis évanoui.

— Évanoui ?

— Ouais.

— Jory, qu'est-ce qui s'est passé, bon Dieu ? me cria-t-il.

— Je ne sais pas, je pense que l'un de ces gars m'a peut-être frappé plus fort que je le pensais.

— Frappé ?

Sa voix se fit encore plus forte.

Ma tête ne pouvait pas supporter les cris. Je raccrochai et m'arrêtai de marcher pour pouvoir découvrir l'endroit où je me trouvais. Quand je vis l'escalier qui menait au métro, je l'empruntai. Je répondis au téléphone à la cinquième sonnerie.

— Quoi ? gémis-je.

Ma tête me faisait mal.

— Où es-tu ? me demanda-t-il d'une voix très contrôlée, mais je pouvais l'entendre parler entre ses dents serrées.

— Sur le chemin de chez moi.

— Dans quel hôpital étais-tu ?

— Je n'en ai aucune idée. Laisse-moi tranquille, d'accord ? murmurai-je en lui raccrochant au nez.

Alors que j'étais assis dans le métro, j'eus une vision de lui assis dans sa voiture monstrueuse, devant chez moi, à m'attendre pour pouvoir me hurler dessus. Cette idée me garda dans mon siège cinq arrêts au-delà de la station où je devais descendre. Assis sur les marches en essayant de ne pas geler, je réalisai que mon évasion de l'hôpital avait été mal planifiée. Je ne savais pas qui appeler puisqu'il était trois heures du matin. Quand mon téléphone sonna, je répondis parce que cela représentait la distraction dont j'avais besoin.

— Jory ?

— Oh, salut Ben.

Je soupirai parce qu'il n'était pas celui dont j'avais besoin.

— Où es-tu ?

— Je suis à la salle de sport, mentis-je parce que c'était facile.

108

— Oh, bien, je voulais juste m'assurer que tu allais bien après l'autre nuit.

— Bien sûr.

— Ouais ? Tu n'es pas paniqué ?

— Non, j'étais plutôt flatté.

— Bon, très bien.

— Mais je dois te laisser là, d'accord ? Je te téléphonerai.

— D'accord, fais-le surtout.

Je raccrochai et immédiatement mon téléphone se remit à sonner.

— Ouais ?

— Jory, bon Dieu, mais où es-tu ?

Je gémis.

— Je préfère mourir d'hypothermie plutôt que de te le dire.

— Très dramatique. Réponds à la question.

Je grognai.

— Tu étais au County, espèce d'idiot, gronda-t-il dans le téléphone. Ils m'ont dit que tu avais une légère commotion cérébrale et que tu avais été battu et...

— Je vais bien.

Je frissonnai si fort que mes dents claquèrent.

— C'est juste que je ne veux pas rentrer à la maison sauf si tu me promets que tu ne seras pas là.

— Je suis là.

Je soupirai profondément.

— Je le savais.

— Tu ne rentres pas chez toi exprès ?

— Ouais.

— Jory, tu comprends, n'est-ce pas, que tu as été kidnappé, agressé et...

— Ouais, je sais.

— Tu sais ? C'est tout ce que tu as à dire ?

— Oui, en fait.

— Seigneur, tu es un idiot ! Jory, ils ne vont pas arrêter d'essayer de te tuer !

Je poussai un lourd soupir.

— Je dois aller travailler. Quelle heure est-il ?

— Travailler ? Est-ce que tu te fous de moi ? Jory, ton cul va en détention préventive dès aujourd'hui !

— Ouais, ben non.

Je bâillai, frissonnant encore une fois, mes dents claquant, faisant un bruit que j'étais incapable d'arrêter.

— J'ai plein de trucs à faire et je dois parler à mon patron à propos de quelque chose d'important, parce que je pense qu'il fait une grosse...

— Jory ! Où es-tu ?

— Pourquoi tu m'as posé un lapin ? Tu étais de sortie ?

Il y eut un instant de silence.

— De quoi est-ce que tu parles ? me demanda-t-il d'une voix calme, mais emplie de force en même temps.

— C'est ça, n'est-ce pas ? Avec tes amis ou quelqu'un d'autre... Tu devais être en rendez-vous avec une femme et c'est pour ça que tu ne pouvais pas venir me voir.

— C'est de ça qu'il est question ? D'un rendez-vous ?

— Va te faire foutre.

— Es-tu sous médicament ? Est-ce qu'ils t'ont assommé de saletés à l'hôpital ?

— Tu sais quoi ? Je m'en fous complètement. Laisse-moi tranquille, dis-je en lui raccrochant au nez encore une fois.

Quand il sonna à nouveau, je vis que le numéro était différent.

— Allô ?

— Jory, bébé... où es-tu ?

— Salut, Nick, dis-je en soupirant.

Pour une raison quelconque, sa voix était apaisante.

— J'ai vu ton nom sur le tableau quand je suis arrivé, mais chéri, où es-tu ?

— Je suis parti.

— À l'évidence. Sais-tu que tu ne peux pas simplement retirer ton intraveineuse et sortir de l'hôpital ?

— Ah non ?

— Jory, bébé, tu es...

— Je vais bien.

— Jory, tu vas plus mal que tu le penses, chéri. Tu ne peux pas être seul en ce moment. Dis-moi où tu es ? Es-tu chez toi ?

Non, je n'étais pas à la maison, pensai-je et je voulais le lui hurler. Parce que, pour une raison quelconque, comme c'était toujours le cas, sa voix était passée de sensuelle et sexy à pleurnicheuse et émotionnellement exigeante en un battement de cœur. Et ce n'était pas Nick, je savais que ce n'était pas Nick... c'était moi. Je ne répondais pas bien aux prières et supplications ou à toute autre chose ressemblant à de la faiblesse ou un

110

attachement collant. Je répondais à la puissance, à la domination et aux exigences de mon temps et de mon corps. Les hommes doux et sensibles ne me faisaient aucun effet. J'étais confus émotionnellement, mais m'en rendre compte ne faisait rien pour l'éviter.

— Jory… chéri… est-ce que je peux venir te chercher ?

— Non, dis-je en recommençant à trembler.

J'avais tellement froid.

— Je vais appeler quelqu'un Nicky, ne t'inquiète pas.

— Mais je dois m'inquiéter. Tu as une commotion cérébrale et une balle t'a effleuré l'épaule et je dois…

— Mais, je vais bien.

— Chéri, j'ai peur que tu t'évanouisses et…

— Ça ira, lui assurai-je. Je te rappelle plus tard.

— Non, non, non, Jory, bébé, dis-moi simplement où tu es, et je vais venir te chercher et tu pourras rentrer avec moi, et…

— Tu es d'accord si je t'appelle demain ?

— Jory, peu importe dans quoi tu t'es fourré, je peux le gérer. S'il te plaît, bébé, laisse-moi prendre soin de toi.

— Nick, je…

— Jory, dit-il en soupirant, je suis fou de toi. Je pense à toi tout le temps.

— Vraiment ?

— Oui ! Seigneur, oui. Je veux… tu dois me donner un peu de ton temps. Je sais que je ne suis pas aussi excitant que tout ce qui se passe dans ta vie, mais Jory, je suis bon pour toi. Je veux être avec toi.

Il m'était difficile de respirer tout à coup, en partie parce j'avais la tête qui tournait et parce que l'honnêteté brutale n'était habituellement pas mon truc. Je favorisai l'art de la disparition dans la plupart des cas.

— Tu sais, Nick, commençai-je rapidement, parce qu'il valait mieux le faire 'façon sparadrap' : tout arracher d'un coup rapide. Nous n'avons pas d'atomes crochus du tout. Tu sais que nous n'en avons pas.

— Vraiment ?

— Tu le sais.

Je grimaçai ; c'était aussi douloureux à dire qu'à entendre.

— Eh bien, je pense que tu dois me donner une autre chance de t'impressionner. Parce que si nous devons être honnêtes, coucher avec toi était incroyable.

— Merci.

111

— Je ne te flatte pas, c'est un fait. Je ne voulais pas que cela se termine.

— C'est gentil.

— Gentil ? Seigneur !

Il rit sèchement.

Je rigolai parce qu'il avait l'air si mortifié.

— Écoute, Jory, je commence ma vie, tu sais ? J'ai un bon poste maintenant à l'hôpital, j'ai acheté mon premier appartement et je suis prêt pour le gars, pour celui qui sera mon partenaire et qui voudra construire son avenir avec moi. Je ne veux pas te faire peur, mais quand je t'ai rencontré, j'ai eu le sentiment que tu étais cet homme.

Il confondait certainement du sexe moyen avec l'amour.

— Jory ?

— Nicky, tu ne penses pas que tu as juste besoin de t'envoyer en l'air ?

— Tu sais que je vais te pardonner d'être un connard total puisque tu es en état de choc en ce moment et probablement en train de te geler.

— Désolé, soufflai-je. C'était un vraiment petit de ma part de te dire ça.

— En effet, ça l'était.

— Nick, je…

— Non, tais-toi et écoute. Sais-tu que tu n'écoutes jamais ?

C'était vrai, je ne le faisais jamais.

— Jory, je peux m'envoyer en l'air tous les soirs de la semaine. Ce que je veux, c'est être au lit avec quelqu'un avec qui je peux construire un avenir et pas seulement un coup d'un soir. Je ne te baratine pas, J… Je veux être ton homme.

— Pourquoi t'en soucies-tu ? Pourquoi ne pas simplement en rester là avec moi ?

— Non. Nous n'allons pas faire ça.

— Pourquoi ?

— Parce que je suis fou de toi, je te l'ai déjà dit.

— Mais pourquoi ?

Il laissa échapper un petit rire.

— Tu essaies de me tirer les vers du nez.

— Je suis confus, lui assurai-je.

— Jory, tu es drôle, intelligent et ces grands yeux sombres sont… et tu m'as dit que mes lunettes de soleil étaient laides.

— Elles étaient laides.

Il poussa un long soupir.

— Sais-tu à quel point tu es magnifique ?

— Nick…

— Ce sont tes lèvres, elles me rendent dingues, dit-il et je pouvais entendre le sourire dans sa voix. Je voudrais ne jamais arrêter de les embrasser.

Il était tout simplement le plus gentil des mecs qui ne me faisait rien du tout.

— J'ai vraiment…

Sa voix était rauque.

— Hé, fais-moi une faveur. Regarde le panneau de la rue où tu te trouves et lis-le pour moi. Je me dirige vers ma voiture.

— Non, je t'appellerai demain, je te le jure.

— Jory, tu as besoin de dormir et tu as besoin que quelqu'un prenne soin de toi. Je veux être ce quelqu'un. D'ailleurs, qui de mieux qu'un médecin ?

Je souris au téléphone et promis de le rappeler le lendemain après le travail. Je raccrochai alors qu'il me suppliait de lui dire où je me trouvais.

Le téléphone sonna et je réalisai que j'avais manqué onze appels pendant que je parlais à Nick.

— Allô ?

— Où es-tu ?

— Sam, je…

— Que Dieu me vienne en aide, si tu ne me dis pas où tu es à la seconde, je te tirerai dessus moi-même dès que je trouverai ton cul maigrichon.

Je rigolai.

— Je croyais que tu aimais mon cul.

Pas de réponse.

— N'ai-je pas raison, inspecteur ?

— Sale petit con arrogant. Tu vas me le jeter au visage maintenant ?

— En fait, je ne vais rien faire du tout pour toi ou avec toi, ou… merde !

J'étais vraiment fatigué tout à coup. La dernière trace d'adrénaline avait disparu. Je voulais quelqu'un qui prenne soin de moi.

— Demande juste à l'autre officier de m'appeler, d'accord ? Je ne veux plus te voir. Je dois y aller. Je vais appeler quelqu'un qui…

— Ne t'avise pas de me raccrocher au nez encore une fois ou je vais... je... oh, regarde-moi ça, dit-il à l'instant même où j'entendis le crissement aigu de freins.

Ma tête se releva et je le vis se garer en double file dans la rue. Il claqua sa portière et fit le tour par l'avant de son SUV. Je n'essayai même pas de me remettre debout. J'appuyai ma tête contre le poteau à la place. J'avais mal partout et j'avais froid jusque dans mes os.

— Jory, je vais...

— Seigneur ! gémis-je. Que veux-tu ?

Quand il ne répondit pas, je levai les yeux vers son visage. Sa mâchoire était crispée et ses yeux sombres étaient verrouillés sur les miens.

— Je pense que je...

Il y eut un bourdonnement dans mes oreilles et j'eus l'impression que quelqu'un m'enfonçait un pic à glace dans le crâne, directement entre mes deux yeux.

— Oh merde !

Ses mains se posèrent sur mon visage alors que la douleur me traversait. Quand elle reflua, je le regardai dans les yeux alors qu'il s'agenouillait devant moi.

— Jory, tes lèvres sont bleues, gémit-il avant d'expirer rapidement. Seigneur ! Peux-tu marcher ?

Je secouai la tête.

Il m'écrasa entre ses bras et la chaleur fut instantanée et étonnante.

— Je te ramène à la maison avec moi, alors fourre-toi ça dans le crâne.

— D'accord.

Quand il se releva, ma tête rencontra son épaule et il frotta son menton dans mes cheveux. Mes pieds quittèrent le sol et alors que tout tournait autour de moi je fus installé sur le siège passager. Dans le SUV, il me caressa les cheveux et je fermai les yeux. Il mit le chauffage à fond et tout ce que j'entendis fut le bruit de la soufflerie. Je ne me souvins pas du reste du trajet.


J'AVAIS CHAUD et chaque partie de mon corps semblait lourde. Je roulai sur moi-même et compris que j'étais sous un drap et plusieurs couvertures dans un lit immense.

— Tu es réveillé ?

Je levai les yeux et Sam s'écarta de la fenêtre où il se trouvait.

— En quelque sorte.

Il inspira.

— Très bien.

— Merci.

— Tu veux quelque chose ?

Je secouai la tête.

— Alors, tu es chez moi, évidemment. Je vis seul ici, donc…

— Qu'est-ce que je fais ici ?

— Tu t'es évanoui dans ma voiture. Je devais faire quelque chose.

— Pourquoi ne m'as-tu pas ramené à l'hôpital ?

Sa mâchoire se crispa.

— Parce que tu n'as qu'une commotion cérébrale. Je sais tout ce qu'il y a à savoir là-dessus.

Je lui souris avant de jeter un coup d'œil dans la chambre.

— Cela ne te dérange pas si je prends une douche ?

— Pas du tout, dit-il en marchant vers le lit. As-tu besoin d'aide pour te lever ?

— Non, lui répondis-je, mais je ne bougeai pas.

Il hocha la tête, les yeux baissés sur moi.

Je haussai un sourcil.

— D'accord, bien, c'est juste là.

Il indiquait la droite.

— Je vais t'apporter une tenue de rechange, d'accord ?

— Bien sûr, merci.

Lorsqu'il partit, je rejetai les couvertures et me relevai par étape. D'abord, m'asseoir ; ensuite, passer mes jambes sur le côté du lit ; et enfin, poser mes pieds nus sur le sol. J'étais tellement content de ne pas être pris de vertige. Je ne voulais pas me retrouver à embrasser son tapis à motifs Navajo, et plus encore… je ne voulais pas avoir besoin de lui.

Je restai dans la douche, sous l'eau chaude jusqu'à ce qu'elle devienne froide. Quand je sortis, je passai en revue son armoire à pharmacie et ne trouvai que l'essentiel. Il n'y avait ni ma lotion au beurre de cacao, ni mes produits pour les cheveux, ni ma crème hydratante, ou mon baume pour les lèvres. J'étais complètement accro à mon baume pour les lèvres et l'appliquais toute la journée, tous les jours. On frappa doucement à la porte après quelques minutes. Je n'avais pas entendu les premières fois qu'il avait frappé parce que j'étais trop occupé à scruter mon œil au beurre noir et les ecchymoses sur ma gorge.

115

— Ouais ?

— J'ai mis un pantalon de survêtement sur le lit.

— Merci.

— Est-ce que tu vas bien ?

— Ouais.

— D'accord.

J'attendis quelques minutes pour lui laisser le temps de quitter la chambre avant de sortir. Je ne voulais pas lui parler, je voulais juste me reposer.

Le pantalon était soigneusement plié sur le lit et quand je l'enfilai, je dus remonter les bords de trente bons centimètres, tirer le cordon très serré, et rouler le haut par-dessus avant qu'il veuille bien rester sur mes hanches. Je n'emprunterais certainement pas les vêtements à Sam Kage. Je remontai dans le lit et m'allongeai. J'étais épuisé par l'effort d'avoir pris une douche.

— Hé, dit-il en entrant dans la chambre à coucher. Tu te sens mieux ?

Je mis un des oreillers derrière ma tête, me mettant à l'aise. Il pleuvait dehors, vraiment fort d'après ce que je pouvais entendre et je savais qu'il faisait froid. Mais j'étais au chaud et confortablement installé dans son lit.

— Tu as l'air très heureux.

— Parce que je le suis, dis-je en souriant et en regardant la chambre, laissant échapper un profond soupir.

— Je peux te poser une question ?

— Bien sûr.

— Qui est Nick Sullivan ?

— Un médecin avec qui je sors.

— Oh, d'accord.

— Il est très gentil.

— Oh ouais ? Très gentil ?

Je grognai parce que je n'écoutais pas vraiment.

— 'Très gentil' c'est le baiser de la mort, dit-il en riant et je sentis le lit s'affaisser alors qu'il s'asseyait à côté de moi. N'est-ce pas ?

— En effet.

— Il t'a dans la peau, hein ?

Je lui jetai un coup d'œil et lui adressai un demi-sourire.

— Il doit l'être parce qu'il a appelé une douzaine de fois. J'ai éteins ton téléphone parce que j'en avais marre de l'entendre sonner.

— Il aime mon cul maigrichon, le taquinai-je en souriant.

— Je l'aime aussi.

J'ouvris les yeux alors qu'il faisait courir ses doigts sur ma gorge.

— Au moins, tu n'es plus congelé.

Le bruit que je fis était à mi-chemin entre un gémissement et un soupir. J'étais content d'être sous tant de couvertures pour qu'il ne remarque pas à combien j'étais excité.

— On dirait que tu ronronnes.

Je souris et sa main fit le tour de ma gorge.

— Je voulais t'étrangler quand j'ai appelé et que tu m'as dit que tu étais à l'hôpital… je veux dire Jory… bon Dieu ! Tu t'es presque fait tuer ce soir.

Je refermai les yeux, m'éloignant de son toucher.

— Peux-tu m'apporter un peu d'eau ?

— Ouais, dit-il d'un ton bourru avant de sortir.

J'étais endormi lorsqu'il revint.

# IX

LORSQUE J'OUVRIS les yeux, il pleuvait encore, mais il ne faisait pas sombre comme la nuit, plutôt comme un matin. Il était très tôt un jour qui s'annonçait gris et pluvieux. Le genre de journée qu'il faisait bon passer sous les couvertures à regarder la télévision.

— J'ai appelé ton patron et je lui ai dit que tu n'irais pas travailler, alors ne t'inquiète pas.

Je levai les yeux vers son visage alors qu'il sirotait du café dans une tasse complètement noire.

— Est-ce que je peux en avoir ? demandai-je en plissant les yeux.

J'entendis son long soupir.

— Bien sûr. Comment le prends-tu ?

— Avec de la crème, sans sucre. Il doit être blond comme moi.

— D'accord, dit-il gentiment, le coin de sa lèvre se relevant en un sourire. Je reviens.

Mais avant qu'il puisse aller plus loin, je l'arrêtai en l'appelant.

— La nuit dernière, tu étais inquiet pour moi, hein ? C'est ce que tu fais lorsque tu as peur... tu cries, dis-je doucement, commençant à comprendre les rouages de l'inspecteur Kage. Parce que tu étais terrifié que je sois blessé, n'est-ce pas ?

Il se contenta de me regarder fixement.

— Dis-moi.

— Tu m'as fait une peur de tous les diables.

— Étais-tu inquiet pour moi ou pour ton affaire ?

— Toi.

— Comment ça ?

Les sourcils froncés, et ses yeux... Je sentis mon estomac faire un nœud.

— Je ne sais pas, parce que la plupart du temps, je veux juste te tuer.

Je lui souris.

— Qu'est-ce que mon patron a dit ?

— Il a dit que tu devais l'appeler vers dix heures.

— D'accord.

— Quel est le truc avec lui ? Il ne te traite pas comme devrait le faire un patron.

— Non, acquiesçai-je. Il me traite comme si je faisais partie de sa famille.

Il me regarda, son regard ne vacillant jamais. Cela me mit mal à l'aise.

— Ai-je l'air en si piteux état ?

Il secoua la tête.

— Tu en es sûr ?

— Ouais. Tu ressembles à quelqu'un qui a été brutalisé.

Je souris paresseusement, mes yeux s'étrécissant alors que je les levais vers lui.

— Tu veux me brutaliser ?

Le muscle de sa mâchoire se crispa et il déglutit fortement, ses yeux fixés sur ma bouche.

— Oui.

Mon cœur bondit dans ma gorge. Ses yeux étaient si sombres, si intenses, fixés sur les miens.

— Viens m'embrasser, alors.

Il posa lentement, doucement, comme s'il se concentrait vraiment fort, sa tasse sur la table. Ses mains se retrouvèrent sur mon visage alors qu'il se penchait pour m'embrasser. Je relevai le menton, venant à sa rencontre, et sentis le bout de ses doigts glisser sur ma mâchoire.

— Jory, souffla-t-il contre ma bouche, ses lèvres planant au-dessus des miennes.

J'essayai de ne pas émettre le moindre son, mais le gémissement sortit de ma bouche et je sentis instantanément le changement en lui alors qu'une vague de désir le traversait. La tendresse fut remplacée par la poussée de sa langue entre mes lèvres entrouvertes. Il appuya sa bouche sur la mienne, m'embrassant durement et profondément. Je me cambrai contre lui, ses mains étaient chaudes sur ma peau.

— Je ne veux pas te faire de mal, dit-il d'une voix rauque, en haletant, sa bouche dévorant mes lèvres, les suçant et les léchant, sa langue mêlée à la mienne.

— Tu ne le feras pas.

— J'ai tellement envie de toi.

— Très bien.

Il se redressa et attrapa mes cuisses, me tirant au bord du lit. Mon pantalon disparut en quelques secondes à peine. Il tendit le bras vers le tiroir du haut de sa table de nuit en même temps qu'il repoussait mes genoux. Je vis le tube de lubrifiant et ne pus retenir mon rire. Il se figea, les yeux fixés sur moi.

— Quoi ?

— Tu as du lubrifiant ?

Je haussai les sourcils.

— Pour moi ?

Il eut l'air peiné et c'était à la fois attachant et adorable.

— Tu es incroyable, lui assurai-je doucement en lui faisant signe de s'approcher.

Il m'enveloppa dans ses bras et approfondit le baiser, se déplaçant pour peser sur moi, sa bouche s'inclinant au-dessus de la mienne, de façon si possessive, et avec tant d'urgence que je gémis un peu plus.

— Seigneur ! gémit-il, sa bouche sur ma gorge, m'embrassant. J'ai envie de te dévorer.

C'était un aveu qui venait du fond de son âme puisque son cerveau avait court-circuité, alors je posai mes mains sur son visage et lui rendis son baiser, le suçant, le mordant, faisant en sorte que ma langue ne manque aucune partie de sa bouche. Je donnai autant que je recevais et sentis le frisson intense qui m'indiqua sa reddition.

Je tremblai entre ses bras et il émit un bruit, comme s'il mourait.

— Merde, quelque chose ne va pas avec moi.

— Non, l'apaisai-je en embrassant ses yeux, ses joues, ses sourcils et l'arête de son nez.

— Je suis complètement retourné, grommela-t-il entre ses dents. Je déteste ça, merde !

— C'est bon, lui dis-je en souriant lentement. Je vais prendre soin de toi.

Il recula légèrement et me regarda dans les yeux.

— Tu ne peux même pas prendre soin de toi.

J'eus l'impression de pouvoir voler.

— Mais je pourrais te rendre la vie si agréable.

— Comme si tu pouvais, cria-t-il presque avec brusquerie en me retournant sur le ventre, sa main dans mes cheveux, un genou entre mes jambes pour les écarter.

120

J'arquai le dos comme un chat, me frottant contre lui dans la manœuvre, et sa bouche effleura ma peau. Le son étouffé qu'il émit me fit sourire.

— Jory.

Je glissai hors de son étreinte et roulai à nouveau sur le dos, relevant mes genoux, tendant les bras vers lui.

— Tu te bats si fort, soupirai-je. Arrête, respire.

Il prit une inspiration tremblante avant de m'attirer à lui, me tenant serré, me pressant contre son corps tout entier. Ses mains glissèrent sur mon corps et lorsque sa bouche suivit, je le suppliai. Le changement qui s'était opéré en lui en une seule journée était sidérant, la compréhension de ce que je voulais et sa confiance dans ce qu'il pouvait faire... je n'avais plus besoin de lui offrir mes instructions. La mécanique n'était plus un mystère, ses mains, sa bouche, se déplaçaient avec habileté sur ma peau tandis qu'il scandait mon nom.

LA PLUIE me réveilla avec son tambourinement continu sur la fenêtre. Je souris lorsque je sentis des mains chaudes se déplacer sur ma cage thoracique, puis sur mon ventre, le pétrissant, le caressant, d'une manière douce et excitante à la fois.

— Ne dois-tu pas aller travailler ? le taquinai-je, surpris moi-même par le temps que je passais à dormir.

Le sexe ne m'avait jamais épuisé avant.

— Je ne peux pas te laisser seul.

Sa voix était rauque. Elle me traversa, provoquant un frisson.

Je m'étirai langoureusement puis roulai sur son torse sculpté et posai la tête sur son cœur.

— Merde, dit-il alors que je levai la tête pour le regarder dans les yeux. Quoi ? finit-il par demander d'un ton bourru.

— Je ne sais pas.

Je l'observai.

— C'est toi qui jures.

Il mit sa main dans mes cheveux et massa mon cuir chevelu, m'incitant à reposer la tête sur son torse.

— Dis-moi ce qui ne va pas.

— Il n'y a rien qui ne va pas. C'est bien là le putain de problème.

Cela n'avait pas de sens et je laissai tomber, jouissant trop de ses mains sur moi pour lui poser des questions.

121

— Merde.

Je glissai ma jambe entre les siennes et il souleva mon menton d'une main douce. Il posa sa bouche sur la mienne et je fus roulé sur le dos et embrassé tendrement, lentement. Il prit son temps, cette fois, pour me goûter. Il embrassa ma gorge puis descendit sur ma poitrine, suça mes mamelons l'un après l'autre avant que sa chaude bouche humide glisse sur mon ventre plat jusque sur mon sexe. Il me prit lentement, faisant durer l'instant puis battant en retraite, sa langue tournoyant sur ma peau avant de me reprendre plus profondément, me léchant avec de longs mouvements de sa langue, me suçant avidement, ses mains pétrissant mes cuisses et mes mollets. J'espérais qu'il laisserait des bleus parce que j'avais envie de sa marque sur moi. Lorsque je sentis la crispation à l'intérieur de mon corps, le picotement, je lui demandai d'arrêter. J'avais l'impression que mon cœur allait exploser. Ses yeux ne quittèrent jamais les miens et je criai son nom alors que je frissonnais sous ses mains et qu'il avalait tout ce que j'avais. Après coup, il se releva et me cloua sur le lit sous lui.

— J'adore les bruits que tu fais quand tu es heureux.

Je grognai parce que mon cerveau ne fonctionnait pas encore, mon corps était mou et liquéfié sous le sien... prêt à fondre en lui.

— Tes yeux deviennent si sombres et quand tu dis mon nom... je n'ai jamais désiré personne comme je te désire, Jory. Je ne pense même pas que les gens sont censés ressentir ça. Je pense que...

— Chut, dis-je en le poussant pour pouvoir le faire rouler sur le dos.

— Non, dit-il d'une voix brisée, remplie d'émotion, ses bras enroulés autour de moi, arrêtant mon mouvement. Je ne veux pas que tu... je n'ai pas besoin... reste seulement allongé là avec moi.

Je restai muet, me délectant de la différence entre les garçons avec lesquels j'avais couché et l'homme qui me tenait maintenant entre ses bras. Tous mes autres amants se seraient attendus à un retour rapide de n'importe quelle faveur accordée, mais le désir de Sam se bornait à me faire plaisir simplement parce que cela le rendait heureux de le faire.

— Sam, je...

— Écoute, je ne veux pas que tu revoies ce médecin et tu ne vas certainement pas quitter la ville avec lui.

— Comment sais-tu que...

— J'ai écouté tes messages.

— Oh !

Je me retournai sur le côté et il se mit immédiatement en cuillère derrière moi, ses cuisses contre mes fesses. Je ne voulais pas qu'il me voie sourire.

— Il m'a acheté un billet d'avion.

— Je me fous de savoir s'il t'a acheté un putain de poney, m'assura-t-il, l'ennui s'entendant clairement dans sa voix. Tu ne vas nulle part avec lui.

— Oui, monsieur l'inspecteur.

— Je suis déjà allé chez toi et j'ai emballé tous tes vêtements donc...

— Quoi ?

J'essayai de bouger, de me retourner pour pouvoir voir son visage, mais il ne me laissa pas faire. Il était tellement plus fort que moi ; s'il voulait me soumettre, alors j'étais soumis. S'il voulait que je sois immobile dans ses bras, c'est ainsi que je serais.

— Tu as emballé quoi ?

— Tu m'as entendu, dit-il d'un ton bourru, presque en grognant. J'ai emballé le moindre bout de tissu que tu possèdes. Tout est dans ma chambre d'amis. J'ai mis ton ordinateur portable dans le salon et j'ai pris ton iPod et quelques-uns de tes livres. Tu n'as pas beaucoup d'affaires.

— Non.

— J'ai pris ta couette aussi parce que je me suis dit que tu l'aimais.

— En effet, mais...

— Tu ne peux pas rester dans ton appartement... je veux dire, je suis allé là-bas sans clé et j'ai quand même pu l'ouvrir. Penses-y.

— Ouais, mais...

— Je veux que tu sois en sécurité, dit-il avant que sa bouche se referme sur mon épaule.

Cet homme ne pouvait pas garder ses mains ou sa bouche loin de moi.

— Je n'ai pas cinq ans, Sam.

— Non, mais... tu as besoin que quelqu'un s'occupe de toi.

— Mais qu'est-ce que tu vas...

— Pour l'instant, tu es ici parce que je dois te surveiller. C'est tout ce que les gens ont besoin de savoir.

— D'accord.

Je réfléchissais.

— Donc, dès que l'affaire sera terminée, je remballerai mes affaires et...

— Écoute-moi, dit-il lentement, embrassant ma nuque. Inquiétons-nous simplement de prendre les choses comme elles viennent.

— Facile à dire pour toi… j'ai mon loyer à payer et…

— Non, me coupa-t-il. J'ai parlé avec ton propriétaire et jusqu'à ce qu'il remplace la porte et installe une serrure décente, il ne recevra rien. Je lui ai dit qu'il était chanceux que tu ne lui aies jamais demandé de faire quoi que soit en termes d'aménagement dans cet endroit.

— Génial, murmurai-je. Maintenant, il va me détester.

— Je suis surpris que personne d'autre n'ait jamais rien dit à propos de tes serrures.

— Eh bien, Nick a dit que…

Il me mordit l'épaule avant de l'aspirer avec force.

— Je ne veux pas entendre parler du médecin.

Je rigolai.

— D'accord.

— Et tes sorties pour aller danser sont terminées.

Je souris plus largement, mais il ne pouvait pas le voir.

— Est-ce que je dois encore mentionner le médecin ?

Je me raclai la gorge.

— Ce n'est pas juste si tu sors et que je ne…

— Je ne le ferai pas.

— Mm-mm.

Je hochai la tête.

— Alors, où étais-tu hier soir, inspecteur, alors que tu étais censé venir me chercher pour aller dîner ?

Il poussa un profond soupir tout en resserrant son bras autour de moi, caressant ma hanche, enfouissant son visage dans mes cheveux.

— À un double rendez-vous.

— Je le savais.

— Il était planifié depuis des semaines. Pas moyen de me sortir de là, mais quand je suis avec toi, mon cerveau court-circuite et je l'avais complètement oublié jusqu'à ce que mon pote me le rappelle.

— D'accord, donc c'est bien ce que je dis. Tu es célibataire et hétéro, donc tous tes amis vont…

— Je vais m'en occuper.

Il frotta sa joue mal rasée contre la peau nue de mon épaule. Ce qui envoya un frisson me parcourir.

— Si tu baises une fille alors que je…

— Alors ce n'est que justice, dit-il de sa voix rauque, si sexy. Tu peux toi aussi coucher avec une fille, bébé.

— J'aime les femmes, lui assurai-je. C'est juste que je ne les *aime* pas, tu sais ?

Il rigola avant de se redresser au-dessus de moi, se mettant sur les coudes pour regarder mon visage.

— Est-ce que les gens te disent-ils tout le temps que tu es beau ?

— Non.

— Menteur.

Il sourit diaboliquement, ses yeux brillant.

— Regarde-toi, tu es magnifique.

Il pensait que j'étais beau, c'est tout ce que j'entendis. Je sentis une bouffée de chaleur déferler sur ma peau alors qu'il faisait courir son pouce sur ma lèvre inférieure et se penchait sur moi.

Je gémis, geignant presque, et sa bouche toucha la mienne. Je sentis sa main glisser sur ma hanche alors que sa langue glissait entre mes lèvres à peine entrouvertes. C'en était trop pour moi. Je fermai les yeux, juste une minute.

— Jory Keyes, dit-il doucement, traçant mes sourcils du bout des doigts. Et si je t'avais manqué ?

Mon corps était de nouveau lourd et je me sentis m'enfoncer dans le lit, la masse chaude de muscles et d'os me submergeant.

— Dors, bébé, m'apaisa-t-il en posant ses lèvres sur mes paupières. Je suis là.

Ce fut la dernière chose que j'entendis.

# X

SAM ME laissa une heure plus tard avec l'ordre de rester à l'intérieur de son appartement et de ne sortir sous aucun prétexte. Je n'étais pas assez réveillé pour argumenter. Je m'étais rendormi en quelques secondes alors qu'il me caressait le dos en petits cercles. Quand mon téléphone sonna, je fus surpris parce que je pensais que je devais, appeler Dane et non l'inverse.

— Tu as des problèmes, dit-il catégoriquement. J'ai parlé à l'inspecteur Kage et il m'a dit que tu étais en détention préventive. Est-ce exact ?

— Oui.

— Dis-moi ce qui t'arrive. Maintenant !

Et donc, même si je n'étais pas sûr de ce que je devais dire, je crachai le morceau.

— Je ne veux pas mettre qui que ce soit en danger en venant.

— Nous avons un garde de la sécurité dans notre immeuble qui vérifie chaque personne qui entre et qui sort, Jory. J'attends que tu sois de retour ici lundi matin.

— Vous êtes sûr ?

— Bien sûr que j'en suis sûr. Quand m'as-tu entendu dire quelque chose que je ne pensais pas ?

*Jamais.*

— Très bien dans ce cas. Je vous verrai lundi.

— En fait, je dîne à l'Adagio ce soir à dix-huit heures trente, dit-il vivement. Passe vite fait que je puisse voir comment tu vas, d'accord ?

— Pourquoi un dîner si tôt ?

— Cinéma après, si tu veux savoir, dit-il sèchement.

— Oh !

— Je t'attendrai.

Il voulait juste me voir de ses propres yeux et s'assurer que j'étais bien en une seule pièce.

126

— D'accord. Merci, patron.

Il raccrocha et je roulai sur le côté pour me rendormir.

Je fus réveillé de ma seconde sieste de la journée par un appel de Caleb Reid. Il me dit que c'était lui qui avait appelé la police après m'avoir vu me faire jeter dans la voiture la nuit précédente. Il était allé au poste et avait rempli une déposition avant de recevoir la visite de l'inspecteur Kage une heure plus tôt.

— Vous savez, je n'avais jamais parlé à un policier avant, mais c'était du genre… intense.

Je rigolai.

— Je n'en doute pas.

— Est-ce que vous allez bien ?

J'allais bien alors je le lui dis avant de le remercier d'avoir appelé la police. Il me demanda dans quoi j'étais mêlé, mais je détournai la conversation sur Dane. Immédiatement, il voulut savoir si j'allais assez bien pour lui parler. Je lui répondis que j'essaierais lorsque je verrais mon patron plus tard. Quand il raccrocha, je sortis du lit et fis du café avant de chercher quelque chose à me préparer pour le petit-déjeuner. Je trouvai seulement une boîte de céréales pour enfants et je me demandais comment un homme adulte pouvait avoir des Lucky Charms dans son placard. Quand j'entendis les clés tourner dans la serrure, je m'attendais à Sam, mais me retrouvai face à une femme âgée étonnante aux cheveux roux à la place. Quand elle leva les yeux de ses sacs d'épicerie, je restai bouche bée en la reconnaissant instantanément.

— Oh mon Dieu ! Vous êtes Regina Rappaport, soufflai-je en restant là à la dévisager, la bouche béante.

Son sourire était à couper le souffle.

— Oui, c'est moi. Et vous regardez bien trop de vieux films.

— Putain de merde !

Je souris largement.

— Vous êtes encore plus belle en personne.

— C'est si charmant, dit-elle en riant.

Elle déposa ses sacs et me tendit les bras.

— Venez là.

Je me précipitai pour la serrer dans mes bras et elle me tapota le dos et me caressa les cheveux. Elle sentait légèrement la vanille avec un soupçon de pluie. J'étais surpris par la force de son étreinte.

Quand elle me repoussa à bout de bras, elle souriait chaleureusement.

— Qui êtes-vous ?

— Jory Keyes. Sam me surveille depuis un petit moment. Je suis son témoin.

— Mm-mm.

Elle me dévisagea, m'examinant tandis que je me tenais là dans un tee-shirt, un pantalon de jogging et une paire de chaussettes blanches frisottantes de Sam.

— Eh bien, mon chéri, chaque semaine, j'apporte des courses pour mes deux fils célibataires afin de m'assurer qu'ils ne meurent pas de faim. Mon fils, Michael, l'architecte, mange un peu mieux que mon autre fils Samuel, le policier, mais pas de beaucoup. Par exemple, la dernière fois que j'ai mis les pieds ici, il n'y avait qu'un morceau de beurre fossilisé, une boîte de Lucky Charms et une très vieille bouteille de lait. Je ne serais pas surprise qu'il ait mangé tout ce que j'ai amené et que seules ces trois choses restent encore.

Je souris et hochai la tête.

— Aidez-moi avec ces sacs.

J'attrapai donc les quatre sacs d'épicerie et l'aidai à les porter jusqu'à la cuisine. Elle ne voulut pas que je l'aide à déballer, alors je m'assis sur l'un des tabourets de bar et la regardai.

— Jory, mon cœur, avez-vous faim ? me demanda-t-elle distraitement en continuant de ranger les choses.

— Oui, m'dame.

Elle se retourna et me regarda. Ses yeux brillaient.

— Vraiment ?

Je hochai la tête et elle me tapota la main avant d'attraper une poêle à frire qui était suspendue au-dessus de sa tête à un crochet. Elle mourrait d'envie de prendre soin de moi et j'étais plus que disposé à la laisser faire.

— Que diriez-vous d'une omelette ?

— Ce serait super.

Elle resta pendant trois heures et durant ce temps, elle me parla d'Hollywood dans les années soixante-dix, m'expliqua qu'être belle n'aidait pas autant que d'avoir du talent et comment elle avait rencontré et s'était éprise d'un pompier de Chicago. Il lui avait fait miroiter les joies de la maternité et de la banlieue et là, elle avait découvert ce qu'elle aimait encore plus que de jouer devant une caméra : être mère. Je l'écoutai en mangeant et lui racontai comment j'avais été élevé par ma grand-mère et la façon dont j'étais arrivé à Chicago et où je travaillais. Elle avait entendu parler de Dane Harcourt et elle était très impressionnée. Je lui parlais de

Brian Minor et de mon amie Anna, et de la manière dont j'avais rencontré son fils.

— Vous savez Jory, vous êtes tout simplement magnifique.

— Merci.

— Je parie que les gens vous disent tout le temps que vous êtes tout simplement lumineux.

Je savais que je n'étais pas laid, mais lumineux était une exagération. Pourtant, c'était agréable à entendre.

— Pourquoi ne vous changez-vous pas et je vous emmènerai chez Del Vecchio pour manger une tarte ?

Je hochai la tête en souriant et elle retint son souffle.

— Vous êtes vraiment magnifique, Monsieur Keyes.

— Je vous retourne le compliment.

Son rire était profond et guttural lorsqu'elle me dit de me dépêcher.

Quand je ressortis dans mon jean moulant, une chemise blanche sous mon pull col en V en cachemire, elle sourit de toutes ses dents. J'étais content que Sam ait apporté toutes mes affaires de toilette ainsi que mes vêtements. Mon parfum était à nouveau le mien et je serais mort sans tous mes produits pour les cheveux.

— Les gens vont penser que je suis une femme-couguar qui sort avec son minet.

Je me figeai sur place et elle éclata de rire.

— Quoi ?

— Je ne pensais pas que vous sauriez ce qu'était une femme-couguar !

— Que pensez-vous donc que j'ai fait durant toutes ces années ? Que j'ai vécu dans une caverne ? Hello, chéri, j'ai des filles !

Je lui souris et elle prit mon bras pour me diriger hors de l'appartement. Alors que la porte se refermait, elle me donna sa clé de l'appartement de Sam.

— Gardez ce jeu, mon mignon, j'en ai un autre à la maison...

Je la mis dans ma poche et la suivis dans l'escalier, puis dehors jusqu'à sa voiture qui était garée en face de l'immeuble de sept étages. J'aimais infiniment plus sa Lexus argentée que le SUV de Sam et le lui dis.

— Je sais, acquiesça-t-elle. C'est un tank, pas une voiture.

La boulangerie était petite et intime, chaleureuse avec des rideaux à damier rouge et blanc assortis aux cantonnières des fenêtres. Il y avait une clochette sur la porte d'entrée qui teintait lorsque vous entriez et l'endroit sentait les biscuits fraîchement sortis du four. J'adorais ça et notai dans un coin de mon esprit de prendre des baklavas pour Dane la prochaine fois que je viendrais. C'était son dessert favori.

Elle prit une part de tarte au citron meringuée et moi une à la crème de potiron. Nous parlâmes de sa famille, de ses filles, de son fils Michael et du fait qu'elle avait du mal à trouver une fille pour Sam. Une fois que je récupérai d'avoir failli m'étouffer avec mon verre de lait, je lui dis de ne pas s'inquiéter à son sujet. Lorsque la bonne personne viendrait, il le saurait. Elle priait pour que j'aie raison.

Lorsqu'elle me ramena à l'appartement, après deux heures de courses, elle me fit promettre de venir dîner le dimanche soir. Elle m'attendrait pour dix-huit heures avec Sam. Elle l'invitait chaque semaine, mais il ne venait jamais – toujours trop occupé. Elle comptait sur moi pour l'amener là-bas. Je lui promis que je ne la laisserais pas tomber. Sa main reposa sur ma joue plusieurs minutes avant que je sorte de la voiture avec tous mes sacs, et elle repartit. Cela avait été une très belle journée.

CHAQUE VENDREDI soir, mon patron dînait dehors. Il invitait toujours au moins huit personnes ainsi que sa petite amie du moment. Cette semaine, comme il me l'avait dit, c'était à l'Adagio, un très bon restaurant italien, et la femme de la semaine était une cardiologue nommée Kensie Beckman. Lorsqu'on m'indiqua sa table, elle ne sembla pas heureuse de me voir. Au moins, elle était encore polie. Les autres – ses amis médecins et avocats – ne semblaient pas ennuyés du tout que je me retrouve parmi eux.

— Bonsoir, bonsoir, saluai-je tout le monde avant de laisser échapper un profond soupir et de me retourner pour regarder mon patron.

— Pourrais-je vous parler une minute s'il vous plaît ?

— As-tu mangé ?

— Non, pas encore, balbutiai-je. Mais écoutez, pourrais-je juste s'il vous plaît…

— Assieds-toi et mange, m'ordonna-t-il. Tu as la mine blafarde.

Il y eut une pause alors qu'il m'examinait comme s'il pensait à quelque chose.

— Ne devrais-tu pas toujours être à l'hôpital ?

— Nan, je vais bien.

— Donc, lundi matin, tu seras de retour au travail ?

— J'ai dit que j'y serais.

Il me lança un coup d'œil.

— Excusez-moi. Je serai là.

— Très bien. Rien n'est fait quand tu n'es pas là. Cette fille... Quel est son nom ?

— Qui ?

— La réceptionniste.

— Vous connaissez son nom, dis-je en lui faisant de gros yeux.

— Vraiment ?

— C'est Piper.

Il claqua des doigts.

— Piper. C'est ça.

— Eh bien ?

Il me sourit d'un air mauvais.

— Peu importe, elle me passe tous les appels téléphoniques. C'est un cauchemar.

— Je serai là lundi.

— Merci mon Dieu.

Je lui souris.

— Assieds-toi et mange, m'ordonna-t-il, levant la main pour attirer un serveur.

— Non, j'ai juste besoin de...

— Il ne va pas laisser tomber, Jory, me dit Jude Coughlin avec un grand sourire sur le visage alors qu'il prenait la chaise que le garçon apportait pour moi et l'installait à côté de Dane. Asseyez-vous.

Je m'assis et Dane se tourna vers moi pour m'observer, l'inquiétude se lisant dans ses yeux gris si chaleureux. Je détestais le mettre de mauvaise humeur quand il était manifestement de bonne humeur.

— Que veux-tu ?

— Je veux vous parler.

— Non, qu'est-ce que tu veux manger ?

— Manger ?

— Oui, manger.

— Je ne veux pas manger.

— Si, tu vas manger.

— Non, je ne veux pas, insistai-je, regardant nerveusement autour de la table.

Tout le monde nous regardait.

— Peu importe.

Il secoua soudain la tête, se retourna et fit signe au garçon.

131

— Je sais quoi te prendre.

Je me débarrassai de mon caban et m'installai dans la chaise. Lorsque je levai les yeux, je vis que tous les yeux étaient encore braqués sur moi.

— Hé, désolé pour l'interruption tout le monde.

— Non, mon cher, c'est bon, dit Marilyn Castro en me tapotant le bras. Vous êtes toujours le bienvenu. Vous êtes plus son petit frère qu'autre chose.

Je me demandais si c'était vrai, même lorsque Jude hocha la tête en signe d'assentiment.

— Alors, parle-moi du flic.

Je regardai à nouveau Dane.

— Que voulez-vous savoir sur lui ?

Il plissa les yeux.

— Tu fais quoi avec lui ?

— En quoi est-ce vos affaires ?

— Tu *es* mes affaires.

Je lui lançai un regard noir.

— Je dois témoigner.

— Et donc tu vas rester avec lui jusque-là ?

— Ouais.

— Oui.

— Oui.

— Je vois. Alors tu peux travailler ?

— J'ai déjà dit que oui.

Il hocha la tête.

— Et si tu ne peux pas ? Tu vas démissionner ?

Il avait posé la question sur un ton nonchalant, mais je pouvais dire à ses yeux que ma réponse était importante.

— Voulez-vous que je démissionne ?

— Peut-être que l'inspecteur voudra que tu le fasses.

— Ce n'est pas ce que je vous ai demandé.

— Veux-tu le faire ?

— Voulez-vous que je le fasse ? répétai-je en m'inclinant légèrement vers lui.

— Tu es évasif.

— Vous encore plus.

— Veux-tu le faire ? me demanda-t-il encore, insistant pour recevoir une réponse.

— Je refuse de répondre avant vous.

Il sourit lentement, ses yeux pétillaient. Je l'amusais tellement en ce moment. Je dus lui retourner son sourire ; il était impossible de ne pas le faire quand il me taquinait.

— Non, répondit-il calmement, la voix basse. Je ne veux pas que tu partes.

— Alors je ne partirai pas.

Je souris avec suffisance, très heureux, me redressant sur mon siège.

Il s'écarta de moi et commença une conversation avec Kensie et une autre femme à la table. Je me mis à bavarder avec Rebecca Stoler et Marilyn. Ils étaient tous si gentils, même si aucun d'eux n'avait semblé capable de faire autre chose que nous regarder et nous écouter, Dane et moi, quand nous parlions.

Nos plats arrivèrent et j'attendis que Dane répartisse les aliments entre nos deux assiettes. Les oignons restèrent sur le côté, les champignons pour moi, les concombres pour lui, les carottes pour moi, les pommes de terre pour lui et il partagea son steak et mon poulet pour que nous ayons tous les deux la moitié de chaque plat.

— Waouh, dit Marilyn en me souriant. C'était toute une préparation.

— Eh bien, dis-je en haussant les épaules. Je veux dire, nous mangeons ensemble tous les jours. Il sait ce que je vais manger.

— Je sais ce qu'il va manger, reprit-il en écho, puis il regarda mon assiette. Et ça m'a l'air bien.

Je n'avais toujours pas beaucoup d'appétit, mais je piquai un bout de poulet.

— Tu as l'air plus en forme que je le pensais, dit Dane en me regardant dans les yeux, la main sur mon menton pour m'incliner la tête d'avant en arrière. L'œil au beurre noir est d'une jolie teinte, cependant.

— Merci, dis-je en repoussant l'assiette sur la table et en vidant mon verre de thé glacé.

— La nouvelle dactylo a cent vingt ans, murmura-t-il.

Je souris en grand.

— Eh bien, c'est logique.

— Je suppose, dit-il en passant son bras sur le dossier de ma chaise. Es-tu en sécurité chez l'inspecteur ?

— Oui.

— Es-tu sûr ?

— Positif.

— Très bien.

Après un moment, je lui tapotai doucement l'épaule.

— Quoi ?

— Puis-je vous parler une seconde ?

— À propos de quoi ?

— Caleb Reid.

— Qu'y a-t-il ? demanda-t-il négligemment, mais je pus dire à la lueur qui traversa ses yeux sombres que j'avais des problèmes.

— Je pense que vous devriez faire ce qu'il veut et aller la voir.

— Je pense que tu as choisi de parler de ça maintenant parce que tu savais que je ne pourrais pas te tuer en public, dit-il ostensiblement.

— Je pense que vous avez raison.

Il sourit et se tourna de façon à me faire face.

— Et quand as-tu été informé des détails de la situation ?

— La nuit dernière. J'ai dîné avec lui.

— Et tu lui as parlé alors que je t'avais dit de ne pas le faire ?

— Oui.

— Pourquoi ?

— Parce que cela vous concernait et vous savez que je devais savoir.

— D'accord.

— Et puis, j'irai avec vous.

— Aller où ? demanda Kensie à côté de Dane.

— Oh, comme ça tu viendras ? demanda-t-il, l'ignorant complètement.

— Vous savez que le ferai.

— C'est loin d'ici.

— Je sais, Texas. Je peux aller là-bas.

— Et que va penser l'inspecteur Kage de tout ça ?

— Il ne s'en fera pas.

— Non ?

— Non.

— Tu en es sûr ?

— Il sait que vous êtes mon patron. Il sait que je suis en sécurité avec vous.

— Vraiment ?

Je le regardai avec insistance.

— Ouais. Bien sûr.

— Très bien, décida-t-il. J'irai vendredi prochain.

— Vous voulez dire, nous.

— Je veux dire, je.

— Seul ?

— Oui.

— Pourquoi ?

— Parce que ce sont mes affaires et celles de personne d'autre.

— Je pensais que j'irais avec vous, dis-je rapidement, essayant de ne pas lui faire entendre ma déception.

Il sourit en jetant un coup d'œil au restaurant.

— Absolument pas.

— Pourquoi non ?

— Il n'y a aucune raison pour que tu m'accompagnes.

— Non ?

— Non, dit-il platement en se tournant pour me regarder.

— Vous n'avez pas besoin que je vienne ? demandai-je plein d'espoir.

— Non, dit-il sévèrement, essayant de me convaincre d'en rester là avec son ton.

— Vous en êtes sûr ?

— Tout à fait sûr. Maintenant, laisse tomber.

Je poussai un soupir à fendre l'âme.

— Je vais appeler Monsieur Reid.

— Je vais appeler Monsieur Reid. Tu en as fini avec ça.

J'étais sur le point de savourer mes compétences en matière de négociations, quand je me retournai soudain pour le dévisager. Le sourire était évident et ses yeux pétillaient.

— Vous m'avez joué. Vous aviez déjà décidé d'y aller.

— J'y pensais.

— Mais ?

— Mais maintenant, si c'est une horreur totale, je saurai qui blâmer.

Il sourit d'un air diabolique.

*Merde !*

— Alors, où prévoyez-vous d'aller ? demanda Kensie, le menton sur sa main, lui faisant tourner son regard vers elle.

Je m'excusai dix minutes plus tard et me levai avec l'intention de partir.

— Où vas-tu ? demanda Dane en se levant de sa chaise pour se tenir devant moi.

— À la maison.

Je bâillai en lui souriant.

— Je vous ai suffisamment interrompu pour ce soir.

Sa main me serra doucement l'épaule.

— Tu n'as rien fait.

Je soutins son regard.

135

— Viens ! dit-il d'un ton bourru, une main sur ma nuque pour me diriger dans le restaurant.

— Bonne nuit ! lançai-je par-dessus mon épaule.

Dane m'accompagna dehors pour attendre le taxi avec moi.

— Veux-tu venir au cinéma ? Je peux t'avoir un billet.

— Non merci, dis-je en boutonnant mon manteau. Je ne veux pas mourir.

— Qu'est-ce que tu racontes maintenant ?

— Votre rendez-vous me tuera. Elle est déjà royalement énervée.

— Mais non.

— Oh, croyez-moi. Elle l'est.

— Je ne m'en fais pas.

Il soupira profondément, puis respira l'air frais.

Je levai les yeux vers lui une minute, étudiant son profil classique.

— Pourquoi sortez-vous avec elle alors ?

Il me jeta un regard, comme si j'avais clairement perdu l'esprit.

— Quand je serai prêt à discuter de ma vie personnelle avec toi, je te le ferai savoir.

Il ouvrit la porte du taxi qui avait été appelé par le chasseur et je grimpai à l'intérieur.

— J'ai hâte ! dis-je gaiement en souriant largement alors qu'il claquait la portière.

Je lui fis un grand signe quand le taxi s'éloigna du trottoir, juste pour le titiller un peu plus.


JE REVINS à l'appartement une dizaine de minutes avant Sam qui put entendre hurler sa stéréo quand il franchit la porte.

— Hé ! me cria-t-il en entrant dans le salon. Qu'est-ce que tu fais ?

Il était parfaitement évident que je dansais. Sur son plancher en bois avec mes chaussettes, je glissais plutôt bien. Il resta debout à me regarder avec un grand sourire. Je chantai en rythme de toute la force de mes poumons et il me fit signe de venir le rejoindre après quelques minutes. Je glissai sur le sol jusqu'à lui et il attrapa le devant de mon pull pour m'attirer contre son corps.

— Je vais aller prendre une douche et nous pourrons aller chercher quelque chose à manger, d'accord ?

*Encore de la nourriture.*

— D'accord.

Il prit mon visage entre ses mains.

— Tu as l'air d'aller mieux aujourd'hui.

— Ouais ? demandai-je, m'approchant davantage pour appuyer ma joue dans sa main.

— Quelqu'un a besoin d'un peu d'attention.

Je levai le menton, étirant le cou vers lui. Ses mains se portèrent instantanément à ma gorge.

— Hein, J ? Tu as besoin de quelque chose ?

Je hochai la tête et il se pencha pour m'embrasser. C'était drôle qu'en l'espace de quatre jours il m'embrassait déjà comme s'il me possédait. Il était très possessif, qu'il s'en rende compte ou non.

— Continue de danser, J, me taquina-t-il en reculant avant de poser un baiser sur le bout de mon nez. Je reviens tout de suite.

Je levai les yeux au ciel et éteignis la musique alors qu'il quittait le salon au pas de course.

On frappa à la porte d'entrée et j'allai ouvrir pour voir qui c'était. L'homme en face de moi eut l'air étonné lorsque je répondis.

— Salut, dis-je joyeusement.

— Salut, répondit-il lentement, clairement confus. Est-ce que Sam est ici ?

— Ouais, répondis-je alors que deux femmes le rejoignaient dans l'entrée. Voulez-vous entrer ? leur demandai-je en faisant un pas de côté et en tenant la porte ouverte.

Je refermai derrière eux et remarquai que la blonde portait un grand plat qui devait sortir du four : il était recouvert de papier aluminium et elle le tenait avec des maniques.

— Oh, mon Dieu ! dis-je en lui souriant. Venez poser ça dans la cuisine. Je suis désolé, je n'avais pas vu que vous teniez quelque chose.

Elle m'adressa un petit sourit timide et me suivit à travers le salon jusque dans la cuisine. Je retirai la bouilloire qui se trouvait sur le brûleur pour qu'elle puisse poser son plat.

— Merci, dit-elle rapidement d'une belle voix.

Le ton avait de la rondeur comme si elle avait séjourné dans un pensionnat. Ou en tout cas, avait suivi beaucoup de cours de diction.

— Ce plat est chaud et commençait à devenir très lourd.

— Qu'est-ce que c'est ?

— Une piccata de veau.

— Humm, dis-je en hochant la tête.

*Beurk, je n'étais vraiment pas un fan de veau du tout : j'essayais de ne rien manger qui soit encore à l'état de bébé.*

— Ça à l'air bon, dis-je ne lui tendant la main. Bonjour, je suis Jory Keyes.

— Oh, eh bien, c'est agréable de vous rencontrer, Jory. Je suis Christine Montero et là-bas dans l'autre pièce, il y a mon frère Jeff et mon amie, Donna Norton.

— Super, dis-je en hochant la tête. Puis-je vous servir quelque chose à boire ?

— En fait, grimaça-t-elle, je pense que nous sommes censés dîner.

— Ah bon ?

— Oui, euh… mon frère a concocté ce rendez-vous avec Sam il y a une semaine. Je devais préparer ma spécialité dont mon frère s'est apparemment vanté et Sam devait fournir la salade et le vin, clarifia-t-elle. C'était le plan en tout cas.

— Oh, dis-je, ne sachant pas du tout de ce que j'étais censé faire à ce stade.

À quel point cette situation était-elle embarrassante ? Le pire étant que tout cela avait dû être si insignifiant pour Sam qu'il semblait ne même pas s'en être souvenu.

— Je vois. Eh bien, allons lui demander s'il est passé au magasin.

Elle me suivit dans le salon.

— Jeff, dit Christine en lui adressant un sourire gêné. Je pense que, peut-être, ce rendez-vous est sorti de l'esprit de Sam.

— Quoi ?

— Je t'avais dit de l'appeler pour confirmer, dit-elle vivement, d'un ton presque coupant.

— Non, dit Jeff en secouant la tête et en me jetant un rapide coup d'œil. Il n'est pas comme ça, il doit s'en souvenir.

Il fallut que je me retienne pour ne pas sourire. Il était évident que Sam ne s'en souvenait pas du tout.

— Salut, dit l'autre femme en se penchant pour me tendre sa main. Je suis Donna Norton, et vous êtes ?

— Jory, lui dis-je en souriant. Ravi de vous rencontrer, continuai-je en regardant Jeff.

— Hé, dit-il avec un sourire pincé. Jeffrey Montero. Je vis au bout du couloir, au 5G.

— Oh, des voisins, laissai-je échapper. Super.

— J ? appela Sam depuis la chambre à coucher. Pourquoi ne viens-tu pas ici pour…

— Je suis dans le salon, le coupai-je.

Et parce que je savais qu'il venait de sortir de la douche, je fus sympa au lieu d'être salaud comme j'en avais envie.

— Et tu as des invités.

— Quoi ?

Il apparut au coin de la porte, à moitié nu, ses muscles ondulants offerts à la vue de tous, le torse sculpté et la palette d'abdominaux à tomber. Le jean tombait bas sur ses hanches fines, le bouton du haut ouvert pour révéler le blanc de son sous-vêtement. Il aurait pu figurer sur un panneau d'affichage quelconque comme ça, tellement il était alléchant. Son sourire, dès qu'il vit tout le monde, s'accentua.

— Oh, salut, dit-il en rigolant et en indiquant la chambre, laissez-moi juste une minute.

Il lui fallut un temps atrocement long pour trouver un tee-shirt parce que le silence dans la pièce était oppressant. Jeff braquait un regard noir sur moi et Donna donnait l'impression qu'elle allait éclater de rire à tout moment. Christine avait les bras croisés sur sa poitrine. Son visage était indéchiffrable.

— Hé, désolé, s'excusa Sam en revenant dans la pièce.

Il vint se poster près de moi et posa une main sur mon épaule.

— Quoi de neuf ?

— Le dîner, lui dis-je en me tournant pour le regarder dans les yeux. Tu as dit à Christine…

— Non, il a dit à Jeff, me corrigea Christine en souriant à Sam, se déplaçant pour se tenir plus près de Sam.

— Oh, dis-je en m'éloignant de Sam pour que sa main lâche mon épaule. Désolé. Tu as dit à Jeff que ce soir serait une bonne idée pour un dîner. As-tu pensé à prendre du vin et de la salade avant de rentrer ?

Son sourire était incontrôlable, séducteur et démoniaque à la fois.

— Tu es fâché.

— Quoi ?

— Tu l'es.

Ses yeux pétillaient alors qu'il se détournait de moi pour regarder Jeff.

— Je suis désolé, mec, j'ai complètement oublié ce dîner. Avec toutes les mer… choses qui me sont tombées dessus au boulot, j'ai complètement zappé. Peut-on le remettre ?

— Christine a fait sa spécialité, l'informai-je. C'est sur le feu.

— Oh, dit-il en hochant la tête. Bon, eh bien, dans ce cas je peux aller chercher quelque chose maintenant, vite fait, si vous n'êtes pas trop pressés.

— Non, nous ne sommes pas pressés, dit Jeff en lui souriant. Je viens avec toi.

— Non, non. Il gèle dehors, mec. Reste ici et je vais juste me dépêcher jusque chez Ponti. Qu'est-ce que vous voulez, antipasti et un peu de Chianti ?

— Ça m'a l'air bien, dit doucement Christine. Je peux faire cette course avec vous. Je ne veux pas que vous y alliez seul.

Il se retourna et me regarda. Je haussai les épaules avant d'ajouter :

— C'est du veau.

Et j'inclinai la tête sur le côté avec un mouvement sec du menton. Je savais que mon agacement était visible, mais je m'en fichais.

— Du veau ?

Je vis les muscles de sa mâchoire se crisper. Apparemment, manger des bébés ne l'attirait pas non plus des masses.

— Mm, dis-je avec entrain.

— Hum, dit-il en riant, puis il se tourna vers Christine. D'accord, allons-y.

Je restai seul avec Jeff et Donna qui se rapprochèrent immédiatement l'un de l'autre et commencèrent à parler à voix basse. C'était vraiment très grossier, et même lorsque je leur offris quelque chose à boire, ils se contentèrent de décliner et retournèrent à leur conversation. Au lieu de rester là et me mettre en colère, je déambulai dans l'appartement que je n'avais pas encore vraiment exploré.

Sam vivait à Lincoln Park et son appartement se trouvait au quatrième étage d'un immeuble qui possédait un de ces ascenseurs super sympa à l'ancienne où vous deviez fermer les portes de la grille en métal pour monter. L'appartement en lui-même était très confortable, décoré dans les tons brun, beige, taupe et noir avec beaucoup de couleur rouille partout. Le canapé et les fauteuils en cuir noir, le tapis aux motifs indiens, la table basse en merisier et une table de cuisine robuste en bois massif avec de hautes chaises à dossier autour d'elle étaient tout ce que l'œil englobait immédiatement. C'était un espace propre et net, dépourvu de désordre.

Dans sa chambre, il y avait un grand lit bateau en merisier et une armoire assortie, un tapis en cuir tressé et une couette en duvet. Des peintures du désert ornaient les murs et il n'y avait rien d'autre – pas de bibelots ni de petits plats pour contenir des choses telles qu'une montre ou bague – dans la pièce. Sa maison exsudait la masculinité malgré les détails comme des bougies ou quelques œuvres d'art. Dans la deuxième chambre, je trouvai son

Et lorsque j'entendis son hoquet de surprise, je ne pus m'empêcher de sourire. Il semblait que l'inspecteur Kage aimait m'avoir auprès de lui, autant que moi j'aimais être auprès de lui. C'était un petit miracle.

IL ÉTAIT tard lorsque je me réveillai dans son lit. J'avais les deux bras enroulés autour de lui et une jambe par-dessus sa hanche. J'étais étroitement pressé contre son torse.

— Désolé, dis-je doucement en remuant pour m'éloigner de lui.

Je savais que ça devait être dur pour lui de dormir avec moi comme ça.

— Je ne voulais pas…

— Stop.

Il passa un bras dans mon dos et me retint contre lui.

— Que faisais-tu ? demandai-je d'une voix encore endormie en comprenant qu'il n'avait pas dormi.

— Je te regardais dormir.

— C'est glauque. Ferme les yeux.

— J'ai juste de la difficulté à me convaincre de tout ça.

— Quoi ?

J'étais groggy, pas encore tout à fait réveillé.

— Que tu sois ici, dans mon lit.

— Veux-tu que j'en sorte ? Dois-je aller dormir dans la chambre d'amis ?

— Non. Ce n'est pas ce que je veux dire.

— Que veux-tu dire alors ?

— Même si je te l'expliquais, tu ne comprendrais pas.

— Pourquoi ?

— Tout simplement parce que cela n'aurait aucun sens pour toi, c'est tout.

— Parce que ?

— Parce que tu as toujours été gay.

Je m'éloignai de lui, regardant son profil dans l'obscurité.

— Tu es le premier et le seul homme avec lequel je me suis retrouvé au lit.

— Je sais

— Et c'est quelque chose, permets-moi de te le dire.

Je laissai échapper un long soupir.

— Es-tu sûr que c'est ce que tu veux ?

— Question idiote. C'est tout ce que je veux.

— Comment ça ?

— Parce qu'être au lit avec toi est différent.

— En quoi est-ce différent ?

— C'est comme je me suis toujours imaginé que cela était censé être, dit-il en plongeant son regard dans le mien.

Je sentis un tremblement me parcourir jusqu'au bout des orteils.

— Je ne savais pas que ce serait comme ça.

Je roulai sur moi-même et enfouis mon visage dans l'oreiller.

— Qu'est-ce que tu fais ?

— J'ai une confession à faire, dis-je avec un sourire, le son de ma voix étouffé.

— Ah ouais et c'est quoi ? demanda-t-il en arrachant l'oreiller pour pouvoir m'entendre.

— J'ai quitté l'appartement aujourd'hui.

— Tu as fait quoi ?

— Je suis sorti, répétai-je en tournant mon visage vers lui et en lui souriant paresseusement. Avec ta mère.

— Quoi ?

Il avait l'air confus.

Je le dévisageai jusqu'à ce qu'il comprenne.

— Oh merde ! grogna-t-il soudain, passant les mains dans ses cheveux et se rallongeant sur son oreiller. On est vendredi, j'ai complètement oublié… Oh ! Fais chier ! cria-t-il avant de tendre la main pour me tirer au-dessus de lui.

Il posa les mains sur mon visage, ses doigts traçant la courbe de mes sourcils et repoussant les cheveux de mes yeux.

— Je suis tellement désolé, J. Est-ce qu'elle t'a montré son caractère et…

— Elle a été un ange, lui dis-je, ma main glissant sur son torse parce que je voulais juste le toucher. Elle m'a fait le petit-déjeuner et nous avons parlé pendant des heures. Et puis elle m'a emmené manger une tarte.

Il tendit la main et alluma la lampe de sa table de chevet.

— Quoi ? demandai-je.

— Je veux voir ton visage.

Je lui souris.

— Ça va ?

— Elle t'a nourri ?

— Ouais.

— Ma mère t'a nourri ?

— Oui.

— Et elle t'a emmené manger une tarte ?

— Ouais, dis-je en hochant la tête. Et tu sais quoi ? Si Regina Rappaport était ma mère, j'en aurai fait des tee-shirts.

— Tu savais qui était ma mère ?

— Ouais, bien sûr. Tout le monde sait.

— Tu serais surpris par le nombre de gens qui ne savent pas.

— Elle est tellement belle, lui dis-je.

— Tu es magnifique toi aussi, m'assura-t-il, ses doigts suivant le contour de mon œil au beurre noir avec légèreté. Je connais des femmes qui ne sont pas aussi belles que toi, même alors que tu as été battu.

— Je ne pense pas…

Il rigola, ce qui me fit sourire malgré moi.

— Je sais que tu ne le crois pas, bébé.

Je repoussai ses mains et il rit quand j'essayai de l'étouffer avec mon oreiller.

— Nous avons passé un bon moment, lui dis-je avant de m'éloigner de lui vers la partie froide du lit. Elle m'a invité à dîner dimanche.

— Vraiment ?

— Oui, monsieur.

— Toi avec toute ma famille ? Je ne pense pas que ce soit une bonne idée, non.

— Pourquoi ?

— Eh bien, parce que je ne me sens pas d'expliquer à tout le monde que tu es gay pour l'instant.

— Et pourquoi le ferais-tu ? Je ne le lui ai pas dit. Je lui ai dit que tu devais prendre soin de moi parce que j'étais ton témoin. C'est tout ce que tu as à dire.

— Aussi simple.

— Bien sûr.

— Viens ici, dit-il doucement en m'attirant à nouveau tout contre lui, sa main se déplaçant au creux de mes reins. Ne bouge pas, sauf si je te le dis.

Sam aimait être aux commandes ; il était un amant très exigeant et être avec lui était le paradis pour moi à cause de ça.

— Regarde-moi.

Je levai le menton et il se pencha pour m'embrasser. C'était lent, sensuel et je sentis une vague de chaleur me traverser.

— Tu n'en as jamais assez de moi, dit-il avec une arrogance heureuse.

Je n'avais pas besoin de répondre.

147

— À quoi penses-tu ?

— Je pense que j'ai de la chance, répondis-je en remuant et en me hissant au-dessus de lui.

— Ouais, tu es chanceux. Tu, oh… oh. Bon Dieu !

Il renversa sa tête en arrière, le corps raidit, les mains enfouis dans mes cheveux alors qu'il criait mon nom ; je souris avant de le reprendre dans ma bouche. Le regard qu'il m'adressa lorsque nos yeux se rencontrèrent, pleins de confiance et d'abandon, fit battre mon cœur un peu plus vite.

— À quoi penses-tu ?

— Je pense que j'ai de la chance, répondis-je en remuant et en me hissant au-dessus de lui.

— Ouais, tu es chanceux. Tu, oh… oh. Bon Dieu !

Il renversa sa tête en arrière, le corps raidit, les mains enfouis dans mes cheveux alors qu'il criait mon nom ; je souris avant de le reprendre dans ma bouche. Le regard qu'il m'adressa lorsque nos yeux se rencontrèrent, pleins de confiance et d'abandon, fit battre mon cœur un peu plus vite.

— Oui.

— Et elle t'a emmené manger une tarte ?

— Ouais, dis-je en hochant la tête. Et tu sais quoi ? Si Regina Rappaport était ma mère, j'en aurai fait des tee-shirts.

— Tu savais qui était ma mère ?

— Ouais, bien sûr. Tout le monde sait.

— Tu serais surpris par le nombre de gens qui ne savent pas.

— Elle est tellement belle, lui dis-je.

— Tu es magnifique toi aussi, m'assura-t-il, ses doigts suivant le contour de mon œil au beurre noir avec légèreté. Je connais des femmes qui ne sont pas aussi belles que toi, même alors que tu as été battu.

— Je ne pense pas…

Il rigola, ce qui me fit sourire malgré moi.

— Je sais que tu ne le crois pas, bébé.

Je repoussai ses mains et il rit quand j'essayai de l'étouffer avec mon oreiller.

— Nous avons passé un bon moment, lui dis-je avant de m'éloigner de lui vers la partie froide du lit. Elle m'a invité à dîner dimanche.

— Vraiment ?

— Oui, monsieur.

— Toi avec toute ma famille ? Je ne pense pas que ce soit une bonne idée, non.

— Pourquoi ?

— Eh bien, parce que je ne me sens pas d'expliquer à tout le monde que tu es gay pour l'instant.

— Et pourquoi le ferais-tu ? Je ne le lui ai pas dit. Je lui ai dit que tu devais prendre soin de moi parce que j'étais ton témoin. C'est tout ce que tu as à dire.

— Aussi simple.

— Bien sûr.

— Viens ici, dit-il doucement en m'attirant à nouveau tout contre lui, sa main se déplaçant au creux de mes reins. Ne bouge pas, sauf si je te le dis.

Sam aimait être aux commandes ; il était un amant très exigeant et être avec lui était le paradis pour moi à cause de ça.

— Regarde-moi.

Je levai le menton et il se pencha pour m'embrasser. C'était lent, sensuel et je sentis une vague de chaleur me traverser.

— Tu n'en as jamais assez de moi, dit-il avec une arrogance heureuse.

Je n'avais pas besoin de répondre.

147

— Comment ça ?

— Parce qu'être au lit avec toi est différent.

— En quoi est-ce différent ?

— C'est comme je me suis toujours imaginé que cela était censé être, dit-il en plongeant son regard dans le mien.

Je sentis un tremblement me parcourir jusqu'au bout des orteils.

— Je ne savais pas que ce serait comme ça.

Je roulai sur moi-même et enfouis mon visage dans l'oreiller.

— Qu'est-ce que tu fais ?

— J'ai une confession à faire, dis-je avec un sourire, le son de ma voix étouffé.

— Ah ouais et c'est quoi ? demanda-t-il en arrachant l'oreiller pour pouvoir m'entendre.

— J'ai quitté l'appartement aujourd'hui.

— Tu as fait quoi ?

— Je suis sorti, répétai-je en tournant mon visage vers lui et en lui souriant paresseusement. Avec ta mère.

— Quoi ?

Il avait l'air confus.

Je le dévisageai jusqu'à ce qu'il comprenne.

— Oh merde ! grogna-t-il soudain, passant les mains dans ses cheveux et se rallongeant sur son oreiller. On est vendredi, j'ai complètement oublié… Oh ! Fais chier ! cria-t-il avant de tendre la main pour me tirer au-dessus de lui.

Il posa les mains sur mon visage, ses doigts traçant la courbe de mes sourcils et repoussant les cheveux de mes yeux.

— Je suis tellement désolé, J. Est-ce qu'elle t'a montré son caractère et…

— Elle a été un ange, lui dis-je, ma main glissant sur son torse parce que je voulais juste le toucher. Elle m'a fait le petit-déjeuner et nous avons parlé pendant des heures. Et puis elle m'a emmené manger une tarte.

Il tendit la main et alluma la lampe de sa table de chevet.

— Quoi ? demandai-je.

— Je veux voir ton visage.

Je lui souris.

— Ça va ?

— Elle t'a nourri ?

— Ouais.

— Ma mère t'a nourri ?

146

Et lorsque j'entendis son hoquet de surprise, je ne pus m'empêcher de sourire. Il semblait que l'inspecteur Kage aimait m'avoir auprès de lui, autant que moi j'aimais être auprès de lui. C'était un petit miracle.


IL ÉTAIT tard lorsque je me réveillai dans son lit. J'avais les deux bras enroulés autour de lui et une jambe par-dessus sa hanche. J'étais étroitement pressé contre son torse.

— Désolé, dis-je doucement en remuant pour m'éloigner de lui.

Je savais que ça devait être dur pour lui de dormir avec moi comme ça.

— Je ne voulais pas…

— Stop.

Il passa un bras dans mon dos et me retint contre lui.

— Que faisais-tu ? demandai-je d'une voix encore endormie en comprenant qu'il n'avait pas dormi.

— Je te regardais dormir.

— C'est glauque. Ferme les yeux.

— J'ai juste de la difficulté à me convaincre de tout ça.

— Quoi ?

J'étais groggy, pas encore tout à fait réveillé.

— Que tu sois ici, dans mon lit.

— Veux-tu que j'en sorte ? Dois-je aller dormir dans la chambre d'amis ?

— Non. Ce n'est pas ce que je veux dire.

— Que veux-tu dire alors ?

— Même si je te l'expliquais, tu ne comprendrais pas.

— Pourquoi ?

— Tout simplement parce que cela n'aurait aucun sens pour toi, c'est tout.

— Parce que ?

— Parce que tu as toujours été gay.

Je m'éloignai de lui, regardant son profil dans l'obscurité.

— Tu es le premier et le seul homme avec lequel je me suis retrouvé au lit.

— Je sais

— Et c'est quelque chose, permets-moi de te le dire.

Je laissai échapper un long soupir.

— Es-tu sûr que c'est ce que tu veux ?

— Question idiote. C'est tout ce que je veux.

— Parce que tu m'as dit que tu n'étais pas gay et là tu viens pratiquement d'annoncer à ces gens que tu l'es et...

— Je n'ai pas dit à ces gens que j'étais gay.

— Ouais, pourtant c'est quasiment ce que tu as fait.

Il haussa ses larges épaules.

— Et alors ?

J'étais ébahi.

— Pourquoi est-ce que tu me regardes comme ça ?

— Tu es incroyable.

Son sourire était malicieux et il fit ressortir ses fossettes.

— Merci.

— Ce n'est pas un compliment, clarifiai-je.

Il se moqua de moi et je compris à quel point il appréciait notre échange.

J'espérais que mon froncement de sourcils était aussi dur que j'essayai de le faire paraître

— Et ce n'était vraiment pas très sympa à faire ça à Christine.

— Qu'est-ce que tu racontes ?

— Elle t'aimait bien, idiot !

Il secoua la tête, mettant les antipasti sur deux assiettes. J'étais assis sur le comptoir à le regarder, la bouteille de vin entre mes jambes pour essayer de l'ouvrir.

— Quoi ? dis-je.

— Tu es fou.

Il me sourit, ses yeux brillant et ses rides de sourire se creusant davantage.

— Allez, inspecteur, est-ce que tu as vu à quel point elle était en colère ? Elle était totalement furieuse, mon pauvre ami.

— Peu importe.

— Et Jeff ? J'espère qu'il n'est pas un de tes bons amis.

— Il ne l'est pas.

— Tant mieux.

— Pourquoi t'en soucies-tu ?

— Je ne m'en fais pas, c'était juste un peu rude, c'est tout.

— Quoi donc ?

— Pour une raison quelconque, Jeff croyait que tu voulais rencontrer sa sœur. Que lui as-tu dit ?

— Je n'en ai aucune idée.

— Quand avez-vous convenu ce rendez-vous pour dîner ?

143

— Encore une fois, aucune idée.

— Et manges-tu vraiment du veau régulièrement ? demandai-je, le dégoût s'entendant clairement dans ma voix.

— Non, jamais.

— Donc, Jeff est venu te trouver et…

— M'a parlé de sa sœur, je suppose.

— Et qu'est-ce que tu as dit ? Ouais, cool, ramène-la ?

Il éclata de rire.

— Sérieusement, je ne pourrais pas te raconter notre conversation même si ma vie en dépendait.

— Ah bon ?

Il me sourit malicieusement.

— Tu es jaloux et je trouve ça mignon.

— Je ne suis pas jaloux.

— Oh non ?

— Non.

— Je vois.

Il continua de sourire alors qu'il me prenait la bouteille des mains et retirait facilement le bouchon. Il s'avança entre mes jambes.

— Donc, tu n'étais pas complètement en colère qu'elle soit là ?

— Je pensais que tu n'avais pas compris qu'elle t'appréciait.

— En effet, mais toi, si. Et je pense que ça t'a secoué.

— Comme si.

Il posa les mains de part et d'autre de moi et m'observa intensément.

— Vraiment ?

J'étais perdu dans ses yeux bleu gris et je soupirai fortement avant de finir par avouer.

— Bien sûr que j'étais jaloux, crétin. Pourquoi ne le serais-je pas ?

— Pas besoin, m'assura-t-il avant de se pencher pour m'embrasser.

La nourriture fut instantanément oubliée, le vin aussi. J'étais trop occupé à l'embrasser alors qu'il posait ses mains sur mes cuisses et me tirait vers l'avant du comptoir jusque dans ses bras.

— Enroule tes jambes autour de moi, dit-il d'une voix rauque, profonde et basse.

Je fis ce qu'il demandait et il me porta dans la chambre, un bras autour de ma taille, sa main caressant mes fesses. Il titilla ma gorge alors que je tendais le cou pour lui.

— J'aime ton cul, murmura-t-il contre mon oreille.

— Il est tout à toi, lui promis-je.

144

ordinateur, des poids et un divan couvert de coussins colorés dans les tons brique et orangés. Dans le salon, la télévision, un lecteur de DVD, une Wii, une PlayStation et une stéréo étaient logés dans un énorme meuble en merisier qui était appuyé contre le mur. À côté, des étagères assorties complétaient la décoration et je m'y dirigeai pour regarder les photos encadrées avec des visages d'étrangers qui lui étaient apparemment tous très chers.

Je vis une photo de mariage, une autre avec des hommes dans une caserne de pompiers, une autre encore prise en studio, en noir et blanc, de ses parents – sa mère était une beauté, son père très fringant – d'autres photos de mariages et une de lui avec tous ses copains du temps de ses jours passés dans le Corps des Marines. Il y avait beaucoup de photos encadrées et je me surpris à aimer le fait que tant de gens dans sa vie l'aiment.

— Alors, Jory, comment connaissez-vous Sam ? demanda Jeff en se dirigeant vers moi.

Je levai les yeux vers lui.

— Nous nous connaissons depuis un bon moment, mentis-je.

— Cela ne peut pas faire si longtemps, me dit Donna en m'adressant un clin d'œil et en s'approchant de moi elle aussi pour se placer à côté de moi. Quel âge avez-vous ? Dix-huit ans ?

— Vingt-deux, la corrigeai-je.

— Oooh, c'est vieux, me taquina-t-elle.

Je la regardai.

— Pourquoi ? Quel âge avez-vous ?

— Sacrilège, dit-elle en riant.

Je l'aimais bien.

— Voulez-vous boire quelque chose maintenant que vous avez fini de parler dans mon dos ?

— J'apprécierais un verre, soupira-t-elle en m'examinant de haut en bas. Qu'est-il arrivé à votre œil ?

— Je suis entré dans une porte.

— Je vois, dit-elle en hochant la tête, ne croyant visiblement pas un mot de ce que je venais de dire. Que faites-vous dans la vie, Jory ?

— Je suis assistant de direction.

— Vraiment ? Vous n'êtes pas mannequin ?

J'eus un rire moqueur.

Elle m'adressa un sourire entendu.

— Chéri, avec votre peau, vos grands yeux sombres et ce corps, vous pourriez être mannequin. Je travaille pour le magasine Pulse. Croyez-moi, je sais que quoi je parle.

Je la regardai alors qu'elle s'avançait vers moi et repoussait les cheveux de mon visage.

— Comment pouvez-vous avoir les cheveux blonds et des yeux bruns comme ceux-là ? C'est incroyable.

— Hé, nous sommes de retour, annonça Sam en passant la porte.

Je me retournai et le regardai. J'étais si heureux qu'il soit de retour.

— Quoi ? demanda-t-il en regardant Jeff et en fronçant les sourcils.

Le regard laissait entendre qu'il était contrarié.

— Sam, vous devriez dire à votre ami ici présent de me laisser le présenter à quelques photographes que je connais. Je pense qu'il pourrait être mannequin s'il le voulait.

— Oh ouais ?

Le sourire revint instantanément sur son visage alors qu'il déposait le vin sur le canapé et se dirigeait vers moi. Ses doigts glissèrent sous mon menton alors qu'il le relevait pour me regarder dans les yeux.

— Tu veux faire ça, J ?

Je tremblai sous son contact et cessai de respirer.

— Non ?

Il parlait à Donna, mais ses yeux ne quittèrent jamais les miens.

— Il n'est pas vraiment fait pour être mannequin.

— Oh ? Pourquoi pas ?

— Parce que je le dis.

— Et vous êtes son patron, c'est ça ?

Il continuait de scruter mes yeux, faisant courir ses doigts le long de ma gorge jusqu'à ma mâchoire.

— Ouais. Il est à moi.

Ce qui en terme clair mit fin aux espoirs que Christine Montero avait pour elle et Sam Kage.

— Qu'est-ce qui t'a pris de dire ça ? lui demandai-je quinze minutes plus tard alors que nous nous tenions dans la cuisine avec la salade et le Chianti, le veau s'étant envolé avec Christine.

— Dire quoi ?

— Tu te fous de moi ? Tu es pratiquement sorti du placard tout seul devant ces gens.

— Pourquoi t'en soucies-tu ?

142

# XI

J'ÉTAIS ALLONGÉ sur le canapé, le soir suivant, à répondre aux e-mails de Dane et à organiser son emploi du temps pour la semaine suivante lorsque Sam s'assit sur le canapé derrière moi.

— J ?

Je regardai par-dessus mon épaule.

— Tu vas bien ? Tu es resté bien calme depuis que nous sommes rentrés du marché fermier cet après-midi.

Ça avait été bizarre. Il était bien dans la voiture sur le chemin pour y aller, mais une fois là-bas, il s'était lentement renfermé jusqu'à ce que, finalement, il devienne tout à fait silencieux. Je m'étais retourné la cervelle en pensant à ce que j'avais bien pu faire.

— Est-ce que j'ai fait quelque chose ?

— Non, désolé.

— Tu n'as pas besoin d'être désolé. Es-tu sûr d'aller bien ?

— Ouais, je dois juste rencontrer quelques copains dehors et il n'y a rien que je puisse faire à ce sujet. Nous le faisons chaque week-end.

— C'est bien, je peux me distraire par mes propres moyens, dis-je en bâillant avant de revenir à ma feuille de calcul d'Excel. D'ailleurs, j'ai une tonne de trucs à finir.

— Mais, je ne veux pas que tu sortes en boî…

— Non, le coupai-je. J'appellerai quelques amis et nous irons au cinéma ou autre chose d'autre si j'ai fini.

Je me penchai en arrière entre ses jambes et embrassai l'intérieur de sa cuisse.

— Je serai sage.

— D'accord, dit-il en se levant. Merci.

— Pas de problème.

Je bâillai à nouveau en me rendant compte que j'avais pris deux rendez-vous pour le même jour.

— Merde !

Aujourd'hui avait été un jour froid et humide et la nuit ne s'annonçait pas différente. Alors que j'étais assis là, sur le tapis épais avec ma tasse de thé chaud, un bon feu de cheminée, dans un très vieux jean, en chaussettes et tee-shirt, je me sentais vraiment très bien. Je finissais de passer ma commande de plats chinois lorsqu'il revint dans la pièce.

— Que se passe-t-il ? Je pensais que tu sortais ?

Je secouai la tête en raccrochant le téléphone.

— Nan. Je vais manger une soupe aigre-piquante et du porc Mu Shu à la place. Je n'ai pas du tout envie de sortir.

— Vraiment ? Tu ne veux pas sortir ?

Je levai les yeux vers lui.

— Non. Hé, tu es tout beau.

— Ah ouais ?

Le Levis 501 délavé lui collait aux jambes comme une seconde peau ; le pull à col roulé était épais, mais laissait tout de même entrevoir un torse et des épaules massives en dessous. Il enfila sa veste en cuir noir et l'ajusta en m'observant.

— Ouais. Tu es superbe.

— D'accord… alors, passe une bonne soirée, J. Ne m'attends pas.

— Non, dis-je en lui souriant avant de retourner mon attention sur l'ordinateur portable. À plus tard.

J'entendis la porte se refermer et je me levai pour la verrouiller avant d'aller me resservir une tasse de thé.

L'organisation de l'agenda de Dane me prit une éternité et quand ma commande arriva, je n'en avais même pas fait la moitié. L'e-mail qu'il m'avait envoyé la veille m'indiquait aussi qu'il voulait que je travaille sur le chiffre d'affaires prévisionnel du trimestre à venir. Je pouvais le faire, mais il me fallait toujours un petit peu plus de temps pour créer les formules de calcul.

Le COUP me réveilla et je sursautai et tombai, heurtant le sol si fort que j'en eus le souffle coupé. J'avais roulé du canapé et m'étais retrouvé plus en dessous de lui qu'à côté. La télévision n'était pas allumée, la chambre silencieuse, baignée par le clair de lune et les ombres bleutées. Le feu s'était éteint faute d'attentions et il faisait vraiment froid. Il y eut un grattement et un tintement de clés, et la porte s'ouvrit. Je me penchai sur le côté et vis le couple qui se découpait en silhouette dans la lumière provenant du couloir. Cela ne dura qu'un instant avant que la porte se referme et que j'entende la chaîne se mettre en place. Enveloppés dans les bras l'un de l'autre, s'embrassant férocement, aucun d'eux ne prenant le temps de respirer, ils ressemblaient à l'image même de la passion dévorante. Il y eut des grognements, des gémissements et des soupirs, puis un manteau toucha le sol, suivi d'un talon haut qui atterrit à quelques centimètres de l'endroit où je me trouvais.

— Tu m'as manqué.

La confession de la voix sensuelle était basse et rauque et je les regardai encore pendant un moment tandis que leurs ombres se déplaçaient à la lueur du réverbère de la rue qui filtrait à l'intérieur de l'appartement, un homme et une femme enchevêtrés dans leur étreinte torride. Ils se poussaient et se tiraient l'un l'autre, se fondant dans l'obscurité avant qu'il la jette soudain par-dessus son épaule, comme un pompier le ferait, et l'emmène dans sa chambre à coucher, leurs rires et leurs cris se répercutant en écho dans le petit couloir.

Je roulai hors de l'endroit où j'étais, me levai et attendis. J'attendis de voir si je m'étais trompé. J'attendis de me réveiller. J'attendis que quelque chose me dise que ce n'était pas la réalité et que je ne faisais que rêver. Rien ne se passa, hormis le claquement de la porte de la chambre. Quand je bougeai, je compris que, contrairement à chez moi, son plancher ne grinçait pas. Donc, je fus en mesure de marcher en chaussettes jusqu'à la porte sans faire de bruit. Là, comme un voyeur, j'écoutai de l'extérieur de sa chambre. J'entendis des gémissements et je restai là, figé, déchiré entre l'envie d'ouvrir sa porte en grand et d'exposer ses mensonges, et celle de l'entrouvrir juste un peu afin de m'assurer et de confirmer ce que je savais de toute façon, ou encore de simplement m'en aller. Je devais en être certain ; en même temps, l'envie de fuite hurlait dans ma tête. C'était stupide, mais je devais le voir, pour être sûr, de savoir sans l'ombre d'un doute que Sam Kage était en train de baiser une femme dans le lit même que j'occupais la nuit précédente. Je frissonnai fortement et tendis le bras pour ouvrir la porte lorsque les lumières s'allumèrent.

Je me retournai alors que Sam fermait la porte d'entrée, lançait ses clés sur la table à côté de la causeuse, et jetait sa veste sur le canapé.

— Hé, dit-il en bâillant avant de me sourire. Tu es là.

Je le fixai, puis la porte de sa chambre, avant de revenir à lui.

— Je ne suis jamais parti.

— Ouais, je sais que tu m'as dit ça… Viens-là.

J'étais cloué sur place. Je devais faire comprendre à mon cerveau qu'il n'était pas dans la chambre à coucher.

Il fronça les sourcils.

— Qu'est-ce qui ne va pas ?

Je pointai la porte de la chambre.

— Il y a deux personnes en train de baiser dans ton lit.

Ce qui n'était pas une explication aussi éloquente qu'elle aurait pu l'être, mais qui eut le mérite de faire valoir mon ressenti.

— Quoi ?

Je hochai la tête.

— Ouais. Je pensais que c'était toi.

— De quoi parles-tu ?

— J'ai pensé que tu avais ramené une femme et que tu l'avais emmené au lit.

Son regard était sombre, à moitié renfrogné, à moitié coléreux.

— Je t'ai donné ma parole à ce sujet.

— Je ne te connais pas. Que vaut ta parole pour moi ?

— Ma parole est vraie. Si je dis quelque chose, je m'y tiens.

Je haussai les épaules.

— D'accord. Je ne le savais pas, maintenant si.

— Si tu ne me crois pas ou si tu ne me fais pas confiance, tu devrais t'en aller.

— Peut-être que je devrais.

Nous nous observâmes un long moment avant qu'il se mette soudain à m'aboyer dessus.

— Je ne suis même pas dans cette putain de chambre et j'ai des problèmes. Ce n'est pas juste, merde !

Il s'était énervé en quelques minutes à peine. C'était drôle.

— Je ne sais pas, mais pourrais-tu arrêter de jurer, s'il te plaît ?

Il grogna en traversant la pièce pour venir me rejoindre, s'arrêtant suffisamment près pour que je doive reculer et lever la tête afin de croiser son regard. Il était tellement plus grand que moi, le haut de ma tête ne lui arrivant qu'à l'épaule.

— Je reste ou je pars ? lui demandai-je doucement en me mettant soudain à trembler.

— Cela ne marche pas, murmura-t-il d'un air misérable.

— Quoi ? Moi ? demandai-je en le regardant dans les yeux. Veux-tu que je m'en aille ?

— Non, moi. Je dois y aller.

Cela n'avait absolument aucun sens.

— Qu'est-ce que tu racontes ? Est-ce que tu le sais au moins ?

Ses yeux étaient rivés aux miens.

— Tu vis ici, J. Tu es à l'aise ici dans mon appartement, dans ta peau… je suis celui qui a un putain de problème mental.

Je souris tout à coup et me penchai vers lui, enroulant mes bras autour de sa taille, le serrant étroitement.

— C'est bon que tu sois à la maison, tu m'as manqué.

Ma voix était rauque et s'était fissurée sur la dernière partie.

— Et je suis content que tu ne sois pas au lit avec cette femme.

Il me caressa les cheveux et je l'entendis soupirer alors qu'il inclinait ma tête en arrière pour pouvoir voir mes yeux.

— Je ne voulais pas sortir. Je voulais m'asseoir sur le canapé et te regarder faire tes trucs sur ton ordinateur.

— Alors, tu aurais dû rester à la maison avec moi, dis-je en mouillant mes lèvres, attirant son attention sur elles. Parce que tu m'as manqué.

Lentement, il se pencha en avant… et nous entendîmes tous les deux les rires de l'autre côté de la porte.

— C'est quoi ça, bon Dieu ? dit-il avant d'attraper la poignée et d'ouvrir la porte en grand.

Il y eut un petit cri dans l'obscurité juste avant qu'il allume.

— Oh, bordel de merde ! gémit-il fortement.

Je jetai un coup d'œil et vis un homme qui ne ressemblait en rien à l'inspecteur Kage, assis sur le lit à côté d'une femme qui elle, semblait partager un air de famille avec lui. Elle serrait ma couette sur sa poitrine. Quand elle me vit, ses yeux s'écarquillèrent davantage.

— Qu'est-ce que c'est que ce bordel ? rugit Sam.

— Sammy, ce n'est pas ce que tu penses, dit la femme avec douceur.

— Oh non ? Eh bien, je pense que ma sœur mariée est en train de baiser avec le meilleur ami de son mari dans mon lit. Voilà ce que je pense, bordel ! Dis-moi si je me trompe quelque part, Jen.

Elle se mordit la lèvre inférieure et je passai de curieux et confus à protecteur et inquiet. Elle avait l'air si triste assise là avec des larmes dans les yeux, tremblante, que je me faufilai dans la pièce, attrapai des Kleenex dans un tiroir de la commode et allai jusqu'à elle pour lui donner la boîte. Ses yeux volèrent jusqu'aux miens.

— Merci.

Je lui souris doucement et elle frissonna fortement.

— Qui êtes-vous ?

— Je suis Jory, dis-je et lorsqu'elle tendit la main pour prendre la mienne, je la lui donnai et la pressai en retour. Je vais vous faire du thé.

— Pas de thé ! cria Sam à nouveau. Foutez le camp de mon lit ! Sortez de chez moi !

Je lui tapotai la main quand elle essaya de la reprendre.

— C'est bon, l'apaisai-je. Il est juste bruyant. Vous devriez le savoir maintenant.

— Je ne sais pas quoi…

— C'est bon, dis-je en lui serrant doucement la main.

— J, commença Sam et il y avait un avertissement contenu dans sa voix. Ne commence pas avec moi ou…

Je lui lançai un regard.

— Toi et ton putain de thé ! lâcha-t-il d'un ton sec. Tu sais que tu…

— Arrête de crier comme un idiot, nous pouvons tous t'entendre.

— Je veux qu'ils…

— Arrête, dis-je tranquillement en lui adressant un regard noir. Ce n'est pas ce dont nous avons besoin pour le moment.

— Jory, dit-elle dans un souffle.

Je reportai mon attention sur elle et la vit sa bouche s'ouvrir et ses yeux s'agrandir alors qu'elle les levait vers moi.

— Du thé vous conviendrait ?

Elle hocha lentement la tête, incertaine.

Je me retournai et quittai la chambre, lui adressant une mine sévère en le dépassant.

— Pourquoi me regardes-tu comme ça ?

J'allai dans la cuisine que j'avais réorganisée la veille et je remplis la bouilloire avec de l'eau en bouteille avant de la mettre sur le feu pour la faire chauffer.

— Qu'est-ce que tu fous ? rugit-il en entrant dans la cuisine.

— Je fais du thé.

— Je sais que tu fais ton putain de thé. Pourquoi ?

— Parce que ta sœur a besoin de parler, Sam. Elle est vraiment mal, ne le vois-tu pas ?

— Je n'en ai rien à foutre, J ! Elle se tape le meilleur ami de son mari dans mon de lit depuis je ne sais combien de temps. C'est une foutue salope, bordel !

— Arrête de me crier dessus.

Il me fusilla des yeux et je lui rendis son regard sans sourciller.

— Tu n'as pas le droit de…

154

— Tu es en train de jouer les connards.

— Jory…

— C'est ta sœur et en ce moment tu es un vrai salaud, au lieu de lui donner ce dont elle a besoin.

— Quoi ?

— Tu dois lui montrer un peu de compassion.

— De la compassion ? s'indigna-t-il.

— Oui. De la compassion. Passe-moi la boîte dans l'armoire de gauche.

Il se déplaça vers la droite.

— Ton autre gauche.

Il me jeta un regard incendiaire et ouvrit la porte suivante. Après m'avoir passé la boîte, il regarda à nouveau les étagères et leur contenu.

— Qu'est-ce que c'est que tout ça ?

— Je suis allé faire des courses avec ta mère.

— Quand ? demanda-t-il en m'observant.

— Après la boulangerie. Nous avions besoin de plus de choses.

— Tu as acheté tout ça ?

— Oui.

— Comment as-tu pu te permettre de pay…

— Je ne suis pas un étudiant affamé, inspecteur. J'ai un travail décent, tu sais.

Il se déplaça vers une autre armoire, puis vers le réfrigérateur.

— Il y a beaucoup de nourriture là-dedans.

— Comme si tu le savais.

— Qu'est-ce que c'est supposé vouloir dire, bordel ?

— Tu manges mal comme un étudiant. Je change ton régime alimentaire.

— Hors de question.

— Passe-moi la crème à la vanille qui est dans le réfrigérateur.

Il tira sèchement sur la porte et tout ce qui était en verre à l'intérieur, tinta.

— Essaie de ne rien casser.

— Je n'ai pas… oh, grogna-t-il avant de me passer la bouteille.

Je sortis des cuillères et un torchon d'un autre tiroir, un peu de cannelle et de citron. Je ne savais pas ce que sa sœur et son amant mettaient dans leur thé.

— Tu as déplacé toutes mes affaires.

155

— La façon dont tu avais arrangé la cuisine n'avait aucun sens, lui dis-je, avant de sortir une planche à découper que j'avais achetée chez Crate and Barrel et un économe.

— Je me fiche de la façon dont tu penses que je devrais...

— Poêles et casseroles vont à côté de la gazinière parce que tu cuisines avec, lui expliquai-je, pour l'éduquer. Les Tupperwares se rangent près du frigo, car une fois remplis c'est là qu'ils vont. Tout a une place, mais apparemment tu n'as jamais eu le mode d'emploi.

— Que fais-tu ?

Il était évident que j'étais en train de couper un citron.

— T'attends-tu vraiment à ce que je réponde à ça ?

Il fit un petit bruit et marmonna dans sa barbe que de toute façon, sa sœur ne restait pas.

— Oh non ?

— Non, m'assura-t-il en élevant à nouveau la voix.

Je souris paresseusement et terminai de couper le citron en quartiers avant de sortir la théière et de la remplir de quelques feuilles.

— Qu'est-ce que tu portes ? demanda-t-il tout à coup.

Je m'arrêtai et baissai les yeux sur mon jean avant de reporter mon regard sur lui.

— C'est ce que je portais lorsque tu es parti.

— Vraiment ?

— Ouais, dis-je en rigolant.

— Tu ne portes pas ces vêtements à l'extérieur, n'est-ce pas ?

Mon jean était vieux et usé jusqu'à la corde, presque blanc, avec plus de trous que de tissu, mais il s'ajustait comme une seconde peau.

— Bien sûr que si, mentis-je pour le taquiner.

— Tu sais que tu devrais faire un peu plus attention à moi. Je pourrais te faire mal quand elle sera partie.

— C'est une promesse ? demandai-je en souriant et en relevant un sourcil.

— Viens ici.

Et je l'aurais fait si la voix de sa sœur ne m'avait pas arrêté.

— Sammy.

Nous nous retournâmes tous les deux alors qu'elle se penchait sur le comptoir.

— Je veux juste...

— Dis-moi quelque chose, dit Sam en soupirant et en passant les mains dans ses cheveux. Dis-moi que c'est nouveau, dis-moi si c'est la putain de première fois et s'il te plaît dis-moi que je n'ai pas dormi dans les draps dans lesquels vous baisez depuis des mois peut-être.

Je vis le gars se tenir debout en arrière-plan. Il ne savait pas s'il devait rester ou partir.

— Sam, nous…

— Tu as des enfants, Jen, dit-il à sa sœur d'une voix creuse. Et toi aussi, Kurt…

Il regarda par-dessus elle vers son amant.

— Que se passe-t-il, bordel ?

— Sammy, nous… commença sa sœur.

— Seigneur Dieu ! Jen, tu dois…

— Peux-tu m'attraper ça ? l'interrompis-je.

Il me regarda et vit que je lui indiquais les nouvelles tasses à thé que j'avais achetées au Marché Fermier plus tôt dans la journée. Elles étaient peintes à la main, le genre que vous utilisiez dans un restaurant chinois, sans hanse, sauf qu'elles étaient plus grandes. Quand il ne bougea pas, je lui demandai de nouveau.

— S'il te plaît.

Il leva les yeux au ciel, mais attrapa les tasses.

— Je suis désolée, quel est votre nom déjà ?

Je regardai sa sœur et lui souris.

— Jory.

Elle hocha la tête.

— Jory. C'est un réel plaisir de vous rencontrer.

Je lui souris et fis signe à Kurt de s'approcher.

— Prenez un siège.

Il adressa un regard incertain à Sam avant d'avancer jusqu'au comptoir et de prendre place sur l'un des tabourets. Nous étions tous silencieux et lorsque la bouilloire siffla, le corps entier de Jen sursauta comme si elle était surprise. Je pris sa main brièvement avant de remplir la théière avec l'eau bouillante. Je jacassai sur le fait que tout le monde aimait des choses différentes. Je préférais moi-même le thé oolong à cette heure tardive de la nuit, mais j'avais choisi la camomille puisqu'elle était universellement aimée. Jen et Kurt hochèrent la tête à l'unisson.

— Que prenez-vous avec votre thé ? demandai-je.

Au bout de quelques instants passés à simplement m'observer, elle me demanda un peu de crème, et Kurt de la cannelle. Je me versai mon thé sans rien ajouter. Sam fronça les sourcils à mon attention lorsque je lui demandai s'il voulait quelque chose.

157

— Vous êtes l'homme que ma mère a amené à la boulangerie hier, dit Jen tout à coup, étudiant attentivement mon visage.

— Oui.

— Elle a passé un bon moment.

— Moi aussi.

Elle hocha lentement la tête et je pris sa main dans la mienne.

— Est-ce que vous allez bien ?

Un nouveau hochement de tête alors que ses yeux se remplissaient à nouveau de larmes.

Je fis rapidement le tour du comptoir et elle se précipita vers moi quand je lui ouvris les bras.

— Pour l'amour de Dieu, J, gémit Sam. Ne peuvent-ils pas juste ficher le camp ?

— Je pourrais… commença Kurt.

— Ne faites pas attention à lui, dis-je pour apaiser Kurt, serrant Jen étroitement alors qu'elle enfouissait son visage dans mon épaule et sanglotait. Vous avez tous les deux besoin de parler à quelqu'un. Garder ce secret a dû être horrible.

Jen recula et leva les yeux vers moi.

— Comment le savez-vous ?

— Parce que garder des secrets est terriblement difficile et la culpabilité est encore pire.

— Oui, c'est vrai.

— Alors dites-moi, l'invitai-je d'une voix douce en essuyant les larmes de ses joues avec des doigts aussi légers qu'une plume.

Son sourire à travers ses larmes était à couper le souffle.

— D'accord.

Jennifer Levine était follement amoureuse de Kurt Pratt et inversement. Ils se connaissaient depuis dix-sept ans, mais venaient de découvrir que leurs plaisanteries amicales et l'alchimie constante qui existait entre eux étaient plus profondes que le fait d'être la femme du meilleur ami de Kurt. Ils étaient plus que de simples extensions de Mitch Levine : ils étaient deux personnes folles l'une de l'autre. Entre eux, il y avait sept enfants et leurs conjoints respectifs qui les aimaient. Ils avaient décidé de s'en tenir à une simple aventure, de telle sorte que personne ne soit blessé, mais cela avait très vite pris une tournure différente passant de la passion à affection, puis à l'amour.

— Des gens vont souffrir, Jen, lui assura Sam alors qu'il faisait les cent pas dans le séjour. Mitch va être brisé et je connais Rita, dit-il à Kurt. Mec, elle va perdre l'esprit.

Kurt hocha la tête, buvant le thé que j'avais posé devant lui.

— Je sais.

— Quel est ton plan ? demanda-t-il à sa sœur, ramenant son attention sur elle.

— Je n'en ai aucune idée, dit-elle avec un rire qui sonnait faux. C'était le plan. Chaque samedi soir, mais...

Elle regarda Kurt.

— Je me retrouve à vivre pour ce jour-là, attendant toute la semaine. Je ne suis plus bonne à rien, sauf quand il s'agit de ça.

Je regardai Kurt dans les yeux et vis la même misère.

— Nous ne faisons que parler en général.

Son sourire était doux-amer tandis que ses doigts se nouaient à ceux de Jen.

— N'est-ce pas, bébé ?

Elle hocha la tête.

— Et parfois, nous ne parlons pas, ajouta-t-elle.

— As-tu utilisé les clés de maman pour entrer ici ? demanda Sam.

— Oui. Elle a deux jeux. Elle va se demander où est le deuxième puisque, je suppose, elle a donné l'autre à Jory hier.

Ses yeux étaient rivés sur Sam.

— Je lui rendrai un jeu de clés.

— Je vais les lui rendre.

— Je les ai laissées sur la table de nuit.

Il hocha la tête.

— Qu'est-ce que vous allez faire tous les deux ? lui demandai-je.

— Je n'en ai aucune idée, me répondit-elle en souriant à travers ses larmes.

Elle avait les mêmes beaux yeux que son frère, la même bouche avec la lèvre inférieure pleine et celle du dessus plus mince ; le nez de Sam était long et droit et son profil était de ceux dont on gravait les pièces de monnaie, celui de Jen était petit et légèrement retroussé. Ils avaient les mêmes cheveux brun doré – avec des touches de bronze, de cuivre et de blé lumineux – épais et ondulés. Elle était le genre de femme sur qui les hommes se retournaient dans la rue avec sa taille de guêpe, sa peau parfaite et ses grands yeux. J'appréciai sa beauté, même si Sam était celui qui me fascinait.

— Hé, dis-je doucement.

Sam me regarda.

— Peux-tu refaire du feu ? Il commence à faire froid ici.

— Le radiateur est allumé.

— C'est bien ce que je dis.

Je lui souris.

— Il fait froid. Fais le nécessaire, Kage.

Il poussa un soupir exaspéré et se dirigea vers la cheminée.

— Jory.

Je me tournai à nouveau vers Jennifer.

— Rappelez-moi qui vous êtes ?

— Juste un ami.

Elle hocha la tête, jeta un coup d'œil vers Sam puis reposa les yeux sur moi.

— Est-ce que je vous verrai demain pour le dîner du dimanche ?

Ses yeux étaient captivés et je ne savais pas pourquoi.

— Je ne sais pas.

— Vous devriez venir. Vous devriez vraiment.

— Nous verrons, dis-je en prenant sa main. Que puis-je faire pour vous tout de suite ?

Elle secoua la tête.

— Rien. Nous allons partir et Sam et vous allez garder notre secret.

Sam était occupé avec le feu et ne se retourna pas pour la regarder.

— D'accord, Sammy ?

— Puisque tu le dis.

Je la serrai contre moi puis elle se dirigea vers Sam et posa sa main sur son dos. Parce qu'il ne bougeait pas, je me raclai la gorge. Il poussa un profond soupir ; je l'entendis à travers la pièce, avant de se relever et de se tenir devant elle.

— Je suis désolée, Sammy.

Il hocha la tête, se contentant de la regarder dans les yeux. Je la vis trembler, sus ce dont elle avait besoin. Je toussai et il me jeta un coup d'œil.

J'écarquillai les yeux et vis les muscles de sa mâchoire se contracter avant qu'il attrape soudain sa sœur et la serre dans ses bras au point de lui broyer les os. Instantanément, elle lui retourna son étreinte, enfouissant son visage dans son épaule, et se mit à sangloter.

— Je suis tellement heureux que vous soyez ici, murmura Kurt.

Il posa sa main sur mon épaule, par-derrière, et la pressa doucement.

Je tournai la tête pour le regarder et il baissa le menton, une fois, en me souriant légèrement. Mon cœur se porta vers lui, vers elle, vers eux deux, car pour l'instant, ça devait être une situation tellement misérable vue de leur côté.

Lorsqu'ils partirent, Sam les raccompagna à la porte et la verrouilla après leur départ. Il se rendit aussitôt dans la chambre pendant que je nettoyai la cuisine. Tout devait être remis en place. Je le trouvai, quelques minutes plus tard, assis par terre, à côté de la machine à laver, les draps du lit entassés à côté de lui.

— Qu'est-ce qui ne va pas ?

— Il me semble que c'est assez évident.

Je me déplaçai à ses côtés, m'accroupissant, le regardant dans les yeux.

— Je suis désolé pour ta sœur, mais je suis sûr qu'elle et Kurt vont...

— Pas ça, me coupa-t-il. J'ai l'esprit complètement retourné et toi...

Je me penchai en avant, pris son visage en coupe entre mes mains et l'embrassai. Il essaya de s'écarter, mais dès que je fis courir ma langue sur le contour de ses lèvres, il les ouvrit pour moi. Je lui inclinai le visage vers le haut afin de pouvoir prendre appui sur lui, plongeant ma langue profondément dans sa bouche, le goûtant tout en m'installant sur ses cuisses, positionnant mes genoux de chaque côté, me retrouvant à cheval au-dessus de lui.

Le gémissement qu'il émit me fit sourire avant qu'il me repousse, rompant le baiser.

— Quoi ?

— Stop, je dois te dire quelque chose.

— Quoi ? demandai-je le souffle court, plongeant mon regard dans ses yeux, inquiet.

Il fit courir son pouce sur ma lèvre inférieure avant de baisser la tête pour un baiser qui me coupa le souffle. J'enroulai mes bras autour de son cou et le dévorai. Je l'embrassai comme s'il m'appartenait et que je disposai de tout le temps du monde. La main qui saisit mes cheveux et me tira la tête en arrière m'arracha un cri.

— Au marché aujourd'hui, je voulais te toucher, mais je ne pouvais pas. Les gens nous auraient dévisagés et... et les filles avec qui je suis sorti m'ont fait des remarques par le passé parce que je ne suis pas un gars qui aime être touché et je ne suis pas du genre à tenir la main, ni toutes ces conneries... mais aujourd'hui, avec toi... tu me rends fou et j'ai tout le temps envie de poser mes mains sur toi et ça me fout la trouille. Je ne… Je veux dire, j'étais là à mourir d'envie de te tenir, mais je ne pouvais pas. Je ne pouvais pas…

— C'est bon, dis-je en lui souriant, remuant sur ses genoux, sentant combien il était excité sous moi. Tu peux me toucher maintenant. Tu peux faire tout ce que tu veux de moi.

Son grognement me fit sourire.

— Lève-toi.

Je me redressai et il m'attrapa comme Kurt avait attrapé Jen plus tôt, en me jetant par-dessus son épaule pour me ramener au canapé. Il poussa la table basse du passage et jeta une des couvertures afghanes soigneusement pliées sur le divan au milieu du salon, en face du feu. Je l'ouvris et l'étalai là où il la voulait tandis qu'il se déshabillait dans la lumière des flammes tremblotantes. Il ressemblait à un dieu de bronze et je ne pus retenir le hoquet qui sortit de ma bouche.

— Va chercher le matériel. Dépêche-toi.

Je courus pour aller chercher le lubrifiant, sans m'inquiéter de savoir si ma hâte et mes mouvements frénétiques montraient mon impatience. Je me fichai également qu'il sache combien j'avais envie de lui et envie de le satisfaire. Lorsque je revins, il était allongé sur le sol, détendu et en attente. Je laissai mes yeux errer partout sur sa carrure puissante qui ne montrait pas un pouce de graisse, juste des muscles ondulants sur sa peau lisse.

— Viens ici.

Je me déplaçai lentement, le faisant attendre, retirant mon jean, ma chemise alors qu'il me regardait avec des yeux affamés. Son regard était intense et je frissonnai de voir à quel point il me désirait.

— Seigneur, J, on dirait que tu es fait d'or.

Ma voix me faisait défaut, tout ce que je pouvais faire était de le regarder.

Son souffle devint saccadé alors qu'il posait ses mains sur moi, me tirant à côté de lui, prenant mon visage dans ses mains pour poser sa bouche contre la mienne.

— Tu me tues.

Je souris contre ses lèvres et le laissai me rouler sur le ventre et me clouer au sol. Sa bouche était sur mon épaule, une main sous moi me caressait, l'autre agrippait ma hanche alors qu'il écartait mes jambes avec son genou. Je n'avais aucune idée de l'amant qu'était Sam Kage avant moi. Je ne pouvais pas parler de ses prouesses avec les femmes, mais avec moi, il était tout ce que je désirais ardemment : physiquement exigeant, brutal, possessif et totalement maître de la situation. J'étais là pour être malmené et ravagé, et j'étais plus que disposé à me soumettre à lui. C'était incroyable pour moi de penser que quelqu'un ayant couché avec lui avant veuille le laisser partir.

La seconde fois, nous l'avons fait dans son lit, après qu'il l'eut refait à la hâte, et il me regarda dans les yeux tout le temps. Cela ne m'était jamais arrivé auparavant. Je n'avais jamais connu physiquement quelqu'un qui se soucie assez de moi pour me regarder, pour s'assurer que j'étais aussi rassasié que lui. Il était un amant affamé et j'étais plus que prêt à être dévoré.

Plus tard, alors que je laissais traîner mes doigts le long des sillons de son dos, j'entendis sa respiration ralentir. Si je restais là, je serais incapable de m'empêcher de le toucher et de l'embrasser. Il avait besoin de repos, alors je me levai et allai dans le salon pour regarder la télévision. Je dus m'assoupir parce que la pièce était sombre lorsque je sentis une main chaude sur mon dos, puis des lèvres, juste derrière mon oreille.

— J'aime quand tu ronronnes, me dit-il d'une voix douce. Lève-toi et viens te mettre au lit.

— Pourquoi es-tu debout ? murmurai-je, pas vraiment réveillé, frissonnant dans le froid, à peine capable de le voir dans l'obscurité de la pièce.

— Parce que je ne te trouvais pas, dit-il, m'embrassant légèrement dans le cou. Je me suis réveillé et j'avais besoin de toi.

Je souris parce que j'aimais l'attention que je recevais, sa main sur mes fesses, les malaxant et les pressant avant de me les claquer doucement.

— Alors, c'est moi que tu veux ou mon cul ?

Il rit tout près de mon oreille, ce qui m'arracha un frisson et une chair de poule qui se répandit sur tout mon corps.

— Les deux. Viens au lit.

— Tu ne peux pas dormir sans moi, hein ? le taquinai-je, groggy quand je me releva et vacillai jusqu'à la chambre, ses mains sur mes épaules, me dirigeant.

— Non, je ne peux pas, dit-il avant de me pousser sur le lit.

— Tu t'habitues à m'avoir à proximité.

— Tais-toi, grommela-t-il, couche-toi.

Mais j'avais raison, peu importe ce qu'il disait, j'étais une habitude en voie de formation.

— Seigneur ! Tu es gelé, murmura-t-il en s'allongeant près de moi et en nous recouvrant tous les deux du drap et de la couverture.

Je me blottis tout contre lui.

— Et tu es si chaud.

Il grogna bruyamment, orientant ma tête sous son menton alors que je passais mes bras autour de son torse, glissant une jambe entre les siennes.

— Tu as besoin de moi.

— Apparemment, grommela-t-il en frottant son visage dans mes cheveux. Maintenant, dors.

Et je m'en sentais l'envie alors j'obtempérai.

# XII

Nous nous garâmes un peu plus loin parce qu'il n'y avait pas de place dans la rue près de la maison de ses parents. Il posa une main sur mon épaule et me dirigea dans l'allée qui menait à une maison de briques rouges d'un étage, charpentée en A. Lorsque nous entrâmes par la porte de derrière, dans la cuisine, j'entendis mon nom.

— Jory !

Regina fut sur moi instantanément, les bras ouverts pour me recevoir, et, alors que nous nous embrassions l'un l'autre, j'entendis le grognement d'approbation de Sam derrière moi.

— J'ai amené Jory, maman, si cela ne te dérange pas, dit-il en riant doucement.

Elle recula pour me dévisager en souriant.

— Puisque je t'ai appelé ce matin pour te demander de l'amener avec toi... non, Sammy, ça ne me dérange pas. Comment allez-vous, mon chéri ?

— Je vais bien, dis-je en lui rendant son sourire.

Il se passa encore quelques minutes avant qu'elle me relâche et me prenne par la main pour m'emmener vers l'endroit où elle était en train de hacher des pommes de terre et des oignons.

— Je vais vous apprendre comment faire du goulasch hongrois.

Cela avait l'air effrayant, mais j'étais partant.

— D'accord.

Sam me laissa et j'entendis des voix criant son nom dès que la porte se referma sur lui.

Je restai dans la cuisine et aidai sa mère à préparer le dîner. J'alternais entre les préparations et le lavage de la vaisselle tout en écoutant sa conversation. Quand les sœurs de Sam se montrèrent avec leurs maris et leurs enfants, je fus présenté à toute la famille. Jen arriva avec son mari Mitch et elle m'étreignit chaleureusement lorsqu'elle fit semblant de me rencontrer pour la première fois.

165

— Mon Dieu, Jen, dit Mitch en rigolant avant de me serrer la main. N'écrase pas ce gamin.

— Ce n'est pas un gamin, dit-elle en me regardant dans les yeux. Il a une très vieille âme.

— Oh, vraiment ? la taquina dit Mitch en la poussant sur le côté pour embrasser sa tempe. Tu es adorable.

Je la vis tressaillir comme si chaque gentillesse était douloureuse. La culpabilité l'étouffait.

— Voulez-vous m'aider ? demandai-je, essayant de lui procurer un certain soulagement.

— Oui, souffla-t-elle en retirant son manteau et ses gants avant de les donner à son mari. J'adorerais.

Je fus présenté à ses filles, Ally et Carla et elles voulurent toutes les deux me prendre dans leurs bras. Carla toucha mes cheveux et me dit qu'elle aurait voulu des cheveux blonds au lieu de bruns. Je lui expliquai à quel point le brun valait mieux que le blond. Elle me dévisagea tout en enroulant ses doigts dans mes cheveux.

— Pourquoi ils sont si longs ?

— Parce que j'ai besoin d'une coupe ? répondis-je en réalisant que mes cheveux atteignaient maintenant mes épaules.

— Ils sont trop beaux pour les couper, Jory, me dit Jen. Je tuerais pour avoir leur éclat.

— Oui, renchérit Regina derrière sa fille. Vous avez de beaux cheveux épais, gardez-les comme ça.

Je haussai les épaules et posai Carla sur le comptoir pour pouvoir me remettre à cuisiner. Je lui dis qu'elle pouvait m'aider et me passer les ingrédients. C'était mignon de voir comment elle se déplaçait avec entrain, prenant de l'assurance puis me regardant avec espoir. Sa sœur, n'ayant que deux ans, trouva plus intéressant de se promener dans la cuisine, ouvrant et fouillant dans les tiroirs.

Sam revint dans la cuisine une demi-heure plus tard avec deux autres gars et son père. Il était étonnant de voir à quel point il ressemblait à Thomas Kage. Ils étaient grands et forts tous les deux, mais là où Sam était couvert de muscles saillants, épais et durs, les traits du visage de son père avaient perdu un peu de leur fermeté, de même que sa taille.

— Je pense seulement que nous devrions le vendre, papa, et récupérer notre argent. Qui se soucie de savoir ce que veulent ces connards ? Ils n'en ont rien à foutre de toi.

— Samuel Thomas Kage, l'interpella Regina d'un ton sec. C'est le jour du Seigneur.

— Maman…

— Que se passe-t-il ? demandai-je rapidement.

Il me jeta un coup d'œil et j'attendis.

— Mon père et moi sommes propriétaires d'une parcelle de terrain à Naperville que nous devons vendre.

— Et ?

Il désigna de la tête les deux autres hommes.

— Ces deux-là ont dit qu'ils l'achèteraient il y a trois mois, mais rien n'a bougé. J'en ai marre d'avoir ça sur le dos alors je veux la vendre.

— Je vois.

Je hochai la tête, lançant un regard vers Monsieur Kage.

— Qu'en pensez-vous, monsieur ?

— Je suis désolé, mais qui êtes-vous ? me demanda-t-il d'un ton jovial.

— C'est l'ami de Sam, Jory, expliqua Regina.

Il hocha la tête et me détailla de la tête aux pieds.

— Je vois. Eh bien, Jory, je pense que je veux attendre que mes neveux Levi et Joseph puissent l'acheter.

Je regardai Sam.

— Si ton père veut attendre, pourquoi te disputes-tu avec lui ?

— Parce que ce sont des conneries. La moitié est à moi et je veux m'en débarrasser. Nous pouvons attendre des années avant que ces deux-là réunissent assez d'argent pour…

— D'accord, dis-je en bâillant. Voilà ce que tu vas faire : laisse ton père gagner cette fois-ci et tu auras priorité pour la prochaine dispute. Mieux vaut ne pas jouer les sales types quand ta famille est concernée, pas vrai ?

— Je suis un sale type ?

Je fis un geste en direction de ses cousins.

— Eh bien, ouais. Je veux dire, on s'en fiche de savoir combien de temps ça leur prendra ? Ce sont tes cousins. Attends indéfiniment si tu peux les aider. Pourquoi as-tu besoin de cet argent de toute façon ?

Il me lança un regard noir et je haussai un sourcil tandis que nous échangions un long regard.

— Très bien, dit-il.

Il leva les mains au ciel avant de se diriger vers le réfrigérateur pour prendre une bière.

— Je m'en fous complètement, dit-il avant de quitter la cuisine.

Je haussai les épaules et regardai sa mère.

— Je pense qu'il aime se plaindre plus qu'autre chose.

— Je ne peux qu'être d'accord, dit-elle calmement en hochant la tête. Je pense que vous l'avez bien cerné.

Je retournai à la vaisselle jusqu'à ce que je sente une main se poser sur mon dos.

— Jory.

Son père se tenait à côté de moi, me dévisageant.

— Oui, m'sieur ?

— Depuis combien de temps connaissez-vous Sam ?

— Pas très longtemps, dis-je. En fait, j'ai eu quelques ennuis et il m'aide à en sortir.

— Je vois, dit-il avec chaleur. Eh bien, je vous remercie d'avoir pris la parole. En fait, il possède cinquante et un pour cent de la parcelle et moi quarante-neuf, donc s'il le voulait, il pourrait les vendre.

— Il ne le fera pas si vous ne voulez pas qu'il le fasse, lui assurai-je. Mais vous le savez.

— Vraiment ? dit-il pour me faire plaisir. Je n'en suis pas si sûr, Jory.

— Moi non plus.

L'un des hommes s'approcha et me tendit la main.

— Joe Kage, mec, c'est un plaisir de te rencontrer. Et voici mon frère, Levi.

Je lui serrai la main puis celle de son frère.

— Ravi de vous rencontrer tous les deux.

Levi me sourit en me regardant droit dans les yeux.

— Moi aussi, Jory.

La porte s'ouvrit soudain et Rachel, la sœur aînée de Sam entra.

— Oh maman, comment peux-tu laisser ton fils amener à nouveau cette femme après la dernière fois ?

Regina rit.

— Tu veux dire Alexandra ?

Son gémissement fit rire tout le monde.

— Oh, mon Dieu, oui. Pourrait-elle être plus condescendante ou vaniteuse ou… Oh mon Dieu, maman, c'est une vraie salope !

Regina éclata de rire.

— Rachel !

— Maman, dit Rachel brusquement en indiquant l'autre pièce. As-tu la moindre idée de ce qu'elle vient de me dire ?

— Non, gloussa-t-elle, incapable de s'en empêcher.

— Elle a dit que c'était merveilleux que j'aie pu jeter tous mes rêves par la fenêtre pour rester à la maison et élever mes enfants. Tu as de la chance que je ne l'aie pas giflée sur place !

— Elle est jeune, chérie, et…

— Rach, commença un gars en entrant dans la cuisine. Pourquoi es-tu une telle emmerdeuse envers Alex ?

— Oh, mon Dieu, Mike, as-tu entendu ce qu'elle m'a dit ?

Michael Kage ressemblait beaucoup à son frère, mais là où les traits de Sam étaient fins, ciselés à la perfection, ceux de Mike semblaient grossiers et inachevés. Il était quand même beau – autant que je pouvais en juger, tous les hommes de la maison Kage l'étaient – mais aucun d'eux n'était aussi mortellement sexy que l'inspecteur Sam Kage.

— Ouais, j'ai entendu, Rachel, et elle ne faisait que répondre à ta question de savoir si elle voulait des enfants. Je veux dire, tu ne pouvais vraiment pas t'en empêcher ? Ce n'est pas parce que je suis prêt à m'installer, à me marier et à fonder une famille que cela signifie qu'elle l'est aussi. Nous ne sortons ensemble que depuis trois mois. Pour l'amour de Dieu, peux-tu la laisser tranquille ?

— Je…

— Elle est différente de toi, de Jen et de tous tes amis. Laisse-la tranquille.

— Oh, et alors, quoi ? Je suis la méchante sorcière parce que j'ai choisi d'être une femme au foyer ?

— Ce n'est pas ce que j'ai dit. Tu dois juste…

— Allez, Mike, souffla-t-elle. C'est une petite prude prétentieuse, une…

Mais elle se tut instantanément alors que la porte s'ouvrait et qu'une femme entrait dans la cuisine. La femme en question était superbe, mais bien trop impeccablement vêtue – maquillage parfait, chaussures de marque – pour un simple dîner du dimanche en banlieue.

— Bonjour, dit-elle doucement en parcourant la pièce du regard. Je suis juste… Jory ?

Je m'obligeai à sourire.

— Bonjour, Mademoiselle Ralston.

Elle entra dans la cuisine, entièrement concentrée sur moi.

— Comment allez-vous ?

— Bien, merci. Et vous ?

— Je vais bien, dit-elle, ses talons hauts – à bride et au talon découvert – cliquetant sur le sol en linoléum alors qu'elle s'approchait de moi.

Elle écarta une mèche de cheveux de ses yeux, tout le reste étant tiré en un chignon à la française. Si Barbie pouvait prendre vie, elle ressemblerait à Alexandra Ralston. Mais pas comme une Barbie-Malibu ou quelque chose d'aussi simple que ça. Alexandra serait plutôt la Barbie-Coûteuse, celle que vous ne sortiriez jamais de sa boîte. Elle était un objet de collection, impeccable, parfaite, d'une beauté tout à fait inaccessible à moins que vous aussi, ne soyez enfermé dans une boîte en plastique.

— Vous avez l'air d'aller bien, dis-je pour faire la conversation.

Elle se mordit la lèvre inférieure et je la vis inspirer vivement.

— Comment va Dane ?

— Il va bien.

— J'espérais le voir au gala pour la lutte contre le sida.

En fait, elle avait certainement espéré être celle qui ferait l'offre la plus élevée lors de la vente aux enchères de célibataires, et ainsi gagner le privilège d'aller dîner avec lui. Je l'avais oubliée lorsque j'avais pensé aux femmes qui auraient payé pour être seules avec lui. Il avait complètement lésé le gala de charité en ne leur donnant qu'un chèque de dix mille dollars. Il aurait facilement pu leur faire doubler ce montant s'il s'était donné la peine de se montrer.

— Il a fait un don important, dis-je. Mais vous savez qu'il déteste ce genre de choses.

Elle hocha la tête, même si elle n'avait aucune idée de ce dont je parlais. C'était cette raison qui l'avait éloigné d'elle. Elle aimait être riche et tous les événements sociaux qui venaient avec. Dane n'allait qu'à ceux qui étaient nécessaires. Ils n'auraient pas pu être plus différents.

— Je ne l'ai pas vu depuis des mois.

Je souris en essayant de ne pas gigoter.

— Lui transmettrez-vous mon meilleur souvenir lorsque vous le verrez demain ?

— Oui, madame.

Elle se retourna et quitta la salle. Je sentis tous les yeux se fixer sur moi.

— Jory, c'est ça ? demanda Michael en s'approchant.

— Oui.

— Vous savez que j'ai rencontré Alexandra Ralston après son départ de Harcourt, Brown, et Cogan. Travaillez-vous pour Dane Harcourt ?

— Oui.

— Êtes-vous son assistant ?

— Oui. Êtes-vous architecte, vous aussi ?

— Oui, je le suis, bien que je ne sois pas du niveau de Dane Harcourt.

— Je suis sûr que vous êtes brillant.

Je lui adressai ma réponse automatique, parce que les gens complimentaient tout le temps mon patron.

— Eh bien, merci, mais votre patron est incroyable. En fait, j'ai essayé d'obtenir un poste chez eux, mais il a dit que mes dessins étaient rudimentaires et sans imagination.

Je plissai les yeux.

— Vous êtes-vous présenté avant le déjeuner ?

— Je vous demande pardon ?

Je l'avais surpris. Ce n'était pas la réponse à laquelle il s'était attendu.

— Déjeuner. Êtes-vous arrivé, disons, aux alentours de dix heures trente ?

— Je ne…

— Parce qu'il est du genre bon à rien avant le déjeuner. S'il a mangé et que son taux de glycémie est équilibré, il est beaucoup plus gentil, lui assurai-je en souriant.

— Je vais garder ça à l'esprit pour la prochaine fois.

— Bien, dis-je en hochant la tête.

— Peut-être que je vous demanderai de lui parler pour moi. Étant son assistant, vous devez avoir beaucoup de son attention.

— Ouais, c'est ça, dis-je en me moquant, et mon téléphone se mit à sonner. Quand on parle du loup… Excusez-moi, dis-je en m'éloignant des autres. Hé, patron.

— Est-ce que mon planning pour la semaine prochaine est fait ?

— Bien sûr. Je vous l'ai envoyé par e-mail ce matin. Vous ne l'avez pas vu ?

— Non.

— Avez-vous vérifié ?

— Non.

— Eh bien, le problème vient peut-être de là.

171

— Ne sois pas cynique.

— Non, monsieur.

— As-tu laissé la journée de vendredi libre pour mon voyage à Dallas ?

— Ouais.

— Oui, me corrigea-t-il.

— Oui.

— Je dois organiser un dîner festif pour un client demain soir. Tu dois coordonner ça pour moi.

— Bien sûr, dis-je rapidement. Combien de personnes pour le dîner, patron ?

— Quinze. Je veux un repas très intime, donc prends le meilleur, d'accord ?

— Bien sûr.

— Et je veux que tu sois présent, compris ?

— Ne le suis-je pas toujours ?

— Je te verrai demain matin.

— Oui, m'sieur.

— Jory.

— Quoi ?

— Ne dis pas quoi.

Je fis un petit bruit avant de reprendre.

— Oui ?

— C'est mieux.

Je gémis.

— Maintenant, j'ai oublié ce que j'étais en train de dire, dit-il avec humeur.

— Hé, devinez qui je viens de voir ?

— Je suis sûr de n'en avoir aucune idée.

— Alexandra Ralston, le taquinai-je. Elle vous transmet son bon souvenir.

— Mm-mm.

Il n'aurait pas pu avoir l'air plus ennuyé.

— Alors je vous revois demain matin.

— Très bien. Comment vas-tu ?

— Je vais bien.

— Très bien, bonne soirée.

Je refermai mon téléphone puis entrai le dîner dans le calendrier tactile de mon téléphone.

— Vous êtes l'homme de confiance, Jory, me taquina Michael. Mettez-moi dans vos petits papiers.

Je lui souris et une fois que j'en eus fini avec l'enregistrement de mes informations, je demandai à Regina ce qu'elle voulait que je fasse ensuite. Elle voulait me montrer sa maison, donc je la suivis.

Nous passâmes un bon moment à contempler de vieilles affiches de cinéma et je feuilletai de nombreux albums. Je ne me lassai jamais de regarder l'histoire des autres, car je n'en avais pas moi-même.

Le dîner fut une entreprise bruyante avec des enfants courant partout, beaucoup de discussions que j'estimai à la limite de la dispute, et de conversations à propos d'un millier de choses sur lesquelles je ne savais rien, comme élever des enfants ou le baseball. Je me concentrai sur la nourriture lorsque la sonnette retentit. Nous levâmes tous la tête quand Rachel revint, peu de temps après, avec un couple plus âgé et une jeune femme. Il y eut un grand cri lorsque Thomas et Regina se levèrent pour les saluer.

— Oh, mon Dieu, regardez qui est là, dit Michael avec un large sourire, se levant et contournant la table.

Je me penchai du côté de Jen.

— Qui sont-ils ?

Elle passa son bras autour de mes épaules pour murmurer.

— Les Gordon, ce sont de vieux amis de mes parents. Leur fille Nora et Sammy sortaient ensemble au lycée. Je ne savais pas qu'elle était de retour en Californie.

Je hochai la tête ; avec la sensation que tout l'air était aspiré hors de la pièce.

— Depuis combien de temps est-elle partie ?

— Je ne sais pas, des années.

— Pourquoi est-elle partie ?

— Elle est allée à l'université là-bas.

Je hochai la tête, m'adossant contre ma chaise.

Sam se leva et Nora vint rapidement à sa rencontre, faisant le tour de la table pour se jeter dans ses bras. Elle se serra contre lui, écrasant ses seins contre son torse alors qu'elle l'embrassait sur les joues et la mâchoire. Il me regarda droit dans les yeux et je reportai toute mon attention sur mon assiette. J'entendis le grondement de son rire et sentis mon visage s'empourprer.

Je fus le premier debout pour aider à débarrasser la table, mais je sortis par la porte arrière pour me tenir à côté de la maison plutôt que de commencer à faire la vaisselle. Il faisait froid dehors, surtout alors que je ne portai qu'une chemise et un pull, mais j'avais besoin de ce moment de solitude. C'était difficile de rester assis à la regarder poser ses mains sur lui sans pouvoir faire quoi que ce soit. Quand j'entendis le cri en provenance de la cuisine – puisque j'étais sous la fenêtre – je décidai de rentrer.

Sam était dans la cuisine en train de hurler tandis que Michael s'accrochait à lui. Nora le suppliait de se calmer pendant qu'un de ses cousins se tenait de l'autre côté de la pièce avec Levi le retenant. Regina se trouvait près de l'évier avec Jen qui appuyait une serviette en papier sur son nez. Elle saignait, et lorsque la porte s'ouvrit et que Mitch entra, suivi de Thomas, je le vis se précipiter vers le gars sur lequel Sam criait.

— Sale connard d'ivrogne ! hurla-t-il alors que Thomas l'attrapait, un bras autour de son cou et l'autre en travers de sa poitrine. Fous le camp d'ici !

— Oh, va te faire foutre, Mitchie, je pourrais te tuer, mec. Je ne voulais pas frapper Jen, bordel ! Je voulais baffer ce salaud de Michael, pas elle.

— Je t'avais dit de ne pas l'inviter, cria Michael à travers la pièce. Mais tu n'écoutes jamais maman. Mon Dieu ! Tu sais que c'est un bon à rien fini, et tu l'invites quand même.

Je vis ses yeux se remplir de larmes alors qu'elle tenait la tête de Jen en arrière.

— Ferme ta putain de gueule, hurla Sam à Michael, en se libérant de sa poigne et traversant la pièce vers le gars qui essayait d'échapper à la prise de Levi. Maman veut aider… laisse-la donc aider. Mais nous allons régler cette affaire ici et maintenant. Cette connerie a assez…

— Sam ! lui cria Nora. Arrête de jouer les brutes sans cervelle. On ne frappe pas les gens comme ça.

— Regarde-moi bien, dit-il en poussant Levi avant de saisir l'autre gars à la gorge.

— Sam ! aboya Thomas.

— Sam ! hurla sa mère. C'est ton cousin, laisse-le tranquille !

— Hé, l'appelai-je.

Il s'arrêta et me regarda par-dessus son épaule.

— Tu vas en découdre avec un mec dans la cuisine de ta mère ?

Ses yeux étaient rivés aux miens.

— Peut-être qu'on pourrait juste le mettre dans un taxi, hein ? demandai-je en lui souriant.

On aurait pu entendre une mouche voler dans la cuisine. Je vis le regard sur le visage du gars, sa terreur en sachant combien il passait près de finir par terre.

— Bien, gronda Sam en repoussant durement le gars loin de lui avant d'aller vérifier l'état de sa sœur. Appelle un taxi, Mike.

Son frère sortit son téléphone portable une seconde plus tard. Je m'adossai contre la porte, alors que tout le monde se bousculait dans la cuisine. Lorsque Regina déplaça Jen vers la petite table de la cuisine pour la faire asseoir, je repris ma place devant l'évier pour commencer la vaisselle du dîner.

— Bonsoir.

Je tournai la tête pour me retrouver face à Nora.

— Salut.

— Je ne vous connais pas encore.

— Je suis Jory.

— Eh bien, Jory, c'est un plaisir de faire votre connaissance. Habituellement, quand Sam est aussi énervé, nous n'arrivons pas à le calmer. Je me souviens d'une fois où un gars nous a fait une queue de poisson et il l'a suivi jusque chez lui – et j'étais dans la voiture avec lui – pour lui faire comprendre sa façon de penser.

Je haussai les épaules.

— Depuis combien de temps êtes-vous ami avec Sam ?

— Pas longtemps, lui dis-je alors que quelqu'un montait le volume de la radio.

Puis, soudain, Jen se trouva à côté de moi.

— Hé vous, dis-je en lui souriant. Est-ce que vous allez bien ?

— Mieux maintenant que Sammy n'a pas tué ce pauvre Charlie. C'était un accident.

— Je pense qu'il n'aurait pas dû essayer de s'en prendre à Mike non plus.

Elle gloussa et le son fut nasal à cause du sang accumulé dans son nez.

— C'est vrai. Est-ce que je peux aider ?

— Seulement si vous chantez avec moi.

Elle entendit le début d'une chanson de Dionne Warwick.

— Jory, nous sommes tous les deux trop jeunes pour connaître cette chanson.

Je commençai à chanter *Then Came You* et elle se moqua avant de m'accompagner et de chanter en même temps que moi, à pleine voix.

Quand je m'essuyai les mains sur mon jean et lui tendit la main, elle la prit et nous dansâmes ensemble dans la cuisine. Je vis Regina sourire et l'inspiration profonde de Thomas alors qu'il se calmait. Je la remis aux bras de Mitch lorsque la chanson se termina et retournai à ma vaisselle. Rachel et Regina chantèrent avec Aretha Franklin et moi tout en me donnant un coup de main.

— Oooh, Jory, regardez-vous bouger, chéri, roucoula Rachel en me regardant danser à côté de l'évier. Quelqu'un manque quelque chose.

Je haussai un sourcil et elle me donna une claque sur les fesses.

— Hé.

Je me retournai à cette voix : Sam se tenait dans l'embrasure de la porte extérieure de la cuisine.

— Peux-tu venir ici une seconde ?

— Ouais, dis-je rapidement. Excusez-moi, mesdames.

Quand j'arrivai à portée de main, il referma son poing sur le devant de mon pull et m'attira près de lui.

— Je veux y aller maintenant, d'accord ?

— Bien sûr. Pourquoi ?

— Pourquoi ?

— Ouais. Pourquoi ?

— Parce que je viens juste de réaliser quelque chose.

— Et qu'est-ce que c'est ?

Sa mâchoire se crispa.

— Je suis mieux à la maison.

— Tu es chez toi.

— Non, *notre* maison.

*Notre maison ? Seigneur ! Les choses qui sortaient de la bouche de cet homme !*

— D'accord.

Il posa sa main sur mon cou et appuya son front contre le mien.

— Merci de m'avoir permis de garder la tête froide aujourd'hui. J'ai du mal quand je suis ici. Ma famille s'attend à ce que je me comporte d'une certaine façon et donc c'est ce que je fais.

Je n'avais aucune idée de ce qu'il voulait dire. Sa famille voulait qu'il soit une tête brûlée ? Cela n'avait aucun sens.

— C'est parfois difficile d'être ici.

Je pris simplement une profonde inspiration, fermant les yeux, jouissant de sa proximité et du fait qu'il n'avait pas l'air de vouloir s'éloigner de moi.

Il heurta ma mâchoire de son nez, inclinant ma tête pour enfouir son visage dans mon cou et sentir mon odeur.

— Tu es vraiment bon pour moi.

Je tremblai parce que je ne pouvais pas m'en empêcher.

En reculant, il frotta sa joue contre la mienne.

— Je vais aller chercher ton manteau, d'accord ?

— Oui, m'sieur.

— Dis au revoir à ma mère.

— Oui, m'sieur.

— Arrête ça. À quelle heure dois-je te déposer au travail demain matin ?

Je secouai la tête.

— Je peux prendre le train, pas de soucis.

— Non, idiot. Je vais te conduire, ainsi personne ne te tuera en chemin pour aller travailler. À quelle heure arrive ton patron ?

— Huit heures.

Il grogna.

— Et demain soir, il a une soirée, alors tu vas devoir te débrouiller tout seul pour dîner.

— Peut-être que je t'apporterai à manger et que j'en profiterai avec toi.

— Ouais, c'est ça, me moquai-je.

Ses doigts s'emmêlèrent rapidement dans mes cheveux et il me rapprocha de lui en me tirant, son souffle chaud effleurant mon visage.

— Tu ne me crois pas ?

Je souris largement, en riant doucement.

— Non, monsieur l'inspecteur.

Il poussa un autre grognement avant de me repousser et quitta la pièce. Je jetai un œil aux deux femmes qui me fixaient la bouche ouverte.

— Quoi ?

— Jory, souffla Regina. Sam… il… oh… combien de temps allez-vous rester avec Sam ?

— Jusqu'à la fin de la procédure judiciaire, comme je vous l'ai dit. Pourquoi ?

Elle hocha lentement la tête, sa bouche formant un O alors qu'elle reprenait son souffle.

— Quelle affaire ? demanda Rachel à sa mère.

— Je te le dirai plus tard. Jory, chéri, nous vous aimons tous beaucoup, déclara Regina rapidement et je lui souris.

— Je vous remercie.

Elle me dévorait des yeux.

— Je vous promets que ce n'est généralement pas aussi mouvementé ici, me dit Rachel avec un grand et faux sourire, mentant de toutes ses dents.

Je haussai les épaules.

— C'est bon. Les familles se disputent parfois, non ? Ce n'est pas grave. Euh... je suis désolé, je ne peux pas finir la vaisselle, Sam est prêt à y aller.

— Chéri, vous nous avez déjà assez aidés, dit calmement Regina. J'allais vous dire d'aller vous asseoir et de regarder le football avec les hommes de toute façon.

— Comme si je n'avais pas apprécié chaque minute de ma venue ici, dis-je en souriant paresseusement. J'ai passé un excellent moment.

— Eh bien, vous avez été tout simplement parfait, m'assura-t-elle. Donc, ne vous conduisez pas comme un étranger.

Je m'élançai à travers la cuisine et serrai Regina dans mes bras la première, puis sa fille.

— Merci, les filles.

Sam revint dans la cuisine et elles le dévisagèrent toutes deux.

— Quoi ? demanda-t-il avec humeur.

Sa mère secoua juste la tête.

— Bien alors, dit-il en se penchant pour l'embrasser sur la joue, puis Rachel. À bientôt.

Je pris mon manteau qu'il me tendait et lui rappelai que nous devions de nous arrêter au magasin, sur le chemin du retour, car nous avions besoin de céréales pour le petit-déjeuner et de produits pour que je puisse terminer la lessive.

— Comme tu veux, dit-il en bâillant, alors que je notais son exaspération.

Je lui jetai un regard noir et le sourire que j'obtins en retour fut énorme.

— Mon Dieu ! Tu es vraiment chiant, grommela-t-il en me poussant hors de la cuisine par la porte de derrière.

Tandis que nous contournions la maison, il drapa un bras autour de mon cou et m'attira contre lui.

— Qu'est-ce que tu fais ? lui demandai-je sèchement en essayant de le repousser.

— Tu étais si jaloux.

178

— Quoi ?

— Quoi ? répéta-t-il. Ne joue pas l'hypocrite. J'ai vu la façon dont tu nous regardais, Nora et moi.

— Si tu as eu l'impression que je te regardais d'une façon différente, je t'assure que c'était tout à fait…

Son rire grondant me coupa la parole.

— Va te faire foutre, râlai-je en essayant de m'écarter.

Il enroula ses deux bras autour de mon cou et se pencha pour me parler à l'oreille, m'effleurant de son souffle chaud et de sa voix rauque avant de me mordre doucement le lobe de l'oreille.

— J, c'est tellement sexy de te voir te mettre dans tous tes états. Je te promets de te baiser dès que nous serons à la maison pour effacer toutes tes inquiétudes.

Je frissonnai très fort et m'appuyai dos à lui, laissant ses mains se déplacer partout sur moi.

— Ouais, c'est ce que je pensais, dit-il en m'embrassant dans le cou alors que j'inclinais la tête pour lui donner un meilleur accès. Viens avec moi.

Nous entendîmes tous deux l'appel provenant de la porte d'entrée alors que nous arrivions sur le trottoir.

— Sam ! cria son père depuis le porche. Nora a besoin que tu la ramènes chez elle. Elle habite près de chez toi.

— Évidemment bordel ! dis-je tout bas, ce qui fit sourire Sam en grand. Laisse ses parents la ramener.

— En fait, j'ai plusieurs arrêts à faire, cria-t-il à Nora qui rejoignait son père à l'extérieur.

— Ça ne me dérange pas, dit Nora en souriant. Allez, Sammy !

— Tu sais quoi… commençai-je, mais Sam m'attrapa soudain comme il l'avait fait la nuit précédente.

Il me jeta sur son épaule et me frappa les fesses avec force.

Mon cri de surprise indigné sortit avant que je puisse l'arrêter.

— Repose-moi par terre. Tu vas faire peur à ton père.

— Désolé, cria-t-il en retour. Je dois y aller !

Quand il se retourna, je vis son père rire et la vague de soulagement que je ressentis faillit m'abattre. L'homme ne savait rien du tout et cela m'allait très bien. L'expression de Nora s'était assombrie.

Nous restâmes tous deux silencieux dans la voiture jusqu'à ce que je pose ma main sur sa cuisse. Je sentis ses muscles se contracter sous ma paume et je regardai son profil.

179

— C'était plus difficile que je le pensais d'être là-bas.

— Pourquoi ?

— Je ne veux pas aller dans des endroits où je ne peux pas te toucher si j'en ai envie.

— Tu peux faire ce que tu veux, Sam, tu dois juste avertir les gens d'abord pour qu'ils sachent à quoi s'attendre.

— Dire à mes parents que je veux te toucher tout le temps ? Ouais, je voudrais bien voir ça.

— Cela pourrait ne pas être aussi terrible que tu le penses.

— Non, ce serait pire.

— Tu devras le faire un jour ou l'autre.

— Faire quoi ?

— Dire à ta famille que tu es gay.

— Pourquoi ferais-je ça ?

Le signal d'alarme explosa dans ma tête, mais je l'ignorai et plongeai tête baissée malgré tout.

— Parce que lorsque je serai toujours là dans deux ou trois ans, ils commenceront à se poser des questions.

Il rigola.

— Qui a dit que tu serais encore là ?

J'allais retirer ma main, mais il la couvrit de la sienne, la maintenant en place, ses doigts glissant entre les miens.

— Ne te mets pas si vite sur la défensive, écoute-moi seulement. Je suis flic, pour commencer. Si je fais mon coming-out, je peux tout aussi bien démissionner tout de suite. Il est même impossible que les gars que je connais puissent passer outre cette nouvelle. Et mes parents, ma famille… est-ce que tu plaisantes ? Il n'est pas question que je leur dise. As-tu vu à quel point ma mère était excitée quand Nora est arrivée ? Elle veut me voir marié avec des enfants, pas que je déconne avec toi.

— Alors c'est bien ça. Exactement comme je l'avais dit.

Je me libérai d'un coup sec de sa poigne et me plaquai contre la porte.

— Une fois que l'affaire sera terminée, je sors de chez toi et de ta vie.

— Eh bien, oui… à quoi avais-tu pensé ?

J'avais pensé à toutes sortes de choses ridicules. J'avais pensé au 'pour toujours' parce que j'étais tombé amoureux de lui si vite. J'étais prêt à faire tourner ma vie autour de la sienne.

— J ?

Je pouvais rester et essayer de le convaincre, essayer de faire qu'il m'aime tellement qu'il ne pourrait jamais me laisser partir. Il trouverait un nouvel emploi, bien meilleur, ses parents changeraient complètement leur point de vue et m'accepteraient comme leur fils, et tous ses amis seraient fous de moi. Nous vivrions heureux pour toujours. Et dès que j'eus pensé à ça, je compris à quel point c'était fou. C'était moi idiot, pas lui. Il ne pouvait pas changer ; j'étais le seul qui le pouvait.

— Hé, dit-il doucement et je le regardai. Tu ne pensais pas que j'allais...

— Non.

Je m'éclaircis la gorge, fixant le tableau de bord à travers mes yeux embués de larmes. *C'est juste moi qui me faisais des idées stupides.*

— Parce que je ne t'ai jamais dit que ce serait pour toujours, J.

— Non, tu ne l'as pas dit.

— Je veux des enfants. Je veux exactement ce que mes parents ont. Je dois juste trouver la bonne fille.

*Une fille avec une queue*, pensai-je. Mais je ne le dis pas.

— Bien sûr.

Il se moqua de moi.

— Mais tu t'en fiches. Tu n'es pas sérieux non plus. J'ai vu ton téléphone – il y a plus de gars dans ton répertoire que mes sœurs en auront jamais à elles deux réunies.

— C'est vrai.

— Tu veux juste t'amuser.

— Bien sûr.

— Comme je l'ai dit, cependant, tant que tu es chez moi, je suis le seul, tu comprends ?

Je l'entendais fort et clair. Quand l'expérience se terminerait, je reprendrais ma route et il retournerait coucher avec des filles, auditionnant la mère de ses enfants. J'étais un intermède, un entracte, une distraction. Même si je me rendais indispensable, même si je pensais qu'il ne pouvait pas vivre sans moi – au final, il *vivrait* sans moi parce que ce n'était pas ce qu'il voulait. Son cœur n'était pas connecté à son sexe. Il pouvait coucher avec moi dès maintenant jusqu'à sa mort sans jamais m'aimer, parce qu'il n'était pas câblé de cette façon. Les hommes aimaient les femmes, pas d'autres hommes. C'était une vérité comme une autre pour lui. La pluie tombait, le soleil brillait, les hommes aimaient les femmes. Point final. Je perdais mon temps en pensant qu'il pouvait en être autrement...

Lorsque son téléphone sonna, il y répondit et resta en ligne tout le temps que dura le trajet jusqu'à l'épicerie. Il me laissa y entrer seul. Je m'en moquai complètement, mais je pris ce dont nous avions besoin et ressortis. Il me dit combien il était désolé, mais qu'il devait retourner travailler. Il devait s'occuper de certaines choses et il n'avait pas moyen de les éviter. Il me déposerait à la maison et serait de retour dès que possible.

— Je te prendrai contre le mur quand je rentrerai à la maison, J.

Il me sourit, sa main posée sur ma gorge.

Et je frissonnai, parce que soudain ce n'était plus que du sexe, sans rien autour. Je me sentis vide à l'intérieur, et lorsqu'il repartit, je regardai le SUV aussi longtemps que je le pus, le laissant devenir de plus en plus petit jusqu'à ce qu'il tourne au coin de la rue et disparaisse. Quand je fus prêt, je pris une profonde inspiration et allai à l'étage pour emballer mes affaires. J'appelai mon patron en chemin.

# XIII

UN AN auparavant, quand mon patron avait dû me déposer chez moi un soir, je l'avais invité à entrer. Il avait fait le tour de mon appartement et durant la minute et demie que cela lui avait pris, il avait hoché la tête à plusieurs reprises. Quand il avait terminé, il m'avait fait face et m'avait demandé quand je déménageais. J'avais froncé les sourcils alors qu'il m'expliquait qu'il possédait un appartement au centre-ville près de Rush Street, très petit de quarante-six mètres carrés, dans un vieux bâtiment en briques avec moulures d'origine.

C'était un appartement minuscule, mais propre et meublé avec beaucoup de goût. Les fenêtres pouvaient s'ouvrir en grand et, sans les moustiquaires, on pouvait se pencher au-dehors et écouter la musique jazz du piano-bar de l'autre côté de la rue. En été, il n'y avait que la brise moite passant par la fenêtre pour rafraîchir la pièce ; et en hiver, un seul radiateur pour tout l'appartement. Il m'avait dit de porter des chaussettes et que j'irais bien.

Le bâtiment possédait une porte extérieure qui nécessitait une clé pour les résidents ou une sonnette pour les visiteurs. La porte intérieure se verrouillait automatiquement et vous pouviez soit vous rendre directement à l'appartement de droite, ou monter les cinq marches jusqu'au deuxième étage. Je serais au quatrième et quand j'appelai mon patron depuis le taxi après avoir rassemblé toutes mes possessions chez Sam, je lui demandai s'il en était toujours propriétaire. C'était le cas. Je lui demandai alors si quelqu'un vivait dedans. Il n'y avait personne. Je lui demandai si je pouvais et il me dit oui, très rapidement. Il me dit qu'il enverrait des déménageurs à mon ancien logement à Oak Park à la première heure le lendemain matin pour récupérer mon matelas et mon sommier. Je devrais dormir sur le canapé la première nuit. Il me retrouverait sur place d'ici une demi-heure pour me donner les clés.

— Vous ne voulez même pas savoir pourquoi j'accepte enfin votre offre ?

— Je m'en moque. Je veux juste que tu sortes de la masure qui te sert actuellement d'appartement.

— Vous n'avez jamais dit que vous le détestiez à ce point.

— Ce n'était pas mon rôle de te faire connaître mes sentiments là-dessus… jusqu'à maintenant.

Je soupirai.

— Écoutez, je ne veux pas la charité, patron. Je peux payer mes propres déménageurs.

— Non, tu ne peux pas, m'assura-t-il. Mes déménageurs nettoieront ton appartement afin que tu puisses récupérer ta caution après qu'ils auront apporté ton lit. As-tu autre chose à ramener de là-bas ?

— Un peu de fromage blanc qui devait être du lait à l'origine dans le frigo et quelques barres de Granola.

— Ce n'est pas ce que je voulais dire.

— J'ai une lampe à lave.

Il ignora mon commentaire.

— As-tu ton ordinateur et tous tes vêtements ?

— Oui.

— Bien. Je te vois dans quelques minutes. Attends-moi sur le perron.

Il était dans sa tenue de dimanche après-midi : trench-coat en cachemire sur un costume anthracite avec un polo bleu marine, ses bottes retentissant sur le trottoir alors qu'il s'approchait de moi.

— Désolé, l'interpellai-je en le voyant arriver.

J'eus juste droit à un soupçon de sourire, le coin de sa lèvre se soulevant.

— Tu m'épuises, dit-il doucement, la voix rauque et profonde. Mais je semble aimer ça.

Je lui souris et mon téléphone sonna. Je vis le numéro de Sam s'afficher sur l'écran.

— Puis-je ? me demanda-t-il en tendant la main.

Je troquai mon téléphone contre les clés.

— Inspecteur Kage, dit-il sèchement. Ici Dane Harcourt, le patron de Jory. Oui, très bien, merci. Mm-mm, oui… oui, il est là. Non, je ne pense pas que ce sera nécessaire. J'ai décidé que je ne pouvais pas, en bonne conscience, laisser Jory rester avec vous plus longtemps. Il serait un fardeau trop lourd pour vous, vu que vos modes de vie n'ont rien en commun. Donc, je l'ai fait emménager dans un appartement qui m'appartient et qui, je peux vous l'assurer, est un endroit très sûr et plutôt bien protégé. Il y sera en sécurité ainsi qu'au travail, alors appelez-nous lorsque vous aurez besoin qu'il se présente devant la cour.

Il écouta pendant un moment.

— Pardon ? Oh non, non, il n'y a aucun problème. Je veux dire, soyons francs, une fois le procès terminé, vous l'auriez renvoyé chez lui de toute façon. Maintenant, il peut avancer et se construire une nouvelle vie, une nouvelle routine. Vous ne vouliez pas vraiment qu'il s'installe chez vous de toute façon, n'est-ce pas ?

J'attendais, tentant en vain d'entendre quelque chose.

— Là, vous voyez, je ne le pensais pas, dit-il nonchalamment. S'il vous plaît, inspecteur, appelez-moi lorsque vous aurez besoin de lui.

Il arqua un sourcil parfaitement dessiné de façon très élégante.

— Parce que, contrairement à vous, je porte un intérêt personnel à son bien-être. Je ne peux pas me passer de lui.

Il termina avec un rire grondant et profond.

— Je vous remercie, inspecteur, vous aussi, dit-il avant de raccrocher et de me sourire.

— Quoi ?

— Rien, grogna-t-il. Maintenant, écoute-moi bien. Il y a une épicerie espagnole au bout de la rue sur ta droite et un bar cubain en face de la rue. Sur ta gauche se trouvent un assez bon restaurant chinois et un magasin de disques exceptionnel bon, lui, qui vend encore des vinyles.

— Merci patron, je suis sûr que me promener le soir dans ce quartier sera amusant.

— En effet.

— Nous n'avons même pas encore parlé du loyer.

— Je ne suis pas inquiet à ce sujet, Jory. Je sais où tu travailles.

Je lui souris et il posa la main sur mon épaule avant de la serrer.

— Repose-toi. Regarde la télévision et mange de la nourriture cubaine… détends-toi. Assieds-toi devant la fenêtre et ne fais rien. Fais ce qui te plaît.

Je hochai la tête et il souleva sa main pour la reposer sur mon épaule.

— Nous allons déménager toutes tes affaires dans la matinée.

— Oui, m'sieur.

— Va te reposer sinon tu seras en retard au travail demain matin.

Je hochai la tête et il me serra doucement l'épaule une dernière fois avant de se retourner et de quitter l'appartement. Je verrouillai la porte derrière lui et me trouvai à aimer instantanément l'atmosphère de l'endroit. C'était impeccable de propreté et je ne ressentis pas la sensation d'étroitesse comme dans mon vieil appartement simplement à cause de la disposition des meubles, et lorsque j'ouvris les fenêtres, une brise fraîche souffla dans la pièce. J'aimai le plancher en bois, la toile rembourrée du canapé et la cuisine minuscule. Mes plats arriveraient le lendemain, mais en attendant, je pouvais utiliser l'ensemble d'ustensiles de 1972 que mon patron m'avait laissé. Cela suivait en quelque sorte avec tout le reste.

À l'extérieur, on entendait les bruits de la nuit, les gens dans la rue, les voitures qui passaient, la trompette qui jouait du jazz et mes voisins qui allaient et venaient. C'était très réconfortant, alors que j'étais assis là et que je pleurais sur Sam Kage. Mon cœur était brisé et le fait qu'il ne rappelle pas m'indiquait que ma réaction avait été de trop pour lui et qu'en partant, j'avais pris une décision finale pour lui. Logiquement, c'était pour le mieux, mais sa présence me manquerait, ainsi que sa force et sa domination. J'allai m'allonger sur le canapé. Je ne me relevai pas.


À L'UNIVERSITÉ, j'avais dû suivre un cours sur le conditionnement physique ; c'était l'une de mes matières obligatoires, et l'une des choses que nous avions apprises était que notre corps ne savait pas faire la différence entre une douleur physique et une douleur émotionnelle. C'est pourquoi le chagrin, si on n'y remédiait pas, pouvait finir par nous tuer. Les gens en deuil se plaignent souvent que leur corps leur fait mal. Je ne l'avais jamais mis en doute, j'avais toujours pris ça pour une vérité et fait ce que je pouvais pour leur apporter à manger ou les aider à nettoyer leur maison. Vu la façon dont je me traînais toute la semaine, Jill et Celia finirent par me dire d'organiser des funérailles pour enterrer ma vie amoureuse et de passer à autre chose. Je leur demandai si nous pouvions aller boire un verre à la place. Elles étaient partantes et nous amenâmes Piper avec nous au *Pink Cadillac* après le travail, vendredi. Après ça, j'invitai tout le monde dans ma nouvelle piaule où j'eus droit à un concert de 'oh' et de 'ah' tellement mon intérieur était mignon. Nous allions aller dîner au bar cubain, mais nous décidâmes de prendre quelques verres à la maison avant de partir. Je n'avais que de la vodka, alors je la mélangeai avec du jus de canneberge et du Sprite.

— Comment s'est passé le dîner de Dane lundi dernier ? me demanda Piper en gloussant, les lèvres sur le bord son verre.

— Oh, va te faire foutre, gémis-je en prenant place entre Jill et Celia, toutes deux me touchant instantanément, posant leurs mains sur mes épaules, l'autre sur mes cuisses.

— J'ai entendu dire que c'était génial, renchérit Jill. Tu étais là-bas jusqu'à deux heures du matin, n'est-ce pas ?

— Ouais, dis-je rapidement en hochant la tête, ce qui les fit toutes éclater de rire.

Mon patron avait reçu une quinzaine de personnes pour le dîner et j'avais dû faire appel à un traiteur à la dernière minute. Tout s'était déroulé sans faille, mais seulement parce que j'étais resté dans la cuisine, faisant des allers-retours, vérifiant tout, m'assurant que les boissons étaient servies ainsi que les amuse-gueules, puis le repas, le dessert, le café et finalement les digestifs. J'avais connecté mon iPod sur la chaîne stéréo qui avait diffusé du jazz toute la soirée. J'avais fait décorer toutes les tables avec des roses qui venaient de chez mon fleuriste préféré, qui faisait toujours le nécessaire pour moi. Les e-mails et les notes de remerciements s'étaient épanchés au sujet de la soirée intime et élégante qui avait été appréciée de tous. J'avais reçu mon habituel 'bien joué' d'un bref signe de tête. Il ne dit jamais merci, il embaucha des déménageurs et s'assura que j'ai un endroit sûr où vivre. Je n'avais jamais eu de cadeau d'anniversaire, mais tout à coup, sans aucune raison, il me donna un iPhone et en une autre occasion, me dit de prendre la carte de la société et d'aller m'acheter de nouveaux vêtements. C'était sa façon de faire.

Dane fixa mon nouveau loyer à sept cent cinquante dollars par mois et même lorsque je lui soutins qu'un tel montant était de la folie, il m'adressa seulement un regard qui me fit comprendre que j'avais dépassé le stade de l'agacement des jours plus tôt. Puisqu'on m'offrait un cadeau, je me tus et acceptai sa générosité. J'avais fait le trajet avec lui jusqu'à l'aéroport et il avait promis de m'appeler lorsqu'il rentrerait le dimanche. J'avais hoché la tête et lorsqu'il avait été prêt à sortir de la voiture, il avait fait ce qu'il faisait toujours : il avait posé sa main sur ma nuque et l'avait serrée.

— Je reviens, ne te fais pas de soucis.

J'avais plissé les yeux et le rire que j'avais reçu en retour avait été profond.

— Jory, la musique est géniale, dit Celia tout à coup, me ramenant au présent. As-tu droit à des sérénades comme ça tous les soirs ?

Je lui souris et hochai la tête.

— Quel chanceux !

— Allons manger, dit Jill en bâillant bruyamment. J'ai faim et je veux jouer au billard après.

Descendre la rue dans l'air frais du soir était très apaisant et le bras de Piper sur le mien était agréable et confortable. Chacune de ces trois femmes se souciait sincèrement de moi et c'était très reposant d'être près d'elles. Plus

187

tard, alors que nous jouions au billard, Celia termina son Bloody Mary et me regarda intensément.

— Quoi ?

— Jeudi prochain c'est Thanksgiving. Que fais-tu cette année ?

Je me penchai sur la table pour jouer mon coup.

— J'sais pas.

— Pourquoi ne viendrais-tu pas chez ma mère avec nous ? Angel serait heureux d'avoir du renfort.

Sa mère et le mari de Célia se disputaient chaque année.

— J'sais pas… elle lui en fait vraiment baver.

— C'est parce qu'elle ne croit pas que le poker en ligne soit un vrai métier.

J'étais d'accord, mais jamais je ne le lui dirais.

— Je sais ma chérie, mais je crois que je vais passer.

Elle haussa les épaules.

— Très bien, alors Jilly aura droit à ta compagnie puisque l'année dernière c'était Piper.

— Je n'ai plus cinq ans, tu sais, lui dis-je en souriant alors que je finissais mon troisième Mojito.

— Tu ferais mieux de ralentir, gloussa Piper en me massant les épaules. Ou nous allons devoir te porter hors d'ici.

— Ce qui ne me dérangerait pas, dit Jill avec un sourire suggestif. Tu connais mes sentiments, J. Tu n'as pas encore couché avec la bonne femme.

Je soupirai et lui ouvris les bras.

— Viens me faire un câlin.

— Oh ouais, je veux bien, roucoula-t-elle en se déplaçant rapidement pour m'étreindre.

C'était drôle, mais toutes les trois n'en avaient que pour moi, se penchant sur moi, me touchant, m'étreignant, flattant me fesses, passant leurs doigts dans mes cheveux, lissant mes sourcils, mes joues, mon nez. C'était toujours comme ça, l'attention physique était flatteuse et, quelque part, douce. Elles m'adoraient et c'était évident pour tous ceux qui nous regardaient. J'étais appuyé sur le bar, ayant été envoyé pour la cinquième tournée puisque la serveuse était 'bien trop lente', lorsque je vis Nick de l'autre côté de la salle. Je devais être un peu pompette, sinon je ne serais jamais allé le trouver.

Il jouait au baby-foot avec une femme et deux autres gars. J'étais sûr qu'il m'avait vu, mais il n'en montra aucun signe, même quand je fus juste à côté de la table.

— Salut, Nick, dis-je en souriant largement, heureux de le revoir.

Pas de réponse.

Je jetai un œil aux autres, mais seuls les yeux de la femme rencontrèrent les miens.

— Salut.

— Salut, me répondit-elle avec à peine un sourire.

Je reportai mon regard sur le visage de Nick en me rendant compte que, si j'avais été sobre, j'aurais compris plus vite. J'étais volontairement ignoré. Il était apparemment absorbé par la boule sur la table et n'avait pas de temps à gaspiller pour me saluer.

— Vas-tu au moins me dire bonjour ?

— Bien sûr.

Il leva les yeux. Ils étaient vides et froids, et son ton était glacial.

— Que puis-je faire pour toi ?

C'était de ma faute. Il avait été ouvert et honnête la dernière fois que nous avions parlé et je l'avais rembarré, submergé par la vague qu'était l'inspecteur Kage. En gros, je recevais une petite vengeance karmique. Je m'étais comporté comme un salaud avec lui, Sam m'avait largué et donc, je devais récolter ce que j'avais semé. Une grande relation de cause à effet que je méritais.

— Rien, dis-je doucement, enfonçant les mains dans mes poches. Désolé.

Lorsque je retournai auprès des filles, je leur demandai si elles voulaient m'accompagner au cinéma. Elles me dévisagèrent jusqu'à ce que je me porte volontaire pour acheter du pop-corn et des M & M's. Cela mit tout le monde en mouvement.

Sur le chemin de la sortie, j'eus droit à ma deuxième dose de plaisir lorsqu'une main me saisit par l'arrière de ma chemise et que je me retrouvai soudain face à face avec l'inspecteur Kage. Je restai là, figé, même s'il m'avait relâché, et je le regardai s'éloigner avec ses copains vers un groupe bruyant, main dans la main avec une belle blonde.

— Tu ressembles à un gigolo, habillé comme ça, m'avait-il dit tout bas quand il m'avait dépassé.

Je n'étais pas d'accord. Je ne pensais pas que mon jean, mes derbies en cuir et ma chemise marron ouverte au col indiquaient que j'étais un 'garçon à louer'. Mais peut-être y avait-il quelque chose chez moi qui donnait cette impression ? Alors que je le regardais se diriger vers le bar, le voyais empoigner et serrer les mains des hommes qu'il rencontrait, je sentis mon cœur remonter dans ma gorge. Je pouvais à peine respirer de le voir faire des gestes grossiers avec les autres à l'égard de son rendez-vous. Comme si elle était chaude et qu'il allait s'en occuper sérieusement plus tard. J'allais être malade.

Jill attrapa ma main et me tira dehors pour que je m'aère. Elles voulaient toutes savoir qui était Sam et ce qu'il avait dit. Je leur expliquai que c'était une histoire bien trop longue à raconter avant d'aller voir un film. Quand je croisai le regard de Celia, je compris qu'elles se fichaient royalement de tout le reste à cet instant : elles voulaient entendre mes potins salaces.

Nous finîmes par nous rendre au club de jazz en face de mon appartement et je leur expliquai tout à propos de l'inspecteur Kage, laissant de côté la partie où des gens essayaient de me tuer. Seul Dane connaissait cette pièce du puzzle. Elles s'assirent et m'écoutèrent jusqu'à deux heures du matin, heure à laquelle nous migrâmes dans un café-restaurant familial non loin de là où nous prîmes un petit-déjeuner. Piper nous dit qu'elle n'avait jamais veillé aussi tard depuis l'université. Quand Celia lui demanda comment était la fac dans les années soixante-dix, elle reçut une claque vraiment forte sur le bras. Je ris tellement que le lait sortit par mon nez.

Après les avoir toutes mises dans un taxi, je titubai dans l'escalier jusqu'à mon appartement et m'écroulai de fatigue sur le canapé. Je ne ressortis pas jusqu'au dimanche soir. Entre la pluie glacée, le marathon de *Real World* et le décompte de *VH1* sur tout et n'importe quoi allant des Pires Chansons d'Amour jusqu'à la Meilleure Coiffure de Rocker, je n'avais pas de raison d'aller où que ce soit. J'avais assez de nourriture ; j'avais du thé, glacé et chaud, et beaucoup d'eau. Comme je me sentais sans énergie et lent, j'allai à la salle de gym le dimanche soir et courus huit kilomètres jusqu'à ce que je sois épuisé. Sous l'eau chaude, je sentis le cafard commencer à reculer. Le temps que je sorte, j'étais plus moi-même que je l'avais été depuis une semaine. C'était stupide de donner à quelqu'un d'autre le pouvoir de me faire ressentir une chose ou une autre – à part mon patron. Seul Dane Harcourt pouvait tirer sur ma chaîne.

# XIV

J'ÉTAIS ASSIS sur une chaise en face de Dane et j'attendais. J'espérais que mon regard convoyait clairement mon agacement.

— Quoi ? demanda-t-il finalement, et je pus entendre son irritation.

— Allez-vous me le dire ou dois-je vous supplier ?

— Supplie.

— Je ne veux pas, déclarai-je d'un ton sec en repoussant ma chaise et en jetant les dossiers que j'avais sur mes genoux sur son bureau.

Depuis qu'il avait passé la porte, il se comportait comme un emmerdeur. Je l'avais salué et n'avais eu droit qu'à un grognement en retour. J'avais été sur le point d'exploser tellement je voulais tout savoir de son voyage et il me répondait par le silence pour une raison quelconque. Je n'allais pas rester assis là et le supporter une seconde de plus alors que je pouvais à peine me retenir de crier.

— Ne t'avise pas de te lever ! m'ordonna-t-il sèchement.

— Sinon quoi ? le narguai-je.

— Ou ce n'est plus la peine de revenir.

J'étais stupéfait.

— Vous allez me virer ?

— Oui, dit-il avec un grognement sourd dans la voix.

— Hein ?

Je réfléchis à ce qu'il venait de dire. Je restai assis là, sans bouger, passant mes options en revue, et bien que l'envoyer se faire voir soit tentant, je m'adossai de nouveau à ma chaise à la place. Un instant de bravade tuerait définitivement notre amitié. Cela n'en valait pas la peine. Le fait qu'il compte sur moi pour faire marche arrière afin qu'il puisse sauver la face était agaçant au-delà des mots, mais c'était mon rôle. J'étais celui qui abandonnait, il était celui qui poussait. Je replaçai donc les dossiers sur mes genoux et le regardai. Ses yeux ressemblaient à des morceaux de glace ; froids et clairs.

— D'accord, alors je vais attendre jusqu'à ce que vous soyez prêt.

— Et si ça n'arrive jamais ?

Seigneur ! Il espérait vraiment une dispute violente et interminable entre nous et je ne savais pas du tout pourquoi.

— Alors ça n'arrivera jamais, dis-je simplement en haussant les épaules pour ajouter de l'emphase. Comme vous voulez.

Des yeux sombres me dévisagèrent.

Il avait tant de failles.

— Que s'est-il passé ?

— J'ai besoin que tu appelles Glenn Upton pour moi.

Mon soupir put s'entendre jusque dans le hall et après ça il me lança un regard noir.

— Tu as un problème ?

Je levai les yeux au ciel d'un air dramatique.

— Non, monsieur. Que dois-je demander à Monsieur Upton ?

Il m'observa un long moment.

— Eh bien ? l'encourageai-je.

— Rien. Retourne à ton bureau.

Je fis ce qu'il me dit et m'assis là en face de Joanna Belian, notre nouvelle dactylo. Elle était très gentille, avait la soixantaine bien sonnée et avait apporté quelques photos adorables de ses petits-enfants.

— Jordan, c'est ça ? me demanda-t-elle au bout d'un moment.

— C'est Jory.

Je lui souris en retour en la corrigeant gentiment.

— Votre patron a plutôt fière allure, même s'il est glacial sur les bords.

— Vraiment ?

— Oh oui, mon cher, dit-elle en me souriant. Glacial est le mot que j'emploierais.

— Je pense qu'il est juste… commençai-je, mais lorsque la porte du bureau s'ouvrit et qu'il se pencha dans l'encadrement, je devins muet.

— Tu veux savoir ce qui s'est passé ou non ? demanda-t-il avec humeur.

Je levai les mains au ciel.

— Je n'ai absolument aucune idée de ce que vous voulez que je dise à ce point.

Il me fit un geste et je me levai pour le rejoindre dans son bureau. Lorsque je me retournai, il se dirigea vers le canapé en cuir et se laissa tomber dedans. Je ne pus m'empêcher de froncer les sourcils.

— Quoi ?

— Vous agissez si bizarrement.

— Vraiment ?

— Ouais.

— Oui.

— Peu importe, dis-je avec dédain.

Il m'observa pendant une longue minute.

— Terriblement confiant aujourd'hui.

— Étiez-vous sérieux tout à l'heure ? Vous voulez vraiment que je vous supplie ?

Il soupira avant de se pencher en avant, la tête entre ses mains.

— Très bien, alors j'ai pris un taxi de l'aéroport jusque chez eux à Mesquite et leur maison est immense. Je ne sais pas à quoi je pensais, mais pour une raison quelconque, je les imaginais pauvres.

Il sourit tout à coup.

— Vas-y.

— Quoi ?

— Tu as déjà des questions.

— Non, non, non.

J'agitai la main dédaigneusement, saisissant la chaise sur laquelle je m'étais assis plus tôt, la posant devant lui pour pouvoir m'installer.

— Continuez.

Il hocha la tête.

— Eh bien, je me suis dirigé vers la porte et voilà Caleb Reid qui est là et qui m'invite à entrer. J'ai lâché toutes mes affaires dans le vestibule et… quoi ? grommela-t-il.

— Eh bien quoi ? dis-je en le regardant intensément.

— Tu as souri.

— J'ai souri ?

— Tu as souri. Pourquoi ?

— Quoi ?

— Pourquoi as-tu souri ?

— Je ne peux pas sourire ?

— Eh bien juste, quoi… pourquoi as-tu souri ?

Je lui souris à nouveau.

— Vous avez dit vestibule. Vous êtes la seule personne que je connaisse qui utilise le mot vestibule lorsqu'il raconte une histoire.

— Oh, pour l'amour du ciel, gémit-il. Essaie de te concentrer pour une fois.

— Ouais… désolé, continuez, continuez.

Il prit une grande inspiration.

— Très bien, alors j'ai laissé tomber mes affaires, puis je suis entré dans le salon et elle était juste là, assise sur le canapé. Il n'y a pas eu d'annonce ou un moment pour me préparer : Je me suis juste brusquement retrouvé face à ma mère biologique.

— Oh merde !

— Bien dit.

— Qu'a-t-elle dit ?

— Elle a dit bonjour.

— Et ? Continuez ! Vous me tuez là.

— Elle a voulu que je m'assoie à côté d'elle sur le canapé et je l'ai fait. Je ne voulais pas lui tenir la main, mais je sentais qu'elle le voulait, alors je l'ai prise. En fait, j'ai pensé, que ferait Jory s'il était ici ?

Il sourit brusquement et ses yeux s'adoucirent.

Et à ce moment-là, sous le poids de son regard, je compris. Dans ma vie, il était constant. Tout changeait, mais Dane Harcourt était toujours là. Lorsque j'avais été désinvolte cette nuit-là, au poste de police, leur souhaitant bonne chance pour trouver quelqu'un que j'aimais, ils n'avaient pas besoin de chercher plus loin que mon patron. J'admirais cet homme, je lui étais dévoué, ainsi qu'à son bien-être, et je l'aimais purement et simplement. Pas d'un désir sexuel – je ne voulais pas coucher avec lui. Il était le grand frère que je n'avais jamais eu et que j'avais toujours voulu. Il était ma famille.

— Qu'est-ce que tu as ?

Je secouai la tête.

— Alors, puis-je continuer ?

— Ouais, ouais, allez-y.

— D'accord.

Il soupira profondément.

— Eh bien, je lui ai tenu la main et elle a commencé à me dire qu'elle n'avait pas voulu renoncer à moi et bla-bla-bla.

— Patron !

— Quoi ? C'est la vérité. J'ai en quelque sorte déconnecté. Je veux dire, je ne l'ai pas fait intentionnellement, mais j'ai arrêté d'écouter parce que j'ai compris que je m'en fichais vraiment, sincèrement.

— Que voulez-vous dire ?

— Eh bien, qu'allait-elle dire ? Que voulais-je qu'elle dise ? Quelle importance ? Mes parents sont mes parents. Elle m'a mis au monde, mais cela ne fait pas d'elle ma mère.

Je hochai la tête.

— C'est vrai.

— J'ai été poli, j'ai écouté ce qu'elle disait et j'ai fait la bonne chose en lui disant que rien de tout cela n'importait et que tout avait finalement bien tourné.

— Avez-vous aussi rencontré votre père ?

— Oui. Il avait l'air dans un sale état.

— Je me sens vraiment désolé pour lui. Il n'a même pas eu son mot à dire quant au fait de vous garder ou non.

— C'est vrai.

— Qu'a-t-il dit ?

— Quelque chose de très similaire à ce que tu viens de dire en fait.

— Hein ?

— Il veut venir ici pour me rendre visite.

— Oh. C'est intéressant. Qu'avez-vous dit ?

— J'ai dit que nous verrions.

— Est-ce que vous lui ressemblez ?

— Oui.

— Il doit être superbe.

Je compris après l'avoir dit que cela ressemblait à du rentre-dedans. Il me regarda intensément.

— Je n'ai pas remarqué.

— Et quoi d'autre ?

Il sourit alors de toutes ses dents, ses yeux étincelants quand il parla.

— Es-tu gêné ?

— Pouvez-vous simplement continuer avant que je vous tue ?

— Pas très amical.

— Continuez, dis-je d'un ton sec.

— Nous avons un peu parlé et je leur ai dit à tous les deux que si je pouvais faire quelque chose pour eux, ils ne devaient pas hésiter à m'appeler.

— C'est tout ?

— C'est tout.

— Êtes-vous resté pour dîner ?

— Non, je ne suis pas resté.

— Puis-je vous poser une question ?

— Depuis quand me le demandes-tu ?

— D'accord, je le mérite, dis-je en hochant la tête. Pourquoi n'avez-vous pas demandé à votre mère pourquoi elle vous avait abandonné ?

— Cela n'a vraiment plus aucune importance maintenant.

— Je pense que c'est important pour vous.

— Je pense que c'est important pour toi, dit-il ironiquement. Tu sembles toujours croire que tu sais ce qui sera le mieux pour moi dans tous les cas.

— Mieux que vous, murmurai-je.

— Je te demande pardon ?

— Rien.

— Jory.

Je croisai les bras et l'examinai avec ce que j'espérai être du mépris.

— Quoi ? Parle, m'ordonna-t-il.

— Je pense savoir ce que vous devriez faire.

— Quand ?

— Maintenant.

— Et qu'est-ce que c'est ?

— Vous devez y retourner et poser toutes vos questions au cas où vous finiriez par ne plus les revoir.

— Je ne les reverrai pas.

— Merde.

— Donc, tu vois, je ne leur poserai plus de questions.

— Nous pourrions y retourner.

— Pourquoi, pour que tu prennes des notes ?

*Ce n'était pas une mauvaise idée.*

— Pas besoin d'être sarcastique.

Nous gardâmes le silence quelques minutes.

— Regarde-moi, dit-il finalement.

— Je vous regarde.

— Non, regarde-moi.

Je regardai dans les yeux gris foncé de mon patron, vis les taches argentées comme toujours.

— Qu'est-ce que je dois chercher ?

— Crois-tu sincèrement que cela peut signifier quelque chose de plus ?

— Peut-être.

— Jory, sommes-nous amis ?

Je le regardai vraiment intensément, ce visage que je connaissais si bien, et je vis ce que j'y avais toujours vu : une résolution absolue. Sa force, sur laquelle je pouvais toujours compter, la raison pour laquelle les autres personnes étaient toujours tellement attirées par lui, à cause de cette force. Il était inébranlable. Il pouvait être malmené, mais jamais brisé. Ce n'était pas souvent que vous rencontriez des gens qui étaient incassables. C'était presque une allure royale comme s'il aurait dû être roi. Quelqu'un à qui vous pouviez confier votre vie, une qualité presque héroïque. Et à cause de ça, parce que je ne voulais pas qu'il pense que j'étais faible, je retrouvai ma voix et lui répondis.

— Oui, nous sommes amis.

— Bien.

Il me sourit chaleureusement.

— J'en suis heureux.

Je l'étudiai.

— Vous voulez que je travaille pour vous pour toujours, n'est-ce pas ?

Son sourire fit briller ses yeux.

— Pour toujours. Quelle longue période tu choisis !

— J'ai besoin de prendre soin de vous, dis-je parce que je me sentais soudain courageux, et aussi vulnérable, et parce que je le pouvais.

Il était la seule chose que je pouvais pointer dans ma vie et dire qu'elle m'appartenait. Mon patron. J'étais possessif à l'excès. S'il devait m'appartenir, alors je devais dire les mots.

— Puis-je ?

Il hocha la tête.

Ce n'était pas assez.

— Est-ce que c'est un oui ? le poussai-je, voulant être sûr.

Voulant qu'il rende enfin cela solide entre nous. Nous tournions autour d'un engagement de réelle amitié depuis si longtemps. Il devait faire un choix, ici et maintenant. Soit il me laissait l'amplitude dont j'avais besoin pour manœuvrer dans sa vie, soit il reculait. En tant que véritable ami, je pourrais dire ce que je pensais chaque fois que je le voulais sur n'importe quel sujet, de sa vie amoureuse à l'endroit où il travaillait, à sa famille, à ses amis, à la cravate qu'il avait choisie au réveil. Il était sur le point d'accepter de me donner une voix dans sa vie et je serais en mesure d'intervenir et d'être pris en compte. Et que Dieu lui vienne en aide s'il acceptait, parce que chaque femme qui le voulait à partir de cet instant allait avoir affaire à moi, de près et de façon très personnelle. L'examen serait très difficile.

— Dites-le.

— Quel âge as-tu ? Douze ans ?

— Dites-le, dis-je d'un ton menaçant. Dites-le.

— Tu me menaces ?

— Je le ferai bientôt.

— Jory, tu…

— Dites-le ! exigeai-je.

J'allais le tuer d'une seconde à l'autre

— C'est un oui.

Je retins une inspiration. J'étais absolument stupéfait.

— Vraiment ?

Je ne pouvais pas y croire.

— Oui.

— Vous êtes sûr ?

— Je suis sûr.

— Pourquoi ?

— Juste parce que.

— Et donc, je peux…

— Tu peux, me coupa-t-il en poussant un lourd soupir.

Il avait l'air épuisé.

— Je suis si heureux !

— Je sais, dit-il en rigolant avec lassitude. Je peux le voir.

Je ne pouvais pas me contenir. Je souriais si fort

— Je ne peux plus me faire virer ?

— Non.

— Non que j'aurais pu l'être avant, clarifiai-je en le regardant intensément, le défiant de me contredire.

— Non que tu aurais pu l'être avant, acquiesça-t-il, souriant devant sa défaite en secouant la tête. Mon Dieu !

— Tu sais que je t'aime, laissai-je échapper avant même d'y penser.

Il m'adresse un regard dur.

Je retins mon souffle. J'avais fait fort, le poussant dans ses retranchements, comme je savais le faire.

— Je sais, dit-il au bout d'une minute.

Je reçus un regard de pur agacement et, alors que je l'observais froncer les sourcils, j'eus une révélation. Un grand mot pour une chose simple, mais il me fallait plus de temps que les autres pour atteindre le même but.

— Tu…

Je ne pouvais me résoudre à dire le mot alors je le substituai par un autre plus facile.

— Tu m'apprécies, hein ?

— Oui.

— Tu ne te forces pas à prendre soin de moi malgré toi.

— Non.

*Comme si j'étais son frère.*

— J'ai beaucoup de chance.

— En effet.

Une pensée me traversa l'esprit.

— Pouvons-nous aller déjeuner à Boca ? J'ai envie de célébrer ça.

— Très bien.

— Super.

Je rayonnai littéralement, j'étais si content.

— Allons-y maintenant.

Il bâilla bruyamment.

— Attends, l'interrompis-je en pensant à autre chose. Vas-tu retourner au Texas ?

— Je ne sais pas.

— Veulent-ils que tu y retournes ?

— Bien sûr.

— Le veux-tu ?

— Non.

— Mais tu devrais.

— Pourquoi le devrais-je ?

— Tout va bien entre nous ? lui demandai-je tout à coup, vérifiant pour m'assurer.

— Oui. Tout va bien.

— Et alors, au sujet de ta nouvelle famille ?

Je soupirai, tellement soulagé de tourner la page et en même temps d'être au commencement d'une autre.

— Tu as de nouveaux frères et sœurs.

— C'était pour elle, dit-il en se levant et en traversant la pièce jusqu'à son bureau, vers son fauteuil, pour récupérer sa veste de costume. Après cette visite, il n'y a rien de plus que je peux offrir. Il est futile de poursuivre.

— Mais…

— Réfléchis, Jory… ils mènent des vies différentes, cela se résumerait à quoi ? Des cartes pour Noël ? J'ai au moins fait ça, si jamais je ne faisais rien d'autre. Pour combien de personnes veux-tu aller faire les magasins ?

Il me sourit, arquant un sourcil sombre pour appuyer sa question.

— Mais ils sont ta famille.

— J'avais une famille avant que mes parents meurent. Je n'en ai pas besoin d'une autre.

— Le regretteras-tu plus tard ?

— Je ne pense pas.

— Peut-être que nous y retournerons.

— Non.

— Non ?

— Tu fais partie de ma vie, comme mes autres amis que je ne partage pas avec n'importe qui.

*Oooh, j'étais mis dans le même groupe que les gens importants !*

— Donc c'est pour ça que je n'y suis pas allé.

— C'est pour ça.

Je hochai la tête.

— C'était une gentille chose à dire.

— J'ai mes moments.


DANE ET moi avions mangé un si bon repas qu'après ça, il me déposa chez moi et me dit qu'il me reverrait le lendemain matin. Quand il me poussa hors du taxi, je restai sur le trottoir en agitant la main comme un idiot pendant plusieurs minutes. Toujours plein d'entrain quatre heures plus tard, j'acceptai l'invitation de mon ami Andy à aller en boîte avec lui et tout un groupe de ses amis. Et je souhaitais presque que je tomberais sur Sam Kage habillé comme ça parce que de cette façon il pourrait voir ce que s'habiller pour s'envoyer en l'air signifiait vraiment.

Le jean noir couvrait mes jambes et mes fesses comme une seconde peau, tombant bas sur mes hanches, et ma chemise de soie était ouverte sur mes abdos. Je décidai en franchissant la porte de chez moi que tous ceux qui voudraient poser leurs mains sur moi seraient libres de le faire. Lorsqu'un des amis d'Andy me pelota dans la voiture, je le laissai faire. Il sourit et se pressa contre moi.

— Andy, Jory est ouvert aux propositions.

— S'il l'est, dit-il en croisant mes yeux dans le rétroviseur. Alors, j'ai la priorité.

Mais lorsque la voiture s'arrêta en face du club, je me faufilai dehors et entrai dans la boîte avec cris, cajoleries et en les appelant derrière moi. Je ne perdis pas de temps à m'enfoncer dans la foule et me perdre moi-même. Je pouvais entendre le battement lancinant de la musique à l'intérieur de mon corps alors que je dansais. Ils jouaient de vieux airs et je fermai les yeux et bougeai en rythme. C'était comme se noyer dans le bruit.

J'eus beaucoup de partenaires, mais personne ne put me faire quitter la piste de danse, alors ils laissèrent tomber. Aussi prêt pour un coup que je l'étais, il n'y avait pas d'action dans les toilettes pour moi. Baiser dans une stalle pendant que d'autres pissaient n'avait jamais été mon idée d'un bon moment. Je restai donc sur la piste et dansai jusqu'à ce qu'Andy arrive pour m'entraîner hors de la foule, ses bras forts enroulés autour de mon torse. Je descendis de copieuses quantités d'eau glacée bien qu'il essayât de me faire avaler plus d'alcool. Toujours sur mon petit nuage suite à ma discussion avec Dane, quand je vis Nick assis à une table près du fond en compagnie de plusieurs de ses amis, je décidai de tenter une nouvelle approche. C'était bientôt Thanksgiving après tout.

Tous les yeux de la table se levèrent sur moi jusqu'à ce que Nick remarque que l'attention se trouvait derrière lui et se retourne. Son regard me balaya très lentement depuis le sol jusqu'à mon visage. Je lui souris en grand et je l'observai carrer sa mâchoire.

— Hé. Je peux te parler ?

Il se leva et posa une main à plat sur ma poitrine avant de me pousser en arrière.

— Va-t'en, Jory.

— Nick, dis-je en levant un bras vers lui. S'il te plaît, viens juste par ici un inst…

— Quoi ? Tu veux t'excuser pour la façon dont tu m'as traité ?

Il haussa les épaules.

— Comme si ça avait de l'importance ? Comme si tu ne m'avais pas fait une faveur énorme. Je veux dire, merde, Jory, à quoi je pensais, je te le demande ? Je vais être médecin et tu n'es qu'un type que j'ai ramassé dans un club. Tu es le genre de mec à baiser et à oublier, pas le genre intéressé par le 'pour toujours'.

— Nick…

— Il y a 'coup d'un soir' écrit partout sur toi.

Je fis une dernière tentative parce que je le lui devais. Pour mon karma, je le lui devais.

— Nicky, s'il te plaît, laisse-moi juste…

— Quoi ? Tu veux que je te baise ?

Toute la table éclata de rire en même temps et je compris que tout le monde savait que je l'avais méchamment blessé. Ils s'amusaient de me voir le supplier, essayer de m'excuser et recevoir juste ce que je méritais à la place. La vengeance était une salope et il me la renvoyait avec les intérêts. J'étais bon pour être embarrassé et humilié à foison.

— Allons dans les toilettes, Jory, je vais arranger ça maintenant pour toi.

Je le dévisageai.

— Non ? Tu veux me ramener chez toi, Jory ?

Je restai silencieux.

— C'est un trou à rats, mais vu que tu ne vaux pas plus, c'est logique. Combien de gars ramènes-tu là-bas en une seule nuit ? Cinq ? Dix ?

Je hochai la tête.

— D'accord.

— D'accord pour quoi ? Tu veux aller chez toi ?

Je secouai la tête.

— Eh bien, tu ne viens certainement pas chez moi. Je devrais brûler les draps après.

Je pris une inspiration pour me calmer, fis quelques pas en arrière, puis pivotai et m'en allai. Et c'était étrange, mais je me sentis presque mieux. Je l'avais laissé me blesser, sortir tout le venin qu'il avait, sans rien dire, et puis j'étais parti. Quelque part, on repartait de zéro. Ma dette était payée. Mais je ne pouvais pas rester. Se faire remettre à sa place de la sorte cassait l'ambiance, quoi qu'on dise.

Après m'être esquivé du club, je me rendis compte à quel point il faisait froid. J'avais besoin d'une veste ou d'un taxi tout de suite. J'enfonçai mes mains dans mes poches et commençai à descendre la rue. Au bout de quelques minutes, je m'aperçus du coin de l'œil que quelque chose bougeait. Je ne suis pas formé à l'art de la traque, ni dans la façon de procéder, ou dans celle de feindre qu'on est traqué quand quelqu'un vous le fait subir. Alors je m'arrêtai et me retournai pour regarder la rue. La fourgonnette fit de même, elle s'arrêta. Et, alors que la porte latérale s'ouvrait d'un coup, je détalai comme un lapin. J'entendis comme un pétard éclater près de moi et je m'engouffrai aussitôt dans l'allée sur ma droite ; le moteur de la fourgonnette s'emballa et je me retrouvai à franchir une clôture métallique en maille en quelques secondes chrono. Applaudissements pour mes séances de sport !

Je courus sans jamais regarder en arrière une seule fois, ayant vu bien trop de films d'horreur où le héros se faisait attraper à cause de ça. La benne à ordures que je contournai fut touchée et la réverbération du métal frappant du métal me fit paniquer. Lorsque j'arrivai dans la rue voisine, j'entendis un crissement des pneus tandis que je sautais par-dessus le capot des voitures arrêtées au feu, manquant de peu de me faire renverser par une autre voiture qui passa au rouge, et courant complètement quand j'atteignis l'autre côté. La seule pensée qui me traversa l'esprit fut que je devais mener mes poursuivants aussi loin que possible de mon appartement.

Les escaliers menant à la station de métro aérien apparurent tout à coup et, alors que je m'y précipitai, j'entendis le moteur. Trop près pour monter sur le quai, mais j'étais dangereusement porche de mon quartier. Je fis une brusque embardée et entendis cette fois le crissement du métal. Je fis rapidement demi-tour et me dirigeai vers le club. Je pouvais sentir mes poumons commencer à brûler alors que je poussais ma course et sentais les effets de la vitesse. Nouvelle ovation pour le Step et les centaines de longueurs dans la piscine ! C'était drôle les choses qui vous passaient par la tête quand vous couriez pour sauver votre vie.

C'était hilarant, ou ça l'aurait été, mais lorsque je tournai au coin de la rue, je vis Nick et ses amis sortir du club. Je contournai les voitures garées dans la rue pour ne pas avoir à le dépasser, lui et son groupe, en courant. Je m'arrêtai tout à coup et la fourgonnette surgit devant moi alors que je balayai les alentours des yeux.

— Jory ! me cria Nick, et lorsque nos yeux se croisèrent j'enregistrai sa peur avant de vérifier où se trouvait la fourgonnette.

Je déportai mon poids d'un côté et traversai la rue avec précipitation. J'entendis les pneus crisser et d'autres coups éclater avant de me ruer dans une autre ruelle. Je vis une benne à ordures ct, au-dessus, une échelle qui montait sur le toit.

L'adrénaline est incroyable. J'avais la sensation d'être Spiderman. Je grimpai sur la benne fermée, sautai pour attraper le premier barreau et fis une traction pour atteindre le second. Une fois que mes jambes eurent une prise, je montai rapidement alors que la camionnette s'arrêtait avec un crissement de peu brutal en dessous de moi. Je n'avais pas baissé les yeux, je l'avais seulement entendu. Il y eut des cris puis des étincelles près de mon visage, de tous les côtés, alors que je montais. Une chance incroyable, mais il n'y avait que dans les films que l'on pouvait toucher une cible mouvante. Je me laissai tomber sur le toit de l'immeuble et restai allongé là quelques minutes à essayer de reprendre ma respiration, à essayer de faire en sorte que mon cœur et mes poumons n'explosent pas. Je sortis mon téléphone et composai le numéro du poste de police. Je ne demandai pas Sam, mais son partenaire, Dominic Kairov. Je m'assis quand on me le passa.

— Monsieur Keyes ?

— Inspecteur Kairov ?

— Oui, que…

Mais je le coupai, lui disant où j'étais, ce qui s'était passé et lui demandai si peut être il pouvait envoyer toute une escouade ou quelque chose pour effrayer la camionnette et la faire s'en aller.

— Où êtes-vous, là tout de…

— Jory !

Je gémis lorsque la voix de Sam se fit entendre au bout du fil. Je raccrochai et jetai un coup d'œil par-dessus le rebord vers la rue. Aucune camionnette. J'allais me diriger vers la porte du toit pour m'en aller quand elle s'ouvrit brutalement et que deux types en émergèrent. Ils avaient tous les deux des armes à la main. Merde. Je passai par-dessus le rebord et heureusement pour moi, ils étaient à environ cinquante mètres de distance. Je me retrouvai en bas de l'échelle plus vite que je l'avais montée, sautant les quelques mètres qui me séparaient du couvercle d'une autre benne avant de rouler sur le bitume. J'étais de nouveau sur mes pieds lorsque le mur à côté de moi explosa avant que je tourne au coin de la rue. Je courus sur le trottoir aussi vite que je le pus, traversai deux rues et hélai un taxi. Une fois à l'intérieur, je demandai au chauffeur de me ramener à mon appartement. Je me baissai sur la banquette et vis la camionnette faire irruption dans la rue et nous passer devant à toute allure dans la direction opposée. Je me rassis, appuyai ma tête en arrière et fermai les yeux. J'essayai de reprendre mon souffle.

— Tout va bien, mec ?

Je poussai un long soupir.

— Parfaitement.

Peut-être que je pouvais manquer ma séance de gym demain.

Une fois que je fus à l'abri derrière la porte extérieure de mon nouveau chez moi, je me sentis complètement en sécurité. Personne ne savait que j'avais déménagé et je fus sous l'eau brûlante dix minutes plus tard, me concentrant pour ne pas m'évanouir. Lorsque l'adrénaline refluait, c'est comme si elle vous désertait d'un coup. Je réussis à enfiler mon pantalon de pyjama en flanelle et me laissai tomber le lit plutôt que sur sol lorsque je m'évanouis.


LE MARTÈLEMENT contre ma porte me réveilla et lorsque je regardai l'horloge de la cuisine en me dirigeant vers la porte d'entrée, je vis qu'il était deux heures et demie du matin.

— Jory !

Je grimaçai. Même sa voix à travers la porte résonnait comme un marteau. Lorsque j'entrouvris la porte, je laissai la chaîne de sécurité avant de jeter un coup d'œil à l'extérieur.

— Oui, inspecteur ? dis-je en bâillant bruyamment. Que puis-je faire pour toi ?

— Ouvre cette putain de porte maintenant !

Le volume de sa voix était sérieusement trop fort pour l'heure qu'il était.

— J'ai des voisins, lui rappelai-je alors que je fermais la porte pour enlever la chaîne. Pourrais-tu faire moins de bruit, s'il te plaît ?

Quand je la rouvris, il entra en trombe, claquant la porte derrière lui et me saisissant en un mouvement rapide. Il avait un poing ancré dans mes cheveux, l'autre sur ma gorge et ses yeux plongés dans les miens. J'étais encore à moitié endormi alors mon corps était beaucoup plus souple qu'il l'aurait été normalement. J'étais sans force et malléable.

— Stupide connard, gronda-t-il, sa bouche à quelques centimètres de la mienne.

Je me tortillai pour me libérer de son emprise et traversai la pièce, mettant le canapé entre nous.

— Qu'est-ce que tu veux ?

— Tu vas en détention préventive tout de suite, bordel !

Sa voix était dure et froide.

— Non, dis-je en secouant la tête. Je n'y vais pas.

— Si j'ai pu te trouver, crois-moi, ils le pourront aussi.

— S'il te plaît, tu sais qui est mon patron – pas eux. Je ne m'inquiète pas. D'ailleurs, s'ils me tuent, peut-être pourras-tu les prendre sur le fait. Cela te ferait certainement plaisir.

— Jory...

— Va-t-en, le suppliai-je. S'il te plaît. Je ferai n'importe quoi pour que tu partes.

Il m'observa une longue minute avant de tourner les talons et de se diriger vers la porte, l'ouvrant si fortement qu'elle vibra, et sortit. J'étais sur le point applaudir parce que c'était tellement dramatique, mais j'y réfléchis à deux fois. Et s'il m'entendait ? Le chercher de la sorte était stupide après tout. Tandis que je replaçai la chaîne et verrouillai la serrure, j'espérais en avoir fini avec les drames pour cette nuit.

# Livre Deux

# I

JE RENTRAIS de mon déjeuner avec mon ami Tran, qui travaillait au quatrième étage dans le même bâtiment que moi, lorsque mon téléphone sonna. Je ne reconnus pas le numéro, mais je répondis en pensant que peut-être c'était Dane Harcourt, mon patron et la seule personne constante de ma vie.

— Allô ?

— Jory ?

C'était Nick Sullivan, le médecin qui ne pouvait décider s'il m'aimait ou me détestait.

— Salut.

Il s'éclaircit la gorge.

— Est-ce que tu vas bien ? Je t'ai vu t'enfuir la nuit dernière et je…

— Et tu n'appelles que maintenant ? rigolai-je. J'aurais pu me faire tuer.

Et je faisais le malin, gardant les choses légères, mais la veille, j'avais fui des hommes qui me voulaient mort. La veille, cela avait été tout sauf drôle.

— Je… non, j'ai appelé la police la nuit dernière, mais tu avais déjà disparu lorsqu'ils sont arrivés et…

Je souris dans le téléphone.

— C'est bon. Je vais bien.

Il y eut un bref silence.

— J'ai été un vrai connard la nuit dernière, et aussi la dernière fois où je t'ai vu, et je suis tellement désolé.

Hier soir, avant de courir pour sauver ma vie, j'avais permis à Nick Sullivan me sortir tout ce qu'il avait sur le cœur. Des semaines auparavant, il m'avait avoué être fou de moi, mais c'était juste avant que je devienne un témoin involontaire à assassiner. Ma vie était partie en vrille, ce qui avait moins à voir avec le contrat mis sur ma tête qu'avec l'un des inspecteurs chargés de l'affaire, Sam Kage. J'étais tombé

1

amoureux si vite et si fort pour l'inspecteur Kage, que tout le reste dans ma vie avait été oublié, en particulier le Docteur Nick Sullivan qui n'avait jamais été quelqu'un de spécial pour moi, pour commencer. Il ferait un excellent partenaire pour quelqu'un un jour, mais il ne serait jamais le mien. Lorsque nos routes s'étaient croisées dans un club, j'avais ressenti le besoin d'essayer de m'excuser pour avoir disparu après qu'il m'ait avoué son intérêt. Le venin que j'avais reçu avait été surprenant.

— Jory ?

— Désolé, dis-je rapidement.

— Je suis vraiment désolé.

— C'est bon, je le méritais amplement, donc c'est bon.

J'étais sorti avec lui et l'avais oublié, c'était salaud de ma part. Pour ma défense, il n'y avait jamais eu la moindre attraction entre nous, ni même une étincelle.

— Vraiment ?

— Ouais.

Il toussa légèrement.

— D'accord.

— D'accord, dis-je doucement. À plus tard.

Et je ne lui donnais pas l'occasion de dire quelque chose de plus. Je raccrochai.

— Excusez-moi.

Lorsque je levai les yeux, l'homme qui se tenait debout devant moi me sourit en grand avant de me tendre sa main.

— Bonjour, fils. Truman Ward, j'ai rendez-vous à treize heures avec votre patron, Monsieur Harcourt.

En tant qu'assistant de Dane Harcourt et effectivement bon dans mon travail, je savais que l'homme souriant n'était pas au bon endroit au bon moment. Je plissai les yeux.

— Il me semble que vous êtes deux jours en avance, monsieur.

Je souris lentement, serrant la main tendue.

— Votre rendez-vous est prévu pour le lendemain de Thanksgiving, non la veille.

Il fronça les sourcils.

— Merde ! Était-ce ce que ma secrétaire essayait de me dire ce matin avant que je parte ?

— Monica ? dis-je, puisant le nom de ma mémoire.

— Oui.

Son visage s'éclaira.

2

— C'est ça.

— Ouais, nous avons parlé hier, l'informai-je. C'est vendredi, monsieur, à la même heure.

— Par l'enfer, grogna-t-il en prenant un siège dans la chaise la plus proche de mon bureau. Eh bien, vendredi, cela ne va pas aller, je serai à Washington. Pouvez-vous appeler le grand homme et voir si peut-être il peut m'accorder un peu de son temps aujourd'hui ? J'ai juste quelques petites choses à lui dire, des changements que ma femme veut faire à la maison.

Dane Harcourt détestait faire des changements, mais je ne le lui dis pas. Au lieu de cela, je hochai la tête et téléphonai à mon patron. Il me demanda si cela *était* possible et je lui répondis que je pouvais réorganiser son agenda pour quinze heures, mais pas avant. Il me donna le feu vert et raccrocha. Monsieur Ward en fut très heureux et alors que nous attendions, nous parlâmes. Ou plutôt il parla et j'écoutai.

Il commença avec sa femme parce que c'était la raison pour laquelle il était là. Ils étaient mariés depuis quarante ans et il lui faisait construire une nouvelle maison à Highland Park pour fêter l'occasion. Je lui posai toutes sortes de questions et il me montra des photos de sa famille, dont il me raconta tout. Il avait deux fils ; le plus âgé était dans les affaires avec lui en tant qu'avocat fiscaliste/avocat d'entreprise et son plus jeune fils était chirurgien plastique.

— Il y a plus de femmes qui rôdent autour de lui que je n'en ai jamais vues ailleurs, dit-il en riant. Mais c'est juste histoire de s'amuser en attendant que la bonne se présente.

Je hochai la tête et lui demandai si l'avocat était marié.

— Fiancé à une pédiatre. La plus gentille fille que vous pourriez rencontrer. Nous la recevons avec sa famille demain, pour Thanksgiving. Cela va être quelque chose… genre une vingtaine de personnes.

— Ce doit être agréable.

Nous parlâmes d'architecture, d'art et, pour une raison quelconque, de musique parce qu'il ne comprenait pas ce qui se passait avec ces gens qui chantaient 'de nos jours'. Je lui fis écouter quelques remix de jazz sur mon iPod. Il prit plaisir à utiliser les oreillettes et fut impressionné de voir que je connaissais mon histoire du monde. Il avait été au Vietnam, rempilant trois fois avant de rentrer à la maison pour finir ses études de droit, tout en suivant en même temps des études d'expert-comptable. Je lui posai des millions de questions au sujet de la guerre et lui demandai s'il était déçu qu'aucun de ses fils ne se soit enrôlé.

3

Il hocha la tête.

— Question très perspicace, fils.

Mais il ne répondit pas alors je me dis que c'était privé.

Il était intrigué par l'assortiment de stylos sur mon bureau et je lui expliquai que chacun avait sa propre fonction spéciale. Je l'emmenai avec moi prendre mon café de l'après-midi chez Starbucks et sur le chemin du retour, lorsque j'hésitai, il me demanda ce que je faisais. Je lui expliquai que je manquais de certaines huiles essentielles et que je devais aller en acheter. Je ris quand il offrit de venir avec moi.

Monsieur Ward, en train de regarder les pipes à eau, les bougies et observant des gens fumer le narguilé, était hystérique. Je le laissai sentir le patchouli, le santal et l'huile d'ambre que je portais et il inclina la tête d'avant en arrière, m'adressant un regard disant que c'était parfait. Je ne pouvais m'empêcher de sourire. Lorsque nous revînmes, Dane était là et me remercia de m'être occupé de notre invité. Je hochai la tête et Monsieur Ward drapa un bras autour de mes épaules, me disant qu'il n'avait pas passé d'après-midi aussi agréable d'aussi loin qu'il s'en souvenait.

Après le travail, Dane m'envoya chercher du vin pour pouvoir l'emporter au dîner de Thanksgiving du lendemain, chez son ami Jude. Il m'invita pour la cinquième fois et je déclinai pour la dernière fois. Je lui assurai que tout irait bien pour moi. Même s'il n'était pas convaincu, il ne me poussa pas non plus. Il me connaissait assez bien pour savoir que plus j'étais pressé, plus je résistais.

En chemin pour attraper mon train, je reçus un appel.

— Jory ?

— Oui ?

— Jory, c'est Truman Ward de cet après-midi.

— Oh, dis-je en souriant. Comment allez-vous, monsieur ?

— Je vais bien, merci. J'appelai pour savoir si vous vouliez peut-être vous joindre à ma famille pour le dîner de demain soir, disons vers dix-sept heures ?

— Monsieur, demain, c'est Thanksgiving.

— Oui, je sais, dit-il en riant. C'est pourquoi j'appelle.

— Mais, monsieur, vous m'avez dit que vous alliez recevoir une vingtaine de personnes, et…

— Et une de plus ne fera pas une grande différence. Je dois dire que j'ai eu tant de plaisir à vous rencontrer et à discuter avec vous que j'adorerai que vous puissiez venir nous voir.

4

— Mais…

— C'est très décontracté, fils, pas de costume ni ce genre de conneries, que du football et de la bonne nourriture, de la famille et des amis. Vous passerez un bon moment. S'il vous plaît, dites-moi que vous allez venir.

*Comment pouvais-je dire non ?*

— Oui, m'sieur.

— Oh, excellent. Je suis vraiment heureux.

— Vous êtes bizarre, lui assurai-je.

Il se mit à rire plus fort avant de me donner son adresse.


LE TRAIN pour Highland Park me déposa sur un quai en plein centre-ville. Je vis le traiteur que Monsieur Ward m'avait dit de chercher et pris donc à droite comme il me l'avait indiqué. Je passai devant des petits commerces et constatai que l'air vif, les feuilles tournoyant au sol et le ciel gris étaient très apaisants. J'aimais être dehors en automne ; les odeurs de cheminée, ce mélange de froid, de légère humidité et de terre me faisant me sentir bien. Comme si cela annonçait l'arrivée de l'hiver, saison que j'affectionnais le plus.

Je me retrouvai bientôt devant une maison énorme de style colonial géorgien, sur trois étages, avec une de ces allées en forme de croissant faite en pavés rouges. Il y avait des parterres de fleurs de chaque côté du porche qui allaient d'une extrémité de la façade à l'autre. La couronne en forme de corne d'abondance sur la porte d'entrée était très festive, sinon un poil exagérée. J'utilisai le marteau parce que je ne trouvai pas la sonnette et attendis.

Je fus ignoré pendant une minute lorsque la porte s'ouvrit. Le gars qui répondit parlait à quelqu'un derrière lui et il était toujours plongé dans sa conversation, ne se tournant vers moi qu'après plusieurs minutes. Quand il le fit, je me sentis mieux. Son sourire était chaleureux et semblait sincère.

— Oh !

Il sembla pris de court.

— Salut. Qui êtes-vous ?

Je souris largement.

— Je suis Jory.

— Vous êtes Jory ?

Il me dévisageait, scrutant mes yeux.

5

— Jory, l'ami de mon père ?

Je rigolai.

— Ouais.

— Oh, pour l'amour de Dieu, Colt, laisse-le entrer.

Il fit un pas de côté et je le dépassai, me retournant pour attendre qu'il referme la porte.

— Salut, dit une femme en arrivant près de moi en m'offrant sa main. Je suis Cretia Ward, la fille de Truman.

Je m'approchai et l'embrassai sur la joue avant de reculer.

— Jory Keyes.

— Eh bien, Jory, dit-elle en hochant la tête, me balayant des yeux. Vous ne correspondez pas du tout à la personne que nous attendions.

— Non ?

— Non.

Elle gloussa.

— Donnez-moi votre manteau.

— Vous pensiez que je serais plus grand ? la taquinai-je en retirant mon manteau en cachemire pour le lui tendre.

— Il a parlé d'un collègue de travail. Je ne m'attendais pas à un modèle de chez Abercrombie & Fitch.

Je ris franchement et lui offris la bouteille de vin que Dane m'avait fait prendre quand je lui avais dit où j'allais.

— Oh merci. Allons la donner à ma mère.

— Attendez.

Nous nous retournâmes tous les deux vers l'homme qui me tendait la main.

— Nous n'avons pas été présentés.

Je lui souris chaleureusement et pris la main qu'il m'offrait, la recouvrant de mon autre main.

— Jory.

— Colton.

Il hocha la tête et ses yeux ne quittèrent pas les miens.

— C'est un plaisir.

— Pour moi aussi, Jory.

J'inspirai vivement et laissai Cretia me prendre la main et me tirer derrière elle.

Mon appartement entier aurait pu tenir dans la cuisine et lorsque je fis cette observation à haute voix, Cretia sourit et enroula ses bras autour du mien. J'entendis presque crier mon nom et ne pus retenir mon sourire tandis que Monsieur Ward s'approchait et me serrait dans une étreinte d'ours.

— Vous êtes venu. J'en suis si content.

Quand il me repoussa à longueur de bras, je lui adressai un grand sourire.

— Venez rencontrer ma femme.

Madame Ward voulut que je l'appelle Bette et sembla elle aussi incapable de se retenir de poser ses mains sur moi, me prenant par la main pour me faire visiter sa maison. Elle fut impressionnée que je sache que la porcelaine dans sa vitrine vienne en fait de Limoges en France et non de Chine.

— Jory, dit-elle en me regardant dans les yeux. Vous êtes plein d'informations précieuses, n'est-ce pas ?

Je ris avec elle.

— Plutôt, oui.

J'étais assis sur le comptoir de la cuisine, jambes croisées, en train de lui parler lorsque Cretia entra et m'assura que pas un seul de ses enfants n'était autorisé à faire ça.

— C'est parce qu'il est si beau, dit Bette à sa fille.

— Vous *êtes* beau, me taquina Cretia. J'adorerais avoir vos cheveux et vos longs cils.

— Je n'ai jamais fait grand cas des yeux bruns, dit Bette en me souriant chaleureusement. Mais les vôtres sont tout simplement superbes, Jory. Comme du chocolat fondu.

— Oooh, Jory, vous avez droit à sa poésie de cuisine.

Cretia eut un petit rire.

— Mieux vaut faire attention, sinon elle va vouloir vous adopter.

— Cela ne me dérangerait pas, dis-je.

— Pourquoi ?

Bette fut soudain inquiète.

— Où est votre mère, mon ange ?

— Oh, je ne sais pas, dis-je en me forçant à sourire. Je ne l'ai jamais rencontrée.

Son hoquet de surprise fut suivi par sa main me serrant le genou.

— Que s'est-il passé ?

Alors je lui racontai comment j'avais été abandonné, laissé à ma grand-mère pour qu'elle m'élève, et Cretia resta au lieu de partir. Lorsque les gens entraient dans la cuisine pour dire bonjour, alors que de plus en plus d'invités arrivaient, elle les faisait taire et les renvoyait d'un geste

7

dédaigneux. J'observais les regards penauds sur leurs visages, mais j'allais jusqu'au bout de mon histoire, parce qu'elle était captivée. Je parlai vite et de façon pragmatique, comme je l'avais fait quand j'avais expliqué les circonstances à Sam. Avant lui, et maintenant avec Madame Ward, je n'avais jamais autant parlé de ma mère depuis une éternité. Et tout à coup, je compris que tout pincement qui avait persisté de l'époque de mon enfance avait disparu. C'était bizarre de penser que je m'étais un jour senti coupable de son abandon. Cela me semblait un détail si insignifiant maintenant. J'avais de bons souvenirs de moments chaleureux partagés avec ma grand-mère. J'aurais aimé avoir plus de temps avec elle. C'était mon seul regret à ce jour.

Bette Ward ne partageait pas ma réaction. Elle se pencha sur mes genoux et passa ses bras autour de ma taille. Cretia avait les larmes aux yeux alors que je tapotais le dos de sa mère et posai ma joue sur ses cheveux.

— Mon Dieu ! Que se passe-t-il ici ?

Nous nous retournâmes tous vers la porte et il y avait un homme magnifique qui nous regardait tous les trois.

— Salut, Trip, dit Cretia en reniflant et en souriant à travers ses larmes. Nous ne faisons que parler.

— À propos de quoi ? L'Holocauste ?

Je rigolai et inclina le visage de Bette pour pouvoir l'embrasser sur le front.

— Vous allez bien ?

Elle hocha la tête avant de laisser échapper un souffle tremblant.

— Descendez de là et venez rencontrer mon fils.

Je me laissai glisser du comptoir et l'homme vint à ma rencontre. Il avait observé sa mère et sa sœur, mais finalement j'attirai son attention.

— Salut, dit-il doucement en me tendant sa main.

Je souris et pris sa main, aimant la sensation de sa peau chaude contre la mienne.

— Salut, je suis Jory.

Il hocha la tête et riva ses yeux aux miens.

— Trip.

— Vraiment ?

Il haussa les épaules, tenant toujours ma main.

— Que puis-je vous dire ? C'est un mauvais surnom qui me colle à la peau. C'est pour ça qu'il faut toujours être prudent avec ce genre de chose.

— Je m'en souviendrai, dis-je en essayant de relâcher sa main.

Il resserra son emprise alors je ne bougeai pas.

— Êtes-vous le chirurgien plasticien ou l'avocat fiscaliste ?

Son sourire s'élargit et il plissa les yeux.

— Vous avez parlé à mon père.

— Oui.

— Eh bien, je serai bientôt chirurgien, mais pour l'instant, je suis encore interne.

Je hochai la tête.

— Eh bien, il est très fier de vous.

— Je sais qu'il l'est, dit-il, me relâchant enfin la main pour aussitôt poser l'autre sur mon épaule. Avez-vous un verre ?

— Non.

— Non ?

Il regarda sa mère par-dessus moi.

— Comment, tu cherches à déshydrater l'invité du jour ? Tu as au moins huit autres personnes qui n'ont rien à boire là-bas, maman ! Je t'ai déjà dit que tu ne pouvais pas rester ici à cuisiner – tu dois te mêler aux invités. Tu es la maîtresse de maison.

Elle lui frappa le bras en le dépassant, me toucha la joue, et franchit la porte battante, Cretia sur ses talons.

— Alors, vous avez vraiment amené mon père dans un *Headshop*[2] ?

Je grimaçai légèrement et il me sourit en me conduisant au salon.

Colton nous accueillit et m'invita à rencontrer sa fiancée, Channing Sinclair. Truman avait raison, elle était très gentille et vu la façon dont elle regardait son fils, il avait de quoi être satisfait. Son père vint me saluer, puis sa mère, ses cousins et amis et très vite, tout devint un peu flou. Je fis ce que j'étais censé faire et demandai si je pouvais rendre service en cuisine. On me refoula et j'allai m'asseoir avec Truman. Pour une raison quelconque, j'étais à l'aise avec lui et nous commençâmes à parler d'aménagement paysager. Je lui dis que j'adorerais voir le jardin et il satisfit à ma demande.

Nous marchâmes jusqu'au belvédère, puis nous continuâmes jusqu'aux bords mêmes de sa propriété. Son voisin était dehors avec sa famille, en train de jouer au croquet, alors nous nous penchâmes l'un vers l'autre et discutâmes un moment. C'était vraiment sympa et je décidai sur

---

[2] *Headshop* : magasin spécialisé dans la vente de pipes à eau, narguilés, vaporisateurs, grinders…

9

l'instant qu'un jour j'aurais ma propre maison. Cela ne m'avait jamais traversé l'esprit avant.

Lorsque nous revînmes, il était temps de manger et je me retrouvais assis entre Cretia et Trip pour dîner. C'était amusant d'être témoins de tant de conversations entre des gens qui semblaient sincèrement s'apprécier les uns les autres. Je n'avais jamais fait l'expérience de repas en famille à l'exception d'une fois, dans la famille de Sam. Cette famille et leurs amis n'étaient pas bruyants et tout le monde était assis ensemble, sans enfants qui couraient partout, à manger, à boire, à parler et à rire beaucoup. J'étais à l'aise, et quand Bette se pencha vers moi, enroulant ses bras autour de mon cou, je laissai ma tête reposer contre la sienne.

— Maman ? demanda Trip.

— Ton père avait raison. Je veux garder celui-là.

— Désolé, mec, dit Trip en riant. Elle est folle.

— Je l'aime bien, dis-je en fermant les yeux, me laissant aller en arrière, la laissant me soutenir.

— Venez me tenir compagnie, dit-elle rapidement et je me levai pour la suivre dans la cuisine.

Elle lava et j'essuyai. Nous allumâmes la radio et je commençai à danser. Elle rit et je tournai autour d'elle. Cretia entra et me dit que toute cette effervescence était gâchée avec sa mère.

— Non, pas du tout, lui assura Bette. Mais vous savez Jory, je dois aller à une réception demain soir parce qu'ils veulent que je danse l'*Electronic Glide*.

— L'*Electric Slide*, la corrigeai-je en lui tendant la main. Là, venez ici et je vais vous montrer.

Son sourire était espiègle et Cretia nous regarda nous déplacer jusqu'au milieu de la pièce. En quinze minutes, je lui faisais remuer les fesses et faire des tours sur elle-même. Elle était à bout de souffle, et lorsque Channing et Colton nous rejoignirent, je leur dis que nous pourrions danser le Hustle maintenant.

J'allai chercher mon manteau dans le placard de l'entrée et lorsque je me retournai, Trip était là.

— Où allez-vous ?

— Je dois travailler demain et c'est bientôt l'heure du dernier train.

— Le train ? Vous ne conduisez pas ?

Je souris en secouant la tête.

— Non, je n'ai pas de voiture.

— Restez, dit-il sérieusement, la main sur mon épaule. Je vous ramènerai chez vous. Je vis en ville moi aussi.

— Oh non, je ne veux pas vous mettre dehors. Je peux juste…

Sa main se déplaça sur mon cou.

— Vous ne me mettez pas dehors, Jory.

Je hochai la tête et sa main glissa sur ma nuque, ses doigts s'emmêlant dans mes cheveux.

— En fait, dit-il en souriant doucement. Puis-je vous inviter à dîner demain soir ?

J'inclinai ma tête en arrière et le regardai.

— Votre père a dit que vous aviez un tas de femmes qui vous tournaient autour… que vous n'aviez pas encore rencontré la bonne.

— Mon père voit ce qu'il veut, et jusqu'à présent je n'ai pas été assez sérieux envers qui que ce soit pour ramener cette personne à la maison.

— Vous voulez dire un homme.

Il hocha lentement la tête.

— C'est ça.

Je fis un pas en arrière.

— Votre père m'apprécie vraiment… je ne serai pas celui qui lui apportera ne serait-ce qu'une seconde de déception.

Il me lança un drôle de regard.

— Bébé, tu vas un peu vite en besogne, non ? Ne devrions-nous pas nous fréquenter un minimum avant de décider si tu seras celui que je présenterai à mes parents ?

Il termina la dernière partie en rigolant tout en saisissant le revers de ma veste.

Je hochai la tête et repoussai sa main avant de retourner très vite au salon. J'allai embrasser Bette pour lui dire au revoir et ce fut gentil de sa part de me demander de rester plus longtemps. Truman se leva et m'attira dans une brève étreinte avant de me remercier d'être venu et en me faisant promettre de ne pas jouer les étrangers. Colton et Cretia me donnèrent tous deux leurs numéros et Channing me demanda de l'appeler le lendemain pour que je lui donne mon adresse et qu'elle puisse ainsi m'inviter à leur mariage. C'était chouette qu'ils veuillent tous m'inclure. Mon téléphone vibra et je m'excusai pour y répondre.

— Jory.

— Hé, patron.

Je souris au téléphone.

— Es-tu toujours à Highland Park ?

— Ouais, pourquoi ?

— Parce que je suis à Parkridge, donc si tu veux, je viens te chercher en passant.

Ce qui, traduit, donnait 'je passe te prendre'. Parce qu'il ne le proposait jamais à moins d'avoir déjà décidé de ce qu'il voulait faire. Il n'était pas câblé pour faire des propositions ; s'il faisait une suggestion, la réponse devait être oui, tout simplement.

— D'accord, dis-je rapidement. Laisse-moi te donner l'adresse.

— Je l'ai. Cet homme est mon client, après tout.

— Oui, m'sieur.

— Arrête ça.

Je souris en grand et me rendis compte, comme d'habitude, que le seul fait de lui parler ravivait cette sensation de pétillement en moi. J'avais une famille… c'était lui.

— Tu veux que je t'attende dehors ?

— Oui, Jory, reste dehors et gèle-toi les fesses !

Je ris et les gens me regardèrent alors que je raccrochais et me rasseyais sur le canapé à côté de Bette.

— Vous restez ?

— Mon patron va venir me chercher, donc je vais rester un peu plus longtemps.

— Oh, je suis impatiente de rencontrer l'architecte de Papa, s'écria Cretia. Il en dit tant de bien.

— Jory, puis-je vous parler ? me demanda Trip depuis la cuisine.

Je me levai et lorsque la porte se referma derrière moi, je le vis appuyé contre le comptoir, les chevilles et les bras croisés, en train de m'attendre.

— Oui ?

— C'était stupide ce que j'ai dit tout à l'heure, et votre inquiétude à propos de mon père est en fait très rafraîchissante.

Le coin de sa bouche se releva en une ébauche de sourire.

— Donc, je vous le demande à nouveau : puis-je vous emmener dîner, s'il vous plaît ?

Je le regardai, essayant de le cerner. Esthétiquement, je n'avais aucune raison de dire non. Il était très agréable à regarder. Avec ses yeux noisette, ses épais cheveux foncés et sa carrure athlétique, il était définitivement mon type. Le problème était que le mot 'coucheur' était

12

écrit partout sur lui et je ne cherchais pas à être une nouvelle encoche sur la colonne de lit d'un autre homme.

— Je ne pense pas, dis-je lentement, parce que ce n'était pas vraiment ce que je voulais dire.

C'était la chose la plus intelligente à faire, cependant.

— Je pense que vous êtes hors de ma portée, Docteur Ward.

Il hocha la tête, se repoussa du comptoir et s'avança vers moi.

— Si je promets de seulement vous inviter à dîner, sans même chercher à vous embrasser ? Qu'en dites-vous dans ce cas ?

— Où serait le plaisir dans tout ça ? demandai-je en souriant paresseusement.

Il se mordit la lèvre inférieure.

— Écoutez, Jory… pourquoi ne m'emmèneriez-vous pas quelque part. Vous choisissez l'endroit et je viendrai. Vous pouvez payer et tout ça.

Je plissai les yeux et son sourire éclaira son visage.

— En quoi est-ce une bonne affaire pour moi ?

Il tendit la main et saisit le revers de mon manteau, comme il l'avait fait plus tôt, m'attirant près de lui.

— Allez, je suis désolé… Mon Dieu, je n'ai jamais fait autant d'efforts.

Je haussai un sourcil.

— Et vous savez que vous êtes superbe et que vous pouvez me traiter comme ça, dit-il, ses yeux rivés aux miens.

Je le fixai sans rien dire.

— Vous voulez que je vous supplie ?

Je plissai les yeux.

— Seigneur, tu es beau… dis oui.

— Retrouvons-nous à dix-neuf heures pour boire un verre à l'Arbor, près de Halsted.

Il hocha la tête et sourit. Il se mit à défaire les boutons de mon manteau, ses mains glissant à l'intérieur, jusqu'à mon pull alors qu'il se rapprochait de moi.

— Je pensais qu'on aurait pu sortir ce soir. Un de mes amis organise une fête… j'adorerais t'y emmener.

Il passa lentement le bout de ses doigts sur le devant de mon pull, au niveau de mon ventre.

— Demain, dis-je.

Nous entendîmes tous les deux la sonnette de la porte et je me demandai distraitement où se trouvait ce bouton. Bette m'appela et lorsque je me retournai pour y aller, Trip m'attrapa en passant son bras autour de mon cou.

— Ne me fais pas faux bond, d'accord ? Je veux te revoir.

Je souris et laissai tomber ma tête en avant alors que ses lèvres effleuraient ma nuque. C'était bon, je ne pouvais pas le nier.

— D'accord.

— Jory, tu es sûr que je ne peux pas te ramener chez toi ?

Mais la porte s'ouvrit et il s'éloigna instantanément de moi. Cretia passa la tête dans l'embrasure et me dit que mon patron m'attendait dans le salon. Je remarquai ses yeux écarquillés.

— Il est magnifique, pas vrai ? la taquinai-je.

— Oh mon Dieu, Jory, c'est le plus bel homme que j'aie jamais vu de ma vie.

Je ris et la suivis, Trip juste derrière moi.

Dane était avec Truman, jetant un regard autour de la pièce en réponse à ce que l'autre homme lui faisait remarquer. Je me rendis compte qu'il n'y avait pas une paire d'yeux dans la pièce qui n'était pas braquée sur eux, ou plus exactement, sur Dane. C'était facile de comprendre leur fascination : dans son costume noir de chez Versace avec une chemise noire, le tout sous un manteau de cachemire noir, on aurait dit qu'il venait juste de sortir de la couverture d'un magazine. Les cheveux courts d'un noir de jais et les yeux gris acier, les traits finement ciselés, sa taille, la largeur de ses épaules, son torse, et simplement la manière dont tout cadrait à la perfection... il était à couper le souffle. L'air de détachement décontracté, l'absence de sourire, la façon dont il suintait la confiance en lui... sa présence dans la pièce était palpable, il électrifiait l'air autour de lui. Et j'avais l'habitude de penser que je l'idéalisai trop, mais après avoir été son assistant cinq ans, après avoir été passé du temps avec lui lorsqu'il rencontrait des gens, voyant leurs réactions, je savais que c'était simplement la vérité. Cet homme était fascinant et il n'y avait pas moyen de ne pas le remarquer.

Je marchai vers lui et il me lança son appareil photo numérique.

— Qu'est-ce que je fais avec ça ?

— Regarde la femme sur la cinquième photo.

Je fis défiler les photos tandis qu'on lui offrait une boisson qu'il déclina poliment.

— Qui est-ce ? me demanda-t-il en se penchant et en pointant une personne sur l'écran.

Je relevai la tête et le regardai dans les yeux.

— C'est Sabine Raleigh.

Le regard complètement vide que je reçus en retour me fit rire.

— Qui ?

— Tu as eu quelque chose comme trois rendez-vous avec elle, l'informai-je.

— Quand ?

— Fin juillet.

Il fronça les sourcils.

— Quoi ?

— En es-tu sûr ?

— Sûr de quoi ? Que tu es sorti avec elle ?

— Oui.

Je n'étais pas certain de savoir s'il plaisantait en revanche. Je faillis rire.

— Jory, es-tu…

— Tu ne plaisantes pas.

J'étais sidéré.

— Putain de merde !

— Surveille ton langage, me reprit-il d'un ton sec en secouant la tête avant de m'indiquer Truman. Va le remercier pour son hospitalité pour que nous puissions partir.

Je fis ce qu'il me dit et étreignis Truman et Bette à nouveau avant de rattraper mon patron. Sa main alla se poser là où elle atterrissait toujours : à l'arrière de mon cou, alors qu'il me dirigeait hors de la maison. J'aurai heurté le côté de la voiture, puisque je regardais le reste des photos, s'il ne m'avait pas attrapé et tiré par le col de mon manteau pour me faire arrêter.

— Alors, que s'est-il passé ? lui demandai-je en levant les yeux sur son profil.

— Monte, dit-il platement, tenant la porte de sa Mercedes ouverte pour moi.

Je grimpai, me penchai au-dessus de son siège et ouvris sa porte avant de mettre ma ceinture de sécurité, tout en continuant de regarder les photos. Elles étaient vraiment sympas et, d'après ce que je voyais, l'intérieur de la maison de Jude était époustouflant.

15

— Qu'est-ce qu'il a ? Un loft ou quelque chose dans ce style ? demandai-je lorsqu'il s'installa.

— Ou quelque chose.

— C'est joli.

— Oui, ça l'est.

J'attendis jusqu'à ce que nous soyons en route pour lui demander encore une fois ce qui s'était passé.

— Attends, dit-il soudain, s'arrêtant pour sortir et enlever sa veste de costume et la poser à plat sur la banquette arrière. Lorsqu'il revint à l'intérieur et qu'il s'éloigna du trottoir, je lui demandai à nouveau ce qu'il avait fait. Il n'y eut pas de réponse.

— Patron ?

— Tu sais quoi ? soupira-t-il rapidement. Arrête de dire ça, d'accord ?

Je regardai son profil.

— Arrêter de dire quoi ?

— Patron.

— Patron ?

— Oui, arrête… Cela ne nous correspond plus maintenant.

*Ça, c'était nouveau.*

— Alors, comment dois-je…

— Tu n'as qu'à utiliser mon prénom. Juste Dane, d'accord ?

— D'accord.

— Excellent.

Il poussa un long et profond soupir.

— Alors… crache le morceau. Qu'as-tu dit à Sabine ?

Il se racla la gorge.

— J'attends.

— Je lui ai dit que c'était un plaisir de la rencontrer.

Mes yeux s'écarquillèrent alors même que je le regardais.

Il me jeta un coup d'œil avant de lever les yeux au ciel.

— Oh merde, soufflai-je. Qu'est-ce qu'elle a dit ?

— Elle m'a giflé et elle est partie.

Je faillis éclater de rire, mais je le masquai en toussant beaucoup.

— Ce n'est pas drôle.

— Non, ça ne l'est pas, acquiesçai-je en m'éclaircissant la gorge. Mon Dieu !

— Tu ne m'aides pas.

Je fis défiler les images une nouvelle fois.

16

— Dis quelque chose d'autre.

— Comme quoi ?

— Je ne sais pas.

— Devrais-je dire 'oh merde' ? Parce que c'est ce que je suis en train de penser, oh merde !

— Jory…

— Oh merde ! soufflai-je à nouveau. Mon Dieu, Dane, il est peut-être temps de ralentir un peu, non ? Putain de merde !

— Je n'avais vraiment aucune idée de qui elle était.

— Putain de merde !

— Arrête de dire ça.

— Je ne peux pas m'en empêcher. Elle a dû être tellement humiliée. Je veux dire… Je ne l'ai jamais beaucoup aimée, mais bon sang… au moins je me suis rappelé qui elle était.

Il fit un bruit de dégoût.

Je passai les doigts dans mes cheveux.

— Pauvre Sabine. Elle a dû être horrifiée.

— J'imagine que oui.

— Putain de merde !

Il grogna et me dit de me taire.

— Et elle possède tous ces grands restaurants, tu te souviens ?

Il était clair, à voir son regard vide, et même en le poussant un peu, qu'il n'en avait aucune idée.

— Eh bien, je peux te dire qu'elle a appelé pendant deux semaines après que tu aies rompu avec elle.

— Je ne me souviens pas de ça.

— Parce qu'une fois que tu romps avec elles, c'est à moi de faire barrage, dis-je en souriant. Je gère le nettoyage.

Il me regarda intensément.

— Eh bien quoi ?

— Tu fais beaucoup pour moi.

— Parce que tu me paies pour ça, le taquinai-je.

Il grogna et s'adossa dans son siège, se mettant plus à l'aise pour conduire.

— J'ai décliné l'offre de nourriture que m'a faite Madame Ward pour toi, elle voulait te préparer un sac avec des restes.

— Oh, ça aurait été sympa.

— Non, dit-il en plissant les yeux. Tu ne dois pas accepter que l'on te fasse la charité.

Ce qui n'avait aucun sens.

— C'est une forme courante de bonté ici sur Terre que d'offrir aux gens d'emporter de la nourriture avec eux lorsqu'ils partent. Il existe même des récipients spéciaux pour la conserver et la transporter. Cela s'appelle des Tupperwares.

Il grogna de nouveau et je me réinstallai dans mon siège, regardant les lampadaires défiler.

— Je déteste les restes.

Nous étions silencieux depuis plusieurs kilomètres alors sa voix, couplée au fait qu'il suive toujours la même ligne de pensée, me surprit.

— Quoi ?

— Les restes, répéta-t-il. Je les hais. Ce n'est jamais aussi bon que ce dans ton souvenir.

— Mm-mm.

Je souris lentement.

— Tu ne penses pas que tu analyses un peu trop le geste ?

Il s'éclaircit la gorge.

J'attendis, mais quand il resta silencieux j'allais me mettre à parler de quelque chose, de n'importe quoi, d'un sujet quelconque, et lorsque j'ouvris la bouche, il commença.

— Avant que mes parents soient tués, ma mère avait commandé un gâteau pour mon anniversaire. Dix-huit ans, c'était un âge important et la fête qu'elle avait prévue allait être un sacré spectacle. Les nouvelles du crash de leur avion sont arrivées le jour de la livraison du gâteau et je suppose que notre femme de ménage l'a juste déposé dans le frigo sans y penser.

Il ne parlait jamais de ses parents, donc je gardai le silence, m'assurant de ne pas le déranger.

— Je l'ai trouvé là environ une semaine après l'enterrement, cet énorme gâteau à l'effigie de Superman. Qu'est-ce qui lui avait pris de le commander, je ne le saurai jamais, mais il était là, prenant un niveau entier avec 'joyeux anniversaire à notre superhéros' écrit dessus ou quelque chose dans le même genre.

Il garda le silence pendant quelques minutes, regardant la route.

— Et je savais qu'elle aurait eu un grand plaisir à me voir souffler les bougies et faire une pose à la Superman et tout ça, alors je l'ai sorti et j'en ai coupé une tranche.

Je ne pouvais imaginer à quel point ses parents devaient lui manquer. Sa famille s'était toujours composée d'eux trois et de sa grand-

18

mère. Elle était décédée deux ans avant ses parents. Et ils étaient morts à bord d'un avion privé alors qu'ils rentraient chez eux après l'un des nombreux voyages d'affaires de son père. Sa mère ne partait généralement pas avec lui, mais la réunion avait eu lieu à San Francisco et elle adorait la ville et sa baie.

— Le gâteau était très bon, je m'en souviens, mais il y avait tellement. Si j'avais eu ma fête… mais il était énorme et j'étais tout seul. Je te jure qu'il m'a semblé durer éternellement. Chaque soir, au dessert, j'en prenais. Mes amis passaient, des associés de mon père, des gens que je ne connaissais pas, j'offrais du gâteau à tout le monde et ils devaient probablement penser que c'était bizarre que j'aie ce gâteau avec un décor pour enfant, mais personne ne dit jamais quoi que ce soit à ce sujet.

Je regardai son profil et attendis.

— Je me souviens qu'il en restait encore la moitié et j'ai essayé d'en donner un peu à Jude pour qu'il le ramène chez lui. Il m'a dit qu'il détestait les restes, et j'ai compris que c'était tout ce que ce gâteau était : quelque chose qui restait. J'avais fait toute une histoire de quelque chose dont je suis certain que ma mère aurait jeté dès le lendemain matin, sinon la nuit même de la fête. Elle voulait toujours que je vive l'instant présent… et ce gâteau qui restait jour après jour dans le frigo, l'aurait irritée plus qu'autre chose.

Je hochai la tête alors qu'il se tournait pour me sourire.

— Je l'ai jeté le lendemain.

— Et donc quoi… maintenant tu ne crois plus aux restes sur un plan spirituel ?

— Je ne les aime simplement pas du tout.

— C'est pour ça que je ne pouvais pas avoir les restes proposés par Madame Ward ?

— Oui.

— Tu parles comme quelqu'un qui n'a jamais eu besoin de faire durer un repas deux ou trois jours. Quand tu grandis en étant pauvre, les restes font partie de la survie.

— Je les hais. Je ne veux jamais avoir à manger deux fois de suite la même chose. Cela ne sert à rien de prendre trop d'un bon plat.

Je secouai la tête.

— Tu es vraiment perturbé.

— Manifestement.

— Vas-tu envoyer à Sabine quelques fleurs et une carte d'excuses ?

Il leva les yeux au ciel comme si j'étais stupide.

— Bien sûr. Trouve-moi une carte pour 'je suis désolé de t'avoir oubliée'.

Je rigolai.

— Sérieusement… repris-je, tu devrais peut-être ralentir… hein, tombeur ?

— Tais-toi.

Je souris, assis là à regarder par la vitre.

— Tu veux me faire croire qu'il n'y a rien de bizarre dans ton enfance qui n'a aucune logique ? demanda Dane.

— Non, je ne dirais pas ça.

— Dis-moi.

Je haussai les épaules.

— Sacs poubelle.

— Je te demande pardon ?

— Sacs poubelle. Tu sais, le genre en plastique ? Handybag, Alfapac ou peu importe la marque.

— Oui, je sais ce qu'est un sac-poubelle, aide-moi juste à comprendre.

— D'accord. Tu vois, quand j'étais petit, c'était un produit de luxe. Nous utilisions les sacs en plastique qui servaient à emballer nos courses pour y mettre nos déchets parce que les vrais sacs-poubelle arrivaient tout en bas de notre liste de choses à acheter. Ma grand-mère vivait grâce à sa sécurité sociale et l'État l'aidait avec des coupons alimentaires pour moi. C'était tout ce qu'il y avait, donc… mais ces petits sacs se déchiraient tout le temps et parfois les seuls que nous avions étaient ceux en papier brun. C'était le bazar.

— Et alors ?

— Alors maintenant, je conserve au moins quatre sacs-poubelle de tailles différentes tout le temps. Je suis complètement paniqué si je viens à en manquer. J'ai l'impression de revenir à cette époque-là, dans la caravane.

— Mais tu aimais ta grand-mère.

— Bien sûr, mais je n'aimais pas être traité de 'pauvre poubelle blanche' à cause de l'endroit où je vivais. Je n'aimais pas nos voisins effrayants ou ne jamais avoir assez d'argent pour payer la facture d'électricité et manger en même temps. Parfois, à la fin du mois, nous n'avions que du riz et des haricots.

— Ce qui probablement la raison pour laquelle tu n'en manges pas non plus.

— Probablement.

— Des sacs-poubelle, hein.

— Ouais. J'ai toutes les tailles dont tu pourrais avoir besoin.

Je soupirai.

— Même ceux pour le gazon.

— Tu n'as pas de pelouse.

— Là n'est pas la question.

Il rit doucement, puis laissa échapper un profond soupir.

— Nous avons tous les deux de sacrées failles.

— Tu crois ?

— J'en suis sûr.

— Eh bien, si le fait de ne pas aimer les restes ou de posséder une grande variété de sacs-poubelle est l'indication de notre névrose, alors je suis bien comme ça.

— D'accord, acquiesça Dane.

— D'accord.

— Es-tu fatigué ?

— Non, pourquoi ?

— Je n'ai pas envie de rentrer à la maison.

— Tu veux sortir avec moi ?

Il haussa les épaules et je souris parce qu'il l'avait fait.

— As-tu eu mal lorsque Sabine t'a giflé ?

— Pourrions-nous arrêter de raviver ce sujet ?

Je faillis glousser.

— Tourne ta langue sept fois dans ta bouche…

— Tais-toi.

— Tes amis n'ont pas fini de se moquer de toi.

Il gémit bruyamment et je lui demandai ce qu'il voulait faire.

— Je m'en moque.

Nous allâmes au cinéma Varsity en centre-ville où passait *Breakfast at Tiffany's,* car ils avaient des fauteuils inclinables, des canapés et des chaises rembourrées au lieu de simples rangées de sièges. J'allai nous chercher deux tasses fumantes de thé oolong et obtint un regard bizarre lorsque je lui en tendis une avant de m'asseoir.

— Quoi ? Tu ne veux pas que je m'assois près de toi ?

Il continua juste à m'observer comme s'il m'avait poussé des ailes ou quelque chose d'aussi étrange.

— Tu veux que je mette un siège entre nous au cas où une femme sexy voudrait s'asseoir ?

Il sirota son thé.

— Non.

— Alors, ça veut dire quoi ce regard bizarre ?

— Pas bizarre, c'est intéressant, c'est tout.

— Quoi donc ?

Il tourna ses yeux foncés vers moi.

— Toi, Jory.

— Moi ?

— Oui.

— Pourquoi ?

Il sourit par-dessus sa tasse de thé.

— Eh bien, le fait que tu traînes ici avec moi, à vingt-deux ans, au lieu de sortir t'amuser… c'est intéressant.

Je grognai un rire.

— J'aurai vingt-trois ans en janvier.

— Qu'est-ce que cela a à voir avec ce que je viens de dire ?

— Je ne sais pas.

— Tu parles juste pour t'entendre parler, c'est ça ?

— Non, c'est juste que… Thanksgiving n'est-il pas un jour que tu es censé passer avec ta famille ?

— Oui, en effet.

Je le regardai dans les yeux.

— Alors, voilà.

Il me dévisagea et je lui renvoyai son regard, et entre les lignes et la façon dont je croisai ses yeux, il comprit ce que j'essayais de dire.

— D'accord, dit-il alors que le film commençait.

Et, à un moment, vers le milieu du film, il tapota légèrement ma jambe alors qu'il s'enfonçait dans son siège. Cet homme me traitait davantage comme son frère que comme son assistant. Je me demandai brièvement s'il s'en rendait compte.

# II

ASSIS AU bar le lendemain soir à l'Arbor, regardant Trip sur la piste de danse avec ses amis, je me demandai comment j'avais pu si mal interpréter une invitation à dîner. Je pensais que nous irions boire un verre avant d'aller dîner et enfin nous promener pour apprendre à nous connaître. J'avais imaginé que nous serions seuls. Apparemment, il avait imaginé aller danser dans un club avec des amis. Il avait invité une demi-douzaine de personnes à se joindre à nous et il était actuellement pris en sandwich entre deux très belles femmes, se frottant contre elles en souriant. Tandis que je les observais, je compris que ce que j'avais pris pour une sortie en couple avait été interprété de son côté comme l'occasion de faire la fête. Et j'aurais pu le rejoindre et me trémousser de mon côté, mais je n'en avais pas envie. À vingt-deux ans, j'étais fatigué des clubs. J'aurais préféré être à la maison en train de repasser mes vêtements. C'était ce qui arrivait lorsqu'on obtenait une fausse pièce d'identité à seize ans. Toute l'excitation disparaissant au moment où vous atteigniez l'âge légal pour faire toutes les choses que la loi vous autorisait.

Je refusai deux boissons que le barman essaya de poser devant moi, renvoyai ceux des hommes que je ne connaissais pas et à la place, je payai ma note et me dirigeai vers la porte. Je jetai un coup d'œil par-dessus mon épaule, mais Trip ne me remarqua même pas. J'allais pouvoir m'échapper ni vu ni connu.

Dehors, dans la rue, mon téléphone sonna et je m'adossai contre une vitrine pour y répondre.

— J'ai besoin de te parler, dit Sam Kage platement à l'autre bout du fil.

J'étais surpris d'être à nouveau en train de parler à l'inspecteur des mœurs. J'avais pensé que notre dernière rencontre avait clôturé le sujet. Lorsqu'il était venu à mon appartement au milieu de la nuit et m'avait crié dessus parce que je ne le laissais pas me protéger, je pensais que j'avais fini par le repousser. J'avais espéré m'être trompé, prié m'être trompé, mais crains d'avoir raison. Sam Kage avait une emprise sur moi qui était difficile à mettre en mot, et j'étais en général très bon pour parler.

23

— Jory.

— Désolé, pourquoi as-tu besoin de me parler ?

— Tu es mon témoin, idiot.

Le mari de mon amie avait assassiné un homme et j'avais été là pour le voir faire. Sam Kage était l'inspecteur chargé de l'enquête. Poussés à nous côtoyer par les circonstances, nous avions trouvé quelque chose de plus, quelque chose d'inattendu, et cela s'était développé jusqu'à ce que nous rencontrions un obstacle. En couchant avec moi et en m'ayant près de lui, Sam m'avait considéré comme un détour sur sa route toute tracée alors que moi j'avais pensé à quelque chose de permanent. J'étais parti au lieu d'essayer d'influencer ses sentiments. Et cela m'avait tué de le quitter, mais je savais qu'au final ce serait fatal. Je pensais encore souvent à lui, et chaque fois mon cœur se serrait. Même être au téléphone avec lui était dur. Mais une fois que je pus à nouveau respirer, je devinai pourquoi il m'appelait. J'avais été pris en chasse par des gars envoyés pour me faire taire – moi et mon témoignage – seulement quelques nuits auparavant et il faisait probablement suite à cela. J'avais appelé son partenaire, Dominic Kairov, ce qui, je le reconnaissais, avait été mesquin. Cela avait d'ailleurs été la raison de la présence de Sam à ma porte aux petites heures de la nuit. Il s'était montré pour me crier dessus.

— Tu es là ?

— Ouais, désolé. Je t'écoute.

Il se racla la gorge.

— Tu sais, les gars qui t'ont poursuivi l'autre nuit, nous les avons arrêtés et…

— Tu sais qui ils sont ?

— Ouais, nous savons très bien qui ils sont.

— Oh.

— Oh, répéta-t-il comme si j'étais décérébré. Seigneur.

— Peut-être que je vais juste raccroch…

— Attends, dit-il rapidement. Attends.

Je poussai un long soupir bruyant, mais ne dis rien.

— D'accord, donc comme je l'ai dit, nous les avons arrêtés pour diverses charges et leurs casiers judiciaires sont bons pour tentative d'assassinat, voies de fait aggravées et tentative de viol. Tu as eu de la chance… Tu as eu de la chance qu'ils n'aient pas mis la main sur toi.

— Ouais, acquiesçai-je.

— Ouais ? C'est tout ce que tu as à dire ?

— Que veux-tu que je dise ? demandai-je doucement, me frottant l'arête du nez, réalisant que je n'avais pas encore dîné et que j'avais beaucoup bu pendant que je regardais Trip danser.

— Pourquoi as-tu une drôle de voix ?

— Je suis ivre, répondis-je platement.

— Ah ouais ?

— Ouais.

— Où es-tu ?

— En route pour rentrer chez moi.

— Pourquoi ne pas nous voir pour dîner ?

— Non.

— Pourquoi pas ?

— Tu me détestes, dis-je d'un ton irrité, même pour moi.

— Pas du tout, dit-il et je pus presque entendre le sourire contenu dans sa voix.

L'heureuse agitation qui se fit sentir dans mon estomac était réellement agaçante.

— Eh bien, je te déteste.

Je recommençais à avoir l'air d'un gosse.

— Ce n'est pas vrai.

Et il avait raison. J'étais dingue de lui purement et simplement, et trop ivre pour ne pas le montrer. Je rigolai.

— Eh bien, quelqu'un déteste bien l'autre ou nous serions ensemble.

— Tu aimes les drames, c'est pour ça que nous ne sommes pas ensemble.

Je grognai.

— Allez. Dis-moi où tu es.

Alors je le lui dis et il me répondit de lui laisser cinq minutes. Je lui promis de les lui accorder. Je jouai avec mon téléphone, effaçant de vieux messages et téléchargeant une nouvelle sonnerie. C'était une diversion comme une autre. Je perdis la notion du temps.

— Jory.

Je levai les yeux alors que Trip se plantait devant moi.

— Hé, mec, lançai-je.

— Où vas-tu ?

— Je vais rentrer, dis-je en souriant. Je te verrai plus tard.

— Mais je pensais que nous allions traîner.

— Moi aussi, mais c'est cool.

— Non, dit-il en s'accroupissant à côté de moi, une main posée sur mon dos. Je veux que…

— J !

Je regardai la rue et vis Sam sortir de son tank qu'il avait garé le long du trottoir. Je devais vraiment lui demander pourquoi il ressentait le besoin de conduire un tel monstre. Il n'avait pas besoin de compenser quoi que ce soit.

— Qui est-ce ? me demanda Trip alors que Sam contournait le SUV par l'avant et se dirigeait vers nous.

J'eus un étrange moment de clarté en le regardant s'approcher de moi.

— C'est Sam.

Mes yeux dévièrent à nouveau vers Trip.

— Qui est Sam ?

— Hé.

Nous levâmes tous deux les yeux vers l'inspecteur Kage lorsqu'il me tendit la main.

— Ça a été rapide, dis-je.

Je lui souris. J'aimais la façon dont son pantalon en velours enveloppait ses longues jambes musclées, l'énorme boucle de ceinture, et les bottes à embout d'acier, il avait un look d'enfer. J'aperçus un tee-shirt blanc sous une chemise de travail en flanelle et une veste molletonnée en denim qui achevaient sa tenue.

— Qu'est-ce que tu as fait aujourd'hui inspecteur, de la construction ?

Son sourire apparut lentement, réchauffant ses yeux, les enflammant alors qu'il me dévisageait.

— J'ai beaucoup marché aujourd'hui. Je ne voulais pas me geler le cul.

— À faire du porte à porte électoral dans le quartier, proposai-je en prenant sa main pour qu'il me remette debout.

— C'est exact, dit-il doucement en posant sa main sur mon épaule. J'ai oublié que tu regardais la télévision, donc tu sais tout ce qui se passe.

Je hochai la tête, étant d'accord avec lui sur le fait que j'étais un gros geek lorsque Trip se plaça à mes côtés.

— Sam, voici mon ami, Trip Ward, Trip, voici Sam Kage.

Ils ne se serrèrent pas la main, ils se saluèrent d'un simple geste de tête tandis que la main de Sam se posait sur ma nuque et me tirait vers lui.

— Allons mettre un peu de nourriture dans ton ventre.

— D'accord, acquiesçai-je, offrant ma main à Trip. À bientôt, mec.

— Attends, non… Jory, je croyais que nous allions…

— Tu m'as laissé là-bas tout seul.

Je souris largement.

Au lieu de prendre ma main, il me prit dans ses bras et me tint serré, ses mains glissant sur mon dos.

— Nous aurions dû aller quelque part, juste nous deux.

— Ouais, nous aurions dû.

Je l'étreignis moi aussi parce qu'il était bien dans mes bras. J'avais besoin d'être étreint, je le désirais plus que tout.

— Il faut y aller, dit Sam et je sentis sa main s'emmêler dans mes cheveux, tirer doucement, mais avec insistance.

Je laissai partir Trip et Sam saisit le revers de ma veste de costume.

— Fais attention, dis-je.

— Jory, laisse-moi t'emmener quelque part demain. Je viendrai te chercher au travail, puis nous irons dîner et ensuite nous pourrons…

— Il sera occupé, dit Sam d'un ton bourru, me tirant si fort en avant que je faillis tomber. Monte dans la voiture avant que je t'y porte.

— Ah ouais ? le défiai-je en me libérant de sa main d'un haussement d'épaule et en marchant à reculons. Tu crois que tu peux faire ça ?

Il grogna puis bougea plus vite que je l'en pensais capable. J'avais cru à tort qu'un homme de sa taille n'était pas capable de rapidité, mais il empoigna mon bras avant même que je le réalise.

— Laisse-moi te montrer où se trouve la voiture.

Je souris, regardant mes pieds.

— Je peux marcher.

— Tu tiens à peine à la verticale. Combien de verres as-tu bus ?

— Je ne sais pas.

— Pourquoi as-tu bu de toute façon ?

— J'étais assis tout seul et je m'ennuyais.

— Pourquoi étais-tu assis tout seul ? demanda-t-il en ouvrant la portière de la voiture et en me la tenant.

Je grimpai et il claqua la porte derrière moi. Je jetai un regard en arrière, vers l'entrée du club et je vis que Trip était toujours là, debout à me regarder. Je lui fis signe et il me retourna mon geste.

— Tu étais supposé avoir rendez-vous avec ce gars ? demanda Sam quand il ouvrit sa porte et se glissa derrière le volant.

— Je le croyais.

Je me retournai et le regardai.

— N'est-ce pas ce qu'aller dîner implique généralement ?

Il tendit le bras et posa une main sur ma joue.

— Tu as l'air confus, bébé.

— Eh bien, il m'a invité à dîner, mais pas seul. Quel genre de rendez-vous est-ce là ?

— J'avais l'habitude d'inviter des amis si je voulais que l'autre personne pense que ce n'était pas vraiment un rendez-vous.

Je haussai les épaules et éloignai sa main.

— Alors je suppose que ce n'était pas vraiment un rendez-vous.

— Je suppose que non, acquiesça-t-il en démarrant la voiture.

— Mais la nuit dernière lorsqu'il m'a invité, il a dit…

— Tu as passé Thanksgiving avec lui ?

— Avec lui et sa famille, ouais.

J'étais plus que pompette où je n'aurais jamais commencé à discuter avec lui comme si nous étions potes ou quelque chose comme ça.

— Ils sont vraiment sympas, mais il est plus du genre à jouer, alors je lui ai dit que je ne voulais pas sortir avec lui, mais il s'est excusé d'avoir pensé qu'il allait tirer un coup et…

— Qu'est-ce qui lui a fait penser qu'il allait tirer un coup ?

— Est-ce que tu l'as vu ? Il est magnifique… je suis sûr qu'il s'envoie en l'air tout le temps.

Il hocha la tête.

Je souris en dépit de moi-même.

— Je suis peut-être plus saoul que je le pensais.

— Tu plaisantes.

— Même ivre, je sais reconnaître un sarcasme lorsque j'en entends un.

— Ferme-la.

— Tu sais, si tu prévois d'être…

— Quoi, J ? Qu'est-ce que tu vas faire ? Je peux faire ce qui me chante de toi dès maintenant et tu ne pourrais rien y faire. Alors, tu sais quoi… rien à foutre d'aller manger. Je te ramène à la maison avec moi.

— Attends… non, je dois travailler demain. Je…

— Demain, c'est samedi. Tu n'as pas à travailler.

— Si, je le dois. Je dois livrer quelque chose pour mon patron. Je dois être là pour…

— Tu viens avec moi.

— Je ne peux pas. Ne fais pas…

— Que je ne fasse pas quoi ? Que je ne fasse pas exactement ce que je veux parce que tu fais toujours exactement ce que tu veux ?

— Non, je…

— Tu ne peux pas toujours faire les choses à ta façon, alors reste assis là et tais-toi.

Je me promis qu'il gèlerait en enfer avant que je lui reparle un jour. Les bras croisés, regardant par la fenêtre, je ne lui accordai pas un seul regard. Quand il s'arrêta brusquement dans une rue que je ne connaissais pas, je me retournai et le regardai. Il serrait le volant si fort que ses jointures étaient blanches.

— Bordel ! Je déteste ça.

— Quoi ?

*Bon d'accord, c'était un dégel précoce pour l'enfer.*

Il se retourna et me regarda.

— Ça. Toi et moi, putain, je déteste ça.

— Alors, laisse-moi sortir et je vais prendre…

— Non, rugit-il, et dans le petit espace confiné, le son fut assourdissant.

Il résonna dans tout mon corps.

— Je ne…

— Ça me dévore complètement.

Je le regardai déglutir, je vis ses yeux épuisés, son air abattu.

— Jory…

J'étais bon pour changer de sujet lorsque les gens étaient noyés sous un trop-plein d'émotion. J'avais besoin de l'aider pour éviter qu'il se fasse sombrer lui-même.

— La nuit où tu m'as vu, pensais-tu vraiment que je ressemblais à un gigolo ? demandai-je pour le taquiner en souriant paresseusement.

Nous nous étions croisés : j'étais sorti du bar avec trois de mes collègues féminines et lui était entré pour aller rejoindre ses amis, une belle blonde à son bras. Il avait alors délivré sa remarque blessante, que je ressemblais à un garçon à louer.

— Non.

Sa voix était rauque, troublée.

— Avais-je l'air bien ?

— Oui.

— Ai-je l'air bien maintenant ?

En guise de réponse, il se jeta sur moi, sa bouche scellant la mienne, sa langue insistant pour entrer, ce que je lui accordai immédiatement. Dès que mes lèvres s'entrouvrirent, il se faufila à l'intérieur et il me rapprocha de lui, m'écrasant contre lui, m'embrassant si fort, si longtemps, se réappropriant chaque partie de ma bouche. Lorsque je reculai pour regarder son visage, il me mordit la lèvre inférieure pour me garder près de lui. Je souris et il finit par embrasser mon nez, mes yeux, me tenant toujours étroitement serré dans ses bras.

— As-tu couché avec la blonde ? lui demandai-je en retenant mon souffle.

Sa voix était basse et rauque.

— Non, Jory. Je ne couche avec personne d'autre que toi.

— Alors, pourquoi avoir dit les choses que tu as dites, pourquoi avoir dit que tu voulais te marier et…

— Parce que tu avais l'air si content de toi, m'aboya-t-il en me libérant tout à coup et en me repoussant dans mon siège. Après avoir quitté la maison de mes parents ce jour-là, tu as commencé à parler comme si j'allais faire ci ou ça, à parler comme si tu me possédais, comme si je t'appartenais… et pour toi c'est si facile, tu tombes juste amoureux et…

— Qui a dit que j'étais amoureux ? lui demandai-je.

Sa mine était sombre.

— Oh, va te faire foutre. Je sais que tu l'as eu mauvaise, alors n'essaie même pas de prétendre que ce n'est pas vrai. Vu la vitesse à laquelle tu t'es enfui… ce que tu as fait – appeler Dom plutôt que moi – tout ça n'est que toi créant un drame parce que tes sentiments ont été blessés. Eh bien, va te faire foutre, J. Tu n'as pas besoin de t'enfuir si je fais une connerie stupide. Tu viens me voir pour me dire que je suis un connard et m'envoyer balader. C'est ta façon de faire. Et tous ces trucs que j'ai dits ce dimanche-là… tu crois vraiment que je pensais tout ça ?

Je le dévisageai.

Son rire ressemblait davantage à un aboiement.

— Putain, tu l'as fait, tu es parti. C'est drôle. J'aurais pensé que tu me connaissais mieux que ça.

— Pourquoi le dire si tu ne le pensais pas ?

Je répétai ma question précédente.

— Parce que j'étais en colère ! rugit-il, sa main sur ma nuque pour me rapprocher de lui, plongeant ses yeux dans les miens. Tu peux être gay et avoir la vie que tu veux et tout ce qui va avec, mais moi, si je suis avec toi, il y aura des choses que je devrais abandonner.

— Alors peut-être que tu ne devrais pas les abandonner, dis-je honnêtement, le regardant droit dans ses beaux yeux. Je veux dire, si c'est pour m'en vouloir plus tard, ça ne semble pas être le bon moment.

Il prit mon visage en coupe entre ses mains, m'attirant pour m'embrasser à en perdre haleine ; m'embrassant si longtemps que je pus entendre mon cœur battre dans mes oreilles par manque d'oxygène.

Je libérai ma bouche et ses mains se posèrent sur mes fesses pour me soulever du siège, me faire passer par-dessus le frein à main et m'installer sur ses genoux, ses lèvres sur ma gorge mordant, léchant, suçant, embrassant la peau qu'il pouvait atteindre. Je tremblais entre ses mains. C'était si bon, je n'aurais jamais pensé, même en un million d'années, qu'il serait celui qui me tiendrait comme ça à nouveau.

— Je n'ai plus le choix, avoua-t-il, son nez remontant le long de mon cou alors que ses lèvres traînaient sur ma peau. J'ai besoin de toi. Je ne peux pas dormir sans toi et seulement toi. Je ne veux aucune femme… ni aucun autre homme… juste toi. Je suis complètement accro à toi.

*Il l'était ?*

— Tu l'es ?

— Ouais, répondit-il d'un ton misérable. Merde.

Je lui souris.

— Tu n'as pas l'air d'en être très heureux.

— Parce que ça aurait été sacrément plus facile si je ne me sentais pas comme ça.

Je le regardai dans les yeux.

— Mais, tu vois, je suis fou de toi quand tu fais du thé chaque fois qu'il y a un problème, de ton odeur sur mes draps, de ton corps à côté de moi quand je me réveille la nuit… Je veux dire, je me suis habitué à tout ça si vite, putain !

Il était complètement retourné et j'aimais ça.

— Tu m'as obligé à faire face à tout ça lorsque tu es parti et j'étais tellement… en colère… après toi… et puis le soir où je t'ai vu sortir du bar, tu avais l'air d'aller bien, de bien t'en sortir sans moi, et… et je voulais juste te ramener à la maison et… et puis il y a eu l'autre nuit. Et si tu avais été blessé ou tué ou… Bordel ! Qu'est-ce que je suis censé faire, moi ? Et ce trou du cul ce soir, il pensait qu'il avait une chance avec toi… tout le monde pense qu'il a une chance parce que je ne suis pas là… et ça n'arrivera pas, bordel ! Je ne permettrai pas que ça arrive. Je te veux avec moi tout le temps… je ne peux laisser personne d'autre te toucher ou te… tu m'appartiens. Tu comprends ça ? Tu es à moi. Je pense que je vais te marquer – écrire mon nom sur toi pour que tout le monde sache que tu es…

C'était trop, donc je lui coupai la parole, me déplaçant sur ses genoux pour que mes fesses soient pressées contre son aine, enroulant mes bras autour de son cou et l'embrassant avec chaque parcelle d'amour, de haine et de tout le reste entre les deux, que j'avais en moi. J'avais faim de lui et la manière dont je l'embrassai lui arracha des gémissements et des grognements. Cela me fit sourire – ce grand homme fort qui frissonnait du besoin de son amant. C'était

31

grisant d'être à ce point désiré, de se noyer dans la chaleur du baiser, dans l'étreinte.

— Jure sur ma vie, Sam, jure que tu vas parler de moi à tout le monde.

— Merde, gémit-il presque et je pouvais dire qu'il était à l'agonie. Je te déteste.

— Jure.

— Je le jure, cria-t-il pratiquement. Mais tu dois me croire sur parole quand je te dis que je le ferai. Tu dois me faire confiance.

Il était exaspéré, épuisé de se battre avec moi. Cela demandait tellement d'énergie.

— Je te crois.

— Je te déteste vraiment, gronda-t-il, ses mains caressant mes cuisses alors que je bougeais sur ses genoux, poussant mon bassin contre son abdomen.

— Je sais, dis-je en souriant devant ses yeux bleus troublés, glissant ma main entre nous pour atteindre le devant de son jean et le frotter doucement, mais fermement.

— Mon Dieu, lâcha-t-il d'un coup, sa tête retombant contre le siège. Jory, je le jure, bébé, je n'ai couché avec personne d'autre. S'il te plaît, s'il te plaît, s'il te plaît, laisse-moi t'emmener au lit…

— Oui, Sam, le coupai-je. Allons chez moi.

Il me souleva et me jeta sur mon siège et je ris devant la vitesse à laquelle il conduisit, faisant crisser ses pneus, emballant le moteur. Je lui dis de mettre son gyrophare sur le toit de la voiture et il me lança un regard brûlant qui me fit rire encore plus.

À ma porte, il me surplomba, ses lèvres sur mon cou et j'eus des problèmes à trouver la serrure. Il me prit les clés et ouvrit la porte puis la verrouilla derrière nous. Soulevé dans ses bras, j'enveloppai mes jambes autour de sa taille alors qu'il me transportait jusqu'à la chambre. Nos vêtements furent arrachés et laissés là où ils tombèrent lors que nous atteignions le lit en même temps. Je rampai en arrière jusqu'à la tête de lit et il s'abattit au-dessus de moi, posant sa bouche sur moi, m'avalant jusqu'au fond de sa gorge. Je me cambrai contre lui et l'entendis fouiller le tiroir de ma table de chevet. Quand ses doigts huilés glissèrent en moi, je criai son nom.

— Je pourrais te faire mal, avoua-t-il en retirant ses lèvres de mon corps.

— Essaie, soufflai-je.

Le bruit qui sortit du fond de sa gorge avant qu'il soulève mes hanches et s'enfonce en moi profondément et brutalement, était rauque, animal. Et la poussée m'aurait fait mal, mais sa main était de retour pour caresser mon sexe et garder mon excitation à son comble. Être rempli et étreint en même temps, c'était le paradis.

— Tu m'as manqué.

Il m'avait manqué plus encore. Je le dévorai des yeux, regardant ses muscles noueux alors qu'il bougeait au-dessus de moi, puis la façon dont il retint son souffle quand je le poussai et le fis rouler sur le dos. Ses mains agrippèrent mes cuisses tandis que je me levais au-dessus de lui, me ramenant contre lui pour me garder proche. Il était si doux alors qu'il caressait ma peau.

— Promets-moi que tu n'iras nulle part, dit-il en prenant mon visage dans ses mains, ses yeux rivés aux miens, le plaisir s'inscrivant sur son visage alors que je le prenais plus profondément.

— Je te le promets.

Je souris lentement.

— Ne me quitte pas. Je te ferai mal si tu essaies de me quitter.

Je souris en le fixant droit dans les yeux.

— Ouais ? Tu vas me faire du mal ?

— Jory, souffla-t-il d'une voix cassée. S'il te plaît, bébé, je…

Mais ma bouche sur la sienne lui coupa la parole alors que je balayais ses inquiétudes en l'embrassant. Lorsque je reculai, ses yeux étaient assombris, ses lèvres gonflées, il avait l'air totalement dévasté.

— Tu sais, cette femme avait raison.

Je plissai les yeux.

— De quoi parlons-nous ?

— Cette femme de l'autre jour, celle qui est venue avec mon voisin… tu pourrais être mannequin si tu voulais. Tu es tellement beau.

Je me moquai de lui, essayant de l'embrasser.

— Tu l'es. Ta bouche, ta peau et ton joli petit cul.

— Je ne pense pas qu'elle parlait de mon cul, dis-je en rigolant, aimant nos stupides confidences sur l'oreiller.

Il m'ignora.

— J'aime la façon dont tes yeux s'assombrissent quand nous faisons ça… Seigneur ! J, c'est si sexy !

Je passai ma langue sur ses lèvres avant d'aspirer sa lèvre inférieure dans ma bouche. Je sentis son corps frémir sous le mien et je bougeai, m'abaissant sur lui, le prenant tout entier en moi.

— Mon Dieu ! C'est si bon.

Sa voix était crue, rauque, ses pupilles dilatées alors qu'il relevait les yeux vers moi.

— Tu vas me tuer si tu continues.

Et je souris alors que je faisais l'amour à l'homme que j'aimais. J'étais un idiot et je créais des drames là où il n'y en avait pas, il avait raison. Il était aussi fou de moi que je l'étais de lui et j'ignorais complètement comment j'avais raté ça.

— S'il te plaît, reviens chez moi, J.

— Non.

Je souris paresseusement, serrant mes muscles pour qu'il en ait le souffle coupé.

— Je me plais ici.

Sa voix était rocailleuse quand il put enfin parler.

— Alors, puis-je rester ici avec toi ?

— Je vais y penser.

Il m'allongea sur le dos une seconde plus tard, mes jambes encore enroulées autour de sa taille.

— Je vais dormir ici avec toi, d'accord ? Est-ce que je peux faire ça, s'il te plaît ?

— Oui, dis-je rapidement alors qu'il poussait en moi. Reste.

— Je suis le seul que tu laisseras dormir avec toi, hein J ?

— Oui.

— Parce que tu me fais confiance.

— Oui.

— Tu t'en souviendras, d'accord ?

— Oui, chéri.

La façon dont il me regarda me serra le cœur. Je pleurai de joie et lorsqu'il essuya mes larmes et embrassa mes yeux, je lui dis qu'il pouvait rester éternellement s'il voulait.

— Je le veux, dit-il en enfouissant son visage dans mon épaule.

Je ne pouvais pas l'étreinte assez étroitement.

# III

MON TÉLÉPHONE me réveilla à cinq heures du matin et mon patron, Dane Harcourt, était à l'autre bout de la ligne, me rappelant que je devais remettre l'enveloppe avec les informations concernant l'événement caritatif à l'hôpital avant neuf heures. J'étais mal réveillé, mais je lui dis que je m'en occupais. Il grogna comme s'il n'était pas sûr que je sois assez cohérent et je lui demandai pourquoi il ne pouvait pas s'en occuper lui-même. Il me répondit que ce serait assez difficile vu qu'il était à Cape Cod. C'était une autre escapade romantique et je lui fis promettre d'essayer de se souvenir du nom de sa partenaire cette fois. Il grogna un rire avant de raccrocher. Je restai là un moment, écoutant le silence de l'appartement et je compris que j'étais seul. Je me levai et allai d'une pièce à l'autre, juste pour m'en assurer avant d'appeler Sam. Il était sur une scène de crime quelque part et sa voix était bizarre lorsqu'il me répondit.

— Qu'est-ce qui ne va pas ? demandai-je doucement.

Pas de réponse.

— Je me suis réveillé et tu étais parti.

— Tu avais l'air si doux allongé comme ça, tout chaud et… comme un chaton.

— Un chaton, dis-je après une minute.

Sam rigola et je souris parce que j'avais causé cette réaction.

— Je suis vraiment content que tu appelles, soupira-t-il. Tu as l'air d'aller bien.

— J'ai l'air endormi.

— Exactement. J'aimerais être là… au lit avec toi. Je me gèle ici dehors.

— Est-ce que tu vas bien ?

— Non, fut tout ce qu'il dit.

— Que puis-je faire ?

— Je ne sais pas, chaton… que peux-tu faire ?

— D'accord, arrête avec cette connerie de chaton, l'avertis-je, souriant au téléphone. Dis-moi juste ce qu'il y a. s'il te plaît, Sam. Dis quelque chose… n'importe quoi.

35

Il se racla la gorge.

— D'accord… tu peux préparer un sac et aller à mon appartement et m'attendre là-bas. Peux-tu faire ça ?

— Je peux le faire.

— Parce que si je pouvais rentrer à la maison et te trouver là… ce serait bien.

J'entendis le tremblement dans sa voix. Quoi qu'il regarde là où il était, ce ne devait pas être très beau.

— D'accord.

— Je voulais rester avec toi.

Sa voix se brisa, devint très calme.

— Je ne voulais pas sortir.

— Parce que tu m'aimes tout chaud et tout nu au lit avec toi, le taquinai-je.

— Oui, fut tout ce qu'il put sortir et sa voix était rocailleuse.

Quelque chose était en train de le ronger.

— Je serai là. À quelle heure pars-tu ?

— Dix-huit heures. Retrouve-moi là-bas pour dix-huit heures. Je passerai prendre un peu de nourriture et…

— Je m'en occupe, lui dis-je. Toi, tu rentres à la maison.

— Juste de rentrer ?

— Ouais. Ton rôle est simple.

— D'accord. À plus tard.

— Au revoir.

Je souris.

— Attends…

— Quoi ?

Long silence.

— Rien.

Il voulait dire quelque chose ou il voulait que je dise quelque chose.

— Dis-moi.

— Fais attention à toi dehors, d'accord ? Appelle-moi si tu as besoin de moi.

— Je le ferai. Je te revois à dix-huit heures.

— J'ai laissé le double de mes clés sur ta table de nuit.

— Vraiment ?

— Oui.

— D'accord.

— Celles-là sont pour toi… pour que tu les gardes, d'accord ?

36

— Sam, dis-je le souffle coupé. Es-tu sûr que tu veux…

— J'en suis sûr. Je te vois tout à l'heure, chaton.

— Sam, tu dois arrêter avec ce…

Mais il me coupa en raccrochant. J'allai jusqu'à la table de nuit et trouvai les clés. Le porte-clés était neuf, visiblement, et je ne pus m'empêcher de sourire devant le J incrusté de strass. Ça allait devoir disparaître tout de suite. À quel point pensait-il que j'étais gay ?


C'ÉTAIT UNE enchère sous pli cacheté au profit de l'Unité Pédiatrique de l'hôpital. À l'origine, mon patron avait été contacté pour être l'un des célibataires mis aux enchères, mais il avait refusé et annonçait qu'il fournirait des services gratuits à la place. L'hôpital était intelligent et avait accepté. Une maison conçue par Dane Harcourt valait son pesant d'or : c'était synonyme de statut social élevé et de luxe. Si vous aviez une maison Harcourt, vous faisiez partie de l'élite.

Alors que je marchais jusqu'au comptoir du service des urgences, je vis Nick Sullivan appuyer sur le bureau de l'autre côté de la vitre. Quand il se retourna pour regarder vers le hall où je me trouvais, je levai la main et lui fis signe. Il traversa les portes coulissantes quelques secondes plus tard.

— Salut, dit-il avec un grand sourire. Que fais-tu ici à l'aube ? À moins que tu ne te sois pas encore couché ?

— Ha, ha, dis-je en bâillant avec un petit sourire narquois.

Il s'approcha de moi et me saisit par le revers de mon caban.

— Tout va bien entre nous ?

— Ouais.

Je lui souris.

— N'est-ce pas ?

— Si je ne m'en préoccupais pas autant, je n'aurais pas été un tel con.

— Alors tu dois vraiment t'en préoccuper parce que tu as été un vrai connard, lui assurai-je.

Il passa un bras autour de mon cou et me fit passer les portes des urgences.

— Que fais-tu ici, J ?

— J'ai une enveloppe pour la personne qui s'occupe de la vente aux enchères de ce soir.

Il me lança un regard étrange.

— Tu sais qu'il y a un gros événement caritatif ce soir, Docteur, pour collecter des fonds pour le service de pédiatrie ?

— Oui, très drôle. Je le sais, je dois m'y rentre après tout.

— C'est pour ça que je suis ici. J'ai besoin de voir la personne qui s'en occupe.

— Oh.

Il me laissa partir.

— Phyllis Dwyer. Laisse-moi l'appeler pour toi.

— Je peux aller jusqu'à son bureau, si tu m'indiques où il se trouve.

— Non, non.

Il me sourit.

— Je vais l'appeler. Attends-moi ici.

Donc je l'attendis pendant qu'il passait derrière le bureau pour passer son coup de téléphone.

— Jory, c'est bien ça ?

Je levai les yeux vers un adorable regard bleu pâle. La femme me souriant avait le plus joli des visages.

— Ouais. Qui êtes-vous ? demandai-je en m'appuyant sur le bureau.

— Je suis Colby Saint James. Je viens d'être transférée de San Francisco.

— Pourquoi ? lui demandai-je.

Elle gloussa.

— Ma famille est ici.

Je hochai la tête.

— Alors, aimez-vous vivre ici ?

— J'aime ça, sauf que j'ai eu un réveil brutal la semaine dernière, quand j'ai découvert que l'homme sur lequel j'avais des vues avait en fait ses yeux sur vous.

— Oh, dis-je en souriant honteusement. Le Dr Nick.

— Mmmm. Cet homme est très attirant.

— Vraiment ? demandai-je pour la taquiner.

— Oui.

Elle releva un sourcil.

— C'est un grand médecin, gentil avec les enfants, drôle, intelligent, sarcastique et ai-je encore besoin d'ajouter magnifique ? N'avez-vous pas remarqué ses yeux émeraude ?

Je hochai la tête.

— Vous devriez faire sa promotion à sa place.

Elle sourit avec espièglerie.

— Vous êtes adorable. Je comprends pourquoi il est épris.

— Était épris, la corrigeai-je.

— Est épris, me corrigea-t-elle à son tour. Il m'a raconté qu'il s'était comporté comme un salaud au club. Vous savez qu'il est désolé.

— Je le sais.

Elle pencha la tête pour me dévisager.

— Et lui avez-vous pardonné, Jory ?

Je hochai la tête.

— Je l'ai fait.

Elle se pencha pour me regarder dans les yeux.

— Vous savez, je suis là à vous regarder et mon Dieu, vous êtes encore plus beau que le Dr Nick.

Je lui offris un grand sourire.

— Je tuerais pour vos cils.

— Jory.

Je relevai les yeux et vit que Nick était de retour. Son regard passa de moi à Colby, puis revint de nouveau sur moi.

— J'ai appelé Phyllis. Elle descend tout de suite. De quoi parliez-vous ?

— J'essaie juste de penser à un endroit sympa où emmener Colby pour une nuit en ville, lui dis-je en me redressant et en tendant la main pour remettre son col sous sa blouse blanche. Des suggestions ?

Il se figea sous mon contact, me laissant lisser son col et resserrer sa cravate.

— Je ne sais pas, J.

Il me dévisagea.

— Mais après avoir remis l'enveloppe à Phyllis, viendras-tu petit-déjeuner avec moi ? Je viens juste de terminer, alors… qu'en dis-tu ?

Je plissai les yeux.

— S'il te plaît, dit-il en me souriant. J'ai des choses à te dire.

Je haussai les épaules.

— Très bien.

— Super, dit-il.

Il rayonnait.

— Je reviens tout de suite.

Colby et moi l'observâmes s'éloigner avant de nous renvoyer nos regards à nouveau.

— Waouh, dit-elle en riant. Je n'avais aucune idée ce que cet homme était à ce point épris.

— Laissez tomber, la taquinai-je.

— Oh Jory, dit tout à coup Colby et sa voix avait cette intonation étouffée qu'elle n'avait pas avant. J'ai fait une recherche Google sur votre patron et… est-ce que c'est lui ?

Je me penchai sur le bureau et là, sur le site web de Harcourt, Brown et Cogan, se trouvait le seul et unique Dane Harcourt. C'était un portrait particulièrement bon. Le photographe s'était allongé par terre pour le prendre lors d'un jour nuageux, si bien que le ciel avait exactement la même couleur que ses yeux.

— C'est une bonne photo, n'est-ce pas ? dis-je en exagérant mon haussement de sourcils.

Elle plissa les yeux en me regardant.

— Vous avez pris ce cliché.

— En effet, dis-je en riant. Dane n'aimait pas le gars que Miles et Sherman avaient engagé – il pensait qu'il était arrogant – alors comme nous avions un délai à respecter pour le site web… j'ai été désigné.

— C'est une bonne photo, Jory, sans doute grâce à ses yeux qui semblent remplis de bonté en vous contemplant. Il vous aime beaucoup à l'évidence s'il vous regarde comme ça.

Elle me fixa d'un long regard.

— Est-ce qu'il est gay ?

J'éclatai de rire.

— Euh… non. Il est en fait à l'exact opposé de gay, il est le mec le plus hétéro que je connaisse.

— Vous voulez dire…

— Je veux dire qu'il est du genre tombeur en série.

Elle gloussa.

— Peut-être qu'il n'a pas trouvé la bonne fille pour le moment.

— Peut-être.

— Eh bien, dit-elle en déglutissant, je peux comprendre pourquoi il peut… avoir tant de rendez-vous.

— Ouais, acquiesçai-je. Et il est beaucoup plus mignon que le Docteur Nick ou moi.

— Rien n'est mignon chez cet homme, dit-elle et je vis son regard dérouté. Quelle taille fait-il ?

— Il mesure un mètre quatre-vingt-quinze.

— Oh.

— Ses yeux sont gris.

— Je vois ça.

Je ris et elle leva les yeux vers moi.

— Quoi ?

— Rien.

— Vous êtes juste démoniaque, dit-elle en me souriant.

— Pourquoi ne me donnez-vous pas votre numéro et nous pourrions déjeuner la semaine prochaine ? J'inviterai mon patron.

Elle l'écrivit sur un post-il sans aucune hésitation.

Phyllis Dwyer descendit et prit l'enveloppe que je lui tendis, me donna une accolade et me remercia avec effusion. Elle me dit qu'elle adorerait rencontrer mon patron un jour. Je lui dis que j'essaierais d'arranger ça. Elle me répondit qu'elle était certaine que les plans de construction atteindraient certainement un prix plus élevé que la Lexus qu'ils possédaient. Je lui répondis que je n'en serais pas surpris. Une maison conçue par Dane Harcourt était unique en son genre. Je regardais les yeux de Colby s'agrandirent rien qu'à m'écouter parler de lui.

— Il en vaut le coup, dit-elle lorsque Madame Dwyer partit.

— Vraiment le coup, acquiesçai-je alors que Nick revenait se placer à mes côtés.

— Viens, allons-y, me dit-il en souriant en posant une main dans mon dos. Je connais l'endroit parfait.


JE M'ÉTAIS esquivé aux toilettes quand nous étions arrivés au restaurant, laissant Nick attendre seul pour avoir une table. Lorsque j'en ressortis, il se tenait debout contre le mur le plus éloigné de la porte et je m'arrêtai un instant pour le regarder. Il était facile de voir pourquoi j'avais été attiré par lui : il avait d'épais cheveux bruns et ses yeux verts étaient très attirants. Il était grand et possédait de longs muscles de nageur, de larges épaules et dégageait une confiance manifeste. Pas sexy et dangereuse comme Sam, plus arrogante et pourtant douce à la fois, avec cette nature de garçon ordinaire. C'était bizarre, mais lorsque je l'avais rencontré pour la première fois, j'avais pensé qu'il était beau, mais pas vraiment spécial. Après avoir passé plus de temps avec lui cependant et après une inspection minutieuse, je compris qu'il était très beau et tout à coup, il m'avait coupé le souffle. Comme si plus je le voyais, plus il devenait beau. Et ce qui m'avait vraiment fait craquer, c'était la façon dont il me regardait : toujours droit dans les yeux comme si j'étais l'homme le plus extraordinaire qu'il ait jamais vu. Il me vit tout à coup et s'écarta du mur, se redressa, et se dirigea vers moi. Quand il sourit, les traits de son visage se modifièrent comme j'aimais et ses yeux brillèrent. Il m'appréciait et ça se voyait.

— Hé, lui dis-je en souriant.

— La table est prête, allons-y.

Je le suivis jusqu'à l'hôtesse, puis à travers le restaurant. C'était agréable d'être au chaud par un matin froid et neigeux sans avoir rien d'autre à faire que s'asseoir. Lorsque nous arrivâmes dans le box, je m'y glissai le premier après avoir suspendu mon manteau sur le crochet. Il n'en choisit pas un autre, mais posa le sien par-dessus le mien. Drôle.

— Tu sais pourquoi je t'ai amené ici ? me demanda-t-il en levant les yeux sur moi et en souriant.

— Je n'en ai aucune idée.

— Parce que tu aimes les pancakes et qu'ils font les meilleurs. Prends ce que tu veux, c'est pour moi.

— On peut partager, dis-je en lui rendant son sourire.

— Non, insista-t-il. Je t'ai invité… Je meurs d'envie de faire quelque chose pour toi… s'il te plaît, J.

Je refermai le menu et le posai sur la table.

— Pourquoi as-tu besoin de faire quelque chose pour moi ? Tout va bien entre nous.

Il scruta mes yeux.

— En es-tu sûr ?

— Ouais, j'en suis sûr.

— Si c'est le cas, pourquoi es-tu assis si loin de moi ? me demanda-t-il.

— Je ne le suis pas. Je suis juste là.

— Pourquoi ne pas te rapprocher de moi ?

Je secouai la tête.

— Je suis bien ici.

— Viens un peu plus près.

— Nick.

— Jory, dit-il doucement en s'approchant de moi. Je suis tellement désolé de la façon dont j'ai agi la nuit où j'étais avec ma famille, puis au club avec mes amis. J'ai juste… J'ai complètement dépassé les bornes et la seule excuse que je peux te donner c'est que je ne m'étais jamais senti comme ça avant, et je ne le gère pas bien du tout. Je veux dire…

Il m'adressa un petit sourire et haussa légèrement les épaules.

— Je suis habituellement la personne qui est poursuivie. Je ne me suis jamais retrouvé en position inverse avant.

Il soupira, posant son bras sur le dossier de la banquette.

— Je dois dire que ça craint.

— Vraiment ?

— Ouais, dit-il en hochant la tête alors que le serveur déposait deux grands verres d'eau glacée devant nous.

Il passa sa commande, puis j'en fis autant et quand je le regardai à nouveau, il était renfrogné.

— Quoi ?

— Tu n'as rien à dire ?

— Je ne sais pas ce que tu veux que je dise.

— Si, tu le sais. Je veux que tu dises que je peux te voir.

Je le regardai dans les yeux.

— Je suis désolé de t'avoir embarrassé.

— C'est bon. Je le méritais

— Tu ne méritais pas tout ça. Peux-tu me pardonner ?

— C'est déjà fait, lui dis-je honnêtement en souriant au garçon qui déposait mon thé parfumé et le cappuccino de Nick. Dieu que j'aime l'oolong, dis-je en souriant.

— Ça pue comme une vieille chaussette, m'assura-t-il en posant sa main sur ma nuque.

Il massa la base de mon crâne, ses doigts glissant plus haut.

Je ris et il sourit plus largement. Ouais, ça sentait vraiment comme ça. Mais ça avait un goût de paradis.

— Et donc… parle. Tu étais poursuivi et…

— Je ne peux pas parler de ça.

— Non ?

Je secouai la tête.

— D'accord alors… Je ne sais pas ce que tu as fait pour Thanksgiving… raconte-moi, m'ordonna-t-il en prenant une gorgée de son cappuccino, la mousse se déposant sur sa lèvre supérieure.

Sans même y penser, je tendis la main et l'essuyai avec mes doigts.

— Je suis désolé de ne pas avoir utilisé le billet d'avion pour aller skier avec toi.

— C'est bon, j'ai pu voir ma famille à la place et c'était bien. Tout arrive pour une raison.

— Je suis d'accord.

Nous gardâmes le silence pendant quelques minutes.

— Tu es superbe.

— Merci, dis-je en lui souriant.

— Puis-je te demander quelque chose ?

Il me regarda intensément, sa main caressant toujours ma nuque, ses doigts passant dans mes cheveux.

— Bien sûr.

— Couches-tu avec cet inspecteur ?

— Oui, répondis-je sans même avoir besoin d'y réfléchir.

— Je vois. Et tu vis avec lui ?

— Non, mentis-je.

Cela ne le regardait pas.

Il s'illumina.

— Non ? Alors où habites-tu, parce que je suis allé à ton ancien appartement, mais ton propriétaire m'a dit que tu étais parti.

— J'habite près du centre-ville maintenant.

— Je peux venir voir ton nouvel appartement ?

— Oui, bien sûr.

— Quand ?

— Je ne sais pas. Bientôt, répondis-je en m'éloignant de sa main.

— Désolé, j'aime juste poser mes mains sur toi. Je sais que c'est un peu nul.

— Non.

Je souris.

— C'est merveilleux. Le gars que tu...

— Stop, me mit-il en garde. Je ne veux pas parler du gars d'après, je veux parler de toi. Est-ce que l'inspecteur veut que tu sois avec lui ?

Je pris une profonde inspiration.

— Il n'est pas sûr de ce qu'il veut.

— Il n'est pas sorti du placard ?

— Il est à peine gay, dis-je en poussant un long soupir.

— Oh, dit-il en hochant la tête, comprenant. Tu es son premier.

— Ouais.

Il inclina la tête.

— Eh bien, j'aurais aimé que tu sois mon premier.

— C'est très gentil de le dire.

Il fit courir ses doigts le long de ma gorge.

— Ta peau est incroyable.

Je le regardai dans les yeux.

— Puis-je te dire que lorsque je suis avec toi, je suis heureux ?

— Merci.

Il m'adressa un sourire en coin.

— Tu penses que je suis fou.

— Je pense que tu es quelqu'un de bien et que je suis un idiot de ne pas essayer de te garder.

Il grogna.

— Tu n'as pas besoin d'essayer de faire quoi que ce soit. Tu dis un mot et tu peux emménager demain.

— Pourquoi ? Tu ne sais rien de moi.

— Ouais, mais je sais que je suis fou de toi. Mes sentiments n'ont pas changé, dit-il en posant sa main sur ma joue. Je veux être avec toi tout le temps. Je veux me coucher avec toi et me réveiller avec toi, dîner avec toi chaque soir et faire l'amour avec toi… Dieu, ce que j'ai envie de coucher avec toi. C'est comme une douleur dont je ne peux pas me débarrasser. Tu n'aurais jamais dû me mettre dans ton lit si ce n'était que l'affaire d'une seule fois.

— Nick…

— Stop. Je sais que tu ne ressens pas la même chose. Je ne suis pas stupide.

— Nick…

— Non, non. Je ne cherche pas à te forcer et tu n'as pas à te défendre. Ce n'est pas grave. Je pense que cela changera avec le temps.

*Avec le temps ?*

— Nick…

— Non, écoute, commença-t-il enfouissant sa main dans mes cheveux et repoussant une longue mèche derrière mon oreille. Je sais que coucher avec moi n'a pas chamboulé ton monde, ni quoi que ce soit d'autre, mais…

— Oh mon Dieu, tu es si honnête maintenant, gémis-je.

— Eh bien, je pense que c'est ma dernière chance et même si je parais calme et serein de l'extérieur, à l'intérieur, je suis complètement retourné.

Je cognai doucement son épaule avec la mienne et il se pencha vers moi, enfouissant son visage dans mes cheveux.

— Jory, bébé, je suis tellement désolé, murmura-t-il, son bras autour de mon cou, me clouant contre lui.

— Arrête de dire ça, lui ordonnai-je, fermant les yeux et prenant une grande inspiration. C'est bon. Je te le jure.

— D'accord.

Il laissa échapper un profond soupir alors que je m'écartai de lui en soulevant ma tasse.

— J'ai tout raconté à ma famille à propos de toi. Ma sœur, Sarah que tu as vue à la table de baby-foot ce soir-là, ne veut même plus me parler. Elle m'a dit que jusqu'à ce qu'elle te parle, les ponts sont coupés. Elle n'arrive pas à croire que j'aie pu te parler de cette façon.

— Elle a l'air adorable.

— Elle est psychotique.

Je ris, me moquant de lui.

— Ce n'est pas une chose très gentille à dire.

— Je veux juste que tu me promettes de rencontrer ma famille pour Noël. Tout le monde va revenir ici. Maman veut un Noël blanc cette année.

— D'accord.

— D'accord.

Il sourit, repoussant les cheveux de mon visage, ses doigts s'attardant sur mon front.

— Est-ce un engagement, Monsieur Keyes ?

— Oui.

— Bien, souffla-t-il. Maintenant, commence par le début et dis-moi pourquoi des gens sont à tes trousses.

Je rigolai.

— Je ne peux pas faire ça, je te l'ai dit.

— S'il te plaît.

— Non… je suis sérieux. C'est effrayant, et moins de gens sont au courant, mieux c'est.

— Mais l'inspecteur sait.

— Bien sûr.

Il hocha la tête.

— Bon, alors dis-moi ce que tu as fait pour Thanksgiving.

— Ça, je peux le faire.

Nous mangeâmes et parlâmes de choses sans importance. Je lui dis que j'allais présenter Cody à Dane et il trouva que cela allait nous faire un bon sujet de conversation à l'occasion.

— Bon alors et maintenant ? me demanda-t-il plus tard quand il repoussa son assiette.

— Que veux-tu dire ?

— Quels sont tes projets à court terme, Monsieur Keyes ?

— Eh bien, pour l'instant, j'ai besoin de passer du temps avec Sam.

— Qui ?

— L'inspecteur, lui dis-je en souriant.

— Oh. C'est son nom ? Sam ?

Je ris en hochant la tête.

— C'est tellement ennuyeux.

— Laisse tomber.

— Alors, tu veux être avec lui à cause de ce que je ressens pour toi… tu ressens ça pour lui.

— Ouais.

— D'accord.

— Nous pouvons toujours parler si tu veux. Mais je ne sais pas si c'est ce que tu veux.

— Est-ce tout ce que je peux avoir ?

— Pour l'instant, ouais.

— Alors c'est ce que je veux.

— Alors, nous parlerons.

— Bien.

Une heure plus tard, alors que nous nous tenions devant le restaurant, je lui dis que cela avait été une bonne idée de partager ce petit-déjeuner. Sa compagnie avait été agréable et la nourriture bonne.

— Mon Dieu, tu es magnifique, dit-il en souriant paresseusement, ses yeux brillants. Est-ce que je peux t'embrasser ?

— Peut-être que tu ne devrais pas, balbutiai-je alors qu'il se penchait.

— Peut-être que je devrais, dit-il doucement, ses doigts chauds posés sur mon cou alors qu'il s'inclinait vers moi.

Je fis un pas en arrière.

— Je ne couche pas avec une personne pour en embrasser une autre. Cela ne me ressemble pas.

Il me dévisagea avec intensité.

— Je me souviendrai de ça quand tu seras avec moi, et je ne m'inquiéterai pas que tu me trompes.

Je secouai la tête.

— Tu es incroyable.

— C'est ce que je n'ai pas cessé de dire.

Je l'attrapai, enroulant mes bras autour de lui, et l'étreignis étroitement.

— Merci pour ce que tu ressens, Nick. J'en suis très ému.

Il trembla entre mes bras et enfouit son visage dans mon épaule. Il s'accrocha à mon dos, mes cheveux, trouvant ma peau nue tandis qu'il blottissait son nez dans mon col. Je sentis ses lèvres dans mon cou.

— Tu sais que tout cela nous arrive parce que tu crois qu'il n'y a rien de spécial entre nous, dit-il doucement, séducteur. Mais je te promets qu'il y a bien quelque chose.

J'essayai de le relâcher, mais il me tenait trop serré.

— Je me sens bien quand tu es dans mes bras, c'est nouveau pour moi.

Je me libérai et croisai son regard.

Il me fixa pendant de longues minutes.

— D'accord, dis-je en enfouissant mes mains dans le fond de mes poches, marchant à reculons et me dirigeant vers le bord du trottoir pour appeler un taxi. À plus, Nicky.

— Si l'inspecteur fout tout en l'air, J… Tu sais qui appeler.

Je hochai la tête.

— Et je dois toujours voir où tu habites et tu as promis de rencontrer ma famille.

Je lui offris un grand sourire.

— Oui.

— Et tu ne me poseras pas de lapin.

— Non.

— Tu promets ?

— Je promets.

— C'était juste pour m'en assurer, dit-il en levant une main avant de se retourner et de descendre la rue.

Je me demandai pendant une seconde si je le reverrais un jour.


IL ÉTAIT plus de dix-neuf heures lorsque Sam revint à l'appartement et referma la porte avant de la verrouiller derrière lui.

— Salut, lui lançai-je du canapé où j'étais en train de lire.

Il enleva son manteau et le jeta sur la chaise. Il laissa tomber ses clés sur la table basse avant de venir me retrouver.

— Est-ce que tu vas bien ?

— Non, dit-il. Ça sent bon ici.

Je posai le magazine et levai les yeux vers lui.

— Comment était le travail, chéri ?

— Vraiment pourri, rigola-t-il en saisissant ma cuisse droite pour me tirer vers lui, me forçant à me mettre sur le dos pour pouvoir s'installer et se coucher sur moi, entre mes jambes.

— Je suis désolé, lui dis-je alors qu'il se penchait et m'embrassait.

Il était possessif, sexy et affamé. Ce qu'il manquait, c'était l'urgence qui était notre habitude. Il prit son temps, m'embrassant lentement, profondément, comme s'il avait tout le temps du monde. Quand je gémis, il sourit contre ma bouche.

— Je suis si heureux de te voir.

J'enveloppai mes jambes autour de sa taille et il se pressa contre moi en m'embrassant à nouveau longuement. Je fus pris de vertige tellement c'était bon.

— Pourquoi ne vas-tu pas prendre une douche ou un bain chaud pour te détendre ?

— Je vais aller prendre une douche, dit-il en reculant. Mais je veux te parler, donc je vais faire vite.

— Tu peux me parler depuis la baignoire, dis-je, haletant, essayant de reprendre mon souffle. Je vais faire couler le bain et tu pourras t'asseoir dedans.

— Non merci.

Il secoua la tête avant de poser ses doigts sous mon menton et d'incliner ma tête.

— Je veux juste m'asseoir et manger avec toi.

— D'accord.

— As-tu un peu d'alcool dans ton arsenal ?

— Oui m'sieur.

Ma bouche était sèche et je respirais à peine.

Il hocha la tête, se pencha et m'embrassa à nouveau. Sa langue se mêla à la mienne alors qu'il glissait une main sous ma chemise pour lentement me caresser le ventre.

— Je parie que tu as meilleur goût que la nourriture.

Je ne pouvais pas parler. Il m'annihilait ; ses doigts qui me massaient, me caressaient, mettaient mon cerveau en mode pause.

— Je vais prendre une douche. Je reviens tout de suite.

— D'accord, dis-je et il m'embrassa sur le front avant de s'éloigner.

Je m'assis et le regardai quitter la pièce, puis remonter vers sa chambre à coucher.

Après que je me sois un peu calmé, je me levai pour préparer son dîner. Quand il revint dans la cuisine un peu plus tard, il avait l'air mieux. Il portait un long tee-shirt sous un autre plus court, un jean et de grosses chaussettes épaisses. Ses cheveux étaient encore humides et pointaient par endroit. Il n'aurait pas pu être plus adorable.

Je le nourris d'une bisque de homard, de linguines aux palourdes, de pain frais français, d'une salade d'épinards avec une vinaigrette et lui versai plusieurs verres de Chardonnay que le marchand de vin m'avait recommandé. Je lui racontai tout du petit-déjeuner avec Nick, de ma promenade à la librairie après ça, des achats de Noël que j'avais commencé à faire pour les amis de Dane et des millions de magasins que j'avais faits pour préparer le dîner.

— Tu as pris le petit-déjeuner avec le médecin ?

— Oui.

— Et qu'a-t-il dit lorsque tu lui as dit que tu allais rester avec moi ?

— Je lui ai juste dit que je devais voir où tout cela allait nous mener.

Il hocha la tête.

— Tu ne lui as pas dit que nous sortions ensemble ?

— Est-ce ce que nous faisons ?

— Je ne sais pas.

— Nous traînons juste ensemble en quelque sorte, n'est-ce pas ?

— Nous faisons plus que cela.

— Vraiment ?

Nous échangeâmes un long regard avant que je lui adresse un grand sourire.

— J…

— J'ai préparé un sac comme tu l'as demandé. Demain matin, je vais retourner chez moi afin que tu puisses avoir un peu de temps pour toi, mais pour l'instant, disons juste que nous…

Il tendit la main en travers de la table et la posa sur la mienne.

— Arrête de parler.

Je lui souris.

— D'accord.

Après quelques minutes, il prononça mon nom et quand je levai les yeux sur lui, il avait son menton appuyé sur sa main.

— Quoi ?

— Je ne peux pas te laisser rentrer chez toi.

Je rivai mon regard sur ses yeux bleus.

— Ah non ?

— Non.

— Mange ta salade, lui ordonnai-je.

— Oui, bébé.

Lorsque je me levai pour faire la vaisselle, il m'aida à débarrasser la table. Il essuya tout ce que j'avais lavé et rangea les plats. Alors que je remettais le vase plein de fleurs sauvages sur la table à manger, il rentrait d'avoir sorti les poubelles. Il était au téléphone et autant que je puisse en juger, il était en train d'accepter quelque chose.

— Alors ? demandai-je dès qu'il raccrocha.

— J'ai complètement oublié que ce soir c'était l'anniversaire de Dom. Tout le monde est déjà chez lui.

— Oh, dis-je en hochant la tête. Alors, tu devrais y aller.

— Tu vas venir avec moi.

Mon estomac se retourna.

— Non.

— Si.

— Ce n'est pas une bonne idée.

— Si, c'en est une.

— Non, ça ne l'est pas.

— J…

— Sam…

— Enfile ton manteau, J, nous partons maintenant.

— Peut-être que tu devrais…

— Je peux te porter si tu préfères.

Et vu ses sourcils froncés, je compris qu'il était sérieux. C'était marrant, parce que j'avais voulu rencontrer ses amis, mais maintenant, j'étais terrifié. La réalité était toujours différente de ce que l'on imaginait.


JE RESTAI sur le trottoir à regarder la maison pendant une minute avant de me retourner et regarder Sam.

— Quoi ?

— Est-ce que tu plaisantes ?

— Quoi ?

— C'est la maison de ton ami ?

J'étais stupéfait.

— Ouais, je sais. C'est chic, non ?

Chic était un euphémisme.

— La femme de Dom est décédée, comme je te l'ai dit et ses parents l'ont aidé à l'acheter. Je pense que c'est quelque chose qu'elle leur avait demandé de faire dans la lettre qu'elle avait laissée, de prendre soin de lui, entre autres. Sa femme voulait qu'il ait une maison. Ses parents continuent de l'aider de temps en temps, en lui envoyant de l'argent, des cadeaux, et tout cela a un certain sens, tu sais ? Je veux dire, si tu y penses, il est tout ce qu'il leur reste de leur fille.

*Sa logique semblait erronée.*

— Ses parents doivent avoir beaucoup d'argent, Sam.

— Pas vraiment, mais entre leur aide et des investissements intelligents que Dom a fait, c'était assez pour la maison.

Il n'avait aucune idée de ce dont il parlait. Il ne savait pas combien coûtait une maison, moi si. Il n'y avait aucun moyen que n'importe quel bon investissement ou qu'une quelconque aide venant des bonnes intentions de ses beaux-parents lui permette d'acheter une maison comme celle dans laquelle j'étais introduit. Des escaliers qui menaient à un jardin pour l'instant en

51

sommeil, à la porte d'entrée en verre, l'immense baie vitrée qui donnait sur la rue, le salon en contrebas, des pièces immenses, un bar intégral, la terrasse à l'arrière, c'était une maison de maître, pas celle qu'un homme avec un salaire d'inspecteur pouvait se permettre. J'avais fouiné et regardé les fiches de paie de Sam et je savais que Dominic Kairov et lui étaient des inspecteurs de même grade. Je me demandais de quelle manière Dominic faisait son beurre, là où les autres ne le faisaient pas, mais je n'étais pas à l'aise pour demander les réponses à Sam. Quand il voudrait partager des informations sur son partenaire, je serais plus qu'heureux de l'écouter, mais j'avais le sentiment que l'interroger plus avant était hors de question.

Dominic – ou Dom – Kairov était avec Sam depuis l'époque de l'académie de police. Ils avaient été assignés au même commissariat après l'obtention de leurs diplômes et avaient traversé ensemble des bons et des mauvais moments. Les bons étant ceux où ils étaient tous les deux passés inspecteurs à l'âge de trente et un ans, et les mauvais quand la femme de Dominic s'était suicidée deux ans plus tôt. Ses parents, m'avait confié Sam, l'avaient blâmé, pas pour l'acte en lui-même, mais pour la dépression qui l'y avait conduite. Entre ses longues absences, ses infidélités et la distance affective, il avait été le contraire d'un mari modèle. Alors je fus surpris d'entendre qu'ils avaient participé pour moitié au million de dollars du prêt immobilier. Cela n'avait aucun sens et Sam aurait dû s'en rendre compte, mais personne, y compris Sam, ne questionner la façon de vivre de Dominic parce que sa femme était morte. S'il disait que sa famille l'avait aidé, en lui faisant des cadeaux, alors ce devait être vrai. Je savais que Sam croyait Dominic ; c'était, après tout, son partenaire, son frère et son ami.

Alors que je suivais Sam à travers la maison, il fut arrêté à maintes reprises par des gens qui voulaient lui parler. Il échangea beaucoup de poignées de mains, étreignit des hommes et embrassa des femmes. J'étais simplement présenté comme étant Jory, mais il me gardait près de lui, sa main sur ma nuque, tandis qu'il me dirigeait dans la maison. Sur la terrasse de derrière, assis à côté du feu, se trouvaient les plus proches amis de Sam, les inspecteurs avec lesquels il travaillait jour après jour. Dominic fut le premier à se lever pour étreindre fermement Sam avant de le repousser.

— Oh, tu as amené le témoin.

Il me sourit avant de se tourner vers Sam.

— C'est à ça que sert une maison sécurisée, mon pote, taquina-t-il son ami. As-tu raté le mémo ?

Sam lui offrit un sourire narquois tout en grognant qu'il avait besoin d'un verre.

Dominic hocha la tête, drapa un bras autour de ses épaules et l'emmena. Il me lança, par-dessus son épaule, que je pouvais les suivre jusqu'au bar. On ne me demanda pas si je voulais quelque chose parce que je n'étais pas, toutes proportions gardées, le rendez-vous de Sam. Je pouvais me débrouiller comme n'importe lequel des autres gars. Je les regardai partir avant de me retourner pour étudier la pièce. Je ne connaissais personne, je n'avais pas été invité et je venais juste d'être abandonné. Cela promettait d'être une magnifique soirée.

J'errai dans la maison, regardant les coûteuses œuvres d'art, les verres en cristal de Baccarat sur le napperon de la table de la salle à manger et les meubles somptueux. Il y avait des tapis qui coûtaient plus cher que mon loyer et encore une fois, je me demandai comment faisait Dominic Kairov pour se les permettre. Alors que je m'asseyais sur l'escalier, à côté de femmes qui se prélassaient dans une petite zone de la salle de séjour, j'entendis le nom de Sam.

— Alors qui est cette fille avec Sam et Dom ? demanda l'une d'entre elles.

Une autre ricana.

— C'est la fille avec qui Dominic a arrangé un double rendez-vous pour Sam, vous vous souvenez ?

— Oh, c'est vrai, répondit la première femme. Elle était sympa. Elle s'appelait Maggie quelque chose.

— Ouais, ouais, Maggie, c'est ça. Maggie Dixon.

— Alors notre Sam est sorti deux fois avec elle ? demanda la première femme en arquant un sourcil parfaitement épilé. Eh bien, c'est une fois de plus que d'habitude.

— Elle est mignonne, renchérit une autre fille. Qu'est-ce qu'elle fait ?

— Je pense qu'elle enseigne. Pour les classes de sept à neuf ans, je crois.

— Ah, une institutrice pour Sammy ? N'est-ce pas mignon ?

— Regardez-les, ils sont adorables tous les deux.

Margaret Dixon était une sinueuse petite brune avec de profondes fossettes et de grands yeux bruns. Elle avait un rire magnifique, un comportement chaleureux et était, de toute évidence, très sympathique. Elle était une de ces personnes qui aimait toucher les gens, alors en gros, elle avait ses mains partout sur Sam, mais c'était charmant au lieu de coquet et effronté. Ses cheveux bouclaient jusqu'au milieu de son dos et elle avait ce réel teint de pêche dont vous aviez toujours entendu parler, mais que vous n'aviez jamais vu dans la vraie vie. Sa taille de guêpe était mise en valeur par un jean serré et un tee-shirt cintré au décolleté plongeant. Elle était le genre de fille pour lequel les hommes faisaient la queue. Elle était le type de Sam, assuraient les filles, et à les voir ensemble, il était difficile de dire le contraire.

Il semblait à l'aise avec Maggie. Ses yeux étaient doux lorsqu'il la regardait et quand il se pencha vers elle pour lui montrer comment tenir la queue de billard, les filles poussèrent toutes un soupir en harmonie. Je le regardai aller lui chercher à boire, la laisser lui mettre la cerise dans la bouche, puis lui tendre la queue qu'il avait nouée avec sa langue. Certains commentaires fusèrent parce que Maggie rougit, affichant une teinte très seyante de rose et Sam arqua un sourcil et sourit malicieusement. Les éclats de rire provenant de leur table attirèrent tous les regards. J'étais prêt à partir. Je m'éloignai furtivement vers la cuisine pour voir s'il y avait une bouteille d'eau quelque part.

La musique se fit plus bruyante alors que la nuit avançait, mais elle n'était pas du tout aussi forte au deuxième étage. Je trouvai un petit salon entre deux chambres qui était calme et rempli d'anciens numéros *d'Architectural Digest*. J'en trouvai un avec un cliché de Dane qui datait de dix ans plus tôt et éclatai de rire devant les vêtements qu'il portait et de sa coupe de l'époque. Je pris une photo avec mon téléphone et envoyai un texto à mon patron en lui demandant ce qui lui était arrivé dans les années quatre-vingt-dix. Quand mon téléphone sonna, je m'y attendais.

— N'as-tu pas rien de mieux à faire que de m'ennuyer ? demanda-t-il avec irritation.

— Non.

— Pourquoi non ?

Je lui expliquai ce que je faisais et où j'étais, et j'en fus instantanément désolé. Il n'était pas vraiment content de ma décision de passer du temps avec Sam et se demandait comment je pouvais rester assis dans la maison de quelqu'un à prétendre être quelque chose que je n'étais pas. Je lui répondis que c'était ma vie et il me corrigea promptement. Puisque c'était avec lui que je passai le plus d'heures, au travail, que n'importe où ailleurs, c'était techniquement sa vie et, en tant que tel, il avait son mot à dire sur l'endroit et les personnes avec qui je passais ce qui restait de mon temps.

— Je veux juste être avec lui, me défendis-je.

— Très bien. L'es-tu ?

Il n'y avait rien à rétorquer à cette question.

— Alors est-ce que la maison de cet inspecteur est belle ?

Il changeait de sujet. C'était vraiment gentil de sa part.

— Ouais.

— Oui.

— Oui, répétai-je en levant les yeux au ciel. En fait c'est un peu trop beau.

— Explique-moi ça.

— Je pense que ça pourrait être une des conceptions de Peter Armand.

Il renifla de dédain.

— Je doute fort que ton inspecteur connaisse quelqu'un qui vit dans une maison Armand.

— Exactement.

— Va à l'avant prendre une photo et je serai en mesure de te dire si c'est le cas où non.

— D'accord. Rappelle-moi.

— Je le ferai.

Il bâilla et raccrocha.

Je descendis l'escalier et sortis par la porte avant. Lorsque j'eus traversé la rue, je levai mon téléphone et pris une photo. J'entendis des crissements de pneus aussitôt que je l'eus envoyée à Dane.

Je vis deux Hummer noirs qui déversaient des gens dans la rue. Je marchai à reculons tout en regardant les hommes monter le perron, enfoncer la porte, et pénétrer dans la maison. Les cris s'entendirent jusque dans la rue alors que la musique était brutalement coupée. J'entendis des coups de feu à l'intérieur de même que je vis les éclairs de lumière par la fenêtre. Je me laissai tomber derrière la Lexus à côté de moi et appelai le 911.

Je dis à l'opérateur que j'étais devant la maison d'un inspecteur de police et je fus clair et concis lorsque je donnai l'adresse et lui lisais les numéros des deux plaques d'immatriculation des Hummer. Ils n'avaient laissé personne dans les voitures, alors je me faufilai jusqu'à la plus proche et pris les clés. Quasiment à la seconde, j'entendis quelqu'un crier le nom de Dominic. Il n'y avait pas d'erreur possible quant à la personne qu'ils voulaient voir. Au moins, j'étais à l'extérieur où je pouvais aider.

Je ne pensais qu'à sauver Sam, même si je le détestais. J'appuyai sur le klaxon et lorsque trois des hommes se montrèrent à la baie vitrée, je leur fis signe de la main avant de grimper derrière le volant. Je fermai les portes à clé et démarrai la voiture, m'attendant à une féroce explosion de vitesse, mais n'avançant finalement qu'à l'allure d'un escargot. Du verre explosa partout autour de moi lorsque les vitres furent prises pour cible et la voiture criblée de balles. La règle d'un véhicule en mouvement s'appliqua cependant, et alors que je prenais de la vitesse en descendant la légère colline en pente, j'entendis le hurlement des sirènes. Je réussis à m'éloigner de la route principale alors qu'un mur de voitures de police me dépassait à vive allure ; j'en comptai dix en tout et continuai ma route, prenant chaque rue secondaire que je pouvais trouver. Non que quelqu'un soit après moi, mais une voiture criblée de balles se démarquerait. Et je me fis la remarque que j'étais plus en colère qu'effrayé. Voler ce véhicule aurait dû être terrifiant, mais tout ce que je continuais à voir, la chose qui ne cessait de me revenir à l'esprit, était la façon dont Sam avait regardé Maggie. Je voulais qu'il me regarde de la même manière.

Je conduis jusqu'à son appartement et pris mes affaires parce que je ne voulais pas m'interposer entre lui et la promesse de son 'heureux pour toujours'. Il trouvait manifestement Maggie Dixon tout à fait charmante et il méritait une chance de voir où cela le conduirait, sans avoir à se soucier de moi. Elle était probablement la raison pour laquelle il avait insisté pour aller à la fête de Dominic en premier lieu. Sam n'était pas du genre à faire quoi que ce soit qu'il ne voulait pas, alors y aller devait plus à voir affaire avec sa présence qu'autre chose. Perdu dans mes pensées comme je l'étais, quand je regardai enfin mon téléphone, je vis que j'avais manqué vingt appels en absence. Je n'avais même pas entendu l'insistante sonnerie.

— Jory ? dit Sam rapidement, répondant à la première sonnerie. Est-ce que tu vas bien ?

— Je vais bien.

Je frissonnai, mais pas de froid. Le Hummer avait des sièges chauffants.

— Est-ce que toi, tu vas bien ? Tu n'as pas été blessé ?

— Non, je n'ai pas été blessé ! Dieu Jory ! Qu'est-ce que tu foutais avec ce putain de tour ?

— Je les ai fait sortir de la maison, n'est-ce pas ?

— Jory ! Où es-tu, bon dieu ?

— Je n'en ai aucune idée, dis-je en me penchant en avant, essayant de lire le nom de la rue. Mais je pense que je suis près de Midway.

— Jory, nom de Dieu ! Arrête cette putain de voiture et attends-moi. Je…

— Tu sais, Sam, ce n'est pas une bonne idée. Je suis passé chez toi prendre mes affaires. Je…

— Tu as fait quoi ?

— Je crois que j'ai fait une erreur et nous savons tous les deux que tu le penses.

— Je n'ai aucune idée de ce dont tu…

— Te regarder flirter avec Maggie Dixon toute la nuit ne faisait pas partie de ma top liste des choses amusantes à faire.

— Jory ! Seigneur ! Personne ne me rend aussi dingue que toi ! Je ne sais pas du tout comment tu as pu survivre aussi longtemps !

56

Je grognai, faisant un signe à l'autre voiture à l'intersection que j'avais failli emboutir. Je ne faisais pas attention à ce que je faisais, ce qui était dangereux lorsque vous pilotiez *l'Enterprise*. Je me penchai par la fenêtre pour crier.

— Désolé, grosse voiture… je ne t'avais pas vue ! C'est de ma faute.

— Jory !

*Merde. Sam.* Je repris le téléphone et le déposai là où je pourrais mieux lui parler.

— Donc, je pense que peut-être je devrais juste te laisser reprendre le cours de ta vie et…

— Jory, Jory…

Nouvelle voix, plus calme, un peu plus profonde.

— Jory.

— Oui ?

— Jory, c'est Dominic. Où êtes-vous, mon pote ?

— Est-ce que vous allez bien ?

— Je vais bien. Où êtes-vous ?

— Ont-ils blessé quelqu'un ?

— Jory, vous…

— J'ai appelé la police pour vous.

— Je sais que vous l'avez fait, mon pote et je… nous apprécions tous votre geste, mais…

— Vous êtes sûr que vous allez bien ?

— Jory… mon pote… Vous êtes en état de choc, n'est-ce pas ?

— Quoi ? Pourquoi ?

Il poussa un profond soupir.

— Jory, vous nous avez tous sauvé la vie. Dieu sait ce qui se serait passé si vous n'aviez pas fait ce que vous avez fait. Mais vous les avez éloignés de tout le monde et… et merde ! D'abord, vous avez appelé de l'aide comme un putain de pro et chacun de ces enculés a été arrêté. C'était incroyable et vous… vous devez nous laisser, Sammy et moi venir vous chercher pour que nous puissions vous ramener chez lui.

— Je ne pense pas que cela va marcher.

— Pourquoi pas ?

— Ça ne marchera pas, c'est tout.

— Eh bien alors, nous allons vous mettre en sécurité dans une maison où…

— Peut-être que je devrais partir, hein ?

— Non, non, non, Jory, seulement…

— Je ne veux pas dire que je ne témoignerai pas. Je m'assurerai de… Oh merde ! Attendez, lui dis-je, appuyant sur le bouton pour recevoir le double appel de Dane. Hé !

— C'est une maison Armand. Comment est-ce possible que quelqu'un avec un salaire de fl…

— Je ne peux pas parler maintenant.

— Pourquoi pas ?

— J'ai quelques petits problèmes.

— Quelle sorte de petits problèmes ?

— Tu ne vas jamais me croire.

— Oh, je suis sûr que je vais te croire. Es-tu toujours chez l'ami de ton inspecteur ?

— Non.

— Alors où es-tu ?

— Je ne suis pas bien sûr, dis-je en cherchant à gagner du temps.

— Tu cherches à gagner du temps. Dis-moi.

Je lui expliquai donc tout, à propos du Hummer, des balles qu'il avait reçues et du fait que je le conduisais dans les environs. Quand je terminai, il n'y eut que du silence.

— Dane ?

— Est-ce que tu plaisantes ?

— Non.

Il se racla la gorge.

— Je suis au centre-ville, au Valentine Lounge. Je te veux ici dans vingt minutes.

— Non.

— Non ?

— Patron…

— Dane, me corrigea-t-il.

— Oh ouais, dis-je en hochant la tête pour moi-même. Désolé.

— Jory, je te veux ici.

— Mais qu'est-ce que je vais faire de ce Hummer ?

— Gare-le quelque part.

Il prit une profonde inspiration.

— N'importe où.

— Tu aurais dû voir ces armes et tout le matos. C'était cauchemardesque.

— Vraiment ? dit-il sans émotion. Cauchemardesque ?

— Ouais.

Je soupirai parce que j'étais en train de craquer, l'adrénaline quittait mon corps et sa voix à l'autre bout de la ligne me donnait une impression de sécurité. Je délirais.

— Écoute, Jory, dit-il, laissant échapper un profond soupir. Je dois te parler de quelque chose alors j'ai besoin que tu viennes ici me voir. Ne me fais pas attendre.

J'éteignis complètement mon téléphone, ainsi Sam ne pourrait pas me retrouver et conduisis jusqu'à Dane. Je me demandai vaguement quand ma vie allait reprendre son cours normal. À tout moment serait le bienvenu.


J'ABANDONNAI LE Hummer sur un terrain vague et mes vêtements et mes affaires dans une consigne de la gare – j'utilisai trois casiers – avant d'aller rejoindre Dane au Valentine Lounge. C'était un bar à cocktails très chic, qui jouait principalement de la bossa-nova, tout à fait le genre d'endroit à servir des martinis avec une olive. J'y étais allé une fois lors d'un rendez-vous avec Rafael Soto. Il aimait m'habiller et me sortir, me montrer et me ramener chez moi. Après le troisième rendez-vous où il ne voulait même pas me toucher parce qu'il ne voulait pas que j'aie un pli de travers, je l'avais envoyé bouler. Ce que j'avais trouvé charmant et lent, avait en fait était d'un ennui sans nom. Mais je savais où se trouvait le bar grâce à ça, donc tout arrivait pour une certaine raison. Parfois, il fallait du temps pour en découvrir le pourquoi.

Dane était assis presque au milieu de la salle, sur un canapé entouré de gens. Ils étaient ses amis, mais il y avait deux femmes que je ne connaissais pas, une de chaque côté de lui. Quand il me vit, il fit un geste de la main pour que je me dépêche et je me déplaçai aussi vite que je le pus. Je me sentis stupide de me tenir là avec mes mains enfoncées dans les poches de mon jean, ayant l'air complètement à l'ouest, j'en étais sûr. Il se leva et empoigna ma chemise pour me tirer vers l'avant, directement dans ses bras. Je me raidis parce qu'il ne m'étreignait jamais, mais la main dans mes cheveux me tenant contre lui, l'autre frottant des cercles dans mon dos… c'était trop. Je frissonnai et enroulai mes bras autour de sa taille. Il me donna une dernière pression et me repoussa à bout de bras pour m'observer.

— Dane ? demanda l'une des femmes. Qui est…

— C'est son frère, Jory, offrit Jude et je me retournai pour le regarder.

Il sourit et hocha la tête. Je levai les yeux pour scruter ceux de Dane.

— C'est ce dont nous allons parler, dit-il d'un ton bourru, la main sur ma nuque, alors qu'il me conduisait à l'écart des autres.

Quand il se tourna vers moi, il posa ses deux mains sur mes épaules.

— J'avais prévu une longue conversation avec toi au bureau, mais premièrement, tu pourrais très bien ne plus être là lundi au train où vont les choses, donc je dois faire ça maintenant, et deuxièmement, il n'y a plus de formalités entre nous donc je peux aussi bien te parler de mes plans ici, au Valentine Lounge.

J'étais silencieux. J'attendais.

— Jory, nous allons changer ton nom de famille de Keyes en Harcourt, je veux faire de toi l'héritier de mes biens et tu vas avoir accès à un tas de choses que tu n'as pas pour l'instant.

Je restais silencieux et il me dévisagea.

— Quoi ? dis-je finalement.

— Je ne t'adopte pas, je ne te prends pas en charge… tu devras toujours travailler et vivre ta propre vie et tout ça, mais tu n'as pas besoin du nom de Keyes et tu n'as pas besoin de me dire non.

— Je ne peux pas vivre avec toi ou de toi ou…

— Qui te demande de le faire ? Je ne vivrais pas avec toi même si je perdais un pari, dit-il sèchement. Tu serais vraiment mort en moins d'une semaine parce que je t'aurais jeté du balcon de chez moi.

— Mais…

— Et à propos, tu es viré.

J'étais stupéfait alors que je levai les yeux vers lui.

— Tes yeux sont énormes, rigola-t-il.

— Tu ne peux pas me virer.

— Oh non ?

— Mais…

— Tiens-toi tranquille une seconde.

Je fis silence et attendis.

Il prit une profonde inspiration.

— Tu as travaillé pour moi pendant cinq ans et durant cette période tu es passé du statut d'assistant à celui d'ami. Tu es la personne que j'imagine dans ma vie pour toujours. Et je peux te dire tout ça parce que le fait que tu sois gay n'a rien à voir avec moi. Je veux prendre soin de toi, mais être au lit avec toi n'est pas mon idée du plaisir. Tu es simplement le frère que je n'ai jamais eu et celui que je veux garder. Et pour cette raison, je ne peux plus travailler avec toi. Je t'ai obtenu un rendez-vous lundi matin à neuf heures chez Barrington, avec David O'Shea, pour un poste dans leur département de design graphique. Tu commenceras au bas de l'échelle et tu gagneras moins que maintenant, donc si tu es à court d'argent, tu viendras me demander un prêt que tu devras rembourser. C'est à ça que sert la famille. Tu peux garder ton AMEX. Il y a déjà ton nom dessus.

— Dane, je…

— C'est ce qui m'a fait penser à tout cela. Ce jour-là, quand nous sommes allés chez Macy et que je sortais ma carte tandis que tu payais avec la tienne. Je pensais, il a une carte de crédit que j'approvisionne avec son nom dessus. Et je sais que c'était juste pour le travail, mais quand même, c'était comme si nous étions reliés en quelque sorte.

Il soupira et me regarda dans les yeux.

— J'ai pensé que c'était comme ça que je voulais que les choses soient entre nous. Je ne veux pas seulement contrôler ta vie au travail, je veux avoir mon mot à dire tout le temps. Et même en tant qu'ami, cela ne me donne pas assez de pouvoir… alors j'ai commencé à réfléchir et c'est ce à quoi j'ai abouti. Tu vas devenir mon frère.

— Tu ne peux pas juste…

— J'ai parlé à mon avocat, dit-il en hochant la tête. Je peux tout faire. Demain matin, tu signes les papiers avec moi durant le brunch, que nous aurons ensemble avec mon avocat, et tu laisseras partir Jory Keyes pour devenir Jory Harcourt. Tu auras besoin d'un nouveau permis de conduire et d'une nouvelle carte de Sécurité sociale, mais en dehors de ça, tout est fait. Jory Keyes cessera d'exister et Jory Harcourt naîtra.

— Je ne veux pas devenir un…

— Si, tu veux…

— Je ne veux pas dire que je ne veux pas devenir un Harcourt, je ne veux pas être un designer graph…

— Si, tu le deviendras.

— Non, je ne le ferai pas !

— Si… tu le deviendras. Je sais que tu veux le faire. Je t'ai regardé. Et être mon assistant n'est pas satisfaisant. Tu as besoin d'une carrière, pas d'un simple travail et de cette façon, tu peux continuer à t'occuper de moi et trouver le travail de tes rêves. Nous savons tous les deux que la seule raison pour laquelle tu n'es pas parti, c'est parce que tu t'inquiétais de me perdre. Plus d'inquiétude à avoir.

— Pourrais-tu être plus prétentieux ?

— Comment ça ?

— Tu penses que la seule raison pour laquelle je suis resté, c'est pour être près de toi ?

— Oui. Je sais que c'est pour ça. Tu penses que si tu pars, je disparaîtrai de ta vie.

61

Je le regardai.

— Je ne disparaîtrai pas.

Je me raclai la gorge.

— Qui vas-tu prendre pour assistant ?

— J'ai embauché une femme merveilleuse, ce matin. Elle est plus âgée que moi et semble très chaleureuse et extrêmement professionnelle. Je l'ai aimée à la minute où je l'ai rencontrée.

Je le dévisageai.

— Tu m'as remplacé.

— J'ai embauché une nouvelle assistante, toi, je te garde.

J'essayai d'assimiler tout ce qu'il venait de dire.

— Pour commencer, cet endroit où tu vis… à partir de maintenant, tu feras les paiements pour toi-même. Tu me l'achèteras. Une fois que tu en seras propriétaire, tu pourras le revendre ou en faire ce que tu veux.

C'était un sacré coup. Je n'étais pas un mendiant.

— Je ne mérite pas tout cela.

— Tu en mérites chaque partie, dit-il solennellement. Et qui peut dire ce qu'une personne mérite ou ne mérite pas ? Nous allons de pair tous les deux et je veux que tu sois ma famille. Nous n'avons pas besoin d'en faire une histoire. Nous sommes toujours nous, tu es toujours toi… simplement, maintenant tu m'as pour veiller sur toi.

Je lui lançai un regard noir.

— Tu veux diriger ma vie.

— Je pensais que c'était ce que j'avais dit.

Mon esprit tournait à plein régime.

— Comment peux-tu me donner ton nom ?

— J'ai été adopté et j'ai obtenu mon nom. Mes parents sont morts, tu le sais, et il n'y avait que mon père, il n'avait ni frère ni sœur et ses deux parents sont décédés avant ma naissance. Il n'y a pas d'autre Harcourt auquel je sois lié, donc ce sera juste moi… et maintenant toi. Nous allons construire notre propre histoire.

Je regardai dans les yeux gris que je connaissais si bien. C'était marrant d'avoir pensé un peu plus tôt qu'il était mon chez-moi. Il s'avérait que maintenant il l'était vraiment.

— Et je me marierai un de ces jours et tu seras là, avec moi. Lorsque j'aurai des enfants, tu deviendras un oncle, tu viendras à chaque fête de Thanksgiving et de Noël, et tu dîneras à la maison avec ta famille les samedis soirs. Tu amèneras ton partenaire avec toi et un jour, j'en suis sûr… tu auras tes propres enfants.

L'air venait d'être aspiré hors de la pièce et je sentis mon cœur battre plus fort dans ma poitrine.

— C'est ce que je veux, dit-il en me souriant, sa main posée sur mon cou. D'accord ?

Je ne pouvais pas parler.

Il laissa échapper un soupir rapide.

— Cette fois, murmura-t-il d'une voix rauque et je vis les muscles de sa mâchoire se crisper alors qu'il pinçait les lèvres. Je veux que tu sois mon frère. Je… tu sais. Je veux que tu restes. Accepte.

Tout à coup je compris, et la simplicité de la chose était sidérante. Il m'aimait. Il ne pouvait pas le dire parce que les mots étaient trop pour lui, ils pèseraient trop lourd entre nous, mais je le vis dans son regard fixe, le sentis dans la chaleur de sa main sur ma joue, et l'entendis dans la façon dont il retenait son souffle. Il m'attendait. Il m'attendrait pour toujours si je lui demandais. Je hochai la tête parce que je ne pouvais pas parler.

Son bras glissa autour de mon cou alors qu'il m'attirait près de lui, me tenant serré, appuyant son menton sur le haut de ma tête tandis qu'il me remerciait.

— Je devrais te remercier, coassai-je.

— Non, dit-il en me repoussant. Allons-y.

— Où allons…

— Je te ramène à la maison, chez moi. Je ne te fais pas confiance pour être en sécurité n'importe où ailleurs.

— Mais tu n'as pas à laisser tous tes…

— Où sont toutes tes affaires ?

Je lui expliquai à propos des consignes de la gare.

Il posa à nouveau sa main sur ma nuque.

— Allons chercher tes affaires. Tu dois être épuisé, tu tiens à peine debout.

— Ce n'est pas… commençai-je alors même que je faillis trébucher sur mes propres pieds. Merde !

Il rigola alors qu'il me dirigeait vers les autres. Quand il annonça qu'il devait partir – une urgence familiale – le plaisir contenu dans sa voix fut immanquable. Son ami Jude me sourit et je fus félicité pour avoir fait le bon choix.


DANE HABITAIT dans un immeuble très privé, en plein centre-ville, près du château d'eau. Il y avait un gardien assis derrière le bureau lorsque vous entriez et un autre qui se tenait près des ascenseurs. C'étaient des hommes de taille moyenne, vraiment sympas. Il n'y avait rien de menaçant dans leur apparence, ce qui fichait en quelque sorte plus la trouille que s'ils avaient été baraqués et effrayants. J'avais dans l'idée qu'ils pouvaient devenir menaçants très rapidement. Le fait qu'ils soient tous deux armés ne faisait que renforcer cette impression. Si vous essayiez de vous en prendre à quelqu'un dans l'immeuble de Dane, vous pouviez vous faire tirer dessus. Cela devait être réconfortant pour les résidents, même si cela fichait les chocottes aux visiteurs. C'était probablement le but recherché.

L'appartement de Dane tenait sur deux niveaux. Le bas était une pièce immense où la salle de séjour, la salle à manger et la cuisine ne faisaient qu'une en quelque sorte. L'escalier en acier partait du premier niveau jusqu'au second où se trouvaient son bureau, sa chambre avec salle de bain, deux chambres d'amis et une autre salle de bain. Il possédait une véranda, sous laquelle il y avait une piscine et le sauna, et qui menait à un balcon avec vue directe sur le lac Michigan. Au premier étage, il y avait un autre balcon qui offrait une vue sur l'autre côté, vers la ville. C'était un endroit éblouissant pour vivre et il était encore plus excitant qu'il puisse prendre l'ascenseur et se retrouver au cœur du centre-ville où toute la vie nocturne et les magasins se trouvaient. J'avais toujours aimé son appartement et j'étais vraiment excité lorsqu'il quittait la ville et que je devais le garder. Alors que je me tenais dans le séjour, regardant par le balcon, il vint vers moi et me donna un jeu de clés et une carte pour l'ascenseur.

— J'ai un jeu de clés de ton appartement, m'assura-t-il en bâillant tout en montant l'escalier du niveau supérieur. Je vais aller te préparer l'autre chambre. Laisse-moi juste une minute.

Il me faisait peur à agir comme si tout était normal. Et pour lui, c'était probablement le cas. Parce que mon nouveau statut était sa décision et qu'il avait eu le temps d'y penser. J'étais celui qui s'était réveillé dans la quatrième dimension. Quand mon téléphone sonna, je répondis sans même vérifier le numéro.

— Jory.

— Hé, soupirai-je. Tu vas bien, Sam ?

— Dis-moi où tu es.

Je me laissai tomber sur le canapé en cuir.

— Je suis en sécurité, ne t'inquiète pas.

— Comment ne pas m'inquiéter ? Je…

— Sam, dis-je doucement, as-tu remarqué que nous avons eu autre une chance et que nous nous séparons à nouveau ?

— Qu'est-ce que tu racontes ?

— Je veux dire que nous avons ces moments de bonheur suivis par des catastrophes totales.

J'étais épuisé et je pouvais l'entendre dans ma voix.

— C'est épuisant, n'est-ce pas ?

— Qu'essaies-tu de dire ?

— Je n'*essaie* pas de dire quoi que ce soit, je te le dis clairement. Tu n'es pas prêt pour moi, Sam.

— De quoi parles-tu nom de Dieu ?

— Je t'ai vu avec cette fille, Sam. J'ai vu comment tu la regardais. Tu ne peux pas me mentir maintenant et me dire que tu n'étais pas intéressé par elle. Je t'ai regardé. Maggie Dixon t'intéresse.

— Et alors ?

Il n'y avait pas de déni, seulement une riposte défensive. J'avais touché un nerf.

— Alors, vas-y… vois où cela te mène.

— Tu crois que j'ai besoin de ton autorisation, petit con arrogant ?

— Je pense que tout ce que tu m'as dit ce soir-là dans la voiture était vrai. Tu veux ce que tes parents ont, mais tu veux coucher avec moi. Tu ne peux pas avoir les deux.

— Tu n'as pas à me dire ce que je peux ou ne peux pas avoir.

— Je sais, mais nous continuons à faire ça et le résultat ne change jamais. Nous nous séparerons au premier signe dc difficulté.

— Nous ne nous séparons pas, tu t'enfuis. Tu t'enfuis toujours.

— Je ne cadre pas dans ta vie, Sam. Tu m'as laissé seul ce soir à la fête parce que cela aurait eu l'air bizarre si tu m'avais gardé près de toi. Maggie s'intègre à merveille. Pas moi.

— Tu ne sais rien.

— Nie m'avoir abandonné.

— Jory, c'était l'anniversaire de Dom… c'était à propos de lui, pas de toi.

— Alors vouloir que tu sois avec moi ou vouloir que tu m'inclues dans ta vie fait de moi quelqu'un d'égoïste ?

— Pourquoi ne pouvais-tu pas te mêler à mes amis ?

— Pourquoi ne pouvais-tu me garder près de toi ?

— Je suis censé faire quoi ? Te tenir la main toute la nuit ?

— Je ne m'attendais pas à ça… je m'attendais juste à être inclus.

— Tu es incapable de penser à quelqu'un d'autre que toi-même.

— Vraiment ?

65

— Ouais, vraiment.

Nous tournions en rond. Je pensais qu'il avait tort, il pensait que j'avais tort, il n'y avait pas de terrain neutre, pas de compréhension que nous puissions atteindre.

— Vas-tu parler de moi à Dom, Sam ?

— Tu as dit que tu attendrais que je sois…

— Allez, sois honnête, tu ne peux pas et tu le sais. Ta vie n'inclut pas un partenaire, elle fonctionne seulement avec une femme. Pourquoi le combattre ?

J'attendis quelques secondes qu'il me réponde.

— Tes parents vont adorer Maggie.

— Tu sais, Jory, c'est marrant que tu penses que toi, parmi tous, saches ce qui est bon pour moi. Tu ne peux même pas prendre soin de toi, mais tu penses savoir ce qui est mieux pour moi.

— Ose dire le contraire.

— Je pense que peut-être, c'est une bonne chose que tu sois parti. Tu ne sais manifestement rien sur la façon de traverser des moments difficiles. Tu t'enfuis aux premiers signes de difficulté. Tu es un lâche et tu devrais savoir ça à propos de toi-même.

— Seulement s'il n'y a vraiment aucun moyen de gagner.

Je soupirai profondément.

— Tu ne peux pas te leurrer en pensant que les choses vont marcher quand les faits sont juste devant de toi.

— Tu es vraiment stupide.

— D'accord.

— Ce sera vraiment fini cette fois, tu sais ? Je ne peux pas continuer à te courir après.

— Bien sûr, dis-je alors que mes yeux se remplissaient de larmes. Je sais.

— Est-ce que ça te fait quelque chose au moins ?

Ça me touchait plus que j'aurais pu l'exprimer. Je n'avais jamais, jamais été aussi dingue de quelqu'un. Sam Kage était l'homme de mes rêves ; c'était vraiment dommage qu'être avec lui soit toujours un cauchemar en devenir.

— Prends soin de toi, dit-il et il raccrocha.

Je me laissai tomber sur le flanc dans le canapé. Je le pleurerai, et notre histoire également, au petit-déjeuner. J'étais simplement trop fatigué pour le moment. Je ne pouvais pas garder mes yeux ouverts. Je ne me rappelai pas être allé me coucher.

# IV

J'APPUYAI SUR le bouton pour parler, mais avant que je puisse dire qui j'étais, une sonnerie retentit. Je passai la porte de l'immeuble et avançai dans l'entrée.

— Jory ! couina-t-elle bruyamment.

Je levai les yeux et là, à quatre pas, se trouvait mon amie et partenaire de travail, Dylan Greer, qui me faisait de grands gestes.

— Dépêche-toi, je veux te présenter à tout le monde !

Je montai l'escalier aussi vite que je pus, retirant mon écharpe tout en marchant. Lorsque j'atteignis son niveau, elle courut à ma rencontre et je l'attrapai quand elle se jeta sur moi pour la ramener jusqu'à sa porte, ses bras et ses jambes enroulés autour de mon corps.

— Tu es venu, dit-elle en souriant, passant ses doigts sur mes sourcils.

— Je t'avais dit que je viendrais.

— Je sais.

Elle soupira alors que je lui faisais passer la porte de son appartement pour la déposer dans le couloir.

— Mais je t'ai invité un million de fois avant.

— Et cette fois, je pouvais venir, lui assurai-je.

Elle hocha la tête.

— Donne-moi ton manteau. Que veux-tu boire ?

— Qu'est-ce que tu as ? demandai-je en lui donnant d'abord mon manteau puis la bouteille de vin que j'avais achetée pour elle.

— Oh, merci, monsieur.

Elle me sourit, prenant ma main, me tirant vers le salon.

— Pourquoi pas une Margarita bien corsée ?

— D'accord.

Je lui souris, repoussant les cheveux de ses yeux.

— J'aime ton visage.

Je la regardai trembler sous mon toucher, comme toujours, une démonstration reconnaissante de mon attention. Elle aimait me montrer son adoration, comme j'aimais lui montrer la mienne.

— Eh bien, j'aime aussi beaucoup le tien, tu sais ?

Nous échangeâmes tous les deux un long regard avant d'entendre un raclement de gorge à proximité. Nous nous retournâmes tous deux vers l'homme qui nous souriait.

— Tu dois être Jory.

Son sourire s'élargit tandis qu'il me tendait la main.

— Je suis Chris, son mari.

Je pris sa main et lui rendis son sourire.

— C'est super de pouvoir enfin te rencontrer.

— Toi aussi, dit-il en hochant la tête et en tendant le bras pour me serrer l'épaule. Elle parle de toi tous les jours.

— Désolé, dis-je en lui lançant un regard.

— Quoi ?

Son air renfrogné était adorable.

— Non, dit-il en rigolant. C'est bon, vraiment. Elle adore travailler avec toi.

J'enroulai mes bras autour de son cou et me pressai contre son dos.

— Eh bien, cela va dans les deux sens.

Ils écoutaient de vieilles chansons et quand une nouvelle commença, elle m'attira loin de son mari, vers l'espace situé derrière le canapé. Je la pris dans mes bras et elle posa sa tête sur mon épaule et se pencha. Alors que je bougeai, je l'entendis soupirer et elle fondit contre moi. Quand la chanson prit fin et que je faisais basculer en arrière, un tonnerre d'applaudissements retentit.

Je relevai brusquement la tête et je me rendis compte qu'il y avait sept autres personnes dans la pièce.

— Tout le monde, dit-elle en gloussant tandis qu'elle les regardait tous la tête à l'envers. Voici mon partenaire de crime, mon mari au travail, Jory.

Je souris et elle éclata de rire. Quand je baissai à nouveau les yeux sur elle, son regard était rivé sur mon visage.

— Redresse-moi que je puisse te présenter à mes amis.

Dès qu'elle fut debout, elle attrapa le devant de mon pull et me tira vers le centre du groupe, à côté de la table basse. Un jeu de société était déployé. Je réussis à ne pas gémir tout haut, ce dont je fus très fier.

Ses amis étaient très gentils et lorsqu'ils me demandèrent ce que cela faisait d'avoir Dylan Greer comme partenaire, je me penchai vers elle et dit que depuis le moment où nous avions été présentés, cela avait été idyllique. Quand elle se retourna pour me regarder, je souriais de toutes mes dents. Elle posa sa main sur ma joue et j'entendis des rires autour de nous.

Mon entrevue, d'abord avec David O'Shea puis avec son patron, Philip Torres, chez Barrington s'était déroulée mieux que bien. Il avait besoin d'un nouveau designer graphique, et celui-ci devrait pouvoir travailler avec un partenaire pour développer l'image de marque de leurs nouveaux clients. Nous devions créer des logos, développer des illustrations et créer du matériel d'impression. J'avais été affecté au département de production après avoir été embauché, démarrant au bas de l'échelle avec quelqu'un du service de conception graphique. Nous avions travaillé ensemble après avoir assisté à une réunion client et présenté quelque chose d'extraordinaire. C'était généralement une réunion de groupe où le client était présenté à tout le monde. Il y avait quatre équipes qui travaillaient sur ce processus de relation publique chez Barrington et nous étions l'une d'entre elles. C'était lorsqu'on m'avait fait faire le tour du département le mardi suivant mon embauche que j'avais eu mon premier aperçu de Dylan Greer.

Elle était assise seule à son bureau et tout le monde dans la salle de production était regroupé autour d'un autre bureau en train de parler les uns aux autres. Miguel Ortiz, qui avait été mon guide, m'avait conduit à son bureau. Il avait toqué dessus pour attirer son attention alors qu'elle avait la tête posée sur sa table à dessin. Elle avait roulé la tête au lieu de se redresser et personne ne put manquer son soupir d'exaspération.

— Greer, voici Harcourt, lui avait-il grommelé. Votre nouveau partenaire. Essayez de ne pas le faire fuir.

Et avec ça, il m'avait serré l'épaule et était parti. Il m'avait déroulé le discours 'bonne chance avec elle' en me menant jusqu'à son bureau. Apparemment, Dylan était extrêmement douée, extrêmement lunatique et parfois violente. Elle avait lancé une agrafeuse à la tête de son dernier partenaire. Il n'avait pas démissionné, cependant, jusqu'à ce qu'elle se moque de lui, longtemps, bruyamment et intensément, au milieu d'une réunion avec un client. La seule raison pour laquelle elle était toujours là et n'avait pas été instantanément virée, c'était parce que le client avait trouvé, comme elle, l'idée tout aussi ridicule. Quand elle s'était approchée avec ses propres croquis jusqu'à la table et qu'elle avait expliqué ses intentions, le client avait adhéré au concept sur le champ. Elle était, après tout, brillante, mais maniaque. Je l'appréciai instantanément.

Lorsqu'elle avait levé la tête de sa table et m'avait regardé dans les yeux, j'avais haussé un sourcil. Son sourire était adorable. Sa toute petite bouche en forme de cœur et ses immenses yeux noirs la faisaient ressembler à un personnage de bande dessinée – une jolie illustration de manga. Sa peau de porcelaine et ses cheveux de jais, avec des reflets bleutés, ajoutaient à cette impression.

— Vous ne ressemblez pas à un Greer, lui avais-je dit.

— Ai-je l'air d'un Okamoto ? avait-elle demandé sèchement.

— Oui.

— Vous ne ressemblez pas à un Harcourt, m'avait-elle renvoyé. C'est un peu prétentieux.

J'avais haussé les épaules. Aucune des nouvelles personnes que j'avais rencontrées ne saurait jamais que j'avais porté un autre nom que Harcourt. Jory Keyes était mort et ne reviendrait pas, même pour une explication.

— Eh bien, je suis un peu snob moi-même. Vous connaissez ce genre-là : connard prétentieux.

Elle m'avait fixé avec intensité.

— Vous avez l'air bien en ce qui me concerne.

J'avais souri en grand.

— Vous avez l'air bien en ce qui me concerne aussi.

Elle m'avait offert sa main.

— Appelle-moi Dy.

Je m'étais penché et l'avais pris dans mes bras pour une étreinte serrée

— Appelle-moi J.

Ses bras s'étaient instantanément enroulés autour de moi et elle avait posé sa tête sur mon épaule. Nous étions allés nous cacher dans un placard pour que personne ne puisse la voir pleurer. Elle ne voulait pas être une mégère, mais elle aimait que les choses soient faites d'une certaine manière, de la bonne façon, et c'était la raison pour laquelle tout le département la détestait : parce qu'elle insistait sur la qualité plutôt que la quantité. Je lui avais assuré que ce n'était pas mon cas, que je ne pourrais jamais la détester pour ça, et nous étions partis de là. Le temps que nous revenions à son bureau, nous étions une équipe, et plutôt redoutable au fil des semaines.

Nous avions déclenché quelque chose d'invisible qui m'avait appris à faire confiance à mes instincts et, elle, à explorer ses limites. Elle n'avait pas à s'inquiéter que je rattrape son niveau et que je sois jaloux d'elle ou même que je la poignarde dans le dos – sa seule préoccupation était le travail. Et moi, qui ne savais pas si je pouvais faire ce travail, j'en étais venu à réaliser que j'en avais la capacité alors qu'elle nourrissait mon talent, le faisant progresser du stade potentiel à possible et enfin à l'accomplissement.

Nos idées rebondissaient entre nous et parfois sur les murs. Elle dessinait sur toutes les surfaces à portée de main et quand les autres s'étaient plaints, Gloria Todd, la chef de notre département, nous avait déplacés de l'étage principal jusque dans un cagibi minuscule dans un coin de bureau. Dylan avait tapissé un côté de la pièce, arrachant et recollant les papiers tous les matins. Là où elle était enfiévrée, emportée et frénétique, j'étais calme, apaisant et conciliant. Elle disait que j'étais comme l'eau de sa flamme, mais qu'au lieu de la noyer, je la tempérais. Nous nous complétions comme les pièces d'un puzzle et nous étions tous les deux remarqués et félicités. Cela ne m'agaçait même pas que Dane ait eu raison. J'aimais mon nouveau travail, ma nouvelle vie. J'aimais être Jory Harcourt.

Dylan avait fait pression sur moi pendant deux mois pour que je rencontre son mari et elle voulait rencontrer la *personne spéciale* de ma vie. Puisqu'il n'y en avait pas – parce que je prenais une longue pause dans ma vie sentimentale – je lui avais demandé si mon frère pouvait suffire. Elle avait été encore plus heureuse avec ça et avait donc arrangé un petit dîner avec deux autres couples : ses meilleurs amis qu'elle voulait que je rencontre, son mari et un de ses collègues dont elle était folle. Je savais, avant même que les mots sortent de sa bouche, qu'elle jouait les entremetteuses, mais elle était mon amie et voulait ce qu'il y avait de mieux pour moi, donc j'acceptai de rencontrer Raymond Alvarez et tous les autres, chez elle un samedi soir.

Lorsqu'à neuf heures moins le quart, ni Dane ni Ray ne se montrèrent, Dylan, fidèle à elle-même, alla de l'avant et servit le dîner. Elle n'avait pas la moindre patience et elle n'allait pas commencer avec le service du repas. Elle avait préparé un buffet disposé sur le comptoir et nous nous servîmes avant de nous asseoir dans le séjour. Lorsque la sonnette retentit, alors que nous étions tous installés, Chris se leva pour aller ouvrir, posant une main caressante sur le genou de sa femme pour lui indiquer de ne pas bouger. Je ne fus pas surpris que ce soit Dane. C'était amusant de le voir ici dans son costume Armani, ayant l'air tout droit sorti d'un magazine de mode. Il était époustouflant.

— Oh mon Dieu ! souffla Dylan, ses yeux parcourant lentement l'homme, de haut en bas, avant d'opter définitivement pour son visage, ses yeux gris pâle sous d'épais sourcils noirs parfaitement dessinés. Êtes-vous Dane ?

— C'est moi, dit-il en lui souriant, lui offrant une bouteille de Dom Pérignon. Je suis désolé d'être en retard. J'ai oublié que je devais faire une apparition à un gala de charité ce soir, mais je ne voulais pas que vous pensiez un seul instant que rencontrer la collègue de Jory n'était pas d'une importance capitale pour moi. Donc, je vous ai apporté un cadeau et j'espérai que peut-être nous pourrions dîner ensemble, avec votre mari, un jour de la semaine prochaine si cela vous convient.

Elle ne put que hocher la tête. Il lui accordait toute son attention et son cerveau court-circuitait.

— Cela nous irait. Ce serait formidable.

— Excellent.

Il lui sourit avant d'offrir sa main à Chris.

— C'est un plaisir de vous rencontrer.

Il était tout aussi fasciné.

— Également, dit-il en serrant la main de Dane.

Je vis Dane se présenter aux autres, leur serrer la main, leur sourire jusqu'à ce que la pièce devienne silencieuse, l'observant, attendant son geste suivant. Je me levai et il vint à ma rencontre, posant sa main sur mon épaule.

— Comment vas-tu ?

Je lui souris.

— Je vais bien. On se voit toujours pour le brunch de demain ?

C'était devenu notre rituel du dimanche matin depuis notre première rencontre avec son avocat.

— Bien sûr. Nous irons faire du sport d'abord. Je dois battre Jude au squash cette semaine ou je lui devrais une voiture ou quelque chose comme ça, et même si t'anéantir n'est pas un entraînement en soi, au moins cela me remuera le sang.

Je rigolai.

— Très drôle. Tu es absolument hilarant.

Il sourit avant de tapoter ma joue gentiment, se retournant pour partir.

— N'oublie pas que nous devons passer des curriculum vitae en revue demain. Je dois commencer les entretiens la semaine prochaine.

— À combien d'assistants en es-tu depuis les deux mois que je suis parti ?

Il me sourit d'un air narquois.

— Tais-toi.

— Carina, puis Debbie et vendredi dernier, tu as viré Shannon, non ? le taquinai-je.

— Vas-y, continue.

Je hochai la tête, baissant les yeux avant de brusquement les relever et le fixer.

— Dis-le.

— Quoi ?

Je plissai les yeux.

— Allez, dis-le.

Il me jeta un long coup d'œil avant de finalement soupirer.

— Très bien, tu avais raison. Tu étais le meilleur assistant que j'ai eu. Tu prenais soin de moi au travail et à la maison, tu étais phénoménal. Est-ce là ce que tu voulais entendre ?

— Oui.

— Tu sais que tu es incroyable. Je devrais te le dire plus souvent.

C'était tout ce que j'avais besoin d'entendre.

— Tiens, dit-il en me donnant quelque chose.

Lorsque je baissai les yeux sur ce qu'il y avait dans ma main, je réalisai que je regardais le porte-monnaie en cuir bleu royal que je voulais lorsque nous étions allés à Vail pour Noël. J'avais décidé qu'il était trop cher. Je n'avais pas vraiment *besoin* d'un nouveau portefeuille. Je redressai la tête d'un coup. Il souriait.

— Ton portefeuille est une parodie, sourit-il malicieusement. Utilise celui-ci à la place.

— Merci, répondis-je en lui rendant son sourire. Cette chose m'a obsédée, j'ai désiré l'avoir vraiment acheté.

Je faisais ça souvent et devais toujours juger un achat que je n'avais pas fait sur la somme des pensées que je lui accordais après coup. Parfois, j'étais juste en quête de shopping thérapeutique, pour me remonter le moral, mais d'autres fois, je voulais vraiment quelque chose et quand je ne finissais pas par l'obtenir, ça me rongeait l'esprit comme le bruit de l'eau gouttant d'un robinet mal fermé.

— Je te connais, dit-il avant de me donner une dernière tape sur la joue.

À la seconde où la porte se referma derrière lui, Dylan cria mon nom.

— Jory !

Je me retournai pour lui faire face.

— Dane Harcourt est ton frère ? L'architecte ?

— Ouais.

Je souris parce que lorsqu'il était mon patron, j'étais fier de le revendiquer, mais maintenant que nous étions une famille, je brillais pratiquement quand quelqu'un mentionnait que nous étions liés. Dane m'avait donné son nom et avait fait de moi son frère lorsqu'il avait décidé qu'il ne voulait pas seulement se mêler de ma vie professionnelle, mais de toute ma vie. Il était né pour être un grand frère et j'étais réellement très heureux qu'il ait choisi d'être le mien.

— Putain de merde ! s'exclama Chris et tout le monde se moqua de lui. Jory, mon pote, tu aurais pu me prévenir, je suis un grand fan de son travail.

Je haussai les épaules.

— Désolé.

— Alors, où êtes-vous allés pour Noël ? me demanda Dylan en allant ranger le champagne dans son réfrigérateur. Je sais que vous avez quitté la ville, mais tu ne m'as jamais dit votre destination.

— Nous sommes allés à Vail, lui dis-je. C'était sympa. Il a skié et j'ai fait du shopping et nous avons mangé et bu et c'était génial. L'année prochaine, nous irons dans un endroit chaud comme Maui ou Cancún peut-être.

— Il n'y a que vous deux ? me demanda-t-elle. Vos parents sont morts ?

Je hochai la tête.

— Seulement nous.

— Tu ne veux pas devenir architecte, Jory ? me demanda Chris.

Je secouai la tête.

— Nan. C'est lui le génie, je me laisse porter.

— Tu es un génie aussi, renchérit Dylan, prenant mon visage entre ses mains. Je te le promets.

Je me penchai en avant et l'embrassai sur le nez.

— Mais je pourrais te tuer pour avoir laissé cet homme entrer dans ma maison. Mon Dieu, ce qu'il a dû penser !

— Il a pensé que c'était charmant, crois-moi.

— Il est incroyable, souffla-t-elle, étrécissant les yeux en me regardant. Et vous deux, vous ne vous ressemblez pas du tout, en dehors du fait que vous soyez tous les deux magnifiques.

Je lui tapotai la joue.

— Lui et moi jouons dans des ligues différentes, bébé.

— Jory, viens ici et crache le morceau, m'appela une des femmes sur le canapé. Assieds-toi près de moi.

C'était amusant de parler de Dane et de me rendre compte qu'ils étaient tous stupéfaits. J'aurais réagi de la même façon. Cela n'arrivait pas souvent qu'un homme tel que lui entrât dans votre salon.

Vers vingt-trois heures, il était clair que Ray avait oublié la soirée alors je partis pour rejoindre Evan au club. Avant que j'entre cependant, mon téléphone sonna.

— Jory ?

— Hé, Nick.

Je souris dans le téléphone.

— Comment vas-tu ?

— Bien.

Je sortis du chemin de plusieurs personnes et je me retrouvai devant le club.

— Qu'est-ce qui ne va pas ? lui demandai-je.

— Je suis désolé de ne pas avoir retourné tes appels à Noël, mais…

— Je ne voulais pas que tu penses que je ne tenais pas ma promesse. Je t'avais dit que je rencontrerais ta famille, mais tu ne m'as jamais rappelé.

— Ouais, je le sais et j'en suis désolé. Je venais juste de rencontrer quelqu'un et ça semblait être sérieux alors en gros, je t'ai oublié. C'était vraiment con de ma part.

Je ris doucement.

— Tout le monde oublie ses amis au profit d'un amant, Nicky, ne te culpabilise pas. Qui s'en soucie… nous sommes amis, ça va. Dis-moi ce qui s'est passé ?

— Il m'a dit après le Nouvel An qu'il ne voulait pas rompre avec moi pendant les vacances, mais que c'était fini avant Noël. Il a dit que j'étais nul au lit et que je devrais penser à prendre des leçons de quelqu'un. C'est en train de devenir l'histoire de ma vie, J.

Je grimaçai.

— Je n'ai jamais dit que tu étais nul au lit. J'ai dit que nous – et j'insiste sur le 'nous' – n'avions pas d'alchimie. Ce qui a autant à voir avec moi qu'avec toi.

— Non, ce n'est pas vrai, parce que nous savons tous les deux que tu es doué au lit.

Je restai silencieux parce que je ne savais pas encore s'il essayait d'être offensant ou non.

— Je parie que tous les gars avec qui tu as couché te disent tout le temps à quel point tu es torride et bon au lit et…

— Au revoir, Nick, dis-je avant d'éteindre mon téléphone et d'entrer dans le club.

Je passai un bon moment à traîner avec Evan, mais ramenai des numéros de téléphone à la maison plutôt que des hommes. Il me demanda au moment où je repartais si je me transformais en moine.

Sur la route du retour, je bifurquai dans une ruelle et lorsque j'arrivai sur le trottoir, je me souvins que j'avais besoin de thé. La boutique, à trois pâtés de maison de là, vendait un mélange parfumé de différentes saveurs que j'aimais alors j'allais voir si le vieil homme travaillait. Si le père travaillé, le magasin serait encore ouvert ; si c'était le tour de son fils, il aurait fermé pour aller en boîte. Alors que j'arrivais en haut de la rue, je vérifiai des deux côtés – c'était une nouvelle habitude – et là, sur le trottoir d'en face, sortant d'un restaurant, je vis Sam. Il tenait la main de Maggie Dixon. Dominic, un autre gars et deux femmes étaient avec eux. Je ralentis, mais ne m'arrêtai pas, voulant me cacher, mais continuant d'avancer à la place.

La dernière fois que je l'avais vu, c'était lors de ma comparution devant le grand jury. Il m'avait ignoré devant la cour et s'était éloigné sans me parler après mon tour dans le box des témoins. J'avais donné mon témoignage et deux autres avaient donné le leur et après ça, Brian avait décidé de faire appel. Son choix était de témoigner contre son patron et ils l'avaient mis en détention préventive. Ils n'avaient plus besoin de moi et il avait été sous-entendu que les menaces qui pesaient sur ma vie cesseraient. Le procureur adjoint m'avait appelé pour me dire que j'étais libéré de tout service supplémentaire. Je pouvais redevenir un simple citoyen. Rien ne s'était passé durant les deux mois que j'avais passés à mon nouveau travail et je n'avais jamais plus entendu parler de Sam.

J'avais pensé à l'appeler pour Noël, mais cela m'avait semblé futile, et puis Dane avait éclipsé tout le reste avec ses plans, le voyage et la formation de notre famille. J'avais voulu l'appeler pour le Nouvel An et lui dire que c'était mon anniversaire et que j'avais eu vingt-trois ans. Je ne savais pas du tout pourquoi cela m'avait semblé important à l'époque. Mais les jours passaient avec de plus en plus d'absences et de silences. Trop de temps avait passé sans qu'aucun de nous ne contacte l'autre. Dans la rue, passant à côté de lui comme un étranger, je ressentis la finalité de ce qui avait pu exister entre nous et l'énormité de l'abîme entre nous. Mieux valait ne pas chercher les ennuis, ce que je fis. J'enfonçai mes mains gantées profondément dans mes poches tandis que je le dépassais, rentrant le menton vers ma poitrine, prenant une bonne bouffée de l'air froid de janvier.

Le magasin était ouvert et j'eus droit à un petit geste de la part du vieil homme alors que j'allais à l'arrière où se trouvaient les boîtes de conserve où sa femme mettait ses feuilles de thé privées. Mon téléphone sonna et je lus le numéro de Nick sur l'écran.

— Est-ce que je veux vraiment te parler ? demandai-je avec irritation.

— Désolé, désolé, je suis désolé. Je me sens vraiment nul et c'est toi qui as tout pris parce que tu étais au bout du fil. Je suis désolé.

Je grognai.

— S'il te plaît, Jory, je suis tellement…

— Ne dis pas encore une fois que tu es désolé.

— D'accord... Désolé.

Je grondai cette fois.

— Merde, je… Seigneur, Jory, j'ai été un tel con. J'aurai dû t'appeler et… parce que tu étais celui que je voulais présenter à mes parents, pas Ray Alvarez.

*Attendez.*

— Quoi ?

— J'ai dit que…

— Ray Alvarez ?

— Ouais, Raymond Alvarez. C'est le nom du gars.

— Merde.

— C'est drôle, tu sais, poursuivit-il, sans vraiment m'entendre. Je suis allé chez lui ce soir et il a essayé de se débarrasser de moi pendant une heure. Il m'a dit qu'il devait aller quelque part. Je lui ai dit que je m'en foutais, que je voulais arranger les choses avec lui. Et il a finalement craqué et m'a crié dessus. Il m'a dit que nous avions déjà rompu et que c'était pour ça qu'il avait accepté un rendez-vous. Quelqu'un à son boulot l'avait arrangé et il était plus intéressé de rencontrer ce nouveau mec que de discuter avec moi.

— Quand a-t-il rompu avec toi ?

— Il y a quelques semaines.

Je hochai la tête.

— Je vois.

— Et il m'a dit que ce n'était même pas vraiment une rupture puisque, en gros, nous n'étions sortis que quelques fois ensemble. Il ne m'a jamais demandé que notre relation soit exclusive ou quoi que ce soit, je n'ai fait que le présumer, tu vois ?

— Bien sûr.

— Alors, j'ai essayé une dernière fois ce soir… je voulais juste être sûr avant de complètement tourner la page.

— Tu voulais t'assurer de quoi ? Qu'il ne voulait pas de toi même après te l'avoir dit ?

— Ouais.

— Et pourquoi faire bon sang ? Aie un peu de fierté, Nicky. Si un gars te dit d'aller voir ailleurs, c'est ce que tu fais.

— Facile à dire pour toi, Jory. As-tu déjà été amoureux ?

— Et toi ?

— Ouais, de toi.

— Et ça a pris fin sacrément vite quand ce Ray est entré dans le décor, lui rappelai-je. Tu étais très convaincant lorsque tu m'as dit que tu étais fou de moi, mais ça s'est envolé.

— Ce n'est pas fini, c'est juste…

— C'était une toquade, et elle est morte, lui assurai-je. Tu es tellement pressé de partager ta vie avec quelqu'un que tu prends à peine le temps de te soucier de qui est cette personne.

— Ce n'est pas vrai.

— Je pense que si, lui dis-je, comprenant enfin que Nick était prêt à s'installer et que le partenaire n'était pas aussi important en fait.

Il avait besoin de quelqu'un à ses côtés sur la carte de Noël. Il n'était pas difficile.

— Prends soin de toi, Nicky.

— Jory, s'il te plaît ne…

— À plus tard, dis-je en raccrochant.

Je me sentais désolé pour lui et en même temps je savais que je n'étais le prix de consolation de personne. Lorsque mon téléphone sonna de nouveau, je répondis avant de tourner les talons pour rentrer immédiatement.

— Jory, chéri, Ray vient d'appeler et…

Je coupai Dylan et lui racontai tout au sujet du collègue de Chris et de mon médecin. Elle écouta un long moment avant de laisser échapper un profond soupir.

— C'est hilarant, non ?

Comme il n'y avait qu'un rire au bout de la ligne, j'eus dans l'idée qu'elle était d'accord avec moi. Je ris avec elle. Le monde était en fait un endroit minuscule et j'étais le comique de service, je détendais l'atmosphère. Je l'avais toujours soupçonné.

# V

LE VENDREDI soir suivant, Dylan et moi décidâmes d'aller passer notre happy hour dans un nouveau bar. Il s'appelait le Molly's Cool Dive Bar et nous passions un bon moment à lancer des fléchettes. Nous avions déjà été prévenus une fois que nous allions devoir nous arrêter si davantage d'entre elles continuaient à manquer la cible. Elles volaient partout : au-dessus des tables de billard et dans les murs, dans les boissons des autres clients. C'était une mauvaise idée, alors nous arrêtâmes et nous nous contentèrent de boire nos vodkas-orange. Ce n'était pas le genre d'endroit qui servait des Cosmos ou des Mojitos. C'était soit une vodka-orange ou un Tom Collins pour les alcools qui n'étaient pas de la bière ou un shot. Dylan me défia de prendre un verre de tequila avec elle et donc, bien sûr, lorsque son mari se montra, nous étions tous deux très contents de le voir.

— Génial, gémit-il. Vous êtes ivres tous les deux ?

— Non, lui assurai-je en secouant la tête et en essayant très fort de ne pas sourire. Nous allons bien. Nous pouvons aller dîner.

— Toutes les preuves sont contre vous.

Il leva les yeux au ciel à mon attention en remettant sa femme debout.

— D'accord, mais aucun de vous ne chante, compris ?

— Je chante bien, l'informa Dylan d'un ton solennel.

— Non, chérie, vraiment pas du tout, lui assura-t-il, me saisissant par le biceps pour me faire descende du tabouret sur lequel j'étais assis et passant son bras autour de mon cou pour me stabiliser avant d'attraper sa femme. Mais Jory non plus, comme nous avons tous pu nous en rendre compte mercredi lorsque nous sommes sortis avec Dane.

Cela avait été une soirée amusante. Dylan et moi nous étions retrouvés pompettes avec le vin maison de chez Tulio et, malgré les lasagnes et le poulet Tetrazzini qui avait été servi dans un style familial, nous avions chanté un recueil de chansons de Mariah Carey. Chris avait été mortifié jusqu'à ce qu'il voie le sourire de Dane. Il nous avait fait taire pendant que nous mangions, mais sur le chemin pour rejoindre la voiture, il nous avait encouragés, Dylan et moi, à laisser s'exprimer nos divas intérieures. C'était drôle et Chris comprenait maintenant que Dane avait un penchant pour le ridicule et qu'il m'aimait réellement. Quoi que je fasse, c'était bon pour lui.

— Tu sais, Jory, malgré le personnage qu'est Dane Harcourt... c'est un mec vraiment cool.

— Je sais, dis-je avant de roter.

— Dégueu, gémit-il en me poussant vers la porte d'entrée, devant Dylan et lui.

Le Dinner Date était un petit restaurant intime du centre-ville qui servait des amuse-gueules à base de fromage fondu à la bière et d'énormes verres de Long Island. J'en pris un et Dylan aussi, et Chris nous avertit tous les deux de ne pas les renverser. Quand un homme s'approcha de notre table, nous levâmes tous les yeux vers lui.

— Je vous présente Ray Alvarez, celui qui nous a fait faux bond samedi dernier, dit Chris.

— Ce n'est pas juste, dit-il rapidement et je relevai brusquement la tête au son de la voix si profonde, réchauffée d'un accent très mélodieux.

— Vous devez être Jory, me dit-il en souriant et en me tendant la main. C'est bon de pouvoir enfin mettre un visage sur un nom.

Je hochai la tête tout en lui serrant la main.

— Pareillement.

— J'ai cru comprendre que nous connaissions tous les deux Nick Sullivan.

— Oui, dis-je, réalisant qu'il tenait toujours ma main.

Il indiqua la banquette près de nous.

— Puis-je m'asseoir ?

— Bien sûr, lui répondis-je alors qu'il libérait ma main et se glissait sur le siège à côté de moi.

Il se tourna vers moi pour me dévisageai.

— Alors, depuis quand connaissez-vous Nick ?

— Près d'un an.

— Oh, donc depuis plus longtemps que moi.

— Ouais, mais vous avez expérimenté tout ce qui fait une relation avec lui.

Il rigola et je compris d'où était née l'obsession de Nick. Si vous attiriez l'attention de Ray Alvarez, vous vouliez la garder. Et pas parce qu'il était absolument canon, mais ses yeux étaient sombres, son sourire avait ce soupçon de Bad-boy et sa voix résonnait tout simplement en vous. Ses cheveux étaient presque noirs, épais et raides, coupés courts à l'arrière, mais plus longs sur le dessus. Ils avaient l'air doux et j'avais très envie de les toucher pour voir.

— Nous sommes sortis ensemble plusieurs fois, me dit-il. Cela n'en fait pas une relation.

Je n'écoutais pas.

— Quoi ?

Son sourire était large et sous la table, son genou heurta le mien.

— Nous parlons de Nick.

— Ah ouais.

Il appuya son menton sur sa main, étudia mon visage avant que ses yeux s'immobilisent sur mes lèvres. Je déglutis, réalisant tout à coup le temps qui s'était écoulé depuis que j'avais couché avec quelqu'un pour la dernière fois. Je sentis mon sang se précipiter vers mon aine alors qu'il se penchait plus près de moi.

— Que buvez-vous ? demanda-t-il en regardant mon verre vide et en souriant à Dylan, parce que c'est un sacré verre, quoi qu'il contienne.

— Un Long Island, gloussa-t-elle en lui tendant la main à travers la table.

Il la serra et lui sourit.

— J'étais en colère contre toi pour avoir laissé tomber Jory.

— Dy... la grondai-je.

— Non, c'est bon, me dit-il, son sourire à nouveau là. J'étais coincé pour expliquer les choses à Nick et je ne pouvais pas m'échapper. Je voulais vraiment vous rencontrer ce soir-là et j'espère que vous ne m'en tiendrez pas rigueur.

— Bien sûr que non, dis-je en hochant la tête alors que Chris se levait.

— Je dois déplacer la voiture, je reviens tout de suite.

— J'ai besoin de faire pipi, annonça Dylan alors que je lui jetai un regard noir. Quoi ?

— C'est trop d'info, lui rappelai-je. 'Les mecs, je reviens tout de suite', c'était suffisant.

— Oh, ne fais pas ta sainte nitouche, dit-elle sèchement en s'extirpant de la banquette.

— Vous êtes mignons tous les deux, me dit Ray alors que je m'adossais à la banquette.

81

— Je suis fou de cette femme, dis-je en faisant rouler ma tête pour le regarder.

— Jory, puis-je vous inviter à dîner demain ?

— C'est rapide, répondis-je en plissant les yeux.

— J'aime ce que je vois, dit-il doucement. Et je devrais vous emmener manger avant de vous ramener chez moi.

— Je vais chez vous ?

— Après avoir dîné demain soir, oui, en effet.

— Je vois.

— J'ai appelé Nick et il m'a tout raconté de vous. Il a dit que vous étiez incroyable au lit.

— Et vous lui faites confiance alors que vous lui avez dit qu'il était un mauvais coup ?

— C'est juste, dit-il en souriant en grand. Mais ce n'est pas parce que Nick est mauvais au lit qu'il ne sait pas reconnaître un bon partenaire lorsqu'il en voit un.

Il rit avec indulgence.

— D'ailleurs, vous êtes magnifique et je parie que le reste de votre personne l'est tout autant. L'esthétique ne peut pas mentir.

Je hochai la tête, m'écartai de lui et me redressai.

— Quel âge avez-vous ?

Il n'avait pas remarqué mon esquive discrète, ce qui me convenait parfaitement.

— J'ai vingt-trois ans et vous ?

— J'ai trente ans, dit-il en hochant la tête.

Il me jaugeait comme si j'étais quelque chose qu'il pensait acheter.

— Et sans vouloir casser l'ambiance agréable qui règne ici, puis-je vous poser une question ?

*Quelle ambiance ?*

— Allez-y.

Ce n'était pas sa faute s'il était si prétentieux. Il était sexy et j'étais sûr que tous ceux à qui il accordait son attention l'avaient probablement pris comme un cadeau.

Il prit une rapide inspiration.

— Nous avons tous les deux couché avec Nicky et je sais qu'il aime donner et recevoir, donc…

L'inévitable question en suspens résonnait dans le silence alors qu'il me fixait.

— Quoi ?

— Êtes-vous les deux aussi ou avez-vous une préférence ?

Je n'avais toujours connu qu'un seul sens, mais je n'avais aucune envie de partager cette information.

— Ray, je suis vraiment flatté que vous vouliez m'inviter à sortir avec vous, mais malheureusement, je suis occupé demain.

Son sourire s'estompa juste un peu.

— Dimanche alors.

— Pourquoi je ne vous appellerais pas ?

Il lui fallut une seconde pour comprendre ce que je disais.

— Êtes-vous sérieux ? Vous me repoussez ?

Je haussai les épaules.

Il fronça les sourcils.

— Êtes-vous ivre ?

— Un peu, dis-je en souriant. Mais tout cet échange pour un coup d'un soir n'est pas du tout tentant.

Il me regarda dans les yeux.

— Vous me repoussez.

— Ouais.

— Moi ?

Je souris largement.

— Ouais.

Il me regarda une minute avant de se lever et de s'en aller. Quand Dylan et Chris revinrent à la table, j'étais seul.

— Jory, où est…

— Parti, dis-je en coupant mon amie et en lui souriant.

— Mais…

— Écoutez tous les deux, dis-je en leur souriant, je vous interdis d'essayer de me faire rencontrer quelqu'un à nouveau.

Chris montra sa femme.

— C'était son idée.

Je ris devant la rapidité avec laquelle il l'avait dénoncée.

— Jory.

Elle rit, attrapant ma main en travers de la table.

— Excusez-moi.

Je relevai brusquement la tête et me retrouvai à regarder Sam Kage.

— J'ai besoin de te parler maintenant.

— D'accord.

J'essayai de respirer tout en me glissant hors de la banquette, sa présence, et non l'alcool, me rendant instable.

— Viens ici, grogna-t-il presque à mon encontre.

— Jory, dit rapidement Dylan avant que je puisse m'éloigner de la table. Qui est-ce ?

— Oh… euh… C'est l'inspecteur Kage. Inspecteur, voici mes amis, Dylan et Chris Greer.

Il hocha la tête, fronçant les sourcils, les muscles de sa mâchoire se contractant.

— Bonjour, dit-il très vite en reportant ses yeux sur les miens.

— Je reviens tout de suite, leur assurai-je avant de me diriger directement vers la porte d'entrée pour l'attendre dans la rue.

Je me retournai pour lui faire face et il était plus proche que je m'y attendais. Je reculai d'un autre pas pour mettre plus d'espace entre nous.

Il me regarda une longue minute avant de me demander comment j'allais.

— Je vais bien et toi ?

Il hocha la tête.

— Je vais bien.

J'enfouis les mains dans mes poches.

— Que fais-tu ici ?

Ses propres mains étaient enfoncées dans les poches de son manteau de laine.

— Nous avons un problème.

— Qui ça 'nous' ?

— 'Nous' veut dire le département, clarifia-t-il.

— D'accord.

— Tu te souviens de la nuit où tu as vu Brian Minor tuer ce gars ?

— Bien sûr.

Je frissonnai. En partie à cause du froid, en partie à cause de mes souvenirs.

— Eh bien, tu te rappelles des visages de tous les autres gars ?

— Bien sûr.

— Ouais, eh bien, commença-t-il en poussant un profond soupir. Il apparaît que l'un de ces gars-là est un peu plus impliqué que nous le pensions.

— Je ne te suis pas.

— Tu te souviens du dernier jour que tu as passé à mon appartement… tu te souviens de ce matin où tu m'as appelé et que j'étais déjà parti travailler ?

— Oui.

— D'accord, eh bien ce matin-là, j'étais en fait à ton ancien appartement. Il s'avère que ton propriétaire avait reloué tout de suite après que tu sois parti à un jeune homme qui te ressemblait beaucoup.

— Qui me ressemblait à quel point ?

— Jeune, blond… Je l'ai tout de suite remarqué.

Je me forçai à sourire.

— Tu me fais un peu peur. Dis-moi juste ce que tu…

— Jory, quelqu'un a découpé le gars qui te ressemblait dans ton ancien appartement et ce quelqu'un a été clair sur le fait qu'il pensait que c'était toi.

— Comment ?

— Il a écrit quelque chose sur le mur.

— Sur le mur ?

Je tremblai et déglutis péniblement.

— Avec quoi ?

— C'était… juste là, d'accord ? Ce n'était pas fait pour ressembler à un accident. C'était un message pour nous qui nous indiquait qu'il était arrivé jusqu'à toi et c'était conçu comme un avertissement pour quiconque pourrait avoir envie de parler.

Je hochai la tête.

— Mais ce n'était pas moi.

— Non.

— Et tout le monde m'a vu au tribunal.

— Exact.

— Brian est devenu un témoin à charge, n'est-ce pas ?

— Oui, en effet.

— D'accord, donc qu'est-ce que cela…

— Il s'avère que cela n'a jamais été au sujet de Brian.

— Je suis perdu.

— Il y avait un autre gars là-bas la nuit où Brian a tué Saul Grant.

— Il y avait beaucoup de gars.

— Ouais, mais un en particulier était important. Le protégé de Brian, Roman Ivanovich Michaelev.

— Protégé ?

— Ouais. Roman était supposé tout apprendre du business de Brian.

— Pourquoi ?

— Le père de Roman est en fait le patron de Brian.

— Et alors ?

— Alors, Brian n'a jamais été censé tuer quelqu'un et mettre Roman dans une situation à risque.

— Mais il l'a fait.

— Oui, il l'a fait.

— Pourquoi ?

— Parce que Brian est un animal.

— D'accord.

Je haussai les épaules.

— Je n'ai aucune idée de qui...

— Mais il te connaît, Jory, et maintenant tu es la seule personne qui peut le rattacher à cette scène de crime.

— Il y a Brian.

— Non, plus maintenant.

— De quoi parles-tu ?

— Le fait est que tous ceux qui étaient présents dans la maison cette nuit-là, y compris Brian, sont maintenant morts.

— Oh merde, soufflai-je. Brian est mort ?

— Ouais. Il a été poignardé à mort, il y a deux semaines.

— Je pensais qu'il était dans le programme de protection des témoins ou quelque chose comme ça ?

— Il l'était.

— Il l'était ? Alors... quoi ? Comment a-t-il pu se faire tuer alors qu'il y avait soi-disant des gens chargés de sa sécurité ?

— Il semble que nous ayons une fuite.

— Tu veux dire que quelqu'un a révélé où se trouvait Brian ?

— Oui.

— Qui ?

— Si nous le savions, nous n'aurions pas de fuite et je serais capable de te dire de qui il s'agit.

Je hochai la tête.

— D'accord, et maintenant quoi ?

— Eh bien, il faut que tu saches que tu es la seule personne qui était dans la maison lorsque Brian Minor a tué Saul Grant qui respire encore, en dehors de Roman.

— Et il veut me tuer.

— En effet.

— Pourquoi ?

— Parce que tu l'as vu là-bas, tu peux le placer sur la scène et...

— Mais la seule personne qui a tué Saul était Brian. Tous les autres n'ont fait que regarder.

— Regarder fait de toi un complice, Jory, cela ne fait pas de toi un innocent.

Je hochai la tête.

— Donc Roman va encore essayer de me tuer, même si Brian est mort.

— Oui, parce qu'il est toujours accusé de complicité de meurtre aussi longtemps que tu seras en vie.

— Vais-je devoir témoigner contre lui ?

— Non, tu as déjà fait ta déposition. Ils s'attendent à ce qu'il fasse appel.

— Mais pendant ce temps-là, si je venais à mourir, il serait libre.

— Exact.

Il me fallut une minute pour tout digérer.

— Donc, et maintenant ?

— Eh bien, la nuit dernière, il y a eu une certaine activité à ton sujet. Personne ne sait où tu es, tu sembles avoir disparu de la circulation.

— Et ?

— Et ils te cherchent.

— Pour me tuer.

— Oui.

Je me concentrai sur ma respiration pour éviter d'hyper ventiler.

Il m'étudiait, les bras croisés sur sa poitrine.

— C'était un joli coup de changer Keyes pour Harcourt. Est-ce toi qui as pensé à ça ou ton patron ?

— Eh bien, il n'est plus mon patron. J'ai changé de travail.

— Oh. Tu habites toujours au même endroit ?

— Ouais.

Il hocha la tête.

— D'accord. Et je suppose que tu ne me laisseras pas plus te placer en détention préventive cette fois ?

— Il me semble que cela n'a pas beaucoup aidé Brian.

— Non, en effet, concéda-t-il.

— Donc… non.

— D'accord.

Nous restâmes silencieux pendant de longues minutes.

— Si Brian et Roman étaient amis, pourquoi a-t-il tué Brian ?

— Premièrement, comme je l'ai dit, Brian a mis Roman en péril en tuant Saul alors qu'il était là et deuxièmement...

Il soupira, repoussant violemment les cheveux de ses yeux.

— Quand il a retourné sa veste, Brian est devenu un témoin à charge. Il aurait dénoncé Roman et son père.

Je hochai la tête.

— Tu comprends, hein ?

— Ouais, dis-je en regardant mes chaussures.

— Donc, tu devrais...

— Ne pas me faire tirer dessus, dis-je, les yeux rivés le sol.

— Oui. Essaie vraiment très fort.

— D'accord.

Il y eut un long silence.

— Je t'ai vu la semaine dernière, avec Dominic et ta copine Maggie, dis-je pour changer de sujet, levant les yeux vers lui.

— Vraiment ?

— Ouais.

Je lui souris.

— Pourquoi ne t'es-tu pas arrêté ?

— Dans quel but ?

Il haussa les épaules.

— Oui, tu as raison je suppose.

Je me raclai la gorge.

— Bon, écoute, je suis gelé donc je vais y retourner. C'était bien de te revoir et j'apprécie vraiment que tu sois venu me dire tout ça. Je ferai attention.

— Bien.

Je pinçai les lèvres et le contournai, nerveux pour une raison quelconque.

— Qui était ce gars avec lequel je t'ai vu parler dans le box ?

Je me retournai pour le regarder.

— Jory ?

— Quel type ?

— Plus tôt. Il y avait un mec... qui était-ce ?

— Oh... personne.

— Personne ? Il était assis terriblement près de toi.

Je fis la grimace.

— Juste un gars qui cherchait à s'envoyer en l'air. Je l'ai envoyé balader.

Je me demandai combien de temps il était resté à m'observer avant de venir me parler.

— Prendre ton pied ne t'intéresse pas ?

— Je ne suis pas intéressé par les coups d'une nuit, lui répondis-je. Ce n'est pas moi.

— Non ?

Je souris doucement.

— Il fut un temps où cela m'aurait intéressé, c'est vrai. Mais plus maintenant.

Il hocha la tête.

— D'accord.

— As-tu passé de bonnes vacances ? demandai-je, marchant à reculons, toujours en lui faisant face.

— Oui. Mes parents sont fous de Maggie et sa famille est super.

— Génial, dis-je maladroitement en me retournant.

— Jory.

Je ne m'arrêtai pas de marcher, mais le regardai par-dessus mon épaule.

— Fais attention à toi.

— Oui, m'sieur l'inspecteur Kage, dis-je doucement en ouvrant la porte, sentant la chaleur de l'air m'envelopper alors que j'entrais dans le restaurant.

J'étais si fier de moi de ne pas m'être effondré, mais j'étais épuisé de l'énergie que cela m'avait demandée. Qui savait que faire semblant d'être nonchalant pouvait être à ce point éreintant ?

J'insistai pour que Dylan et Chris restent pour manger et boire. Ils pouvaient transformer cette soirée en rendez-vous. Pour moi, c'était un fiasco ; entre Ray qui avait joué les salauds et Sam qui était devenu un étranger. Et bien qu'il gèle dehors, je décidai de rentrer à pied à la maison pour me vider la tête. Je fus surpris lorsque mon téléphone sonna.

— Quoi ? demandai-je avec irritation en regardant le numéro s'afficher avant de répondre.

— Je viens de parler au téléphone avec Ray, commença Nick. Il m'a accusé du fait que tu l'aies repoussé pour le faire revenir vers moi. Je lui ai dit que je n'avais pas ce genre de pouvoir sur toi.

— Et tu ne l'as pas.

— Je sais, dit-il rapidement. Comme je l'ai dit, c'est ce que je lui ai répondu.

Je restai silencieux.

— Alors, juste pour savoir, pourquoi l'as-tu repoussé ?

— Parce que ce mec est un connard, Nicky, lui répondis-je. Pourquoi voudrais-tu, avec tout ce que tu as pour toi, laisser un gars comme lui t'approcher ? C'est un connard prétentieux.

— Je sais.

— Alors ? Pourquoi ?

— Il m'a dragué comme jamais, J. Il agissait comme s'il était vraiment dingue de moi et je...

Je grognai.

— C'est un crétin fini. Je préférerais être lobotomisé plutôt que de le laisser s'approcher de moi.

Il rigola.

— Tu sais, je t'adore et je le pense vraiment. Veux-tu venir me rejoindre et aller manger un morceau de tarte avec moi ?

— Une tarte ?

Je souris au téléphone.

— Je n'ai pas encore décidé si je t'aimais encore.

— Tu m'aimes bien. Je suis sympathique. Je suis un idiot, mais je suis sympathique.

— Et alors, quoi ? Nous allons être amis maintenant ?

— Est-ce qu'on pourrait, s'il te plaît ?

Il avait merdé, j'avais merdé... nous étions vraiment tout à fait compatibles.

— Très bien. Est-ce que je dois venir maintenant ?

— Ce serait bien.

Donc, à une heure du matin, je me rendis à l'hôpital du comté, chercher mon ami avant que nous allions manger une tarte aux pêches et boire un café. Il me raconta tout au sujet de Ray Alvarez et nous rîmes comme des idiots. Il finit même par cracher son lait par son nez. On ne pouvait jamais avoir assez d'amis.

# VI

PARFOIS, IL n'y avait rien de mieux à faire que de buller sur une tâche. Faire quelque chose de complètement ennuyeux pouvait être plus relaxant que n'importe quoi d'autre. Donc, cela ne me fit rien d'avoir été désigné pour faire la vaisselle après le dîner pendant que tous les autres restaient assis à végéter. D'ailleurs, mon ami Richard me dit que sa cuisine n'avait jamais eu l'air aussi étincelante qu'après que je l'eus nettoyée. Il venait de partir, me disant de me dépêcher parce qu'ils étaient sur le point de commencer à jouer à des jeux de société. Je ne fus pas surpris lorsque mon téléphone bipa et que je vis le numéro de Dane s'afficher. C'était inévitable.

— Rappelle-moi de te tuer, dit-il en guise de bonjour.

— Salut.

J'essayai de ne pas sourire.

— Comment vas-tu ?

— Tu l'as fait exprès.

— Que veux-tu dire ? dis-je en gloussant.

— La vengeance est un plat qui se mange froid.

— Comment se passe le rendez-vous ?

— Tu es un imbécile, m'assura Dane.

— Quoi ? La balade n'est pas bien ?

Long silence.

— Tu savais que c'était une sortie romantique.

J'étais si heureux qu'il ne puisse pas me voir.

— Vraiment ?

Il était en rendez-vous arrangé avec l'une de mes collègues et je lui avais assuré que je prendrais soin de tout. Tout ce qu'il avait à faire était de se présenter. Fidèle à ma parole, j'avais organisé le rendez-vous le plus romantique possible. J'avais voulu lui montrer quelque chose qui sortait un peu des sentiers battus puisqu'il devenait de plus en plus blasé par ses rendez-vous, et je m'étais vraiment surpassé.

Ils faisaient une marche à la découverte de l'art à Oak Park, visitant des maisons de Frank Lloyd Wright, mais aussi d'autres résidences privées où ils admiraient des collections privées. Sur leur chemin, il y avait des musiciens ambulants, des ventes de succession sous pli cacheté où des coffres fermés pouvaient être achetés avec la possibilité qu'ils soient remplis de véritables trésors, ou du moins, de très vieux livres qui orneraient parfaitement une bibliothèque. Il y avait différentes étapes de repas organisés dans chaque demeure, commençant par du vin et des fromages et se terminant avec du champagne ou du cidre épicé. Cela m'avait semblé merveilleux et j'avais deviné, mais pas demandé, la composante romantique de la sortie.

— Je peux entendre ton sourire, m'accusa-t-il d'une voix égale.

— Tu ne peux pas entendre un sourire, dis-je en riant. D'ailleurs, ne sois pas un tel rabat-joie. Ça avait l'air super sur leur site web.

— Oh, vraiment ?

— J'ai prévu un vol en montgolfière pour la prochaine fois.

Il me raccrocha au nez et je riais encore lorsque j'entendis une petite toux derrière moi. Je me retournai et je vis qu'un gars s'était glissé dans la cuisine, les mains dans les poches de son jean, et qu'il me regardait.

— Hé, lui dis-je en souriant.

Il eut un léger sourire, comme s'il était incertain.

— Rich m'a dit de venir ici et que tu pourrais me trouver quelque chose à manger même si je suis super en retard et que c'était vraiment impoli de ma part de ne pas avoir appelé.

Je ris.

— Ce sont les mots de Rich.

Son sourire en coin révéla des fossettes.

— Ouais, les mots de Rich.

— Ne le laisse pas te mettre mal à l'aise. Ce n'est pas comme s'il était lui-même un modèle de l'étiquette.

Il avança dans la pièce, se rapprochant de moi.

— Je sais, oui. Et ce n'est pas comme si j'avais pu appeler de toute façon. Je veux dire que j'étais dans la salle des insectes et...

Je fronçai les sourcils.

— Salle des insectes ?

Il rit en se penchant sur le comptoir.

— Tu devrais voir ta tête.

— Désolé.

Le sourire qu'il m'adressa fit briller ses yeux sombres. Je n'avais encore jamais vu d'yeux bruns de la couleur du chocolat avant, j'en étais certain maintenant que je l'avais face à moi. Ses cheveux raides mi-longs, ses longs cils et ses sourcils étaient de la même teinte, aussi noirs que les ailes d'un corbeau.

— Donc, est-ce que je peux manger quelque chose ? demanda-t-il alors que je le dévisageais sans bouger.

— Ah ouais, désolé.

— Non, non, dit-il doucement, tendant la main pour toucher mon épaule, m'empêchant d'ouvrir le réfrigérateur. Tu peux rester là à me regarder toute la nuit si tu veux.

Je hochai la tête, arquant un sourcil alors que je me retournais pour sortir la nourriture que je venais de ranger.

Il rit doucement derrière moi.

— Quel est ton nom ?

— Jory, dis-je en déposant les bols sur le comptoir. Et toi ?

— Kai.

— Et qu'est-ce que tu fais, Kai, pour fréquenter une salle remplie d'insectes ?

Son sourire était large quand il me tendit une assiette qu'il sortit de l'armoire à côté de sa tête. Il connaissait visiblement très bien la cuisine de Richard. Ils devaient être des amis proches.

— Je travaille au Field Museum et j'étais dans la salle des insectes où nous conservons ces coléoptères qui mangent essentiellement de la chair en décomposition.

— Et tu es sûr que tu peux manger ? demandai-je en plissant les yeux.

Il éclata d'un rire profond.

— Ouais. Peut-être que tu voudrais venir avec moi un jour pour les voir ?

Mes yeux s'écarquillèrent.

— Aller avec toi dans une salle pleine d'insectes ?

— Ouais. Qu'en dis-tu ?

— D'accord.

Je lui souris.

— Bien sûr.

— Quand ?

— Je ne sais pas. Quand veux-tu que je vienne ?

— Demain ?

— Demain, c'est dimanche.

— Je sais.

Je haussai les épaules.

93

— À quelle heure ?

— Pourquoi ne pas me rejoindre pour le déjeuner ? Je connais ce super petit restaurant italien, où nous pourrions…

— En fait, je brunche avec mon frère, alors je pourrai te retrouver plus tard.

— Tu brunches le dimanche avec ton frère ? demanda-t-il en haussant un sourcil sceptique.

— Ouais. Pourquoi ?

— Aucune raison. C'est génial.

— Pourquoi ça ?

Je rigolai à cause de la façon dont il souriait.

— C'est juste sympa. J'aime ça.

— Comme tu veux, mec, dis-je en souriant, alors nous pouvons y aller un autre…

— Retrouvons-nous après le déjeuner, dit-il rapidement, esquivant ma tentative de repousser le rendez-vous. Sais-tu où se trouve le Field Museum ?

— Ouais, j'y suis allé des tas de fois. Le dinosaure est vraiment sympa.

— Euh… gémit-il. Tu ne veux vraiment pas me brancher sur cette histoire de dinosaure. Tout cet argent aurait pu servir à un autre programme de recherches qui…

Je levai les mains au ciel.

— Je te retrouve dans le magasin à l'intérieur ?

Ses yeux pétillèrent.

— Tu ne veux pas entendre un de mes coups de gueule habituels ?

— Non merci.

— D'accord, alors… au magasin, disons, à treize heures ?

— Treize heures, c'est parfait.

Il soupira.

— Très bien. Puis-je avoir ton numéro de téléphone au cas où je me ferais heurter par un autobus ou quelque chose ?

— Et comment appellerais-tu si tu es heurté par un autobus ?

— Je murmurerai que quelqu'un doit t'appeler avant que je meure.

Il sourit, ses yeux se verrouillant sur ma bouche.

— Est-ce que ça te convient ?

Je scrutai son regard sombre.

— C'est bon.

Il se pencha sur le comptoir, tirant son téléphone portable.

— Donne-le-moi.

Nous restâmes dans la cuisine, moi appuyé contre l'évier pendant qu'il mangeait debout. Je lui dis d'aller s'asseoir dans le salon, mais il préféra rester là où il était et me parler. Je lui posai d'autres questions sur le musée et il m'expliqua que, avec son doctorat en biologie, il travaillait à la Division des Mammifères au département de Zoologie. Il me fit rire en me racontant les appels téléphoniques venant des habitants de la ville.

— Cette dame a appelé l'autre jour et m'a décrit l'animal qu'elle avait vu et quand je lui ai demandé ce qu'elle pensait que c'était, elle m'a répondu qu'elle pensait qu'il s'agissait d'un yéti.

— Comme dans *le* yéti, l'abominable homme des neiges ?

— Ouais.

Je lui souris.

— Et que lui as-tu dit ?

— Je lui ai expliqué que ce n'était probablement pas le cas, mais qu'elle devrait sans doute appeler le service de la fourrière.

— Pourquoi ?

— Je ne sais pas. Elle a peut-être vu un samoyède enragé dans son jardin pour ce que j'en sais.

Je hochai la tête.

— Je vois.

— Tu as un beau sourire, Jory.

Je relevai les yeux pour le regarder.

— Merci. Toi aussi.

Il prit une inspiration tremblante.

— Alors, dis-m'en plus sur le fait de travailler dans une boîte de design ?

Je haussai les épaules.

— Il n'y a rien d'excitant.

— D'accord. Dis-moi quel âge tu as ?

— Vingt-trois et toi ?

— Trente et un.

J'inclinai la tête en le regardant.

— Je suis trop vieux pour toi, c'est ça ? Tu aimes les jeunes de dix-huit ans ?

Sa mâchoire se crispa.

— Non, l'âge ne veut rien dire. Je suis sorti avec des gars dans la quarantaine et dans la cinquantaine et des gars plus jeunes que moi. Je vais là où se porte mon intérêt.

Je hochai la tête.

— Et toi ?

— Pareil.

— Super.

Je toussai doucement.

— Alors ces coléoptères qui mangent de la chair… quel genre est-ce ? Ce ne sont pas des coccinelles, non ?

Il me sourit.

— Non, on les appelle dermestes.

— D'accord.

— Comme si ça t'intéressait.

— Je n'aurais pas demandé si je n'étais pas intéressé. J'ai tout un tas de connaissances étranges dans les tiroirs de mon cerveau.

Il tendit la main et toucha le bord de ma chemise.

— Si tu as le temps demain, peut-être après t'avoir montré le musée, nous pourrions faire une promenade.

— C'est une bonne idée.

Ses yeux volèrent jusqu'aux miens et restèrent bloqués là.

— J'aimerais qu'on soit demain.

— Ouais, moi aussi.

— J !

Nous nous retournâmes tous les deux lorsque Richard entra dans la cuisine.

— Carey est ici et il veut aller danser au lieu de rester assis à jouer à des jeux de société. Tout le monde est d'accord. Qu'en dis-tu ?

Je regardai Kai.

— Veux-tu y aller ?

— Je m'en moque tant que je peux traîner avec toi, dit-il en souriant rapidement.

— Ahhh, c'est trop mignon, dit Richard en me jetant un coup d'œil avant de sortir.

— C'était très gentil, lui assurai-je.

— Eh bien, merci, mais il faut que tu saches… je suis un piètre danseur. Tu vas pleurer.

— Tu crois ?

— Oh ouais, dit-il en riant. Ma sœur Grace n'a pas voulu me laisser danser à son mariage parce qu'elle était terrifiée à l'idée que je fasse fuir tout le monde.

Je me moquai de lui alors qu'il soupirait profondément et touchait le col de ma chemise.

— Tu es vraiment beau. Peut-être que tu pourrais jeter un coup d'œil à ma garde-robe et me donner quelques conseils.

— Tu es très bien à mon avis, dis-je, mes yeux glissant le long de son grand corps athlétique.

Il avait l'air bien dans son tee-shirt qui moulait les muscles noueux de ses biceps, son torse et son abdomen. Son jean 501 délavé lui allait bien, ses chaussures montantes, usées, avaient connu des jours meilleurs – le tout donnait l'impression d'un homme à la fois solide et fort. Il n'était pas d'une beauté frappante ou le genre de gars que vous remarquiez instantanément, il était le genre de gars qui s'imposait à vous petit à petit, parce que durant les deux heures que nous avions passées à parler dans la cuisine, j'étais devenu un grand admirateur de ses yeux, de ses épaules, des veines de ses mains, de la façon dont il souriait et de sa voix douce. Il émanait de lui une sorte de calme apaisant qui était réconfortant, comme s'il était à l'aise dans sa propre peau.

— Ouais ? J'ai l'air bien ?

— Vraiment, dis-je en souriant. Quel genre de musique aimes-tu ?

— Pourquoi ?

— Il y a un club de jazz près de mon appartement qui est vraiment bon si peut-être tu préfères y aller plutôt que d'aller danser.

— Je vais être honnête, je ne connais pas grand-chose au jazz, mais je préfère de loin aller en écouter avec toi que de te montrer à quel point mon corps bouge misérablement

— Je suis sûr que ton corps bouge parfaitement.

Il me regarda intensément.

— Pourquoi ne pas y aller maintenant ?

Il m'aida à nettoyer la cuisine de Richard et lorsque nous partîmes ensemble, il y eut beaucoup de sifflets et de commentaires, et le 'attention vous deux !' de Carey fut probablement le plus évident. Dans la rue, il désigna une vieille camionnette Volkswagen

— Elle est à toi ?

— Ouais, je sais, c'est…

— C'est génial, m'écriai-je en me dirigeant vers elle et en regardant à travers les fenêtres. Elle date de quand ? 1965 ? 1967 ?

Il rigola et je me retournai pour le regarder.

— Tu un grand amateur des camionnettes de chez Volkswagen, pas vrai ?

— J'adore juste les trucs un peu anciens.

Il me sourit.

— Tu sais, tu n'es pas du tout ce à quoi je m'attendais.

— Qu'est-ce que tu veux dire ?

— Jory, tu dois savoir… je veux dire, j'entre dans la cuisine et tu es là et tu es si… magnifique… et ton sourire et… et tu es juste… et tu aimes mon vieux van tout laid. C'est incroyable.

— Pourquoi ?

— On dirait plutôt que tu ressembles au genre qui aurait besoin d'un mec friqué.

J'éclatai d'un rire suffisant.

— J'ai mon propre argent et ce que je n'ai pas, mon frère l'a.

Il me regarda dans les yeux.

— Aimerais-tu conduire mon tas de ferraille ?

— Vraiment ?

J'étais si excité.

Il éclata de rire.

— Seigneur ! Tu sembles tellement excité. Bon Dieu, ouais ! Tiens, voilà les clés.

Je nous conduisis au club de jazz en face de mon appartement. Nous parlâmes, rîmes et écoutâmes la musique et il me fit un signe de tête pour me faire savoir qu'il appréciait la musique et la compagnie. Je lui offris une tasse de thé après le dernier passage des musiciens et il drapa son bras autour de mon cou alors que nous traversions la rue.

Il aima mon appartement, les fenêtres encadrées de bois, les poutres apparentes et les ventilateurs du plafond qui avaient l'air aussi vieux que le bâtiment lui-même. Heureux de s'asseoir sur le comptoir et de me regarder préparer du thé, je lui demandai à quand remontait sa dernière relation long terme. Il me raconta son histoire d'amour qui avait duré deux ans avec un vétérinaire et qui avait pris fin six mois auparavant.

— Que s'est-il passé ? demandai-je en remplissant la théière d'eau chaude pour qu'elle puisse infuser.

— Il ne voulait pas emménager avec moi.

Il soupira profondément.

— Je le lui avais proposé après trois mois, mais il m'a répondu que c'était trop tôt. Quand nous avons atteint les deux ans et qu'il m'a encore dit non… Il est devenu douloureusement évident qu'il attendait que quelqu'un de mieux se présente.

— Désolé.

Il haussa les épaules.

— C'est bon. Il n'a pas compris que mon amour était un cadeau et si quelqu'un ne peut apprécier la valeur de mon amour... il n'y a pas grand-chose que tu puisses faire.

— Je suis d'accord.

— Et ta dernière relation amoureuse, comme tu dis ?

— C'était il y a trois mois, mais ça n'avait rien du long-terme comme toi. Je pensais que ça le serait, mais le gars... il s'est avéré qu'il n'était pas aussi amoureux de moi que je le pensais.

— Non ?

— Non.

— Comment ça ?

— Je pense que c'était dur pour lui parce qu'il n'était pas sorti du placard, tu vois ?

— Oh, ouais. Je comprends, en effet. Je suis passé par là.

— Raconte-moi.

— Je suis sorti avec un gars pendant six mois et sa famille ne savait pas qu'il était gay. Ses amis pensaient tous qu'il était un grand coureur de jupons et... merde ! Quel gâchis !

— Mauvais, non ?

Il se moqua de moi.

— Tellement pire que mauvais. Je veux dire, il m'appelle encore parfois et me demande s'il peut me voir et si je peux lui accorder un peu de temps et... ça ne changera jamais, mais il me semble qu'il se fait des illusions en pensant qu'un de ces jours il va sortir du placard.

— Mon mec est flic.

— Oh merde ! Tu sais alors que ça n'arrivera jamais, pas vrai ?

— Je sais.

Je hochai la tête en soupirant lentement.

— C'était juste si dur de le laisser partir.

— Je suis désolé, dit-il en tendant la main pour me serrer l'épaule.

Je haussai les épaules.

— Qu'est-ce que tu vas faire ? lui demandai-je.

— Tout ce que je veux, c'est rencontrer quelqu'un et m'installer. J'en ai assez de tous ces rendez-vous sans suite.

Il me sourit.

Et pour une raison quelconque, ma libido s'éteignit et mon cerveau se mit en route.

— Jory ?

Je reculai et le regardai.

— Quoi ?

— Ça va paraître vraiment bizarre, complètement fou même, mais il faudra faire avec, et ne te fâche pas, ouvre simplement ton esprit à la possibilité que je ne sois pas la fin de ton voyage, mais simplement un panneau sur ton chemin.

Il fronça les sourcils.

— Je savais que tu étais trop beau pour être sain d'esprit.

— Je crois très fort aux signes du destin.

— Je parie que tu as une planche Ouija et des cartes de tarot aussi, n'est-ce pas ?

— Rigole si tu veux, mais je crois que je connais le gars parfait pour toi.

Il sourit largement.

— En fait, Jory, je crois que tu es ce gars-là.

Mais je ne l'étais pas. Nous étions à des croisements différents de nos vies, ce qui n'avait absolument rien à voir avec nos âges. Je n'étais pas prêt à m'installer avec quelqu'un d'autre que Sam Kage et comme cela n'arriverait pas… mais je connaissais quelqu'un qui l'était. Je savais exactement qui était l'homme qu'il devait rencontrer.

— Me feras-tu une faveur en me laissant t'organiser un rendez-vous ?

— Tu es gravement perturbé.

— S'il te plaît. Tu ne seras pas déçu et je pense que je…

— Tu veux te débarrasser de moi, dis-moi juste…

— Non, non, non, ce n'est pas ça. Allez, Kai. Si ça ne marche pas, j'irai où tu voudras… je ferai tout ce que tu voudras… seulement…

— Marché conclu, me dit-il en souriant et en me tendant sa main. Scellons ça. Tu es à moi si ça ne se passe pas bien.

Je lui serrai la main fermement parce qu'il était impossible que je n'aie pas les plus grandes qualités d'entremetteur de tous les temps. J'aurais parié ma vie là-dessus. J'étais Cupidon réincarné.

# VII

J'ÉTAIS AU Navy Pier avec des jumelles et un imperméable la nuit suivante. Je boitais parce que je m'étais tordu la cheville en jouant au squash avec Dane le matin, mais je n'allais pas laisser une petite douleur se mettre en travers de ma mission d'espionnage. J'avais organisé un rendez-vous entre le Docteur Kai Akita, Docteur en biologie, et le Docteur Nick Sullivan, futur chirurgien, et vu la tournure des choses – le langage corporel, les regards, et les contacts hésitants – tout se déroulait vraiment bien. La main de Nick sur son épaule fut autorisée à rester, les doigts de Kai glissant sur le col de Nick furent récompensés d'un grand sourire et la proximité qu'ils gardèrent entre eux pendant leur promenade, étaient tous de très bons signes. J'étais tellement content de moi que j'avais l'impression de briller. Alors que je me penchais par-dessus la balustrade pour essayer de les voir alors qu'ils se dirigeaient vers l'arcade, quelqu'un se racla la gorge.

— Salut.

Je souris à Sam Kage qui me regardait en fronçant les sourcils.

— Qu'est-ce que tu fous ici ?

— Je…

— Des gens essaient de te tuer et tu es juste…

Ils se déplaçaient et je devais voir. Je levai un doigt pour lui dire de se taire et boitillai vers le côté opposé de la jetée, pour m'appuyer contre la rambarde. J'utilisai les jumelles pour m'assurer que je ne les avais pas perdus.

— Qu'est-ce que tu fabriques, bordel ? demanda-t-il à nouveau, plus fort, plus fermement, sa voix résonnant à côté de mon oreille.

— Pourquoi ne peux-tu pas poser une question sans jurer ?

— Jory… j'essaie de ne pas…

— Ça devrait être parfaitement évident. Je suis en train d'espionner, dis-je en le coupant tandis que je regardais la main de Nick se poser entre les omoplates de Kai. Seigneur, je devrais faire ça pour vivre !

— Qu'est-ce que tu regardes ?

101

— Te souviens-tu du médecin qui m'aimait bien ? demandai-je alors que je les regardais acheter des hot dog.

— Ouais.

— D'accord, donc je lui ai organisé un rendez-vous avec un gars que j'ai rencontré hier soir chez mon ami Richard.

Il y eut un long silence et je pensais qu'il s'en était allé jusqu'à ce que je l'entende inspirer. `

— Attends une minute. Tu as rencontré un gars hier soir et il te laisse lui organiser un rendez-vous ?

— Ouais.

— Pourquoi ?

— Pourquoi quoi ?

— Pourquoi un gars que tu as rencontré hier soir te laisserait mettre en place un rendez-vous pour lui avec un autre gars ?

Je baissai mes jumelles et lui lançai un regard noir.

— Pourquoi est-ce important ? Le truc excitant de ce moment, c'est que je suis un dieu de l'amour.

— Vraiment ? demanda-t-il avec un sourire narquois.

— Tu plaisantes ? marmonnai-je en reprenant mes jumelles. Je suis Cupidon, mec.

— D'accord, Cupidon, dit-il d'un ton amusé. Qu'est-il arrivé à ta cheville ?

— Oh… Je me suis fait mal en jouant au squash avec Dane. Il faut que je lui explique qu'il doit choisir quelqu'un de sa taille à partir de maintenant.

— Je vois. Puis-je te poser une autre question ?

— Puis-je t'en empêcher ?

— Que représente Dane pour toi maintenant ?

— Que veux-tu dire ?

— Eh bien, je suis curieux. Tu avais l'habitude de l'appeler 'patron' et maintenant, c'est Dane. Explique-moi ça.

— Dane est mon frère maintenant.

— Vraiment ?

— Ouais. Il aime régenter ma vie.

— Je parie, dit-il avant de soupirer profondément. C'est un mec bien.

— Oui, il l'est, acquiesçai-je en baissant les jumelles pendant que je traversais la foule pour repasser de l'autre côté de la jetée.

Je ne pouvais pas les voir, alors quand j'aperçus un seau retourné derrière un stand de barbe à papa, je montai dessus. Je les retrouvai juste à temps pour les voir s'arrêter à un stand de glaces ; Kai venait d'essuyer une trace sur le nez de Nick. C'était trop mignon.

— Tu vas tomber et te casser la cheville, idiot.

Je grognai.

— Sérieusement, pourquoi un gars que tu viens juste de rencontrer te laisserait lui organiser un rendez-vous avec quelqu'un d'autre ?

— Parce que c'est un bon juge du caractère des gens et qu'il a pu tout de suite voir que j'avais le don.

— Conneries.

Je haussai les épaules.

— Crois ce que tu veux.

— Dis-moi.

— Je lui ai dit que si ça ne marchait pas, il pourrait m'avoir.

— Pardon ?

— Tu m'as entendu.

— Sans blague ?

— Ouais.

— Définis-moi ça.

— Je pense que c'est assez explicite en soi.

— Tu crois ?

— Ouais, dis-je en les observant se sourire en se dévorant des yeux. Oooh !

— Donc, tu es en train de dire si le rendez-vous se passe mal, ce gars… quel est son nom ?

— Kai, dis-je en abaissant mes jumelles, ne sachant pas trop pendant une minute quel était le meilleur plan d'action.

Devais-je laisser ma cheville supporter mon poids pendant la seconde qu'il me fallait pour descendre ou descendre sur elle dessus et la laisser me soutenir durant cette seconde ?

— Que fais-tu ?

Je baissai les yeux alors qu'il levait les siens et je fus soudain happé par son air sombre. Il avait l'air vraiment contrarié.

— Peux-tu bouger un peu ? Je dois descendre.

Il tendit les bras vers moi.

— Laisse-moi t'aider.

— Non merci, dis-je en le repoussant. Décale-toi, c'est tout.

— Bien, dit-il en enfonçant les mains dans ses poches et en reculant d'un pas. Alors sérieusement, ce mec, Kai, il obtient quoi, le droit de te baiser et faire ce qui lui chante de toi ?

— Ouais.

Je grimaçai, laissant ma cheville me supporter une seconde le temps de descendre sur ma bonne jambe.

— Merde !

— Et tu vas le laisser faire ?

J'esquissai un sourire.

— C'est mon cul, mec. J'ai fait pire pour moins que ça, lui assurai-je avant de m'éloigner en boitillant, me faufilant entre les étals, passant devant le pop-corn au caramel et les pommes d'amour avant de me pencher par-dessous le surplomb pour les chercher alors qu'ils s'arrêtaient pour acheter des bouteilles d'eau.

J'espérai que je le sèmerais.

— Pour l'amour de Dieu, Jory, tu...

— Bon sang... pourquoi es-tu là ? gémis-je presque en me retournant pour le regarder dans les yeux.

Ses yeux s'étrécirent.

— Je suis ici avec Dom et sa copine Lily, et Maggie.

— Eh bien, je suis sûr qu'ils doivent t'attendre quelque part, lui dis-je fermement en espérant que mon ton dédaigneux l'encouragerait à partir.

Je vis sa mâchoire se crisper.

— Tu sais que tu...

Je levai une main pour le couper. Je pris mon téléphone dans la poche avant de mon manteau et composai un numéro. Je lui tournai le dos pour revenir à ma surveillance. Elle répondit à la deuxième sonnerie.

— Maman oie.

— Quoi ?

— Je pensais que nous devrions avoir des noms de code, gloussa Dylan. Puisque nous sommes en mission.

Mes amis étaient tous fous.

— Où es-tu ?

— Je suis près d'un stand de pain frit indien. Où es-tu ?

— Tu manges encore ?

— Je suis sur la jetée. Que veux-tu faire d'autre ici ?

— Arrête de manger, nous sommes en planque.

— Tais-toi. Où es-tu ?

— À côté de la petite piste de danse, celle avec des lumières noires.

Sa voix était étouffée parce qu'elle mangeait en parlant.

— J'arrive. Ne bouge plus, tu vas être incapable de bouger demain.

— D'accord, dépêche-toi, dis-je avant de raccrocher et de replacer le téléphone dans ma poche.

— Qui était-ce ?

J'avais espéré qu'il avait compris l'allusion, mais il était toujours là.

— Je t'ai posé une question.

— Ma copine Dylan, lui dis-je.

— Qui ?

— Au revoir, inspecteur, dis-je pour le congédier, soulevant les jumelles et souriant en grand lorsque je les vis s'asseoir sur un banc de la jetée, face à face.

— Tu sais, tu devrais me montrer plus de respect.

Je grognai et m'éloignai de lui. J'allais de nouveau lever mes jumelles quand il se mit devant moi.

— Peut-être que je devrais juste te ramener.

— Tu as déjà Maggie à ramener, lâchai-je avec plus de véhémence que je le voulais.

— Attends… quoi ?

Je secouai la tête.

— Peu importe. Pourrais-tu, s'il te plaît, me laisser seul ?

Mais il ne bougea pas.

— Que veux-tu ? lui demandai-je d'une voix fatiguée.

— Tu es blessé, laisse-moi t'aider.

— Non, dis-je avec irritation avant de le contourner, cherchant les tourtereaux. Je n'ai pas besoin de ton aide.

— Tu en as clairement besoin.

Je gémis bruyamment.

— Jory, tu…

— Te voilà ! s'exclama Dylan en reniflant.

Elle vint se placer à côté de moi, souleva mon bras et se pencha.

— Appuie-toi sur moi, m'ordonna-t-elle gentiment. Je ne veux pas que ta cheville explose.

Je drapai mon bras autour de son cou et l'embrassai sur la tempe.

Son soupir de satisfaction me fit sourire.

— Alors, comment ça se passe ? Es-tu libéré de cet accord ?

Je lui passai les jumelles et indiquai le bas de la jetée.

Elle les porta à ses yeux et sourit en grand.

— Oh ouais, tu es sauvé. Bien joué, dieu de l'amour.

Je jetai un œil à Sam.

— Merci.

Son froncement de sourcils n'aurait pas pu lui donner un air plus sombre.

— Salut, lui dit soudain Dylan. Vous êtes l'inspecteur, non ? Je vous ai rencontré vendredi soir.

Il la regarda directement et je l'entendis inspirer brusquement avant de frissonner. Je comprenais. C'était difficile de prévoir la réaction que vous auriez en présence de Sam Kage. Cet homme était menaçant et séduisant à la fois. Il irradiait le danger et un sex-appeal à l'état brut. La combinaison était enivrante.

— Vous êtes sa nouvelle collègue, c'est ça ? demanda Sam d'un ton bourru.

— Hein ?

— N'êtes-vous pas la collègue de Jory ?

— Quoi ?

Je lui donnai un coup d'épaule pour briser le sort.

— Oh… oui, dit-elle en retrouvant ses esprits et en lui offrant sa main. C'est agréable de vous rencontrer à nouveau.

Il lui serra rapidement la main.

— Pareillement.

— Nous sommes en mission d'espionnage, dit-elle sans honte. Est-ce qu'il vous l'a dit ?

— Oui, en effet.

— Êtes-vous seul ici ? Voulez-vous partager un taxi pour rentrer avec nous ?

— Non, j'ai des amis et…

— Sa copine l'attend, dis-je à Dylan. Il doit s'en aller.

— Oh… d'accord !

Elle hocha la tête, son bras se resserrant dans mon dos.

— Dans ce cas, à plus tard, inspecteur. Je vous souhaite une bonne nuit.

Il hocha la tête.

— Pourrais-tu t'appuyer un peu plus contre moi, dit-elle d'un ton sec et gentil à la fois.

— Je vais t'écraser.

— Je pense que je pèse plus lourd que toi, dit-elle en soupirant. Laisse-moi prendre soin de toi. Je meurs d'envie de te materner.

Je levai les yeux au ciel et nous commençâmes à nous éloigner.

— Pourquoi ne me laissez-vous pas vous reconduire chez vous ?

Dylan s'arrêta, mais je continuai.

Elle planta ses pieds dans le sol.

Je la déséquilibrai, la forçant à faire un pas en avant.

— Qu'est-ce que tu fais ? demanda-t-elle, confuse. Arrête de me pousser du coude.

— Allons-y, c'est tout.

Mais elle m'ignora, se tournant plutôt vers Sam.

— Je croyais que vous étiez avec des amis ?

— Je le suis, mais nous sommes sur le point de rentrer de toute façon. Ça ne me dérange pas, et si sa cheville est en si mauvais état comme vous le dites, alors je serais heureux de pouvoir vous aider.

— Elle ne me fait pas si mal que ça, grommelai-je rapidement.

— Tu plaisantes ?

Dylan était sidérée.

— Ton boitement s'est largement aggravé.

Je soupirai profondément.

— Nous pouvons prendre un taxi. Ce n'est pas un problème. Merci quand même.

— Jory… commença Dylan, ne sois pas stupide.

Elle regarda Sam.

— Nous apprécierions que vous nous déposiez, inspecteur, merci beaucoup.

— Bien sûr, dit-il doucement en marchant vers nous. Peut-être que tu devrais t'appuyer sur…

— C'est bon, dis-je rapidement en m'éloignant de lui.

— Jory, haleta Dylan en me rattrapant.

— Je vais bien, lui dis-je en serrant les dents alors que je remontais la jetée à grandes enjambées.

J'étais à ce point entêté.

Dylan finit par me prendre la main alors que nous suivions Sam à l'endroit où Maggie se tenait appuyée contre une balustrade à regarder Dominic et Lily jouer dans des auto-tamponneuses.

— Ah, te voilà.

Elle lui sourit, lui adressant un regard doux.

— Où étais-tu passé ?

— J'ai rencontré des amis, murmura-t-il en inclinant la tête vers Dylan et moi. Ils ont besoin d'être déposés. Êtes-vous prêts à y aller ?

— Oh oui.

Elle lui sourit.

— Je suis prête depuis une heure. Je dois travailler demain.

— D'accord, allons-y.

— Vas-tu rester chez moi ce soir ?

Mon estomac se retourna.

— Pas ce soir, dit-il froidement.

— Oh…

Elle était déçue.

— D'accord.

— Puis-je voir le témoin ? cria Dominic en s'approchant de nous.

Je lui souris et lorsqu'il arriva à ma hauteur, sa main s'abattit lourdement sur mon épaule.

— Je suis vraiment très heureux de te voir.

Il me broya l'épaule.

— Je jure devant Dieu, gamin, que tu es un fils de pute chanceux.

— Jory ? demanda Dylan en levant les yeux vers moi.

— Je te raconterai plus tard, lui assurai-je. Dominic Kairov, voici Dylan Greer, ma partenaire chez Barrington.

Il prit sa main et la serra lorsqu'une grande femme blonde époustouflante le rejoint. C'était Lily Beck et il nous la présenta à Dylan et moi. Ce fut seulement à cet instant que Maggie se plaignit de ne pas nous avoir été présentée.

— Maggie Dixon, dit-elle en me souriant et en prenant ma main. Vous êtes *le* Jory ?

— Je suis juste Jory, lui dis-je.

— Non, vous êtes celui qui est resté chez Sam pendant un moment, n'est-ce pas ? Les tasses à thé sont les vôtres ?

— Oui

Elle hocha la tête.

— Il ne veut pas me laisser y toucher.

— Vous devriez les jeter.

Elle gloussa.

— Cela ne risque pas d'arriver.

— Allons-y, grogna Sam, donnant le signal du départ à tout le monde.

Arrivés aux voitures, Dominic se porta volontaire pour nous emmener Dylan et moi puisqu'il habitait le plus près de chez moi, mais Sam refusa catégoriquement. J'eus droit à une grande claque dans le dos avant qu'il parte et me fasse promettre de l'appeler si j'avais besoin de lui. J'étais surpris parce que je n'avais jamais pensé que Dominic pouvait m'apprécier et encore moins qu'il se souciait que je sois vivant ou mort. Je me demandai ce qui l'avait fait changer d'avis.

Sam tint la porte ouverte pour Maggie et Dylan pendant que je montais de l'autre côté. Une fois que tout le monde fut installé, Maggie commença à poser des questions. Elle voulait tout savoir de ce que nous faisions chez Barrington. Mon téléphone sonna et je laissai Dylan lui répondre.

— Allô ?

— Jory, t'ai-je dit dernièrement que tu étais incroyable ?

— Hé, Nicky, dis-je en souriant. Comment ça va ?

— Tellement mieux que bien.

— J'en suis heureux.

— Il pense que nous avons une véritable connexion. Il a dit qu'il n'arrivait pas à croire que nous avions les mêmes attentes dans la vie.

— Je vois, soupirai-je. Je suis doué.

— Il pense que je suis formidable, Jory.

— Tu l'es, Nicky. Dis-moi encore que j'avais raison.

— Tu avais raison, complètement raison. Je suis désolé de t'avoir dit toutes ces horreurs.

— Appelle-moi demain.

— Je le ferai. Bonne nuit, mon ami.

Je raccrochai et me tournai pour sourire à Dylan.

— Eh bien ?

— Je suis le dieu de l'amour.

Elle me sourit.

— D'accord, dieu de l'amour, tu as fait ta bonne action pour l'année. Nous devons te trouver un chouette gars maintenant.

— D'accord.

Je pris sa main qui reposait sur le siège et levai sa paume à mes lèvres.

— Tout ce que tu veux, amour.

— Je t'adore.

— Moi aussi.

— Oh mon Dieu, roucoula Maggie, pourriez-vous être plus mignons ?

Je rigolai et Sam me demanda où vivait Dylan.

Il s'avéra que Dylan fut la première à descendre. Nous nous enlaçâmes et nous embrassâmes et je promis de lui téléphoner au matin pour lui dire si elle devait venir me chercher. Sur le chemin de mon appartement, Maggie suggéra que nous nous arrêtions pour manger un morceau. Elle mourrait de faim. On ne me demanda pas mon avis ; Sam se gara et arrêta la voiture avant que j'aie mon mot à dire.

À l'intérieur du restaurant, il nous quitta pour passer un appel avant que nous soyons installés. Lorsque le serveur vint pour nous conduire à notre table, il était de retour. J'allai faire un pas en avant, mais une crampe se réveilla dans ma jambe droite. Elle avait supporté une grande partie de mon poids durant toute la journée et elle était fatiguée.

— Qu'est-ce qui ne va pas ? me demanda-t-il, une main sur mon épaule et scrutant mon visage.

— Je crois que je vais sauter le repas et rentrer à la maison. J'ai besoin de soulager mes jambes.

— Tu as besoin de t'asseoir et d'envelopper ta cheville dans de la glace. Elle n'est pas cassée ou tu n'aurais pas été capable de t'appuyer dessus du tout, mais je parie qu'elle est méchamment foulée. Tu as besoin de béquilles aussi.

— Je n'ai pas…

— C'est facile à obtenir. J'ai cette chose que j'utilisais quand je me suis déchiré le tendon du genou et le ménisque. Tu mets de la glace et de l'eau et tu enveloppes l'autre partie autour de ton genou ou ailleurs et ça…

— Je pense que j'ai une poche de glace, dis-je en souriant pour couper son flot de paroles et en me penchant sur le côté pour regarder Maggie. Je dois y aller, c'était vraiment très agréable de vous rencontrer. À plus tard, d'accord ?

— Jory, pourquoi ne pas…

Je me retournai pour partir, mais le bras autour de mon cou m'arrêta.

— Arrête de me combattre, dit-il brusquement d'une voix bourrue, me clouant contre son corps, triturant le col de mon manteau. Tu luttes toujours contre moi.

Je fermai les yeux, relâchai un profond soupir et me penchai en arrière contre lui.

— Mangeons quelque chose, puis je te ramènerai à la maison pour soigner ta cheville.

Son souffle était chaud contre mon cou, les mots prononcés doucement, destinés à me calmer.

— Je…

— Je parie que j'ai même une paire de béquilles supplémentaires chez moi.

Ses lèvres effleurèrent ma peau ; il était à ce point proche de moi.

— Je ne peux pas aller chez toi.

— Pourquoi pas ?

Sa voix était si rauque, si profonde.

— Je ne peux pas, c'est tout.

— Ça n'a pas de sens.

— Laisse tomber.

— Tu trembles, grogna-t-il presque.

— Sam, que se passe-t-il ? demanda tout à coup Maggie.

— Rien, soupira-t-il avant de me serrer plus fort. Appuie-toi sur moi, J.

Je dus le laisser m'aider jusqu'à la banquette. Je lui fis supporter mon poids et il passa un bras autour de ma taille. Il était attentif, se déplaçant lentement, et j'entendis le soupir profond qu'il poussa.

— Sam, peut-être que nous devrions conduire Jory à l'hôpital, offrit Maggie, ses yeux passant alternativement de l'un à l'autre.

— Non, dit-il sèchement.

Il n'y avait pas matière à discussion.

À table, il se glissa sur la banquette à côté de moi après avoir accroché son manteau et prit son menu.

— Que vas-tu manger ?

— Je n'ai pas vraiment faim, lui dis-je en m'adossant à la banquette.

— Tu vas devoir prendre des médicaments contre la douleur donc tu dois mettre de la nourriture dans ton estomac.

— Je peux juste…

— Retire ton manteau.

Je levai les yeux au ciel, mais retirai mon manteau, le posant entre nous.

— Pose-le de l'autre côté, je n'ai pas de place.

Je le déplaçai contre le mur et pris une gorgée d'eau que la serveuse nous avait amenée. Après quelques minutes, il comprit que je l'observais et il se retourna pour me regarder.

— Quoi ?

— Y a-t-il autre chose ?

— Que veux-tu dire ?

— Vu que tu n'arrêtes pas de m'aboyer des ordres… Y a-t-il autre chose ?

Son sourire s'étira et devint sexy.

— Non.

— Bien, dis-je en frottant l'arête de mon nez.

— Tu veux des pancakes ?

— Non.

— Une omelette ?

— Je n'ai pas vraiment faim.

Il cogna son genou contre le mien sous la table.

— Je m'en moque.

J'essayai de m'éloigner, mais il posa instantanément sa main sur ma cuisse pour me retenir.

— Je vais te nourrir, fin de l'histoire.

— Tu sais, Sam, tout ce truc de conneries macho que tu...

Son téléphone sonna.

— Attends, dit-il en levant sa main alors qu'il attrapait son téléphone dans son manteau. Allô ? Ouais, dit-il en se levant et en se penchant au-dessus de la table. Je... Attends, patiente un instant.

Il pressa son téléphone contre sa poitrine pour que la personne à l'autre bout du fil ne l'entende pas.

— Mange quelque chose.

— Je n'ai pas faim.

— Tu as toujours faim.

— Pas cette fois, m'écriai-je.

— Mange, m'ordonna-t-il, sa voix ne laissant aucune place à la discussion.

Sauf pour moi.

— Je n'ai pas cinq ans, Sam. Si je te dis que je n'ai pas...

— Si tu ne manges pas, tu vas être malade alors mange.

Je fronçai les sourcils en le regardant.

— Ne me regarde pas comme ça, J, bordel, mange !

— Ne jure pas.

— Mange et j'arrêterai.

— C'est stupide, lui dis-je.

— Alors, je suis stupide, mange ! m'aboya-t-il.

— Non.

— Si.

— Non.

— Mange !

— Non.

— Jory, si...

— Ne me dis pas quoi faire, le coupai-je.

— Bon Dieu ! rugit-il et je fus vaguement conscient que les tables autour de nous s'étaient tues. Tout est bon pour te battre contre moi ! Pour l'amour de Dieu, bébé, mange ! me cria-t-il avant de s'éloigner.

Il était exaspéré, mais je m'en fichais. J'ouvris le menu et commençai à le regarder, même si j'étais sûr que j'allais le tuer lorsqu'il reviendrait.

— Jory.

Il n'y avait personne d'autre sur la planète d'aussi agaçant que lui !

— Jory.

J'inclinai le menu pour regarder Maggie de l'autre côté de la table. Je fus surpris par l'expression sur son visage.

— Est-ce que vous allez bien ?

— Non, je ne crois pas, dit-elle d'une voix tremblante. Vient-il de vous appeler 'bébé' ?

— Quoi ? répondis-je automatiquement, ce qui donnait habituellement aux gens les secondes dont ils avaient besoin pour reprendre tout ce qu'ils n'avaient peut-être pas voulu dire.

— Vient-il de vous appeler 'bébé' ?

Les tremblements contenus dans sa voix étaient plus prononcés la deuxième fois qu'elle posa la question.

— Non, lui assurai-je.

— Je pense qu'il l'a fait.

— Non, répétai-je, avec plus de conviction.

— Si... il l'a fait.

Et mon cœur se serra parce qu'il l'avait fait. Je n'y avais même pas pensé parce que, entre nous, entre nous deux, c'était normal. Je n'étais jamais Jory avec lui. J'étais 'J', ou 'bébé' ou 'mon amour'. Cela lui avait échappé, sans qu'il y pense, et maintenant Maggie était assise en face de moi, complètement abasourdie.

— Je suis sûr que c'était un accident.

Elle me dévisagea.

— Vous savez, parfois vous regardez quelqu'un, mais vous prononcez le nom de quelqu'un d'autre parce que vous pensiez à elle ou vous parliez d'elle une seconde avant et...

— Il vous a appelé 'bébé'.

— Seulement parce qu'il vous regardait en me parlant.

— Il ne me regardait pas.

— Ouais, mais la minute d'avant, il...

— Ce serait une bonne théorie, excepté qu'il ne m'a jamais appelé autrement que Maggie. Pas Mag comme le fait Dominic, ni Maggie May comme le fait Lily ou même 'poupée' comme son frère Michael. Il n'a pas de petit nom pour moi, mais vous... vous, il vous appelle 'bébé'.

Ses yeux étaient rivés aux miens.

— Pourquoi cela, Jory ?

— Ça lui a échappé. Cela ne veut rien dire.

— Je pense que cela veut tout dire et explique une sacrée quantité de choses.

— Je...

— J'ai eu des rapports sexuels avec cet homme une fois, Jory, une seule fois en quatre mois et…

Je levai une main pour l'arrêter.

— S'il vous plaît, ne me parlez pas de…

— Je le désire tellement que ça me dévore, me coupa-t-elle en ignorant ma supplique. Mais il veut juste me prendre dans ses bras et me câliner et…

— La plupart des femmes aiment ce genre de choses.

— Je veux que cet homme m'emmène au lit et me retourne la tête, Jory et il ne veut pas. Il ne veut tout simplement pas…

Elle se tut, ses yeux me détaillant.

— Et j'ai tout essayé pour… C'est embarrassant de penser à tout ce que j'ai pu essayer.

Je n'avais aucune idée de ce que je devais dire.

Elle toussa.

— Et maintenant que je le vois avec vous. Il vous regarde, il peut à peine retenir ses mains de vous toucher et toute cette scène… vous vous disputiez comme un vieux couple marié.

— Je ne pense pas…

— Et puis le petit nom…

Elle s'arrêta et étudia mon visage.

— Combien de fois avez-vous couché avec lui ?

— Vous vous trompez complètement.

— Je pense avoir mis dans le mille, en fait.

Ses yeux se rivèrent aux miens.

— Sam est gay ?

— Non.

Elle hocha la tête.

— Alors, c'était… par curiosité ?

— Vous faites fausse route, vous avez…

— Oh mon Dieu.

Elle se couvrit sa bouche d'une main.

— C'est pour ça que je ne peux rien déplacer ou jeter tout ce thé qu'aucun de nous ne boit… Il n'a pas simplement couché avec vous, il est amoureux de vous.

Je secouai la tête.

— Non.

— Jory… Je suis si jalouse et vous… si chanceux.

— Je n'ai pas à rester assis ici à vous écouter, dis-je en saisissant mon manteau et en me glissant hors de la banquette.

114

— Jory, vous devriez rester… Je vais partir.

Mais je ne regardai pas en arrière parce que les larmes étaient venues rapidement, remplissant mes yeux, glissant sur mes joues.

Je pris plusieurs inspirations profondes dehors, devant le restaurant, avant de clopiner vers la rue pour trouver un taxi.

— Que fais-tu ? grogna-t-il derrière moi.

Je m'assurai, quand il me rattrapa, de lui tourner le dos.

— Je rentre à la maison. Retourne à l'intérieur et occupe-toi de Maggie. Elle est toute…

— Parce que je t'ai appelé 'bébé'.

Je relevai brusquement la tête et croisai son regard.

Il avait l'air fatigué tout à coup.

— Je n'ai même pas réalisé que je l'avais dit avant de retourner à la table, quand j'ai vu qu'elle avait l'air d'avoir été giflée ou quelque chose comme ça.

— Je lui ai dit que tu…

— Je sais. Elle m'a répété ce que tu avais dit. J'apprécie.

— Je…

Il s'approcha d'un pas et prit mon menton dans sa main, inclinant ma tête vers le haut.

— Cela n'a plus d'importance. Je suis complètement épuisé.

— Sam, je…

— Allons-y.

Je restai là à le dévisager.

— Elle est rentrée chez elle.

Il indiqua le restaurant d'un geste.

— Pourquoi ?

Son sourire était triste.

— Parce que lorsqu'elle a demandé si j'étais amoureux de toi, j'ai dit oui.

Tout ce que je pouvais faire, c'était le regarder, droit dans les yeux.

— En fait, je pense que ce que j'ai dit, c'était 'Seigneur, Oui'.

— Sam, tu ne…

Sa main se referma doucement autour de ma gorge, son pouce glissant sur ma mâchoire.

— Ne sois pas idiot. Bien sûr que je t'aime. Comment ne le pourrais-je pas ?

J'arrêtai de respirer.

Ses yeux étaient si doux posés sur moi.

115

— Viens chez moi. Laisse-moi prendre soin de toi. S'il te plaît. Je t'en supplie.

Il n'y avait personne d'assez fort sur la planète capable de résister à ça.

— D'accord, dis-je en hochant la tête et il se pencha pour me jeter en travers de son épaule.

— Non... repose-moi !

— Ta cheville est blessée, grommela-t-il en m'administrant une claque sur les fesses avec force. Tais-toi, bon sang, la voiture est juste à côté.

Quand il me lâcha sur le siège et claqua la portière, je restai immobile un moment, le temps qu'il s'installe derrière le volant.

— Quoi ? Qu'y a-t-il maintenant ?

Je fis rouler ma tête pour le regarder.

— Cela va très mal finir. Comme d'habitude.

— Non, grogna-t-il en démarrant la voiture. Pas cette fois.

— Pourquoi non ? dis-je d'un ton las.

— Parce que tout le monde va savoir à propos de toi. Je l'ai déjà dit à mes parents, donc...

— Quoi ? demandai-je, le souffle coupé.

— Ah ! aboya-t-il. Tu ne l'as pas vu venir, hein ? Petit connard arrogant... toujours à penser tout savoir... et boucle-moi cette fichue ceinture !

Je la mis dans un état second sans quitter son profil des yeux.

Après quelques minutes de silence, je lui demandai de m'expliquer ce qu'il avait dit.

— À propos de l'avoir dit à mes parents, tu veux dire ?

— Arrête de faire l'imbécile. Raconte-moi.

— Ouais, donc j'ai tout dit à ma mère à propos de nous – à propos de toi – et elle m'a dit qu'elle était heureuse que je le lui aie dit, mais qu'elle le savait déjà.

Il poussa un rapide soupir.

— Alors je lui ai demandé comment elle le savait et elle m'a répondu que j'étais une tout autre personne lorsque tu étais dans les parages. Elle m'a dit que tu faisais ressortir ce qu'il y avait de meilleur en moi.

Il se tourna pour regarder mon visage.

— Que peux-tu demander de plus ?

J'étais stupéfait et muet. Sa mère m'acceptait, avec lui, nous ensemble ?

— Et mon père m'a dit que tant que tu étais celui que je voulais, il était heureux. Il m'a dit qu'il t'aimait bien et qu'il m'aimait mieux lorsque tu étais dans le coin.

Il sourit tout à coup et me jeta un rapide coup d'œil avant de reporter son regard sur la route quelques secondes plus tard.

— Mec, je dois être un véritable emmerdeur lorsque tu n'es pas près de moi.

Je réussis finalement à respirer.

— Mon père m'a dit que Maggie était une gentille fille et qu'elle méritait mieux qu'un homme qui était amoureux de quelqu'un d'autre.

Il me regarda de nouveau, plus longtemps cette fois.

— Je ne peux qu'être d'accord.

Je pouvais à peine contrôler mon excitation.

— Alors, ma famille est d'accord, Rachel t'adore et tu sais que Jen est folle de toi aussi, alors… elles sont plus que d'accord et même Michael a été cool… Ce sont eux qui m'inquiétaient le plus, mais…

Il se tut une minute et je ne pouvais qu'imaginer ce qui passait dans sa tête.

— Je… tout ira bien.

— Mais Dominic et…

— Ouais, eh bien, il prendra probablement ses distances, mais je ne peux pas… je veux dire, j'ai essayé à leur façon. J'ai essayé de sortir avec une fille, d'être un de ces gars et de tout avoir comme je l'ai toujours voulu, mais… ça ne va pas.

Je tendis la main pour toucher la sienne et il la saisit instantanément, entrelaçant ses doigts aux miens, la tenant serrée. Nous roulâmes en silence, nous dirigeant vers son appartement et j'étais heureux d'être juste assis à côté de lui. Content d'être avec lui comme il le voudrait ou me permettrait de l'être.

— J'ai couché avec Maggie, mais c'était mal, dit-il d'une voix ébranlée après ces longues minutes de silence. Elle était tellement excitée et je le voyais bien, mais c'est juste que je… je n'étais pas là. Je pensais que je devais essayer… pour être sûr… j'en suis certain maintenant, finit-il en me serrant la main avant de la relâcher.

— Mais…

— Et je sais que j'avais tort, dit-il en s'arrêtant le long du trottoir, garant le SUV en face de son immeuble, à l'endroit où personne ne se garait jamais.

Il était agent de police après tout.

— Et je sais que je ne mérite pas une autre chance, me dit-il en débouclant sa ceinture de sécurité, se tournant dans son siège pour me faire face. Mais tu dois m'en donner une. Tu sais que tu es censé m'appartenir.

J'étudiai son visage et il n'y avait pas ni prise de conscience ni soudaine révélation. C'était tout simplement la vérité et je le savais parce que ça n'avait pas changé. J'étais épris de lui. Je ne pouvais pas passer à quelqu'un d'autre parce qu'il possédait mon cœur. Aucune logique, distance ou période de temps ne changerait le fait que j'étais follement amoureux de l'inspecteur Sam Kage.

— Si tu me renvoies, je reviendrai simplement. Je te veux avec moi tout le temps.

— Et quand comptais-tu me dire tout ça ? Quand t'aurais-je vu si je…

— Ce soir… demain… je ne sais pas, J. Je serais venu dès que j'aurais eu le courage de te parler. C'est effrayant de penser que tu vas t'entendre dire non parce que tu es si obstiné, si têtu, si…

Je passai les mains dans mes cheveux.

— Comment aurais-je pu dire non, Sam ? Je…

Il glissa sa main sur ma nuque et me tira vers l'avant pour m'embrasser. Mes lèvres s'entrouvrirent alors qu'il inclinait sa bouche sur la mienne. Il me tenait serré ; sa main fermée dans mes cheveux et il dévorait mes lèvres, les mordant, les suçant. Il avait faim de moi. Je tremblai dans ses bras et j'entendis son grondement de satisfaction lorsque ses mains coururent sur moi – mon dos, mes fesses, le long de mes jambes qu'il tira vers l'avant pour les enrouler autour de lui. Quand il toucha ma cheville, la douleur éclata et j'en perdis mon souffle.

— Oh. Oh, bébé, je suis désolé, m'apaisa-t-il, m'embrassant à nouveau, sa main posée sur ma gorge. Laisse-moi t'emmener à l'intérieur et nous te poserons cette poche de glace.

— Embrasse-moi encore, le suppliai-je en gémissant, me penchant en avant.

— Seigneur ! Tu devrais voir tes yeux. Et ta bouche…

Il s'interrompit pour me dévisager.

— Mon beau bébé… Seigneur ! Je pourrais te regarder toute la nuit.

— Pourquoi ne pas me mettre dans ton lit ?

— Ça aussi, promit-il. Et je ne te laisserai jamais partir.

Il se pencha sur le côté et m'embrassa à nouveau, doucement cette fois, lentement, comme s'il avait tout le temps du monde.

— Oh oui, tu es à moi.

Il sourit avant de me tirer vers l'avant pour me serrer dans ses bras.

— Tu m'as manqué.

Je ne pouvais pas parler à cause de la boule qui s'était formée dans ma gorge. Je posai ma tête sur son épaule, le serrai en retour et pleurai. Les larmes coulaient toutes seules de mes yeux.

— Ahhh, bébé, ne pleure pas.

Il soupira, recula, essuyant mes yeux avec ses doigts.

— Ne bouge pas.

Je le regardai sortir, faire le tour de la voiture par l'avant et ouvrir ma porte pour me regarder. Je ne pouvais pas détacher mes yeux de lui.

Il poussa un profond soupir.

— Je suis désolé d'avoir couché avec Maggie. Tellement désolé… s'il te plaît, pardonne-moi.

Je hochai la tête, lui tendant les bras et il me souleva pour me reposer devant lui.

— As-tu… est-ce qu'il y a eu quelqu'un…

— Non, le coupai-je, ma voix à peine audible.

— Personne dans ton lit depuis moi ?

— Non.

Le soulagement qui s'inscrivit sur son visage était tellement évident qu'il me fit sourire.

— Allez, allons à l'intérieur.

Il me tira purement et simplement contre lui et soutint mon poids, m'évitant d'appliquer toute pression sur ma cheville. Il m'embrassa dans l'ascenseur, devant sa porte et m'agrippa dès qu'il referma la porte de son appartement. Les mains posées sur mon visage, il me regardait en souriant.

— Tu es très heureux, dis-je parce que c'était évident.

— Je me sens bien, confessa-t-il, me prenant dans ses bras pour me poser doucement sur le canapé. Laisse-moi m'occuper de toi.

Je restai assis et le regardai sortir un objet qu'il remplit avec de la glace et de l'eau. Il y avait des tubes qui s'attachaient et qu'il fixa autour de ma cheville. Il parlait en se déplaçant, m'expliquant comment il s'était déchiré le tendon du ménisque et tordu le genou alors qu'il poursuivait un mec dans une ruelle. Le partenaire du gars l'avait poussé alors que son pied était déjà planté dans une clôture. Cela me parut douloureux et il acquiesça en souriant. Quand je fus adossé contre le canapé, mon pied relevé sur des coussins, les tubes d'attache envoyant de l'eau glacée autour de ma cheville, et en train de regarder le feu qu'il avait préparé, je me sentis vraiment heureux. Je l'avais dirigé dans le processus de préparation du thé et il était dans la cuisine quand des coups tambourinèrent sur la porte d'entrée. J'en eus la peur de ma vie.

— Calme-toi, tout va bien, m'apaisa-t-il en sortant de la cuisine pour poser ses deux mains sur mes épaules. C'est probablement Dom.

Et dès qu'il ouvrit la porte, Dominic entra en le bousculant et traversa la pièce jusqu'à moi. Il avait l'air furieux.

— Bordel de merde, Sam, que se passe-t-il ? rugit-il en me pointant du doigt.

— Que veux-tu dire ? demanda Sam en lui souriant et en refermant doucement la porte derrière lui.

— Ne te fous pas de moi !

Sam hocha la tête, vint vers moi et me prit la main. Je ne pouvais cesser de le dévisager.

— Je le garde, Dom. Je n'ai pas le choix.

— Pourquoi ?

— Je...

— Non, attends ! Ne me dis pas... juste... tu plaisantes avec ça ? Sammy.

Il était tout à coup désespéré et je l'entendis dans sa voix.

— Tu ne peux pas être un flic comme ça. Tu ne peux pas tout abandonner pour un putain de cul de pédé ?

Sam laissa tomber ma main et se rua vers son ami. Il empoigna sa veste si fortement que ses jointures blanchirent.

— Arrête tout de suite de sortir toutes ces conneries devant Jory. Tu veux partir, vas-y... mais je t'interdis de venir ici, chez moi, pour l'insulter ! Je ne te laisserai pas faire.

Ils se regardèrent en chiens de faïence avant que Sam le repousse.

— Tu n'es pas gay, Sam. Je l'aurais su sinon. Il est impossible que je ne l'aie pas su.

Il poussa un profond soupir, passant ses mains dans ses cheveux.

— Écoute... j'ai essayé avec toi, ma famille, les autres gars, Maggie et tous les autres sans Jory. C'était l'enfer et je me sentais mal absolument chaque jour. Je ne peux plus faire ça, Dom... Je ne peux pas le faire simplement parce que cela met tout le monde à l'aise. Je ne peux pas.

Il regarda Sam, puis moi avant de revenir sur Sam.

— Alors, je ne peux plus être ton partenaire, Sammy. Pas comme ça. Je ne peux pas te regarder foutre en l'air toute ta carrière pour une putain de tapette que tu as ramassée et...

— Fous le camp !

— Tu ferais mieux de demander un changement de partenaire dès demain, Sam ! Demain !

— Fous le camp !

Dominic sortit en trombe, ouvrant la porte d'entrée à la volée, la faisant claquer contre le mur et vibrer sur ses gonds. Je vis Sam aller la refermer doucement, la verrouiller puis éteindre la lumière afin que seul le feu de la cheminée illumine la pièce.

— Je suis tellement désolé, dis-je doucement. Je peux...

Il marcha vers moi, tomba à genoux à côté du canapé et me laissa le toucher, l'attirer plus près et poser mon menton dans ses cheveux.

— Sam, je devrais peut-être…

— C'est exactement comme je pensais que cela se passerait, J, dit-il en soupirant profondément, m'agrippant étroitement, levant la tête pour embrasser ma gorge. Il n'y a pas de surprise avec lui. Ma famille a été une surprise, ils ont été étonnants. Je ne peux pas attendre plus… c'est assez comme ça.

— Mais…

Il rigola, embrassa ma mâchoire, mon menton puis mes lèvres.

— Bébé, si ce que je fais dans mon lit est quelque chose dont il se soucie tellement… je ne sais pas ce que je peux faire. Aurais-je rejeté notre passé si les rôles avaient été inversés ?

Il réfléchit un instant.

— Je ne sais pas… j'espère que non, mais qui sait ? Je ne vais pas rester assis là et le juger, être un hypocrite, parce que c'est quelque chose que j'aurais pu faire. Je vais juste le laisser partir.

— Maggie a dû l'appeler à la seconde où tu es parti.

— Probablement.

— Tu n'es pas en colère contre elle ?

— Contre quoi le devrais-je ? Ce serait sorti à un moment ou un autre, c'est juste arrivé plus vite que je le pensais.

— Et demain ? Qu'arrivera-t-il quand Dominic aura parlé de nous à tout le monde ?

Il se pencha en arrière et me regarda comme si j'étais bête.

— Tu plaisantes ? Il ne va rien dire à personne. Il va juste me laisser demander un changement de partenaire et en rester là. Que je sois gay n'est pas pire que le fait qu'il ne l'ait pas su et qu'il ait été mon partenaire pendant tout ce temps. Les choses resteront calmes jusqu'à ce que je dise quelque chose. Il ne dira jamais que je suis gay. Les gens penseraient qu'il l'est aussi.

Mon soulagement me fit frissonner.

— Oh, merci mon Dieu. Je peux…

— J, dit-il, prenant mon visage entre ses mains et me souriant. Je dois le dire à mon capitaine et nous verrons ce qui se passera après ça. Pour le moment, je veux juste être ici avec toi et ne plus y penser.

Je hochai la tête.

— Je peux m'asseoir avec toi ?

Je craquai. Les larmes coulaient à flots.

— Oh bébé.

Sa voix était douce comme du miel alors qu'il me soulevait et m'installait sur ses genoux, me laissant m'appuyer contre son torse. Il drapa son bras par-dessus mon épaule pour faire de petits cercles sur mon ventre. Son autre main me caressait les cheveux, me rassurant. Ses mouvements étaient destinés à me calmer, à m'apaiser.

— Ne pleure pas, tout va bien se passer.

— Tu dois avoir perdu l'esprit.

— Pourquoi ?

— Un jour tu es hétéro et le lendemain, tu es gay… Seigneur ! Sam, la plupart des gars seraient en train de paniquer. Tu devrais sérieusement être en train de paniquer.

— J'ai eu le temps d'y réfléchir, rigola-t-il.

Et je sentis son rire plus que je l'entendis alors qu'il m'embrassait la tempe, faisant courir sa main sur ma gorge, sous le col de mon pull pour toucher ma peau nue.

— Nous nous sommes pris la tête assez souvent pour savoir qu'avec toi dans les parages, je vais bien.

Je frissonnai.

— Tu sais que je t'aime, hein ?

— Oui, J, je le sais.

Je pris une profonde inspiration et fermai les yeux.

— Je t'aime, Jory.

J'aurais pu mourir heureux ici et maintenant.

NOUS DÉCIDÂMES que, puisque nous étions chez lui, il ferait un sac et nous conduirait à mon appartement. Il partirait de là dans la matinée. Il avait offert de me porter sur son dos, mais j'étais déterminé à me débrouiller avec les béquilles qu'il m'avait prêtées. Elles étaient un peu grandes, même s'il les avait réduites au maximum, mais il m'assura que cela fonctionnerait. J'avançai donc vers mon immeuble avec lui à mes côtés, bâillant de façon spectaculaire.

— Pourrais-tu arrêter ça ? râlai-je.

— Quoi ? me taquina-t-il.

J'essayai de froncer les sourcils, mais il était si beau avec son sourire qui illuminait ses yeux, le coin de la lèvre légèrement recourbée, sa barbe de deux jours et ses cheveux ébouriffés. Il était ébouriffé d'avoir dormi avec moi, de m'avoir prouvé qu'il pouvait être prudent quand il me faisait l'amour. Il avait enveloppé mes jambes autour de sa taille et supporté mon poids sur ses genoux sans toucher une seule fois ma cheville. J'avais insisté pour que nous consommions nos retrouvailles, malgré ses objections.

— Je ne veux pas te blesser, avait-il dit lorsque je m'étais étendu sur le canapé pour poser ma tête sur ses genoux.

— Tu ne le feras pas, avais-je répondu en tendant une main pour toucher son visage et faire glisser mes doigts sur sa mâchoire. Mais j'ai envie de toi.

— Oh ouais ?

— S'il te plaît.

— D'accord, bébé, avait-il dit de sa voix basse et rauque.

Je l'avais laissé m'écarter de ses genoux et l'avais regardé dénouer ma cheville et me libérer de l'appareil. Il avait un bandage élastique et travailla de façon méthodique quand il me le mit, s'assurant qu'il n'était pas trop serré, massant la crampe de mon autre mollet, faisant travailler ses mains puissantes le long de mes jambes jusqu'à mes cuisses. Lorsque je m'étais redressé, j'avais courbé le dos pour lui, il m'avait soulevé et porté dans son lit. J'étais coincé sous lui et lorsqu'il m'avait embrassé, j'avais gémi bruyamment.

— Je portais un préservatif avec Maggie, J, je te le jure.

J'avais souri devant ses yeux assombris par la passion.

— Et alors ?

— Je suis allé me faire tester après et je sais que cela ne se montre pas aussi vite, mais je suis sain et…

— Et alors ? répétai-je. Tu veux juste que je te laisse…

— Oui, s'il te plaît… Laisse-moi.

Je l'avais regardé dans les yeux et j'avais vu sa mâchoire crispée et la façon dont il avait dégluti, entendu son souffle court.

— Bébé, je te jure que je…

— Je te fais confiance plus qu'en personne d'autre, Sam.

Il m'avait lancé un regard comme je n'en avais jamais vu avant chez lui, un regard d'amour – de capitulation, de désir douloureux et de bonheur tout à la fois. J'étais si heureux d'être avec lui, avec l'homme avec qui je passerais le reste de ma vie.

— Je vais être si doux, bébé.

— Tu n'as pas besoin d'être doux *à ce point*, l'avais-je taquiné.

Et le baiser que j'avais reçu m'avait fait frissonner, il m'avait transpercé si vite et fort qu'il avait provoqué une vague de chaleur qui m'avait fait crier.

— Les sons que tu fais lorsque tu es heureux… avait-il grondé contre ma bouche. Tu me tues.

Mon désir m'avait consumé et le sien également. Il était impossible de renier la connexion qui existait entre nous, aussi tangible qu'elle soit. Sa peau contre la mienne était brûlante.

— Bonjour !

Je relevai brusquement la tête et je compris que j'étais perdu dans ma rêverie.

— Je vais te porter si tu ne te dépêches pas, me menaça-t-il en fronçant les sourcils. On se gèle ici, J.

J'essayai de ne pas sourire lorsque je le dépassai en boitillant.

— J'espère que tu as quelque chose à manger là-haut parce que je meurs de faim.

— Je n'ai rien, en fait. Pourquoi n'irais-tu pas chercher quelques plats à emporter chez le Cubain d'à côté, le temps que je monte l'escalier ? Donne-moi le sac.

Il éclata de rire.

— Ouais, c'est vrai, comme si tu pouvais utiliser des béquilles et porter un sac. Je te retrouve là-haut. Qu'est-ce que tu veux ?

— Juste un peu de poulet avec du riz.

— D'accord, dit-il en se penchant en avant, m'embrassant sur le front avant de s'en aller.

Devant l'escalier, je compris que Sam me portant était probablement le meilleur des scénarios. J'avais l'impression de me trouver devant l'Everest au lieu des deux volées de marches que cela représentait vraiment. J'étais en train de souffler au sommet de la première partie lorsque j'entendis Sam siffler derrière moi.

— Besoin d'aide ?

— Va te faire foutre, Kage.

Il me dépassa pour venir se tenir devant moi, baissa son épaule et me bascula sur elle.

— Sam ! me plaignis-je alors qu'il faisait ce qu'il faisait toujours et me donnait une claque bien sentie sur les fesses. Repose-moi, le sang afflue à…

— Non, me coupa-t-il en me faisant rebondir sur son épaule pour me prouver sa domination, me portant moi et mes béquilles en haut de la deuxième volée de marches.

Quand il me déposa devant ma porte, je levai immédiatement les bras autour de son cou pour l'attirer vers moi.

Il approfondit le baiser, prenant tout ce qu'il voulait de moi, complètement en contrôle. Je savais qu'il aimait que je sois soumis. Exercer son pouvoir sur moi l'intoxiquait. C'était un rôle qu'il comprenait et la raison pour laquelle nous allions si bien ensemble. La composante qui faisait de lui l'homme qu'il était et que je ne lui demanderais pas de changer. Il était le partenaire dominant, le mâle alpha ; j'étais son compagnon, c'était aussi simple que ça.

— À quoi es-tu en train de penser ?

— Où est ma nourriture ? le taquinai-je en l'étreignant plus fort.

Il m'agrippa, une main dans mes cheveux, me tenant contre lui, l'autre courant dans mon dos. Il poussa un long soupir de satisfaction, comme s'il pouvait enfin respirer.

— C'est fermé le dimanche. Nous allons grappiller et faire avec ce qu'il y a. Je vais cuisiner quelque chose.

Je grognai et il me pinça les fesses.

— Ouvre la porte.

Lorsque la porte s'ouvrit, il me fallut une minute pour réaliser ce que je regardais. Je n'avais vu un appartement aussi saccagé que dans des films. Je n'avais jamais imaginé à quoi cela pourrait ressembler dans la vie réelle.

— Oh merde, souffla Sam et son arme se retrouva dans sa main avant même que je sois conscient qu'il en portait une. Reste ici pendant que je vérifie les lieux, J.

— Non, attends...

Je tendis la main vers lui, mais il se faufila dans l'appartement sombre, et le petit couloir qui menait à ma chambre. Je me penchai à l'intérieur et allumai les lumières, inondant la salle de séjour et la cuisine alors qu'il revenait dans la pièce principale, rangeant son arme dans l'étui sous sa veste en cuir. C'était marrant qu'il lui ait fallu seulement quelques secondes pour vérifier tout l'appartement ; il était impossible de passer au-dessus du fait qu'il était minuscule.

— La voie est libre, me dit-il. Celui qui était là est reparti depuis longtemps.

Je hochai la tête en frissonnant.

Il m'enveloppa dans ses bras et me serra contre son grand corps dur.

— C'est bon, bébé, tu ne peux pas rester ici. Allons emballer tes affaires, d'accord ?

— Non, Sam, je ne peux pas juste laisser quelqu'un me faire peur et me chasser de...

— Si, tu peux, me dit-il en inclinant mon menton pour pouvoir me regarder dans les yeux. Je ne te permettrai pas de rester ici. Ce n'est pas une option. D'ailleurs, je t'aurais fait emménager chez moi demain, de toute façon. Je n'ai pas l'intention de dormir sans toi, plus jamais.

125

— Mais, Sam, c'est trop tôt. Nous avons besoin de temps pour…

— Non, nous n'en avons pas besoin, J. Tu n'as pas besoin de temps, alors mets tes idées au clair parce que tu vivre avec moi à partir de maintenant.

— Mais…

— Je vais aller emballer tes affaires et ensuite on s'en va. Assieds-toi pendant que je fais ça.

— Sam…

— Ici, dit-il en indiquant le canapé. Assieds-toi et ne bouge pas.

— Sam…

— C'est un appartement meublé, J. Qu'est-ce que tu as ici que tu aimerais emporter de toute façon ?

— Ce n'est pas le sujet. Je…

— Je peux te coller sur une chaise si tu préfères.

Je me dirigeai vers le canapé et m'assis alors qu'il se dirigeait vers ma chambre.

— Quelle chance que tu m'aies trouvé sur la jetée, hein ? demandai-je à la pièce vide en élevant la voix pour qu'il puisse m'entendre. Et si j'avais été à la maison ?

— Ouais, eh bien tu ne l'étais pas, cria-t-il de l'autre chambre.

— Ouais, mais si je l'avais été ? répondis-je en criant aussi.

— Mais tu ne l'étais pas ! répliqua-t-il à la limite du rugissement.

Je compris d'où venait sa colère. Il était terrifié à l'idée de me perdre.

J'étais heureux alors même que j'étais assis au milieu de mon appartement dévasté. Il m'aimait. J'allais bien.


IL FINIT par m'emmener manger un steak parce qu'il m'avait dit que j'avais besoin de fer. J'avais l'air pâle, me dit-il, et il me commanda donc un filet de bœuf avec une pomme de terre cuite au four, accompagné d'une salade grecque. Je pris une tarte au citron en dessert avec un cappuccino et il me promit toutes sortes de plaisirs charnels quand il rentrerait à la maison. Je n'étais pas d'accord avec la fin de sa phrase, *quand il rentrerait à la maison*, mais je ne fus pas autorisé à discuter avec lui quand il me borda dans son lit avec la télécommande de la télé et une tasse de thé à la camomille. Il devait aller superviser la scène de crime et expliquer pourquoi mes vêtements avaient disparu ainsi que mon ordinateur portable et mes livres. Aucune pleurnicherie, cajolerie ou prière ne l'empêcherait de se rendre à mon appartement alors que les gars de la scientifique se baladeraient chez moi. Je voulais qu'il reste à la maison avec moi et il voulait savoir qui était venu dans mon appartement. Il changea de sujet en me disant à quel point j'avais été intelligent de ne pas avoir acheté un vrai lit : je n'avais rien à mettre en dépôt ou à vendre ou encore à donner. Je n'avais pas réalisé, jusqu'à ce que toutes mes affaires soient de retour chez Sam, que je n'avais jamais rien dépensé pour l'appartement. C'était un endroit où vivre et même si je l'avais aimé et avais été heureux de l'avoir habité, il n'avait été qu'une étape dans ma vie. Ma place était avec Sam et son appartement me donnait l'impression de rentrer à la maison. Il avait raison… j'appartenais à cet endroit.

J'eus droit à un long baiser brûlant avant qu'il relève ma cheville et vérifie la machine qui y était accrochée. Il me montra comment l'éteindre au bout d'une heure et libérer ma cheville. Il me remettrait le bandage élastique quand il rentrerait. Je fis valoir qu'il devrait rester avec moi et il m'ordonna de n'ouvrir la porte à personne. Point final.

— Et si c'est ta mère ?

— Quoi ?

Il s'arrêta à la porte pour me regarder, clairement agacé.

— Est-ce que je peux ouvrir la porte à ta mère ?

— Oui, dit-il rapidement, se tournant pour partir.

— Et Dane ?

— Oh, pour l'amour de Dieu, Jory, tu sais très bien ce que je veux dire !

Je rigolai et il me lança un regard noir avant de s'engouffrer dans le couloir.

— Au revoir ! lui criai-je.

Il revint sur ses pas et m'embrassa, tendrement cette fois, lentement.

Quand il recula, je suivis son mouvement aussi loin que je le pus.

— Reste ici et repose-toi. Arrête de jouer les gamins.

Je fronçai les sourcils et il partit. J'entendis la porte d'entrée se refermer, puis le cliquetis de plusieurs verrous. Il ne prenait aucun risque. Mon téléphone sonna quelques secondes plus tard.

— Salut, soupirai-je, niché au fond du lit.

— Je te conduirai au travail demain matin et je te ramènerai le soir. À partir de maintenant, tu ne vas nulle part sans moi. Tu as compris ?

— J'ai compris, soupirai-je.

J'adorais ça quand il était possessif et me disait quoi faire. Personne d'autre ne s'en préoccupait, à part Dane. Les deux hommes de ma vie qui…

— Oh, merde !

— Oh, merde, quoi ?

— Je dois parler à Dane à propos de toi.

— Et c'est mauvais ?

— C'est plutôt mauvais, oui.

— Pourquoi ?

— Il pense que je perds mon temps avec toi.

— Je vais lui parler. Donne-moi son numéro.

— Est-ce que tu plaisantes ?

Il rit doucement.

— Bébé, je sais que tu as peur de Dane Harcourt, mais crois-moi… pas moi.

Je n'étais pas convaincu de sa bonne santé mentale. Ne pas avoir peur de Dane ?

— D'accord.

Il répéta le numéro et me dit de regarder la télévision ou de commencer mon roman.

— Tu es hystérique, grommelai-je. Dépêche-toi de rentrer.

— Je le ferai, bébé. Je t'aime.

Les mots étaient dits avec tellement de désinvolture qu'ils me déchirèrent littéralement.

— Je t'aime aussi.

Et lorsqu'il raccrocha, je fermai les yeux et attrapai son oreiller. Il sentait comme lui et j'étais heureux d'être allongé là, dans l'appartement douillet à attendre que mon homme rentre à la maison.


JE ME réveillai et me rendis compte que la chambre était sombre. J'étais enfoui sous les couvertures et quand je bougeai, je touchai une masse solide et chaude. Sam était à côté de moi, profondément endormi sur le ventre. Je roulai vers lui, drapant ma bonne jambe sur ses cuisses et lu l'heure sur le réveil de son côté de la table de nuit. Il était un peu plus de quatre heures du matin. Je ne savais pas depuis combien de temps il s'était couché, mais vu la fraîcheur de ses jambes, cela ne devait pas faire bien longtemps. Il devait être épuisé. Il dormait habituellement avec un pantalon de pyjama, mais il était nu. Je ne pus me retenir de le toucher.

— Je suis content que tu sois à la maison, murmurai-je avant de déposer un baiser entre ses omoplates.

Il grogna, mais ne bougea pas.

Je m'éloignai de lui, me remettant sur le dos et fixai le plafond dans l'obscurité, essayant de calmer mon corps. J'avais envie de lui, mais il était fatigué et je devais réprimer mon désir. Quand il se remua, se tournant vers moi, sa main se posant sur mon ventre, je me figeai sous son contact. J'avais des papillons dans l'estomac ainsi qu'une tension familière. Une bouffée de chaleur me traversa. C'était de sa faute. J'avais envie de lui.

— Pourquoi es-tu réveillé ? demanda-t-il doucement, sa main glissant sur ma peau nue, puis sous la ceinture de mon pantalon, puis de mon sous-vêtement pour me toucher, enroulant ses doigts autour de moi.

Je gémis en me cambrant sous sa caresse.

— Ta peau est si chaude, J.

— S'il te plaît, le suppliai-je, bougeant, glissant dans son poing. S'il te plaît, bébé.

Il roula hors du lit et je l'entendis tâtonner pendant que j'arrachais mes vêtements, me déshabillant aussi vite que je le pouvais. Un tiroir s'ouvrit. Je perçus le bruit d'un bouchon, puis il posa sa main sur ma cuisse, me tirant vers l'avant, mes jambes pliées reposant sur ses bras. Ses doigts lubrifiés glissèrent en moi doucement alors que son autre main se refermait sur mon sexe.

— Tu m'as manqué.

Je gémis son nom et je le sentis se tendre avant qu'il glisse profondément à l'intérieur de mon corps. Je n'étais pas préparé au rire qui vint instantanément.

— Pourquoi es-tu...

— C'est simplement que c'est si bon. Je suis un tel idiot.

— Sam ?

Il poussa à nouveau, s'enfonçant en moi et je criai, m'accrochant à lui, désirant qu'il aille plus loin, plus fort. Les sensations étaient exquises et désirées.

— Seigneur ! J, pourquoi ai-je été aussi stupide ? Pourquoi t'ai-je laissé partir alors que je t'aime tellement et que je ressens tout ça quand je t'ai dans mon lit ? Seigneur, je suis vraiment idiot.

Je l'attirai vers moi pour l'embrasser alors que mon orgasme se rapprochait.

— Tu es amoureux de l'idiot du village, souffla-t-il contre ma bouche.

— Tu n'es plus un idiot, lui assurai-je en cambrant le dos, pouvant à peine respirer alors que je frémissais et ruais sous lui.

Je sentis sa main glisser sur mon ventre et caresser les muscles tendus.

— Non, je ne le suis plus, acquiesça-t-il, instaurant un rythme qui me m'arracha des halètements au lieu de mots. Tout le monde va savoir que tu m'appartiens.

Ce qui était tout ce que j'avais toujours voulu.

— Tu m'as tellement manqué.

Quand je gémis, il me serra contre lui et je pensai, juste une seconde, que j'étais mort. Ce n'était certainement pas possible de se sentir aussi bien et d'être toujours en vie. Il me dit que j'avais besoin de m'habituer à cette sensation. Il n'allait nulle part et faire l'amour avec lui allait être épuisant.

J'étais prêt à relever le défi.

# VIII

IL M'AVAIT appelé pour me dire de l'attendre au travail, alors j'étais toujours là à dix-neuf heures trente lorsqu'il entra et s'écroula sur le canapé rembourré qui se trouvait dans un coin de mon bureau. Je restai là à le contempler. Il passa ses mains dans ses cheveux et lentement laissa rouler sa tête sur le côté pour me regarder.

— Parle-moi, dis-je doucement, contournant mon bureau pour m'asseoir sur le bord de celui-ci.

— Mon Dieu, quelle journée bizarre.

Je restai respectueux parce que je savais ce qu'il venait d'affronter, la fin à son partenariat.

— C'était dur, hein ?

— On peut dire ça, souffla-t-il. Et tu peux même dire surréaliste si tu veux.

Je le dévisageai.

— Tu peux m'expliquer ça ?

Il poussa un profond soupir alors qu'il étirait son grand corps, laçait ses doigts derrière sa tête et croisait les chevilles, jambes tendues devant lui.

— Eh bien, pour commencer, ce matin, je suis directement allé voir mon capitaine pour lui parler et lui demander un nouvel coéquipier, mais avant même que je puisse lui expliquer pourquoi, avant même que je puisse sortir un mot à ton sujet, il a passé un appel et j'ai dû aller me présenter à la DAI.

— Qu'est-ce…

— Division des Affaires Internes, ils surveillent les flics. C'est leur boulot.

— D'accord. Alors qu'est-ce qu'ils te voulaient ? Dom n'a pas dû leur parler de…

Il secoua la tête.

— Non, bébé. Ils n'étaient pas intéressés par moi. Ils voulaient des renseignements sur Dom.

Je le dévisageai.

— Tu te souviens lorsque je t'ai dit que sa maison était vraiment sympa... eh bien, je suppose que je ne savais pas à quel point, mais elle l'est vraiment. Il s'avère qu'il touchait des pots-de-vin depuis le premier jour. Il est la taupe de notre service. C'est lui qui a dit à Roman où trouver Brian. C'est lui qui leur a dit où te trouver.

— Oh merde !

— Oh ouais.

Il esquissa un sourire.

— La petite invasion à son domicile, tu te rappelles, tu étais là ? Eh bien, il s'avère que c'était l'œuvre d'un des gars qui payait Dom pour ses renseignements et qui voulait lui envoyer un message.

— En faisant quoi ? En le tuant ?

— Je n'en ai aucune idée. Je viens d'apprendre maintenant, après ma rencontre avec la DAI, qui ils étaient.

— Dom travaille-t-il toujours ?

— Non, ils l'ont mis en congé en attendant les résultats d'une enquête approfondie.

— Qu'a dit ton capitaine ?

Il poussa un profond soupir, ferma les yeux pendant une longue minute avant de les rouvrir, seulement pour regarder le plafond.

— C'était tellement bizarre... Je veux dire, il était tellement heureux lorsque j'ai demandé un nouvel coéquipier aujourd'hui. Je suppose qu'il a dû dire à la DAI que j'étais clean, mais à cause de Dom, ils auraient aussi enquêté sur moi, mais comme j'ai... c'est comme si cela m'innocentait et...

— Mais tu l'es !

— Ouais, mais cela aurait pu tellement mal se passer. Et c'est le cas parce que, en gros, je suis à l'écart et je ne peux pas parler à Dom... il fait l'objet d'une enquête et ils l'ont arrêté donc il est au courant, et seigneur, quelle journée !

— Est-ce que les autres te regardent comme si tu étais un trafiquant ?

— Non. J'étais son partenaire, tout le monde me regarde comme si je savais qu'il était pourri, mais que je lui étais loyal. Ils s'imaginent que finalement c'est allé trop loin et que j'ai demandé un changement de coéquipier, rien d'autre. Tout le monde pense que j'ai bien fait en gardant

132

son secret, que je voulais juste arrêter les frais, tu vois ? Je reçois le traitement d'un héros.

— Alors où tout cela te laisse-t-il ?

— Eh bien, ça me laisse plutôt tranquille. Tout ce que Dominic dira sur moi, personne ne voudra le croire, et demain j'aurai un nouveau partenaire, Ricky da Silva. Il vient du service des homicides.

— Tu le connais ?

— J'ai entendu parler de lui et c'est un bon flic. Nous avons parlé aujourd'hui et il m'a dit qu'il était excité de travailler avec moi. Je l'amènerai ici demain pour te le présenter.

— Pourquoi ?

— Parce que s'il a un problème avec nous, j'ai besoin de le savoir tout de suite, parce que tu dois être cent pour cent honnête avec ton partenaire. J'ai fait l'erreur de ne pas dire à Dom ce qui m'arrivait. Je ne la répéterai pas.

Je traversai la pièce et m'avançai entre ses jambes. Il attrapa ma main, inclinant la tête pour pouvoir me regarder dans les yeux. Je voulais le réconforter.

— Je suis désolé que tu…

— Et j'ai pu déjeuner avec Dane.

Le temps s'arrêta.

Il me sourit.

— Est-ce que tu m'as entendu ?

*Manifestement, non.*

— Excuse-moi, quoi ?

Il rigola sèchement.

— Tu m'as bien entendu. J'ai déjeuné avec le grand homme.

— Vraiment ? coassai-je alors qu'il m'attirait sur ses genoux.

Je passai les jambes de chaque côté de ses cuisses, chevauchant ses hanches.

Il caressa mes fesses avant d'installer ses mains sur mes hanches.

— Oui, bébé, je l'ai fait et ça a été éreintant, permets-moi de te le dire. Il n'y a que pour toi que j'affronterais tout ça.

— Pourquoi ? Quoi ?

— Il est bon, tu sais ? Je dois bien lui reconnaître ça. Je pourrais lui demander de m'accompagner la prochaine fois que j'interrogerai un témoin.

— Oh, compatis-je en prenant son visage entre mes mains et en lui relevant le menton pour pouvoir me pencher et l'embrasser.

133

Il écarta les lèvres et je glissai ma langue dans sa bouche pour le goûter.

— Mon Dieu, oui, gémit-il. Je le mérite tellement après cette putain de journée.

Je souris contre sa bouche et il recula pour me regarder.

— Nous dînons avec lui demain soir.

— Avec Dane ?

— Ouais.

— Je suis tellement désolé, dis-je en riant, embrassant ses yeux, l'arête de son nez, ses sourcils, ses joues et ses lèvres tandis qu'il souriait malicieusement.

— Ça ira, bébé.

Il soupira lourdement.

— C'est une formule 'tout compris'. Je ne peux pas t'avoir sans lui, et comme j'ai l'intention de te garder, je dois traiter avec Dane Harcourt.

— Tu as l'air ravi.

— C'est un fils de pute arrogant, dit-il fermement. Et il est foutrement possessif et protecteur envers toi et aujourd'hui il était juste... il était tellement inquiet que je te fasse du mal que... il m'a menacé et je n'ai eu qu'une envie...

— Tu voulais le tuer ?

— Je voulais le remercier.

Il me regarda en souriant.

— Parce qu'il prend tellement bien soin de toi.

— Ahhh, Sam.

Je l'embrassai à nouveau.

— C'est gentil.

— Il va vendre l'appartement pour toi, J et te donner l'argent. Il a dit qu'il était à toi.

— Nous verrons. Je lui parlerai de...

— Tu pourras tirer tout ça au clair demain.

— Pourquoi ne pas aller le voir ce soir ?

— Ce soir, il va voir Carmen. Elle est sexy ?

— C'est un opéra, lui répondis-je en souriant.

Il me pinça les fesses avec force.

— Je le sais, crétin. Je ne suis pas idiot à ce point.

Je me penchai en avant et enroulai mes bras autour de son cou, enfouissant mon visage dans son épaule.

— Je t'aime.

— Je sais, dit-il en me serrant, ses mains caressant mon dos. C'est la seule chose qui m'a fait tenir toute la journée…

Je reculai pour le regarder dans les yeux.

— … savoir que je te reverrais à la fin de celle-ci.

Les mots qui sortaient de sa bouche étaient incroyables.

— Tu vibres.

Il me sourit de ce sourire en coin que j'aimais, celui qui court-circuitait mon cerveau.

— Quoi ?

— Ton téléphone, idiot.

Je grognai et me relevai.

— Sympa.

— Reviens, dit-il en me tendant la main.

Je me détournai et répondis.

— Allô ?

— Froussard.

— Quoi ?

— M'envoyer ce pauvre homme ici tout seul pour déjeuner avec moi et discuter de son avenir avec toi. Tss, tss.

— Je n'ai envoyé personne nulle part, dis-je à Dane. Je l'aurais accompagné.

— Cela n'aurait pas été souhaitable. Il m'aurait été impossible de garder mon objectivité si tu étais venu.

— Comme si tu étais objectif.

— Je l'étais.

Je souris au téléphone.

— Il a dit que ça avait été brutal.

— J'ai été poli.

— Je sais ce que tu penses… cela veut tout dire et il… je…

— Tu l'aimes, je sais.

— Est-ce que c'est là que tu me dis que si ça va mal la prochaine fois, tu ne seras pas là pour m'aider à m'en sortir ?

— Je me moque de savoir combien de fois les choses tournent mal, je serai là.

Tous ceux qui comptaient dans ma vie étaient incroyables aujourd'hui.

— Ouais ?

— J'aimerais cependant que tu considères la possibilité que ton cœur se lasse. Tu n'as pas à agir comme un idiot sous prétexte que tu en es un.

— Cela n'a aucun sens et tu joues les sales types là tout de suite.

Il grogna.

— Dane, je…

— Écoute, soupira-t-il. Demain, les Reid arrivent en ville, du Texas. Je t'attends, avec ou sans l'inspecteur, à mon appartement à dix-neuf heures précises. Nous prendrons un verre puis nous irons dîner au Dancing Bull à vingt heures.

— D'accord.

— Répète ce que j'ai dit.

— Oh, pour l'amour de Dieu, j'ai entendu ce que…

— Vraiment ?

— Je n'ai pas cinq ans, Dane. Je t'ai entendu et j'ai réellement écouté ce que tu as dit.

Il grogna comme s'il ne me croyait pas.

— J'ai écouté, un verre à dix-neuf heures, dîner à vingt heures. Compris. Dancing Bull, donc je sais quoi porter.

— Porte un des costumes que je t'ai acheté à Noël.

— Je ne suis pas une poupée Ken, tu sais.

Il se moqua de moi.

— Bien sûr que tu l'es. Assure-toi que l'inspecteur porte un costume lui aussi.

— Je le ferai.

— Possède-t-il un costume ?

— Mon Dieu, tu es tellement snob.

— Non, je veux juste savoir à quoi m'attendre.

— Nous serons tous les deux correctement vêtus, lui assurai-je.

— Excellent.

— Est-ce que c'est tout ?

— C'est tout.

— Hé, as-tu été chanceux l'autre soir après la balade 'artistique' ?

— Cette question est à la fois grossière et odieuse.

Je souris au téléphone.

— Bonne nuit, dit-il rapidement.

— Bonne nuit.

— Eh bien ? demanda Sam lorsque je le regardai par-dessus mon épaule. Qu'avait à dire le grand homme ?

136

— Nous devons aller dîner avec lui demain soir.

— Je te l'ai déjà dit.

— Ce ne sera pas que nous trois.

— Je sais, ses parents biologiques. Je te l'ai déjà dit aussi.

Je lui souris.

— Ça va être un choc, dit-il en me souriant d'un air narquois.

— Tu seras présenté à quelqu'un comme mon partenaire pour la première fois. Es-tu prêt pour ça ? lui demandai-je en le regardant droit dans les yeux.

J'attendis sa réponse.

— Je suis prêt, dit-il en se levant, me faisant signe d'approcher. Prends tes affaires, je veux rentrer.

Lorsque mon sac fut prêt et que je le retrouvai à la porte, il le prit et le mit sous son bras avant de passer l'autre autour de mon cou, m'attirant près de lui.

— Je suis ton homme, J. Tu m'appelles comme tu veux.

Il savait définitivement ce qu'il fallait dire.


ALORS QUE nous traversions le centre-ville, je regardais les gens marcher dans la rue à travers ma vitre et je me demandais, comme je le faisais toujours, quelle était leur vie.

— Puis-je te poser une question ?

— Bien sûr, dis-je en bâillant et en me tournant vers lui.

— Qu'est-ce qui te donnerait envie de rester à la maison avec moi au lieu de sortir et de te trouver un mec différent chaque soir ?

Je me sentis froncer les sourcils.

— Ne me regarde pas comme ça, réponds juste à la question. Parce que quand j'avais vingt-deux ans, J…

— J'ai vingt-trois ans.

— Peu importe. Lorsque j'avais vingt-trois ans, j'étais du genre continuellement en rut. J'avais l'habitude de sortir tous les soirs, en boîte ou dans des bars et je ne ramenais jamais deux fois la même personne.

— Tu étais un grand joueur, constatai-je.

— Ouais, je l'étais. J'avais vingt-trois ans. Tu es censé profiter de ta jeunesse à cet âge-là afin de ne pas essayer de la retrouver lorsque tu atteins la quarantaine ou la cinquantaine.

— Je vois.

— J'ai pour théorie que les gars qui passent par une crise de la quarantaine le font parce qu'ils n'ont tout simplement pas assez profité de leur jeunesse quand ils le pouvaient, tu vois ? Comme mon père, c'était un vrai coureur avant de rencontrer ma mère, mais il en avait profité et il n'a jamais fait de crise de la quarantaine. Il n'a jamais ressenti le besoin de s'acheter une Porsche ou de divorcer pour une blonde de l'âge de ses filles. Je pense que cela vient du fait d'en profiter quand tu es supposé le faire.

— D'accord.

— Donc ma question pour toi est celle-ci : est-ce que cela va te manquer de ne plus sortir avec tes amis ou...

— Je peux encore sortir avec mes amis, lui assurai-je. Si tu veux venir danser avec moi, aller au cinéma, sortir dîner, ou m'accompagner à des soirées jeux, tu peux – tu es cordialement invité. Si tu ne veux pas, je ne vais pas te supplier. Tu as tes amis et j'ai les miens. Ils pourraient même ne pas s'entendre.

— Tu continueras à sortir ?

— Pourquoi pas ?

— Dans des clubs pour...

— Je peux avoir envie d'aller danser, Sam. J'aime ça. Si je veux y aller et que toi tu ne veux pas venir avec moi, j'irai tout seul. Mais j'ai quelques très bons amis qui me comprennent. Ils me connaissent et si je leur dis que je suis avec toi, ils le respecteront. Lorsque tu les rencontreras, tu comprendras.

Il laissa échapper un profond soupir.

— Je ne veux pas que tu m'en veuilles dans quelques années parce que je t'aurais empêché de faire tout ce que tu aurais voulu.

Je posai une main sur sa cuisse et il la recouvrit immédiatement de la sienne, glissant ses doigts entre les miens.

— J'ai été seul longtemps, Sam et j'ai couché avec ma juste part d'étrangers. Je ne veux plus faire ça. Je n'ai pas besoin d'un nouveau tour, j'ai besoin d'un foyer.

— Un nouveau tour ?

— Tu sais, comme un coup d'un soir.

— D'accord et je suis un top, c'est ça ?

Je lui lançai un coup d'œil.

— Tu plaisantes ?

— Non, pourquoi ?

— Sam, qu'est-ce qui te prend avec tes questions genre 'Gay pour les Nuls' ?

— Je demande parce que je ne sais pas.

— D'accord, pour ton information, tu es un top.

— Et qu'est-ce que cela fait de toi ?

— Un passif, dis-je comme s'il était monté dans le minibus scolaire. Il hocha la tête.

— Nous pourrions changer les rôles, si tu veux, dis-je en souriant malicieusement.

— Non, je ne crois pas. J'aime les choses telles qu'elles sont.

— Oh, j'en suis sûr, dis-je en regardant par la vitre.

— Pas toi ?

— Ne sois pas idiot, soupirai-je en me tournant pour regarder son profil. Tu sais que les choses telles qu'elles sont me conviennent parfaitement.

Il garda les yeux fixés sur la route.

— Je le sais, oui.

— Tu sais que j'ai beaucoup d'amis qui ont des relations ouvertes.

— Ce qui veut dire ?

— Ce qui veut dire qu'ils vivent avec quelqu'un, mais qu'ils ont encore des aventures chacun de leur côté.

— Et ?

— Et pour que tu le saches… je ne suis pas comme ça.

— Bien, parce que cela ne se passera pas de cette manière. Tu n'appartiens qu'à moi.

Je détournai les yeux pour qu'il ne me voie pas sourire.

— Regarde-moi.

Je me retournai pour voir qu'il me dévisageait. Je n'avais pas réalisé qu'il s'était arrêté.

— Je veux juste être sûr que c'est ce que tu veux, J, parce qu'après ça, nous allons rendre notre relation permanente. Je veux dire, j'ai pris ma décision, mais tu dois être d'accord aussi.

Je compris que c'était sa façon de fonctionner. Il avait lutté avec le problème, puis la solution, les 'oui' ou 'non' pour prendre une décision, suivis par l'acceptation de toutes les parties concernées. Il aimait instaurer des bases solides avant d'avancer. Après cela, il n'y avait aucun retour en arrière possible.

— Je suis d'accord, Sam.

Il posa sa main sur ma nuque et me tira en avant pour m'embrasser à en perde haleine. Je dus reculer pour reprendre mon souffle. Il afficha un sourire malicieux, très content de lui.

— Tu as l'air très heureux, dis-je d'une voix douce pour empêcher qu'elle se brise.

— Parce que je le suis, m'assura-t-il, passant le dos de ses doigts le long de ma gorge avant de reprendre soudain sa place derrière le volant et d'insérer le SUV dans la circulation. Allons manger, je meurs de faim.


NOUS FINÎMES dans une supérette où nous commandâmes deux sandwichs extrêmement bien garnis avant de repartir. Il me raconta combien il était frustrant, dans tout le désordre de mon appartement, qu'ils n'aient relevé aucune empreinte digitale, ni aucun cheveu, ni le plus petit des indices qui aurait pu servir de preuve qu'il y ait même eu un intrus. Dire que c'était l'œuvre d'un pro était un euphémisme et quand je le pressai pour savoir s'il avait des idées quant à la personne qui avait fait ça, il n'y eut rien qu'il voulut partager. J'étais assez sage, même en ayant passé peu de temps ensemble, pour ne pas insister. Je m'apprêtai à lui poser quelques questions supplémentaires à propos de son nouveau partenaire quand son téléphone sonna. Je fus surpris lorsque le mien sonna également une seconde plus tard.

— Allô ?

— Jory ?

— Ouais.

— Jory, c'est Jen.

— Oh.

Je jetai un coup d'œil à Sam qui était en train d'écouter très attentivement la personne qu'il avait en ligne.

— Hé, comment vas-tu ? Je ne savais pas que tu avais mon...

— Jory, j'ai besoin que Sam et toi veniez chez moi tout de suite.

— Es-tu...

— Je vais bien, j'ai juste besoin de soutien.

Elle était au bord des larmes ; je l'entendais dans sa voix.

— J'ai tout dit à Mitch et il est parti et... ensuite j'ai appelé Kurt et... pourriez-vous juste venir ?

— Bien sûr, dis-je pour l'apaiser. Nous arrivons tout de suite.

— Merci, à tout de suite.

— D'accord, promis-je avant qu'elle me raccroche au nez.

— C'était qui ? me demanda-t-il en bâillant.

— Jen, dis-je rapidement. Et toi ?

— Ma mère, soupira-t-il profondément. Elle veut que j'aille chez Jen.

— Parfait, dis-je en lui souriant. C'est là que Jen veut que nous allions aussi.

— Nous n'y allons pas, dit-il en me lançant un regard noir.

— Oh que si nous y allons, rétorquai-je en pensant qu'il plaisantait. Jen a besoin de nous. Donc nous y allons.

— Nous n'y allons pas, point final, m'assura-t-il.

Je hochai lentement la tête.


TANDIS QUE nous nous garions devant la maison de Jen à La Grange, j'ouvris immédiatement ma portière.

— Attends ! gronda-t-il.

Je tournai la tête et lui adressai le regard le plus exaspéré dont j'étais capable.

— Tu sais quoi, dit-il en me pointant du doigt. Tu as de la chance que j'aie cédé et amené ton cul jusqu'ici.

— Cédé ? dis-je d'un ton sec avant de descendre et de claquer la porte aussi fort que je le pus.

Je me retournai pour me diriger vers la maison.

— Veux-tu bien m'attendre ? rugit-il en faisant le tour de la voiture.

Je boitai jusqu'à la clôture et me penchai lorsqu'il arriva à côté de moi sous le poids de sa lourde main se posant sur mon dos.

— Mon Dieu, tu es tellement têtu !

Je grognai en me rendant compte que j'aurais dû utiliser les béquilles. Ma cheville était encore très douloureuse.

— Laisse-moi t'aider, s'il te plaît ?

Je haussai les épaules. Il passa mon bras par-dessus son épaule et m'attira contre lui. Je fus surpris lorsqu'il se pencha pour m'embrasser sur la tempe.

— C'était pour quoi ça ?

— Tu es un véritable emmerdeur, J, mais ton cœur est à la bonne place. Et te voir en rogne est très mignon.

Je fronçai les sourcils.

— Je ne suis pas mignon.

— Si, tu l'es.

141

Il embrassa le bout de mon nez.

— Ton visage devient tout rouge et tu fronces le nez. C'est adorable.

Je levai les yeux au ciel et décidai de l'ignorer.

— Je t'aime.

Ce qui me fit fondre. Mon indignation outragée n'avait aucune chance face à la chaleur dans ses yeux et son sourire en coin, ses fossettes qu'on ne voyait que lorsqu'il souriait et la façon dont il me regardait. Et ses mots, il me tuait littéralement avec ses mots.

— Le chat a mangé ta langue, bébé ?

Il se pencha et m'embrassa, s'abreuvant de mon souffle et me tenant serré.

Je m'accrochai à lui et quand il recula, je ne pus détourner mes yeux des siens.

— Je me sens si bien, soupira-t-il avant de m'attraper et de me jeter sur son épaule.

— Tu sais que ça commence à être vu et revu, rouspétai-je en lui claquant les fesses.

— J'aime ça, dit-il en haussant les épaules, et je n'en eus aucun doute.

Quand nous atteignîmes le porche, la porte s'ouvrit. Regina Kage se tenait dans l'encadrement avec la lumière l'éclairant de derrière. Au lieu de tendre les bras vers Sam, elle me les tendit, me prenant par la main pour me faire entrer.

— Jory, c'est si bon de vous revoir.

Je lui souris alors qu'elle ouvrait les bras. C'était tellement mieux que ce que j'avais imaginé. Je l'étreignis si fort qu'elle couina, puis elle m'embrassa à son tour, lissant mes cheveux et imprimant de cercles entre mes omoplates.

— Merci d'être venu. Jen a vraiment besoin de soutien.

Elle me laissa entrer et s'occupa de Sam, enroulant ses bras autour de lui alors que je boitillais vers le salon.

Jen était assise sur le canapé avec Rachel à ses côtés. Michael était installé dans le fauteuil opposé, regardant du football avec son père. Il y avait des sandwiches sur un plateau posé sur la table basse, avec des frites et des sauces dans des assiettes en carton. Tous les yeux étaient fixés sur moi alors que j'entrais dans la pièce.

— Viens ici à côté de moi, dit Jen rapidement en tapotant l'espace près d'elle.

142

Je retirai ma veste et j'avais presque atteint la table basse lorsque Thomas se leva pour me faire face.

— Jory.

— Monsieur.

— Écoutez, commença-t-il lentement, d'une voix basse. Vous comprenez que ce n'est pas le choix que j'aurais fait pour mon fils... mais je ne l'avais jamais vu non plus se comporter de la façon dont il le fait quand vous êtes avec lui. Je veux être son ami, Jory, et pas simplement son père. Je ne peux pas avoir ce que je veux sans rien lui donner en retour.

Je ne pouvais détourner mes yeux de lui. Les parents de Sam étaient incroyables. Je compris à cet instant à quoi ressemblait l'amour inconditionnel.

— Le fait que vous soyez venu lorsque Jen vous a appelé... cela en dit long aussi. La famille est importante, Jory, elle doit vous aimer quoiqu'il arrive.

Je hochai la tête.

— Oui ?

— Oui, m'sieur.

Il me tapota l'épaule.

— Brave garçon. Allez-y, dit-il en m'indiquant le canapé.

Je jetai un coup d'œil vers Michael et il me fit un signe de la tête.

— Jory.

— Michael.

— C'est bon de vous revoir. Vous nous avez manqué pendant les vacances.

Il soupira et reporta son attention vers le téléviseur.

— Pas vrai les filles.

— Oh oui, dit Rachel en me souriant.

Elle attrapa ma main en se levant pour me m'étreindre.

— Sammy a été tellement bête... je me sentais si désolée pour cette pauvre fille, Maggie.

— Ouais, renifla Jen, souriant à travers ses larmes. C'était si évident qu'il n'était pas attiré par elle.

— Elle était collante et demandeuse d'attention, dit Rachel en frissonnant et en me serrant une dernière fois avant de me libérer. Je lui ai offert un Valium.

Jen se mit à rire avant d'enfouir sa tête dans ses mains. Lorsque je m'assis à côté d'elle, elle se tourna vers moi et je l'enveloppai dans mes bras, la tenant serrée pendant qu'elle sanglotait.

— Que s'est-il passé ?

— Elle a tout dit à Mitch à propos de Kurt et elle, soupira Rachel en tapotant doucement le dos de sa sœur. Et devine quoi ?

Elle me regarda droit dans les yeux.

— Il se tapait sa comptable depuis les six derniers mois.

— Non sérieusement ?

J'étais stupéfait.

— Oh, ouais, sérieusement.

Elle secoua la tête.

— Il était tellement soulagé qu'il lui a tout laissé dans sa demande de divorce : la maison, la voiture, leurs biens… il veut juste partir.

— Et les filles ?

— Il veut la garde conjointe, mais cela ne devrait pas être un problème.

— Alors…

Je laissai traîner le mot, en faisant une question, regardant Rachel.

— Pourquoi tout ça ?

— Kurt, dit Rachel à voix basse. Il va rester avec Rita. Elle lui a pardonné et ils vont se donner une deuxième chance.

— Mais je pensais que Kurt aimait Jen ?

— Apparemment il aime encore plus son statut social.

— Je ne comprends pas.

Jen s'écarta pour me regarder dans les yeux.

— Jory, Kurt était pauvre lorsqu'il a épousé Rita. Il travaille dans la compagnie de son père. Il en est le vice-président, son beau-père est le président. Les voitures, le bateau et l'adhésion à ce fichu country club, il a tout ça grâce à elle. Il est à elle et j'avais oublié ça. Il aime voyager et les vêtements coûteux, les gadgets sophistiqués et tout ce que son argent à elle peut acheter.

— Oh, ma chérie, dis-je avec sympathie, l'embrassant sur le front et la reprenant dans mes bras. Je suis vraiment désolé.

— Quand le moment est venu, il a préféré être riche plutôt qu'amoureux.

— Il pensait sans doute à ses enfants, lui assurai-je. Si elle est riche à ce point, je suis sûr qu'elle pouvait se permettre de…

— S'il te plaît, Jory, renifla-t-elle. Ses enfants sont tous en pensionnat. Il ne les voit même pas, dit-elle en hoquetant, ses larmes l'étouffant presque. Non, c'est seulement pour l'argent. Il aime son statut. Il ne veut pas revenir en arrière pour être comme le reste d'entre nous.

— Je suis vraiment désolé, ma chérie.

Elle me serra fort.

— Jennifer.

Nous levâmes tous deux la tête vers Sam.

— Qu'ils aillent tous se faire foutre. Tu trouveras un gars bien. Pour l'instant, concentre-toi sur tes enfants et nous serons tous là pour toi.

Il lui fit signe de s'approcher de lui.

— Viens ici.

Et j'étais si fier de lui alors que je le regardais étreindre sa sœur. Le soupir qu'elle poussa souligna l'important de ses mots : pour une raison quelconque, ce qu'il pensait et disait était le miroir dans lequel elle se reflétait. Le fait qu'il l'aime et croie en elle l'aidait plus que n'importe quelle autre tentative de réconfort.

— Merci d'être venu, Jory, murmura Rachel en se penchant dans le petit espace qui nous séparait. Ça signifie tellement.

— C'est de Sam dont elle avait besoin, lui répondis-je en montrant le frère et la sœur enlacés.

— Ouais, dit-elle en hochant la tête en me regardant dans les yeux. Mais quand tu n'es pas là, il n'est pas comme ça. Ma mère dit que c'est ce qui arrive quand on est amoureux ; l'autre personne fait ressortir le meilleur de ce qu'il y a en nous.

Je la dévisageai.

— Quand tu es avec lui, Sammy est incroyable. Je n'avais jamais eu besoin de lui jusqu'à ce que tu viennes avec lui ce dimanche-là. J'ai finalement compris quel était le problème… et puis tu as disparu. Ne disparais plus, Jory.

— Non, je n'en ai pas l'intention.

Elle hocha la tête et se pencha en arrière.

— Très bien.

Ce furent des heures très agréables, la famille de Sam me traitant comme l'un des leurs. Michael et lui parlèrent football et Thomas se joignit à eux, à l'aise avec ses fils. Je promis à Jen qu'un de ces week-ends où les filles seraient chez leur père, elle pourrait venir et dormir chez moi. Rachel me dit qu'elle avait de grands projets pour sa sœur et je lui répondis que nous pourrions aller danser. Je voulais lui faire rencontrer

Dylan et Chris. Elle me répondit qu'elle avait hâte de faire leur connaissance.

Sam reçut un coup de fil et me dit ensuite que nous devions y aller. Toutes les femmes m'étreignirent et les hommes m'ignorèrent, ce que je pris comme un bon signe puisqu'ils étaient complètement absorbés par le match entre les Packers et les Broncos. Ils grognèrent un vague au revoir à Sam et il promit à sa mère que nous serions là pour le dîner de dimanche.

— J'amènerai mon frère, lui dis-je.

— Oh !

Elle était ravie.

— J'adorerais ça, Jory. S'il te plaît, amène-le.

Je jurai que je le ferais alors même que je me demandais comment je réussirais cet exploit.

— Qui était-ce au téléphone ? demandai-je à Sam quand nous fûmes assis dans le SUV.

— Bon Dieu ! Nous avons laissé ces sandwiches ici, grommela-t-il en ouvrant la fenêtre.

— Sam, qui…

— Ça sent la choucroute. Comment peux-tu encore…

— Qui était au téléphone ?

Il poussa un profond soupir.

— Maggie.

— D'accord. Que veut-elle ?

— Elle veut me parler.

— Et donc, vas-tu aller lui parler ?

— Je lui dois bien ça, Jory.

— Vraiment ?

— Je crois, ouais.

Je hochai la tête, me retournant pour regarder la rue défiler.

— Tu ne crois pas ?

— Non.

— Ne sois pas salaud.

— Je ne le suis pas.

— Je vais te déposer à la maison.

— Très bien.

Nous ne parlâmes plus sur tout le trajet jusqu'à son appartement et je sortis de la voiture à la seconde où il s'arrêta. Je ne pris même pas la peine de fermer la porte. Je me déplaçai aussi vite que je le pouvais vers l'entrée de l'immeuble lorsqu'une main lourde s'abattit sur mon épaule.

— Laisse-moi, vas-y.

Il me fit me retourner.

— Écoute, Maggie cherche juste à tourner la page et, j'en suis sûr, une explication. Elle la mérite, J.

— Bien sûr.

Sa main se posa sous mon menton, le relevant pour qu'il puisse me regarder dans les yeux.

— Je vais rentrer à la maison pour toi.

Je hochai la tête.

— Laisse tomber, arrête de faire le sale gamin.

Je poussai un profond soupir alors qu'il me souriait.

— Embrasse-moi.

J'enroulai mes bras autour de son cou et l'attirai vers moi pour un baiser dont je voulais qu'il se souvienne alors qu'il parlerait à son ex-petite amie.

— Peut-être que je devrais monter en premier, dit-il lorsque je reculai enfin, sa voix rauque dans mes cheveux.

La manière dont ses doigts s'enfonçaient dans mon dos, la façon dont ses lèvres glissaient le long de mon cou me firent savoir que j'avais obtenu la réaction que j'avais recherchée.

— Non, dis-je en levant les yeux vers lui. Va voir Maggie. Reviens juste dès que tu le pourras.

Il hocha la tête, regardant ma bouche.

— Je reviens bientôt. Ne va pas te coucher.

Je rigolai.

— D'accord.

Il me donna un dernier baiser sur le front avant de se précipiter vers la voiture. Je souris lorsqu'il démarra en trombe. J'étais presque à la porte lorsque j'entendis mon nom. Dominic Kairov était la dernière personne que je m'attendais à voir, mais il était là, sortant de l'ombre, à côté de l'immeuble.

— Dom ? Que fais-tu ici ? demandai-je en marchant vers lui.

Il sourit honteusement.

— Je voulais parler à Sam et lui dire que j'étais désolé pour tout. Je voulais voir s'il pouvait me pardonner.

— Bien sûr qu'il peut, lui assurai-je en lui faisant signe de me suivre à l'intérieur. Viens, il gèle dehors. Nous pouvons l'attendre ensemble.

— Que t'es-tu fait à la cheville ?

Je ris.

— Squash avec Dane.

Il grogna derrière moi.

— Je suppose que tu n'es pas si chanceux après tout, hein, Jory ?

— Non, je pense que ma chance ne marche que lorsque je dois échapper à des tueurs, dis-je en souriant.

— Peut-être pas.

Alors, je ressentis un frisson soudain au moment où je comprenais que, peut-être, rester seul avec Dominic Kairov était vraiment stupide.

— Je pense que ta chance a tourné, Jory.

Lorsque je regardai par-dessus mon épaule, il attrapa le dos de mon manteau et sa main couvrit mon visage. Je ne pouvais plus respirer et l'odeur fut horrible. Puis, il n'y eut plus que les ténèbres quand je sentis mon corps s'engourdir.

# IX

LE MOUVEMENT de bascule me réveilla. L'endroit était lumineux, puis sombre et la troisième fois qu'il s'illumina, je compris que j'étais dans une camionnette. Je dus faire un effort pour obliger mon cerveau à se concentrer pour pouvoir comprendre ce qui se passait. La dernière chose dont je me souvenais, c'était que le partenaire de mon petit ami Sam, Dominic Kairov, était sorti de l'ombre près de mon appartement pour me parler. Il avait commencé à me dire qu'il voulait s'excuser auprès de Sam pour la façon dont il avait agi. Lorsque Sam lui avait dit qu'il m'aimait, moi, Jory Harcourt, un autre homme, Dominic avait pété un plomb. Alors quand il était apparu et m'avait dit qu'il voulait arranger les choses avec Sam, j'avais été heureux. Je l'avais invité à me suivre à l'intérieur pour attendre Sam, mais lorsque j'avais tourné le dos, il m'avait attrapé et assommé. Maintenant, j'étais son prisonnier. Pourquoi m'avait-il enlevé ? Cela restait un mystère. Sam Kage était un inspecteur de la brigade des mœurs, tout comme Dominic Kairov. Et, pour autant que je sache, les flics ne kidnappaient pas des gens. Alors que se passait-il ?

Je pouvais juger d'après la vitesse de notre véhicule que nous étions sur l'autoroute, mais il était impossible de juger d'une direction. Le fait que j'étais gelé ne m'aida pas à conserver mon attention un seul instant. J'en compris la raison : mon manteau avait disparu. Tout ce que je portais, c'était mon pantalon en velours et un pull léger. Mes mains et mes pieds étaient attachés derrière moi et j'étais plié vers l'arrière en un arc. C'était inconfortable, mais pas douloureux. J'avais peur de découvrir à quoi ressemblerait ma cheville lorsque je serai libéré puisque je me l'étais foulée quelques jours plus tôt. Serais-je même capable de me tenir debout et de m'appuyer sur elle ? Et puis, je me demandai si je *serais* libéré. Comment fonctionnait un kidnapping ? À quoi pouvais-je m'attendre ? N'ayant jamais été enlevé auparavant, je n'en avais aucune idée. Pour une raison quelconque, je pensai à mon frère ; que dirait Dane s'il pouvait me voir maintenant ? Ce serait une situation stupide de plus dans laquelle Jory

149

s'était fourrée. Et puis je pensai à Sam et à quel point je l'aimais. C'était drôle de voir toutes les choses qui me passaient par la tête.

La fourgonnette s'arrêta et je pus à peine respirer. La porte s'ouvrit d'un coup sec et je me retrouvai face à Dominic et un homme qui m'avait l'air familier, mais que je ne reconnus pas sur le champ. Il était bien habillé, dans un costume trois-pièces, un pardessus et une longue écharpe.

— Vous voyez ? dit Dominic en me montrant d'un geste. Vous m'envoyez et le travail est fait.

L'autre homme hocha la tête.

— Je vois, en effet. Très bien. Maintenant, je le veux mort et...

J'ouvris la bouche de surprise et il fronça les sourcils avant de se tourner sur le côté et voir ce que je voyais... Dominic pointant une arme sur sa tête. L'homme tendit la main vers elle au moment où le coup partit. Il y eut du sang partout et je hurlai.

— Ferme ta gueule, me cria Dominic alors que deux autres types venaient se placer près de lui. Foutez-moi ce trou du cul dans le fossé, mais n'oubliez pas de mettre le manteau de Jory à côté de lui.

Je le vis essuyer ma cuisse avec le manteau et c'est alors seulement que je vis que mon pantalon était déchiré et que je saignais.

— Ne t'inquiète pas, J, ce n'est qu'une blessure superficielle. Tu ne vas pas saigner à mort ni rien de tout ça.

C'était étrange qu'il me parle comme si nous étions potes. Il jeta mon manteau à un homme qui portait des gants, puis referma la porte du van après être monté à l'arrière avec moi. Il s'assit par terre alors que la camionnette se remette en route.

— Tu te demandes pourquoi tu n'es pas dans le fossé toi aussi, pas vrai ?

Je hochai la tête.

— Eh bien, parce que j'ai besoin de toi. Tu vas rencontrer le père de Roman. Une fois que je lui aurais dit que tu as tué son fils, il va t'étriper et je vais enfin pouvoir me sortir de toutes ces conneries.

Je le dévisageai.

— Sais-tu à quel point Maggie déteste Sam ?

C'était un enchaînement bizarre, mais je suivis le fil et secouai la tête.

— Elle le déteste tellement qu'elle a accepté de l'appeler pour moi afin de l'attirer chez elle.

Je gardai le silence, gardant mes yeux rivés sur lui.

— Tu sais, J, avec ta mort, Sammy redeviendra l'homme qu'il était. Et Roman disparu, toutes les preuves de ma participation se retrouvent envolées avec lui. Donc, tu vois, je récupère ma vie, mon partenaire – tout ça juste avec ta mort et celle de Roman.

Je grimaçai et il sourit.

— Ta cheville te fait mal, hein ?

Je hochai la tête.

— Désolé. Je te détacherai lorsque nous arriverons à l'entrepôt. J'irai aussi te chercher quelques couvertures. Je ne veux pas que tu gèles avant d'avoir vu le vieil homme.

Il m'étudia.

— Tu sais, juste pour que tu sois prêt... le vieil homme pourrait très bien prendre son temps pour te tuer. Il a des idées très vieux jeu lorsqu'il s'agit de vengeance. Et comme tu es celui qui a tué son enfant... tu pourrais être parti pour une très longue nuit.

Je sentis mon estomac se retourner.

— Je ne serai pas là pour voir ça, J. Ça va être bizarre cependant, de savoir ce qui te sera arrivé pour le reste de ma vie, sans jamais rien dire à Sam... Il va être si content de me retrouver quand tout ce qu'ils trouveront ce seront des petits bouts de ton corps.

Difficile de ne pas craquer, mais si je le faisais, j'avais peur de ce qui pourrait arriver. Il semblait du genre à prendre son pied à voir la souffrance des autres. Je n'allais pas lui donner cette satisfaction... du moins pas jusqu'à ce qu'il soit impossible de faire autrement.

— Sammy va être complètement dévasté et je serai là pour l'aider à surmonter cette épreuve. Je lui trouverai même une nouvelle fille.

Mes yeux se remplirent instantanément. Cela blessait mon cœur de simplement penser que Sam puisse aimer quelqu'un d'autre que moi.

— Sale pédé de merde ! grogna-t-il avant de se pencher en avant et de m'envoyer son poing dans la figure.

Je ne sentis jamais le coup.


MON CORPS entier me faisait mal. J'avais froid même à travers deux couvertures parce que le mur contre lequel j'étais allongé était semblable à un bloc de glace. Je pouvais entendre des choses courir dans l'obscurité et savais que cela ne pouvait être que des rats. J'essayai de me calmer afin de ne pas hyper ventiler. Je sentais la corde entre mes mains et vis qu'elle courait jusqu'au mur derrière moi. Elle était nouée au-dessus de ma tête à une poulie. En l'observant, je compris que je pouvais être suspendu par les poignets si quelqu'un le voulait ainsi. Remuant mes jambes, je sentis ma cheville pulser sous la douleur renouvelée, puis je tâtai mes poches à la recherche de mon téléphone. Cela ne me surprit pas qu'il soit manquant. Quel genre de flic serait Dominic s'il avait oublié mon téléphone portable ? Je me recouchai parce que ma tête bourdonnait et que j'étais pris de vertige. Je ne voulais pas vomir. Je fermai les yeux afin de ne pas m'évanouir. Cela ne marcha pas.

ON ME bouscula pour me réveiller et lorsque je levai les yeux, Dominic se tenait devant moi. Il avait un jerrican d'eau et un seau. Lorsque je relevai la tête du sol, il s'accroupit et les déposa près de moi.

— Bois ceci et utilise ça pour pisser.

Il sourit paresseusement.

— Ne te trompe pas.

Je le regardai.

— As-tu faim ?

Je secouai la tête.

— Tu le seras bientôt, déclara-t-il. Et j'ai quelque chose à te demander... est-ce que Sammy a rencontré la DAI ?

— C'est quoi le DOI ? demandai-je délibérément.

— DAI, me corrigea-t-il. D'accord, je suppose que non. La DAI, c'est la Division des Affaires Internes, J.

Encore une fois, c'était amusant qu'il m'appelle J, comme si nous étions amis, comme si nous étions simplement assis là en train de papoter, et pas du tout dans une situation de vie ou de mort comme c'était en fait le cas.

— Est-ce que tu m'as entendu ?

— Ouais.

Il rigola.

— Tu sais, mon pote Marco dit que si tu lui tailles une pipe, il te donnera des couvertures en plus. Je pense que tu devrais. Il doit faire au-dessous de zéro ici, J. Je veux dire, on est assis dans le bureau où il fait chaud. Ici, dans l'entrepôt, tu vas te geler les fesses ce soir.

Je secouai la tête.

— Allez, J, penses-y. Tu ne reverras jamais Sammy de toute façon. Il voudrait au moins que tu aies chaud, dit-il comme si c'était évident. Et

qu'est-ce que c'est que de sucer une petite bite pour un mec comme toi ?
Je suis sûr que tu as sucé des centaines de gars.

— Non.

— Allez, J, je parie que tu fais les meilleures pipes.

— On dirait que tu as envie de le savoir, lui dis-je pour le braquer.

J'avais peur, vu la tournure des événements, d'être forcé.

— Foutu suceur de bites ! dit-il d'un ton sec et glacial avant de se
lever et de me frapper dans les côtes.

Je me roulai en boule et vis sa botte s'approcher de mon visage. Je
sentis ma tête exploser et tout devint sombre à nouveau.


J'AVAIS SI froid. Je ne me rappelai pas avoir déjà eu aussi froid. Mes
dents claquaient si fort que cela me réveilla. M'asseoir me fit presque
vomir, mais je ravalai la nausée et quand je voulus bouger la main pour
toucher mes cheveux, je me rendis compte qu'elle était coincée dans
quelque chose. Je tirai et utilisai mon autre main pour la libérer. Comme
un lourd bracelet métallique bien ajusté qui glissait douloureusement,
m'irritant, mais la compréhension ne prenant que quelques secondes. Je
sursautai soudain et levai ma main devant mon visage.

— Oh merde ! hoquetai-je, réalisant que la corde n'était plus autour
mon poignet droit.

Avec le froid, mes mains avaient rapetissé et la corde qui avait été
serrée ne l'était plus. Il ne me fallut que quelques secondes pour l'enlever
de mon autre main. C'était l'un des nombreux avantages d'être un mec
petit : les cordes et les menottes avaient besoin d'être continuellement
resserrées.

Je découvris que je ne pouvais pas me lever. Même le fait de
m'asseoir faillit me faire tomber dans les pommes. Alors je rampai
jusqu'au bord du mur et me déplaçai dans l'obscurité. Le sol était
recouvert de gravier et de sable et ça sentait le fumier. De petits corps
poilus bougeaient à quelques mètres de moi, mais je gardai mes nausées
pour moi, résolu à ne pas vomir. Quand je sentis un souffle d'air sur mon
visage, je regardai dehors et vis le clair de lune, de la neige et la voiture.
Et je pensais que courir serait une bonne idée alors même que je savais
que j'étais gelé et que dehors serait sûrement encore pire. Rester avec
Dominic me ferait tuer, mais patauger dans la neige, seulement habillé de
mon pantalon et de mon pull, en ferait tout autant.

Lorsque je frôlai une corde, plus lourde que celle avec laquelle j'avais été attaché, je la tâtai et sentis sa longueur et un gros nœud. Trente centimètres au-dessus, un autre... puis un autre. Je n'en voyais pas la fin dans l'obscurité, mais elle devait bien mener quelque part. Cependant c'était risqué. Je pouvais à peine me tenir debout, sans parler de grimper, et en fonction de la hauteur... je pouvais très bien tomber.

Tout ça constituait des décisions que je n'avais jamais été amené à prendre, même dans mes rêves les plus fous. Devais-je grimper à l'échelle de corde ou rester où j'étais ? La décision fut prise cependant, lorsque j'entendis une lourde porte s'ouvrir et qu'un rayon de lumière transperça l'obscurité. Lorsque je regardai, je ne vis personne dans l'embrasure, alors je me levai en position voûtée et courus à l'endroit où les couvertures étaient encore entassées à côté du mur. Je m'effondrai sur le sol dur et vis des étoiles danser devant mes yeux. Mon corps me semblait lourd et des vagues de nausées me traversaient.

— Hé.

Je roulai la tête et distinguai vaguement l'homme qui me surplombait.

— Je m'ennuie, dit-il avant de m'attraper.

J'essayai de bouger, mais c'était inutile. Il était bien plus lourd que moi d'une quarantaine de kilos au moins, et son poids sur mon torse, ses genoux sur mes bras me tenaient facilement immobile. Il ouvrit le bouton de mon pantalon de velours et me retourna violemment, me coupant le souffle.

Je fus poussé face contre terre et mon pull fut relevé alors que mon pantalon était tiré sous mes fesses. Je me tortillai, mais le genou qui se posa sur mon dos m'arrêta. Il saisit une poignée de cheveux et me tira fortement la tête en arrière avant de me montrer un long couteau de chasse dentelé.

— Il va dans ton cul ou c'est ma queue. Tu décides.

Je m'immobilisai complètement.

— Ouais, c'est bien ce que je pensais, dit-il, sa main glissant sur ma peau nue.

Je le sentis bouger et il me redressa sur mes mains et mes genoux. Je l'entendis cracher.

— Je vais déchirer ton joli petit cul.

Je le sentis, là, contre moi, prêt et dur. Je sentis le couteau dans sa main contre mes côtes. Je le sentis pousser en avant puis reculer et pousser de nouveau pour s'enfoncer en moi. Et cet instant fut un avantage. Il était

154

plus costaud, mais même blessé j'étais sûr d'être plus rapide. Je baissai mon épaule gauche, ce qui lui fit perdre l'équilibre et avec ma main gauche, je saisis la lame de son couteau et la lui retirai de sa main. Je roulai sur le dos et il ne put arrêter sa chute ni ralentir son élan. J'allais le poignarder, le frapper à la gorge, mais à la dernière seconde, je me glissai sur le côté, hors du chemin. Il y eut un bruit sourd lorsque son visage heurta le sol et je vis la mare de sang se répandre autour de sa tête. Mon calvaire n'avait duré que quelques secondes, mais cela m'avait semblé une éternité. Tout était si calme, et dans ce silence je décidai de ne pas rester là à attendre.

Je remontai mon pantalon, saisis une des couvertures et m'élançai à travers la pièce. L'adrénaline est une chose étonnante. Vous passiez d'un état de fatigue et de faiblesse à Superman en quelques secondes. Avec la couverture nouée autour de mon cou, j'avais même une cape. C'était drôle, je n'avais jamais escaladé une échelle de corde de ma vie, mais cela semblait se passer d'explication. Vous mettiez vos pieds sur le nœud du bas, placiez vos mains au-dessus du nœud suivant et vous tiriez vers le haut. C'était une façon de ramper en hauteur, comme un ver. En haut, en bas, petit à petit. Lorsque j'entendis le gars qui avait essayé de me violer commencer à reprendre ses esprits, je montai plus vite. Je le vis se mettre à genoux, passer les mains sur son visage, jurer et comprendre que j'étais parti. Son rugissement fut bruyant ; il rebondit sur les murs, se répercutant en un écho dans l'immense bâtiment. Mais moi, il ne pouvait pas me voir parce que j'étais suffisamment haut pour être enveloppé dans l'obscurité. Je m'immobilisai jusqu'à ce qu'il s'en aille, ne voulant pas que la corde bouge, puis grimpai plus vite quand il quitta la pièce en courant. Je commençai à paniquer parce que je grimpai et il semblait ne pas y voir de fin, mais il y eut soudain une poutre devant moi et je vis la plate-forme. Je tendis la main vers elle, me rendis compte que je devais grimper encore un peu, puis l'enjambai et me laissai tomber dessus. Je tirai l'échelle de corde jusqu'à moi puis la coupai avec le couteau pour avoir toute la longueur en une pile à côté de moi. J'eus juste assez d'énergie pour draper la couverture autour de moi avant de m'évanouir d'épuisement. Je n'avais jamais été aussi fatigué.


C'ÉTAIT DE la lumière, le ciel gris visible à travers les fenêtres que je pouvais voir maintenant depuis mon perchoir. Apparemment, un feu ou une autre catastrophe avait emporté le plancher qui s'était trouvé entre le sol et l'endroit où je me tenais. Ce sur quoi j'étais allongé était ce qui restait d'un loft. Peut-être que cela avait été une grange autrefois ou une sorte d'usine, je ne savais pas. J'espérais juste que mon abri tiendrait ; c'était juste des planches de bois qui avaient l'air fragiles et craquaient dans le vent. Je pouvais voir jusqu'au sol à travers les lattes et je me rendis compte que j'étais très haut. Une chute de cette hauteur pourrait facilement me tuer. Le vent qui venait de l'extérieur me tuerait aussi, et Dominic devait être persuadé que c'était ce qui était arrivé.

Je m'étais enfui lorsque Marco avait essayé de me violer, et le vent m'avait fait disparaître ainsi que toutes les traces de mes déplacements dans la neige. C'était logique. Le trou dans le mur était assez grand pour que je m'y faufile à travers et ils avaient cherché partout ailleurs. L'extérieur était la seule solution plausible.

Je les regardai entrer et sortir, entendis Dominic crier sur Marco avant qu'un coup de feu retentisse à l'extérieur, puis le silence, à l'exception du vent. Dans l'obscurité de la nuit, alors que je mettais la couverture entre mes dents pour les empêcher de claquer, je savais que j'allais mourir. Ma seule consolation était que je n'avais pas été violé. Je tomberais simplement endormi et je ne me réveillerai jamais. C'était presque réconfortant, parce que j'avais mal partout et je n'avais jamais eu aussi soif de toute ma vie.

— Jory !

Je me réveillai en sursaut et regardai à travers les lattes du plancher. Dominic se tenait debout au milieu de la pièce, les mains sur les hanches, les yeux fixés au plafond. Je savais qu'il ne pouvait pas me voir, mais j'étais quand même terrifié.

— Jory, sale bâtard, je sais que tu es là, quelque part. C'est impossible que tu aies parcouru plus de vingt kilomètres quelle que soit la direction et je n'ai pas trouvé de corps, donc je sais que tu es encore là !

Je frissonnai violemment.

— Quand je te trouverai, je te trancherai la gorge, fils de pute !

Je me figeai, convaincu qu'il pouvait m'entendre respirer. Je le traquai du regard jusqu'à son départ. Je reposai ma tête en arrière et fermai les yeux, laissant la panique me quitter. Dans la partie logique de mon cerveau, je compris que si ce que Dominic avait dit précédemment était vrai, il aurait encore besoin de moi pour me livrer au père de Roman. J'étais toujours précieux. Il voulait me trouver parce que, sans moi, il était dans la merde.

Je n'avais pas réalisé que je m'étais de nouveau évanoui jusqu'à ce que j'entende un bruit continu qui me réveilla. Je roulai la tête et vis Dominic un instant avant qu'il brise la vitre extérieure et me crie dessus. Pendant une seconde, je fus complètement pétrifié. Il ressemblait au diable tel que je me l'imaginais. Avec ses cheveux fouettés par le vent, ses yeux durs et son visage déformé quand il me hurlait dessus – je pensai que mon cœur s'était arrêté.

— Jory ! rugit-il et il passa la main à travers la fenêtre pour me tirer dessus.

Mais nous étions séparés par un espace d'une douzaine de mètres et il était en équilibre sur une échelle – soit elle était très grande, appuyée contre le côté du bâtiment ou elle était fixée au mur – et à laquelle il s'accrochait. Il ne pouvait rester suffisamment immobile pour tirer et je rampai pour me coller contre le mur du fond.

— Jory ! cria-t-il et je commençai à hyper ventiler.

Je ne pouvais plus respirer et même lorsqu'il disparut, je continuai à m'attendre le voir réapparaître au bord du loft. Ce fut le moment le plus effrayant de tous. Lorsqu'il n'y eut aucun mouvement pendant plusieurs minutes, je laissai retomber ma tête sur le sol. C'était difficile de rester tendu et anxieux indéfiniment.


LE BRUIT était constant, presque comme celui d'une sirène, et je devais le faire cesser. Je roulai et je sentis une lumière sur mon visage. Je criai, mais ne pouvais pas bouger ; mon corps en avait terminé et il n'y avait même plus de larmes à verser.

— Jory.

La voix était forte, proche et une main gantée glissa sur mon torse.

— Ne bougez pas, Jory. Restez tranquille. Cela pourrait s'effondrer à tout instant.

Je plissai les yeux à travers la lumière, vis la forme d'un casque, la couleur de la veste. Un pompier. Je commençai à trembler.

— C'est bon, Jory, nous allons vous faire descendre. Seulement, ne bougez pas.

Je restai là, écoutant le craquement du bois, le hurlement du vent, le bruit d'une tronçonneuse et le moteur hydraulique de quelque chose de gros. Lorsque je compris qu'ils se frayaient un chemin vers moi, je me mis à trembler.

— Jory !

Un cri que je connaissais. Une voix que je connaissais. Je roulai sur moi-même et tout le monde hurla en même temps pour me dire de ne pas bouger. À travers les lattes, je vis une foule de gens, le sol inondé de lumière et Dominic à genoux avec trois autres hommes, des officiers en uniforme, debout devant lui. Juste en dessous de moi, Sam faisait les cent pas. J'essayai de crier son nom, mais il n'y eut aucun bruit ; seul un vague gargouillis sortit de ma gorge.

— Jory ; ne bouge pas !

Je sentis le tangage, je sus que j'allais tomber avant même le craquement et la chute soudaine. Le fait que je sois attaché, soudain pris comme une mouche dans une toile d'araignée, fut à la fois merveilleux et effrayant. Je ne savais pas si la corde allait tenir et ce moment-là – si proche d'être sauvé, mais pas encore, l'attente – fut le plus effrayant moment de tous.

Lorsque je touchai le sol, mon dos sur les décombres de la plate-forme éclatée, je pus enfin prendre une grande inspiration. Tout à coup, il y eut tout un tas de visages autour de moi et je fus soulevé avec beaucoup de douceur pour être reposé sur la terre ferme.

— Jory.

Sam tomba à genoux à côté de moi, ses yeux étaient rougis et gonflés. Il avait l'air épuisé.

— Oh, bébé.

Je frissonnai intensément et tout le monde entendit le hurlement en même temps.

Tout arriva très vite. Dominic fut debout et il avait une arme. Quand il se retourna, ma seule pensée fut pour Sam. Parce qu'il n'avait plus rien à perdre ; Dominic avait été arrêté et il allait s'en prendre à la personne qui, selon lui, l'avait abandonné.

Dominic tourna la tête, faisant un grand mouvement vers la droite, puis tendit son bras armé. Il n'hésita pas, ne parla pas, ne menaça pas. Il fit ce que je savais qu'il ferait : il visa et tira sur son meilleur ami, celui qui avait été son partenaire pendant la moitié de sa vie. Le peu d'énergie qui me restait, je l'utilisai et finis dans les bras de Sam.

— Jory ! hurla Sam, mais il n'avait pas l'air en colère, il avait l'air terrifié.

Je relevai la tête d'un coup et me retrouvai à regarder dans ses yeux affolés.

— Sam.

— Oh, mon Dieu.

Sa voix se brisa et il passa ses bras autour de moi, serrés.

Une chaleur se répandit à travers moi, brûlante et douloureuse.

— Non ! cria Dominic derrière moi, et lorsque je me tournai, il y eut un *pop* et il tomba à genoux.

Des agents de police étaient derrière lui et le tenaient en joue.

— Ne le tuez pas ! criai-je, mais le son qui sortit ressembla davantage à un murmure.

Dominic me regarda, puis il se retourna et souleva son arme.

Je me tendis en prévision de l'impact, mais Dominic se retrouva enterré sous une pile de policiers. J'étais tellement soulagé que je commençai à trembler. Si les flics le maintenaient au sol, il devait être encore en vie. Je l'entendis jurer et laissai échapper un petit soupir avant de fermer les yeux. J'étais tellement fatigué.

— Jory... bébé, s'il te plaît, ouvre les yeux, me supplia Sam.

Sa voix se brisa et je pus le sentir trembler.

— Bébé, s'il te plaît.

J'essayai de faire ce qu'il me demandait, j'essayai vraiment.

— S'il te plaît, bébé... S'il te plaît...

Il pleurait et je ne l'avais jamais entendu faire ça avant.

J'allais lui assurer que tout irait bien, mais la chaleur fut remplacée par un engourdissement, qui fut suivi par un frisson. C'était comme tomber dans un puits sombre et glacé.

# X

JE FRISSONNAI et ouvris les yeux. Il faisait sombre, mais je discernai assez de choses pour voir que j'étais dans un hôpital. Le truc où l'intraveineuse était accrochée, les lumières étranges, les infirmières... Je comprenais où j'étais. J'entendais le bip d'une machine à côté de mon lit. Je clignai des yeux plusieurs fois pour essayer d'éclaircir ma vision, et je fus récompensé lorsque je le vis.

Sam était là, sur ma droite, la tête reposant sur ses bras croisés, affalé dans le fauteuil, penché en avant et endormi sur le lit.

— Oh bonjour, mon doux... vous êtes réveillé.

Je me tournai vers la voix basse et douce et trouvai une infirmière souriante. Sa blouse était couverte de petits nuages.

— Eh bien, Monsieur Harcourt, je suis si contente de vous voir.

Je grimaçai, mais elle me renvoya un sourire rayonnant. Je remuai les doigts pour attirer son attention et montrai Sam.

— Que voulez-vous, mon cher ? Dois-je le réveiller ?

Je fermai les yeux pour lui dire non puis ouvris la main.

— Oh, dit-elle en hochant la tête et en me souriant en grand. J'ai compris. Je suis très bonne en charades, vous savez. Cela fait partie du boulot.

Elle souleva ma main et la posa délicatement sur les cheveux de Sam. Je bougeai mes doigts et regardai les mèches cuivrées se mêler autour d'eux.

Je poussai un profond soupir.

— Oh, je savais que j'avais raison.

J'étais perplexe et elle le vit sur mon visage.

— Celui-ci est votre partenaire, n'est-ce pas ?

Je hochai la tête.

— Et l'architecte est votre frère, ou est-ce le docteur ?

Je levai un doigt pour lui indiquer que le premier était la bonne réponse. Mon frère, Dane Harcourt, était l'un des meilleurs architectes de Chicago, où nous vivions. Il n'était pas juste *un* architecte, il était *l*'architecte.

— L'architecte... très bien alors, c'est logique en un sens. Il n'a pas arrêté de venir, de repartir, et de donner des ordres concernant les soins à vous apporter. Et le docteur... le médecin a été très attentif, si je puis dire, mais celui-là...

Elle soupira en regardant Sam.

— Celui-ci n'a pas voulu quitter vos côtés. Les autres sont tous venus et repartis, mais pas lui. Il n'a pas quitté l'hôpital depuis huit jours.

Mes yeux s'écarquillèrent.

— Oui, mon doux, cela fait huit jours que vous êtes ici aux soins intensifs.

Je regardai Sam à nouveau. Je voulais qu'il se réveille et me tienne dans ses bras.

— Et cet homme n'est pas en grande forme.

Je hochai la tête.

— Espérons que maintenant que vous êtes réveillé, il va pleurer... parce que je ne pense pas que je pourrais supporter de regarder son visage un jour de plus. Je n'ai jamais vu un regard aussi blessé.

Je hochai la tête à nouveau.

— Peut-être devrions-nous le réveiller pour qu'il puisse rentrer chez lui.

Elle me sourit, son visage était plein d'espoir.

— Il ne mange que lorsque sa mère l'y oblige et comme je l'ai dit, il n'a pas quitté l'hôpital une seule fois.

Je secouai la tête pour dire non.

— Vous deux, vous devez faire un beau couple.

J'essayai de sourire.

— Et vous êtes un gars très chanceux, car non seulement cet homme vous aime, mais il est aussi tout simplement magnifique à regarder.

Elle soupira.

— Tout comme votre frère, soit dit en passant. Il me fait penser à l'un de ces acteurs idolâtrés par les femmes des années quarante – pas que je sois aussi vieille d'ailleurs.

J'essayai de sourire.

— Et vous, mon doux, poursuivit-elle en retirant les cheveux de mon visage, vous devez être le plus beau garçon que j'ai jamais vu.

Je gémis.

— Homme, se corrigea-t-elle en souriant chaleureusement. Je veux dire homme.

Je levai les yeux au ciel et elle gloussa.

161

— Je vais appeler votre médecin maintenant que vous êtes réveillé pour qu'il puisse prendre le relais.

Seul avec Sam, j'essayai pendant une minute de prononcer son nom avant de laisser tomber et de me rendormir.


JE ME réveillai à nouveau, et après m'être concentré une minute, vis Nick Sullivan. C'était drôle qu'il soit là, un homme avec qui j'étais sorti deux fois, un homme qui était à peine mon ami. Je lui avais organisé un rendez-vous qui s'était très bien passé. Il aurait dû se trouver avec son nouvel amour, pas ici à veiller sur moi. Il était debout à côté du lit en train de me regarder, les bras croisés sur la poitrine, ayant l'air curieusement mal à l'aise.

— Que fais-tu ici ? demandai-je, et ma voix était éraillée.

Il déglutit avec difficulté et continua de me dévisager.

— Nick ?

Il prit une profonde inspiration, me regarda de haut en bas. Il y avait des tubes et des câbles et un moniteur était attaché à mon doigt du milieu.

— Je veux te prendre dans mes bras, mais je ne suis pas sûr de savoir comment faire.

*Me tenir ?*

— Est-ce que tu vas bien ?

— Non, je ne pense pas. Je veux juste être près de toi.

J'essayai de sourire parce que ce n'était pas ce que je voulais. J'optai pour une diversion.

— Puis-je avoir un verre d'eau, s'il te plaît ?

Il se précipita pour me l'apporter.

— Jory.

Je tournai la tête et vis Sam se diriger vers le lit. J'essayai de bouger, de me redresser.

— Non, non, ne bouge pas, m'ordonna-t-il en atteignant le lit.

Il se pencha vers moi, leva ma main droite puis la posa sur son dos. Ses bras glissèrent autour de moi doucement, mais assez fermement pour que je puisse sentir la chaleur de son corps à travers son tee-shirt. Doucement, lentement, il manœuvra sous les tubes et appareils pour pouvoir poser sa tête sur ma poitrine et s'étendre à côté de moi. Je ne sais pas comment il fit, vu son mètre quatre-vingt-trois, mais il y parvint. C'était si bon de l'avoir à mes côtés et il sentait bon le savon et ses cheveux étaient humides. J'émis un bruit, à moitié gémissement, à moitié soupir. J'étais si satisfait. J'embrassai son front et caressai ses cheveux. Je ne me souvins pas d'avoir fermé les yeux.

LES VOIX étaient étouffées et basses, mais je les entendis.

— Je ne comprends pas, dit-une voix qui s'éleva brusquement.

— Maman, ne le réveille pas.

— Peut-être qu'il devrait se réveiller, Sam. Peut-être que si tu le regardais dans les yeux, tu ne pourrais pas le quitter.

— Je pars à cause de lui. Si je le regardais dans ses yeux, cela ne ferait aucune différence.

— Tu es un lâche.

— Maman.

— Parfaitement ! Tu t'enfuis parce que tu ne veux pas que les gens sachent que tu couches avec un homme ! C'est la seule raison pour laquelle tu fais ça.

— Non, ce n'est pas vrai. Tu n'as pas écouté.

— Sam.

Elle reprit son souffle.

— Tu me dis que tu l'aimes et tu me dis, en même temps, que tu vas le quitter. Comment pourrais-je interpréter ça autrement que comme un acte de lâcheté ?

— Tu ne comprends pas... ça ne peut pas marcher comme ça ! Je ne peux pas être comme ça.

— Comme quoi, Sam ? Tu ne me dis rien du tout.

— Maman.

J'entendis une chaise bouger, érafler le sol comme des ongles sur un tableau noir.

— Ma vie est sous un microscope. Si quelqu'un découvre que je voyais Jory alors qu'il y avait une enquête en cours... si la DAI enquête sur moi en fait, je suis mort. Est-ce que tu comprends même à quel point je suis mal barré ? En as-tu la moindre idée ?

— Sam...

— Cela ne s'arrêtera pas même si je suis mis à la porte des forces de police. Je pourrais être accusé d'interférence dans une enquête en cours. Je pourrais... il y a tellement de choses qui pourraient mal tourner. Ils pourraient même me jeter en prison.

— C'est ridicule !

— Seulement parce que tu n'es pas familière avec l'application de la loi. J'ai sacrément foiré... Tu n'en as pas idée.

— Sam...

— Mais maman… Si je pars, si je fais ce que mon capitaine veut que je fasse en rejoignant l'unité opérationnelle et en allant en mission d'infiltration…

Je l'entendis pousser un soupir tremblant, puis un autre.

— Tout le monde sait ce que j'ai fait et tout le monde l'ignore délibérément. Ils se concentrent tous sur Dominic à la place. J'ai tellement de chance… tu n'en as pas idée. Ils m'offrent une porte de sortie et je dois la prendre.

J'essayai de parler, de crier, de hurler, mais rien ne sortit ; je n'arrivais même pas à ouvrir les yeux. Il m'était impossible de bouger ou de me faire entendre. Je me sentais comme enveloppé dans du coton.

— Mais tu aimes Jory.

— Oui, j'aime Jory, mais quel bien cela pourrait-il lui faire si je me mettais à lui en vouloir de ne plus être flic ?

— Sam…

— Maman, gémit-il. Je dois aider à retrouver l'homme responsable d'avoir mis un contrat sur la tête de Jory. Si nous ne le trouvons pas…

— Tu te mens à toi-même, Sam, si tu crois que tu fais ça pour Jory. Le fait que tu restes avec lui le gardera largement en sécurité. Tu veux prendre tes distances pour faire croire à tout le monde que tu n'es pas amoureux de lui en ce moment.

Sa voix se brisa avant que j'entende le murmure de larmes imminentes.

— Tu…

— Maman, je dois y aller. Et ouais, une part de ça est due au fait que je suis trop proche et que je ne peux pas le protéger alors que je ressens ça. Je veux dire, tout ce à quoi je peux penser c'est de le perdre et ce que je ressentirais si cela arrivait. Quand il saignait et que je le tenais et… mon Dieu ! C'est impossible que je reste objectif après ça.

Je sentis les larmes glisser le long de mes joues, mais personne ne me vit. Ils parlaient de moi, mais personne ne me regardait en fait.

— Je ne peux pas laisser quoi que ce soit lui arriver, Maman. Je ne sais pas ce que je ferais.

— Il a pris une balle pour toi, Sam. Il t'aime tellement qu'il aurait donné sa vie pour la tienne. Je ne pourrais jamais rien demander de plus pour toi, pour aucun de mes enfants… ton père ressent la même chose.

— Maman, il s'agit de prendre les informations que Dominic nous donne et de les utiliser pour détruire un énorme cartel de la drogue. Je…

— C'est à propos de Jory et de toi qui ne veux pas que les gens sachent que tu couches avec lui depuis que vous vous êtes rencontrés.

164

— Ça ne l'est pas. Je t'ai déjà dit qu'il ne s'agissait pas de ça.

— Je ne te crois pas.

— Mon Dieu, maman, ne sois pas…

— Tais-toi ! cria-t-elle soudain. Dis-moi juste une chose… quand tu reviendras, est-ce que tu pourras être avec Jory ?

— Oui.

— Et combien de temps resteras-tu sous couverture ?

— Je ne sais pas.

— Tu ne le verras pas avant de partir ?

— Je suis là maintenant.

— Mais…

— Je m'en vais tout de suite.

— Sam.

Elle commença à pleurer.

— S'il te plaît, ne t'en va pas.

Si j'avais pu crier, je l'aurais fait. Comment pouvait-il me quitter ?

— Maman, si je pars, je peux garder mon travail et j'éloigne Jory du radar de tout le monde. Il ira bien mieux sans moi, juste pour quelques mois. Nous devons laisser tout ça retomber.

— Je veux que tu dises au revoir à Jory.

— Je l'ai fait. Je suis resté assis avec lui pendant une heure ce matin à le regarder dormir. C'est mieux qu'il dorme.

— Oh, Sam.

— Maman, dit-il pour l'apaiser.

— Et si cela dure plus longtemps, Sam ? Et si… et si Jory trouve quelqu'un d'autre à aimer ?

— Je ne peux faire que ce qui me semble juste, et je pense que c'est juste pour nous deux. Il m'aime pour celui que je suis et si je ne peux plus être ce gars… à quoi cela servira-t-il de toute façon ?

Je me sentis avoir la nausée. Comment pouvait-il me quitter ?

Soudain, ses lèvres furent sur mon front.

— Je t'aime, bébé.

Mais ce n'était pas vrai. Pas vraiment. Comment pouvait-il me quitter s'il m'aimait ?

— Je reviendrai pour toi.

J'essayai de me soulever, mais j'étais déjà en train de sombrer, les ténèbres m'attirant irrémédiablement.

— Je te reverrai bientôt.

Mais avant même d'être englouti par le sommeil, je savais que c'était un mensonge. Il n'y avait aucun moyen de savoir quand ni où je poserais à nouveau les yeux sur Sam Kage.

L'histoire de Jory continuera dans

MARY CALMES

QUESTION
DE TEMPS

TOME 2

www.dreamspinnerpress.com

MARY CALMES vit à Lexington, Kentucky, avec son mari et ses deux enfants et aime toutes les saisons, excepté l'été. Elle est diplômée de l'Université du Pacifique de Stockton en Californie, avec une licence en littérature anglaise. Étant donné qu'elle l'a obtenu en littérature anglaise et non en grammaire anglaise, ne lui demandez pas de vous décortiquer une phrase, car cela n'arrivera jamais. Elle aime écrire, s'immerger dans le processus et crouler sous le travail. Elle peut même vous dire qu'elle est l'odeur de ses personnages. Elle aime acheter des livres et participer à des conventions pour rencontrer ses fans.

# Également de MARY CALMES

MARY CALMES
*De nouveau*

SON FOYER
MARY CALMES

L'ange GARDIEN
Mary Calmes

CŒUR SAUVAGE
Mary Calmes

www.dreamspinnerpress.com

# LÀ OÙ VA LE VENT

## SUE BROWN

Pour les meilleures
histoires d'amour
entre hommes, visitez

www.dreamspinner-fr.com